Novela Histórica

Catherine Hermary-Vieille
Loca de amor

Ediciones Martínez Roca

Título original: *Un amour fou*

© Olivier Orban, París, 1991
© por la traducción, Manuel Serrat Crespo
© Ediciones Martínez Roca, S. A., 2004
  Paseo de Recoletos, 4, 28001 Madrid (España)

Diseño de la cubierta: adaptación de la idea original de Compañía de Diseño
Ilustración de la cubierta: autor, Maestro de la leyenda de santa Madeleine
(1500) Bridgeman / Index
Primera edición en Colección Booket: abril de 2002
Segunda edición: abril de 2004

Depósito legal: B. 17.545-2004
ISBN: 84-270-2751-6
Impresión y encuadernación: Liberdúplex, S. L
Printed in Spain - Impreso en España

Biografía

Catherine Hermary-Vieille es escritora e historiadora.
Con sus novelas ha ganado los prestigiosos premios
literarios franceses Femina (1981), Ulysse (1983)
y RTL (1985).

A mi madre

Vámonos muerte mía a otra parte
para hablar de locura.
Puesto que no tenemos ya
lugar en la ronda.
Sin nosotros florece el cielo, sin nosotros
ruge el torrente.
Aquí estamos para siempre
ajenos a este mundo.
Porque Granada nos olvida.

ARAGON

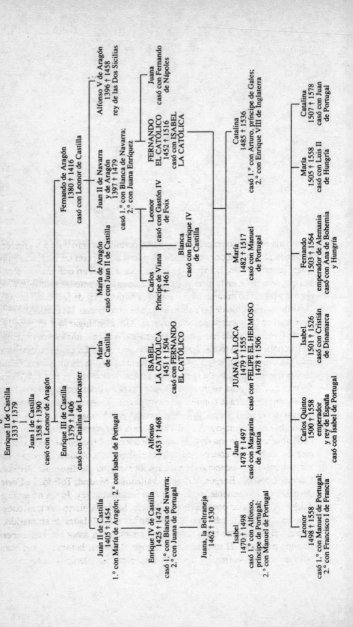

Enrique de Trastámara
o
Enrique II de Castilla
1333 † 1379

Juan I de Castilla
1358 † 1390
casó con Leonor de Aragón

Enrique III de Castilla
1379 † 1406
casó con Catalina de Lancaster

Fernando de Aragón
1380 † 1416
casó con Leonor de Castilla

Alfonso V de Aragón
1396 † 1458
rey de las Dos Sicilias

Juan II de Navarra
y de Aragón
1397 † 1479
casó 1.° con Blanca de Navarra;
2.° con Juana Enríquez

Juana
casó con Fernando
de Nápoles

María de Aragón
casó con Juan II de Castilla

Leonor
casó con Gastón IV
de Foix

FERNANDO
EL CATÓLICO
1452 † 1516
casó con ISABEL
LA CATÓLICA

María
de Castilla

Carlos
Príncipe de Viana
† 1461

Blanca
casó con Enrique IV
de Castilla

Juan II de Castilla
1405 † 1454
1.° con María de Aragón; 2.° con Isabel de Portugal

Enrique IV de Castilla
1425 † 1474
casó 1.° con Blanca de Navarra;
2.° con Juana de Portugal

Alfonso
1453 † 1468

ISABEL
LA CATÓLICA
1451 † 1504
casó con FERNANDO
EL CATÓLICO

Juana, la Beltraneja
1462 † 1530

Isabel
1470 † 1498
casó 1.° con Alfonso,
príncipe de Portugal;
2.° con Manuel de Portugal

Juan
1478 † 1497
casó con Margarita
de Austria

JUANA LA LOCA
1479 † 1555
casó con FELIPE EL HERMOSO
1478 † 1506

María
1482 † 1517
casó con Manuel
de Portugal

Catalina
1485 † 1536
casó 1.° con Arturo, príncipe de Gales;
2.° con Enrique VIII de Inglaterra

Leonor
1498 † 1558
casó 1.° con Manuel de Portugal;
2.° con Francisco I de Francia

Carlos Quinto
1500 † 1558
emperador
y rey de España
casó con Isabel de Portugal

Isabel
1501 † 1526
casó con Cristián
de Dinamarca

Fernando
1503 † 1564
emperador de Alemania
casó con Ana de Bohemia
y Hungría

María
1505 † 1558
casó con Luis II
de Hungría

Catalina
1507 † 1578
casó con Juan
de Portugal

1

Juana mira. Hace mucho tiempo que permanece inmóvil en un rincón de la tienda para que todos la olviden. A pocos pasos, con un incesante hormigueo, pasan señores, hombres de armas y sus mulas, un universo de servidores que se atarean en la instalación del campamento ante los muros de Granada. Ha observado durante largo tiempo la barrera gris de la Sierra Nevada, el flexible movimiento de las palmeras bajo el tibio viento, las murallas ocres de la ciudad en la que nada parece moverse. Allí, en el lugar llamado Las Fuentes de Guétar, adonde han llegado esa misma mañana, una extraña excitación se ha apoderado de todos. La ciudad está ante ellos. La ciudad extranjera, la rebelde, último bastión que se opone todavía a Castilla. Juana sonríe. Granada tendrá que rendirse. Nada ni nadie ha podido resistirse a la reina de Castilla. Sólo la mar detendrá su marcha. El olor del polvo, del romero, de las hogueras encendidas para la comida del campamento hacen que la princesita cierre por un momento los ojos. A lo lejos, como en sordina, se escuchan las ligeras notas de una guitarra. A Juana le gustaría levantarse y bailar, pero permanece absolutamente inmóvil en su almohadón de brocado, sentada sobre sus piernas. Isabel sólo concede a sus hijas el derecho a obedecer, a rogar, a cruzar, solemnes, las estancias de palacios incesantemente distintos: Medina del Campo, Córdoba, Burgos, Valencia, Valladolid, Madrid, Toledo. La Corte se desplaza continuamente, siguiendo a su incansable rey. Juana no teme a su madre. A fuerza de observarla en silencio, ha descubierto sus tensiones interiores, sus dudas; sabe que le lastiman las infidelidades de su marido. Su padre... ¡Juana siente tanto amor por Fernando, un amor secreto, ardiente! Cuando piensa en él su corazón se encoge. A veces, la toma en sus brazos, posa un beso en su frente y borra, de inmediato, los silencios, la soledad.

La guitarra ha callado. En el silencio se escucha, a lo lejos, la risa de un muchacho.

—¿Qué haces sola aquí, princesa mía?

La esclava aparta el pesado tapiz de sedoso brocado, el aroma del sándalo penetra con ella en la tienda. Juana siente un imperceptible impulso de cólera.

—Vuestra madre os reclama.

Lentamente, los ojos negros de la niña se dirigen hacia la mujer que está de pie ante ella, contemplándola largamente sin que pueda adivinarse nada de lo que siente.

Fuera, relincha ruidosamente un caballo.

La noche está ya cayendo, los picos de la sierra se tiñen de violeta y rosa. De la ciudad sitiada brota un rumor apenas perceptible, una larga llamada monocorde, obsesiva, que llena la piel de estremecimiento. Irresistiblemente atraída por el grito del muecín, la esclava se ha vuelto hacia Granada. Su rostro tatuado con henna permanece atento, Juana no separa de ella los ojos. ¿Qué es lo que mueve a Fatma, a qué aspira? ¿A su libertad? Pero ¿quién puede llamarse libre? Con trece años apenas, Juana no acaricia ya ilusión alguna. Sus hermanas, su hermano, temen sus frases raras y cortantes; sabe cómo apagar la alegría, y esa agudeza de adulto la condena a permanecer aislada.

«Juana es extraña», advierte a veces Isabel, pensativa. La niña adivina que, en esos instantes, recuerda a su propia madre, la loca de Arévalo.

—¿Dónde está la reina? —pregunta con voz suave.

—En su tienda, quiere daros un beso antes de entregarse al descanso. Vuestras hermanas y el príncipe están ya a su lado.

—¿Y mi padre?

—Su Majestad está con el marqués de Cádiz.

Juana se levanta, pero su impulso ha desaparecido ya. Fernando no le dará el beso nocturno.

La tienda que el marqués de Cádiz ha cedido a la reina Isabel está hecha con damasco de Toledo. A su alrededor flotan multicolores oriflamas; en el umbral, con hermosas letras doradas, han escrito la divisa de los reyes de Castilla y Aragón: «Tanto monta, monta tanto, Isabel como Fernando». Juana la contempla por un instante, le gusta esa alianza entre sus padres, más fuerte que todas las traiciones.

En el interior de la tienda, separada de su séquito por un tapiz de seda, la reina se ha acostado en una cama baja. Parece cansada, pero sigue dictando una carta a su secretario. A su lado, respetuosos, mudos, las pequeñas Catalina y María y el infante Juan inclinan los ojos. La reina se interrumpe.

–Por fin has llegado, Juana, te buscábamos por todas partes.

Su segunda hija la preocupa, es una niña taciturna y frágil, «tiene la luna en la cabeza», como dicen los esclavos moros, «la luna y todas las estrellas». Sin duda el matrimonio la hará florecer. Ayer recibió un mensaje del emperador Maximiliano de Austria. Su hijo, el archiduque Felipe, no está todavía prometido en alianza alguna.

–Acércate, Juana.

La niña avanza con los ojos bajos. Sus hermanas y su hermano la observan. ¿Van a reñirle? Pero Isabel está de buen humor. Pronto se apoderará de Granada la Hermosa, la Misteriosa, se acostará en el palacio del Alcázar.

La luna ha salido, la Sierra Nevada se tiñe de plata.

Con una señal de su mano, la reina despide a Conchillo, su secretario, sonríe a sus hijas y, con mayor ternura todavía, al infante don Juan, su amor, su orgullo. A todos les dará una corona. Su hija mayor, Isabel, prematura viuda de Alfonso de Portugal, terminará aceptando casarse con el nuevo rey, Manuel; piensa, para Juan y Juana, en Margarita y Felipe de Austria, una hermosa alianza política; con respecto a Catalina y María no está todavía segura; tal vez Catalina sea entregada al príncipe Arturo, heredero de Inglaterra, pero sólo tiene seis años y muchos pactos pueden romperse antes de que sea núbil.

–Hijos míos –dice la reina con voz clara–, recitemos juntos las plegarias nocturnas.

Juana piensa en la llamada del muecín, en el rostro de Fatma. ¿Tiene Dios varios ojos, varios oídos?

Asustados relinchos, gritos agudos arrancan de pronto a Juana de su sueño. Fuera, la luz es tan deslumbradora que el sol parece estar en el cenit de la noche. Ante ella, con un gesto rápido, se abre la portezuela de seda; aparecen Fatma, su dueña y un soldado.

–Pronto, pronto, princesa, el campamento arde.

–¿Dónde está mi padre?

–En lugar seguro, con la reina, vuestras hermanas y vuestro hermano.

La dueña la coge con rudeza por el brazo.

–El incendio ha comenzado en la tienda de Su Majestad, sin duda ha caído una lámpara. ¡Vamos, no tenemos un minuto que perder!

Tiene los cabellos sueltos, sin toca ni adorno, parece mucho más vieja, fatigada. Juana no podrá ya verla nunca del mismo modo.

Acompañada por las dos mujeres, la niña, con su largo camisón blanco y los cabellos sueltos sobre sus hombros, sigue al soldado que suda bajo el casco de acero. Desde lo alto de sus palacios, los príncipes moros contemplan sin duda el desastre del campamento español.

—Que Nuestro Señor Jesucristo les impida atacarnos —murmura.

La gobernanta se persigna.

Mientras la arrastra, Juana se vuelve. De una tienda a otra, impulsado por el viento, el incendio devora brocados y bordados de oro, preciosos tapices y maderas exóticas. Un humo acre irrita la garganta, el olor de la carne carbonizada revuelve el estómago.

Las tiendas están tan juntas que a Juana y su séquito les cuesta abrirse camino para salir del campamento. Gente y animales enloquecidos se empujan, se pisotean entre gritos y relinchos.

A la mañana siguiente, una ceniza gris cubre la vajilla de plata fundida, los ennegrecidos cofres, los consumidos atavíos. Dios ha protegido a los cristianos en su desgracia, Granada no se ha movido. Cuando la mañana termina, las tropas españolas se han reunido de nuevo, el orden reina otra vez. Isabel y Fernando, uno junto a otro, recorren el campo consolando a los heridos, persignándose ante los muertos tendidos bajo sudarios de tela blanca. El viento sopla ahora del noroeste, las fuertes ráfagas arrastran los aromas de la Sierra Morena.

—Construiremos aquí y ahora una ciudad —decide Isabel—, para que el Moro se convenza de nuestra inquebrantable voluntad de victoria. Y para que el enemigo conozca nuestra determinación, la llamaremos Santa Fe.

El marqués de Cádiz se inmoviliza.

—¡Escuchad, Majestad!

Un grito gutural, agudo, brota de las murallas de la ciudad sitiada.

—Ataca —murmura la reina—. ¡Que todos estén listos!

Pese a su palidez, permanece erguida. Dios está siempre a su lado. Le ha permitido tomar el poder en Castilla contra sus enemigos, le ha dado un hijo y el orgullo de España.

—¡Deprisa, mi caballo! —ordena Fernando.

Ella le contempla alejarse. Ese hombre, dolor y ternura, es su más seguro apoyo.

Los cascos de los caballos árabes martillean la tierra seca. Brotan las injurias, los gritos. Juana ha cogido su guitarra. Les han alejado del campamento, arrastrándoles hacia un provisional refugio.

Los dedos de la niña corren por las cuerdas. Le gusta tocar sola. Cuando sus padres, halagados por su talento, exigen que ejecute algunos fragmentos ante algunos invitados, soporta el suplicio. La música es su única compañera; cuando necesita manifestar sus emociones se vuelve hacia ella.

Tras el tabique, se escucha el murmullo monótono de las letanías de las mujeres. ¿Por qué rezar continuamente? ¿Dios está siempre escuchando a los hombres?

La tranquilidad les turba por un instante, luego todos escuchan el ruido de un caballo al galope. Juan es el primero que sale; la inquietud, la impaciencia, la voluntad de combatir le hacen temblar, impiden, más de lo acostumbrado, que las frases salgan de su boca. Sus palabras se atropellan, se repiten, le crispan de impaciencia.

–Los nuestros han vencido –dice el hombre–, la sangre mora riega nuestra tierra. Nuestros pasos la borrarán.

Juana ha dejado de tocar. Imagina los cuerpos en el polvo rojo de Andalucía, los caballos despanzurrados, el fulgor de las hojas abandonadas en el devastado campo de batalla, el campamento incendiado, cuyas cenizas bailan a impulsos del viento. Entonces, con el viento, para el viento, continúa con su música, y el fantasma de la ciudad de brocado y terciopelo del marqués de Cádiz se agita dulcemente, envolviendo en las ondulaciones de las sábanas de seda reducidas a polvo, como un sudario, los cuerpos de los muertos.

2

El seco frío de enero es atenuado por el sol que asciende. Ha llegado el momento. Las tropas españolas han tomado ya posesión de la Gran Mezquita. Los prisioneros cristianos, liberados de las mazmorras de Granada, han sido ya recogidos, vestidos por los Reyes Católicos, llevados a la iglesia de Santa Fe para un Te Deum. Extrañamente, en ese día de triunfo, una indefinible tristeza gravita sobre los vencedores. Tras tantos años de lucha, de esperanza, el sueño ha concluido. Por la puerta principal saldrá pronto el joven emir, llevando las llaves de la ciudad. Pronto aquel mundo secreto, cerrado y prohibido será entregado a las miradas de todo el mundo, despojado de su misterio, desnudo ante las miradas de los españoles. A caballo, Isabel, Fernando, el príncipe Juan, monseñor de Mendoza, los obispos, los embajadores y los jefes del ejército aguardan. Tras ellos, silenciosos, inmóviles, hay varios miles de soldados. El instante parece inmóvil. ¿De dónde procede esa nostalgia? ¿De las tierras áridas que ciñen la ciudad, del curso del Genil –el río Ued-el-Kabir–, de las laderas de Sierra Nevada, del sentimiento de que un mundo agoniza, que su memoria vagará por los caminos de Andalucía?

El joven emir, el rey Chico, aparece por fin. Su montura está enjaezada con tanta riqueza que todos, por un instante, tienen sólo ojos para ella. Con la mirada fija, lejana, inaccesible, más allá del dolor y de la humillación, el príncipe mantiene la cabeza alta. ¿Quién habla de cobardía? Sólo su juventud se advierte.

En sus caballos, los reyes cristianos permanecen inmóviles como estatuas. Boabdil se acerca, empuñando la espada; vencedores y vencidos se enfrentan. El emir quiere descabalgar. Isabel se lo impide con un gesto. No quiere ultrajar al pueblo de Granada, en adelante es suyo y lo ama. A su espalda flamean los estandartes enarbolados por los soldados, se levantan las cruces en manos de los prelados.

Es hora de entrar en la ciudad, Isabel ordena: «¡Vamos!». Ha dado su palabra de que no habrá pillaje, de que ni uno solo de sus súbditos será molestado.

—¿Y su alma? —había insinuado Mendoza cuando ella le comunicó su preocupación por los habitantes de Granada.

—La conquistaremos como hemos conquistado su reino.

Ante la puerta abierta de la muralla los reyes se persignan.

Por las calles silenciosas, vacías, los soldados desfilan con los ojos desorbitados. Tras las celosías se adivinan miradas, se perciben murmullos y, a veces, el grito de un niño. En las plazas, el agua de las fuentes corre por las pilas de mosaico azul, algunos perros se deslizan contra los muros encalados. El propio viento vacila, se estremece, agoniza ante las puertas bajas que encierran el secreto de los jardines. En el patio de un funduk* desierto, dos mulas, detrás de un pilar, observan a los castellanos; los rayos oblicuos del sol invernal perforan el techo de cañas. Todos escuchan sus pasos en las losas, en la tierra más dura que piedra a fuerza de haber sido pisada. ¿Quién llamó a Granada «La vida»? Al otro lado de un muro chorreante de jazmines se escucha una triste melodía de guitarra como las que tocan los músicos que acompañan a los muertos o las muchachas que lloran por un amante infiel. Diez mil caballos, cincuenta mil soldados han invadido Granada.

Fernando, vestido de lamé, Isabel, con un vestido brocado de oro y una capa de terciopelo negro en los hombros, y el cardenal De Mendoza están ante la Alhambra.

—Que icen nuestra bandera —ordena Fernando.

Lentamente, la bandera de Santiago asciende por el mástil de la más alta torre. El viento se introduce en sus pliegues, se acurruca en ellos, la hace estremecer. Luego, se eleva, clara, cortante como un puñal, la voz de un heraldo:

—Santiago, Santiago, Castilla, Castilla, Granada, Granada.

Entonces, como un viento tempestuoso, el grito repetido, amplificado, toma posesión de la ciudad entera y asciende hacia el cielo.

—Santiago, Santiago, Castilla, Castilla, Granada, Granada.

* Albergue en los países árabes. De ahí el castellano fonda. *(N. del T.)*

Las lágrimas corren por las mejillas de Isabel. Ha combatido y vencido por Dios y por España. Nadie podrá abatir nunca la fuerza que siente en ese luminoso día de invierno. Azuza a su caballo, se detiene maravillada: esos patios, esos jardines parecen el paraíso.

—Esta noche —murmura Fernando—, plantaremos nuestra tienda entre las estrellas.

La reina le contempla.

—Algún día, todo esto pertenecerá a Juana.

Un mechón de sus rubios cabellos escapa bajo su toca. Tiene cuarenta años pero su rostro sigue siendo fino y liso, sus ojos azules tienen el mismo fulgor, la misma intensidad que en su juventud, cuando se enfrentaba con los Grandes de España para imponerse como reina.

Piensa en aquel genovés, Cristóbal Colón, que arde con el mismo fuego. Tal vez pueda partir hacia las Indias, hacia Cipango,* el reino del Gran Khan. El mundo está libre, abierto. Ella, Isabel, lo tiene entre las manos.

—Que entre.

En torno a la reina y a Fernando, letrados y teólogos, vestidos de paño oscuro, se apretujan. Por encima, un gran Cristo parece abrazar toda la sala, decorada tan sólo con grandes tapices de tema religioso y estandartes que muestran imágenes de santos. En un rincón rojea un brasero. De vez en cuando, un servidor arroja en él un puñado de hierbas secas y olorosas.

El genovés avanza. Cortados por debajo de las orejas, sus cabellos son grises ya. Lleva un vestido de paño oscuro, alegrado con un fino cuello de lino, y de sus hombros cuelga un manto negro. Se quita prestamente su gorro de fieltro negro con los bordes levantados, avanza hacia la reina, toma su mano, la besa hincando la rodilla. Isabel sonríe. Desde la primera entrevista sintió amistad por ese hombre, le gustó su locura. Algunos maledicentes han murmurado, incluso, que entre ellos existía cierta atracción... ¿Ignoran acaso que ella sólo está disponible para España?

En el silencio su voz resuena:

—Levantaos. El rey y yo deseamos escucharos.

Colón se incorpora. Desde que espera convencer, obtener la atención de un protector, su combate se ha convertido en su única aspiración. Todos inclinan la cabeza para oír mejor. El lebrel de la reina se ha dormido.

—Majestad, conocéis ya mis convicciones, no han cambiado desde el día en que tuve el honor de exponéroslas, ahora hay que actuar.

* Japón. (N. del T.)

18

Un murmullo recorre la concurrencia. La voz fría del cardenal De Mendoza, sentado junto a los soberanos, se eleva:

–La reina no tiene por qué recibir admoniciones de nadie, señor Colón.

Isabel le apacigua con un gesto. Detrás del marino, dos servidores llevan un mapamundi. Colón se acerca.

–Todo está aquí, que quien sepa mirar, comprenda.

El orgullo del genovés irrita a los españoles. ¿No amenaza, acaso, con dejar España y dirigirse a Francia, a Inglaterra si no le escuchan?

–Hemos hablado ya de todo eso –dice la reina–, yo me siento inclinada a creeros. Sin duda la India, Cipango, Catay* están a pocas semanas de navegación.

–Lo están, Majestad. Estoy tan seguro de ello como de la existencia de Dios, nuestro Padre.

Un nuevo murmullo. Colón tiene muchos enemigos. ¿Cómo se puede creer a un hombre llegado de quién sabe dónde, a un hombre que afirma que un barco puede cruzar las zonas tórridas, un océano del que nadie, salvo Dios, conoce los límites, sin caer en todos los abismos del infierno? Sabios geógrafos, astrónomos, se han zambullido en sus mapas y no han quedado convencidos en absoluto. Sin la insistencia de la reina, haría ya mucho tiempo que habrían exigido la expulsión de aquel hombre. En la penumbra, sólo sobresale la blancura de sus cuellos de lino, la pesada cadena de oro que Fernando lleva al pecho.

–Hablemos con franqueza –interviene el rey con tono irónico–. ¿A cuánto ascienden vuestras... certidumbres, señor Colón?

–Necesito dos millones de maravedíes y tres barcos con su tripulación, sire.

Se oyen toses, algunas risas ahogadas. Isabel reprime su decepción: ¿Ignora ese hombre que, después de la guerra que acaban de hacer, el tesoro real está agotado? Se vuelve hacia el obispo Diego Deza, preceptor del príncipe Juan, su apoyo desde el primer día. Él inclina la cabeza.

–Señor Colón, sin duda vuestra absoluta convicción convencerá a los armadores y a los banqueros de que su oro fructificará entre vuestras manos. Ellos os adelantarán los maravedíes que nos faltan.

–Y algunos genoveses, compatriotas vuestros, son ricos, ¿no es cierto? –pregunta Isabel.

La mano de Colón ha quedado suspendida sobre el mapamundi. Le sacuden tantas esperanzas cifradas y negociadas. Por fin, su dedo se posa en los contornos de una franja de tierra.

* China. *(N. del T.)*

19

—Desde aquí, Majestad, os traeré más oro del que vuestros súbditos podrán entregaros nunca.

Su mirada, una vez más, se clava en la de la reina. Debe convencerla hoy mismo, si no saldrá de España.

—Olvidemos el dinero —decide Isabel—; sin duda monseñor Deza tiene razón. Lo encontraremos. ¿Qué más queréis?

Colón da un paso hacia adelante; lo que a la concurrencia le parece una provocación es sólo el orgullo de ser portador de una misión divina.

—Quiero el título de almirante de la mar Océana, el virreinato y el gobierno de las islas y tierras firmes en las que aborde, con la facultad de proveer a todos los oficios, facultad que será transmisible a mis descendientes.

La estupefacción impide cualquier risa, cualquier sarcasmo.

La voz siempre suave, monótona, burlona de Fernando se levanta en primer lugar.

—Demonios, señor Colón. ¿De modo que queréis ser igual que mi tío, el almirante de Castilla?

—No hablo en mi nombre, Monseñor, sino en el de nuestra Santa Fe. Quiero que quien la lleve hasta tan lejanas tierras sea digno de ser el mensajero de Dios —la voz del genovés se hincha, se hace autoritaria—. El Gran Khan y sus predecesores han enviado, numerosas veces, embajadores a Roma solicitando doctores en nuestra fe, pero el Santo Padre nunca les ha satisfecho; Majestades, vuestro honor, vuestro deber os ordenan hacerlo por él.

El lebrel de la reina ha levantado la cabeza y erguido las orejas. Isabel permanece impasible. Fuera, la luz dorada de la tarde juega en los mosaicos, corre por las esculturas de piedra blanca, se enrosca en los ligeros pilares que rodean el patio de la Alhambra. A cada hora el sol tiene una mirada distinta en los jardines y los patios. Dentro de algunos días, algunas semanas, en todas partes flotará el olor azucarado de los jacintos que crecen a miles en los jardines del Generalife.

Ahora, la algarabía se ha adueñado de la concurrencia. Todos hablan en voz alta. La reina sabe que no podrá hacer callar a sus consejeros. El orgullo del genovés le ha perdido, pero no quiere seguir escuchando más burlas y se levanta.

—Señor Colón, tendremos que pensar en todo ello.

El marino dirige una mirada amarga, llena de reproches, pero no responde nada y se inclina. Por un segundo, Isabel ha sentido deseos de justificarse.

Cabalgando en su mula, perdido en sus pensamientos, Colón no oye el ruido del caballo al galope que se acerca. No lamenta ninguna de sus palabras. El mensaje del que es portador le iguala a las coronas de Aragón y de Castilla. Ante los príncipes, es mensajero de las nuevas tierras, del nuevo cielo que por boca de san Juan, Nuestro Señor menciona en el Apocalipsis. Puesto que los españoles permanecen sordos y ciegos, se dirigirá a otros monarcas, a otros pueblos. Por su espíritu pasan la imagen del Gran Khan, que le escucha, y la del Preste Juan, el misterioso soberano cristiano de Asia, tendiéndole los brazos. Granada está a dos leguas, al otro extremo del mundo ya.

Cuando llega a la altura del genovés, el jinete le interpela.

—¡Un momento, por favor, señor Colón!

El marino detiene su mula; el alegre tono del mensajero hace nacer en él, súbitamente, una insensata esperanza.

—Sus Majestades quieren volver a veros.

Con el corazón palpitante, el genovés le interroga.

—¿No me lo han dicho ya todo?

El alguacil esboza una maliciosa sonrisa.

—Los monseñores Deza y Santángel, vuestros amigos, han hablado mucho con nuestros soberanos. En cuanto la entrevista ha terminado, me han enviado a buscaros para que os lleve hasta ellos vivo o muerto, señor Colón.

Pese al calor de agosto, la temperatura sigue siendo fría bajo las bóvedas del castillo de Toledo. La cena acaba de terminar; los soberanos y sus hijos, los íntimos, se han reunido. Juana escucha atentamente. El que habla viene de Palos. Ha remontado el río Tinto, cruzado la Sierra Morena, el río Guadiana, los montes de Toledo. La niña intenta imaginar el océano, los fabulosos animales que en él moran; ¿tendría ella valor para cruzarlo? Hace un esfuerzo para seguir las tres carabelas que salen del puerto, pero su espíritu regresa pronto a las palabras de su madre. Unos días antes le anunció su compromiso con el archiduque Felipe, compromiso secreto todavía pero decidido ya en el espíritu de sus padres y en el del emperador Maximiliano. Recibirá un retrato dentro de algunos días. Tiene catorce años, ella está a punto de cumplir trece. Dicen que es apuesto, risueño, excelente jinete, infatigable cazador. La angustia se mezcla con su curiosidad. ¿Cómo será su vida en Flandes? ¿Podrá ser feliz lejos de España? A menudo despierta por la noche, tiene frío, clava sus ojos en la oscuridad como buscando respuesta a sus temores. ¿Quién va a escucharla, quién la ayudará?

El mensajero cuenta, la reina escucha con pasión. Ve a los marinos arrodillados, recitando su plegaria, y las velas, con grandes cruces pintadas, izadas hasta lo alto de los mástiles. La *Santa María*, nave almirante, doblando en primer lugar el promontorio, seguida por la *Pinta* y la *Niña*. Ante ellos la tranquilizadora escala de las Canarias y, luego, la Mar Tenebrosa temida por todos los marinos. Junto a Colón, en la proa, está Juan de Torres, intérprete judío que conoce el hebreo, el latín, el griego, el árabe, el copto y el armenio. Ha sido enrolado para hablar con las poblaciones de las tierras que van a alcanzar, para servir de intérprete ante el Gran Khan. Los marinos, penados en su mayor parte, se mantienen, temerosos, en silencio. El viento impulsa pronto la flotilla hacia alta mar.

El mensajero ha callado. Todos sienten en el rostro ese viento que empuja a los españoles hacia las Indias y la cruz de Cristo hacia los paganos. Juana se reprocha no sentir mayor emoción. Desesperadamente, intenta imaginar los rasgos de Felipe.

Desde hace una hora, Tomás de Torquemada reza. El Gran Inquisidor posa sucesivamente su abrasadora mirada en los soberanos y sus familias, en los Grandes, en el obispo de Toledo, primado de España, y en los condenados, demorándose más en ellos, que ocupan los lugares más elevados del estrado y que van a morir. Desde el decreto que expulsó a los judíos de España tiene las manos libres para perseguir, encarcelar, quemar a quienes pretendiéndose cristianos han permanecido en el reino y siguen secretamente fieles a su fe. Para ese gran auto de fe ha rogado al rey y a la reina que aprueben su combate con su presencia, la del príncipe Juan y las infantas. Toledo, les ha dicho, conservará por mucho tiempo la gloriosa memoria de ese día de fe. Isabel ha aceptado. En verdad no le gusta el espectáculo del sufrimiento, pero quiere demostrar a Torquemada que está a su lado. España debe ser católica o no ser. Junto a la reina, Fernando parece pensativo; los largos sermones le aburren. El príncipe Juan contempla los estandartes y los juegos del viento en las pinturas que los decoran. Según el soplo de la brisa las cruces se retuercen, los rostros de los santos se deforman, se crispan, la paloma del Espíritu Santo parece emprender el vuelo. Sólo la infanta Isabel bebe cada una de las palabras del Inquisidor. Tiene veintidós años. Desde que su marido, el rey Alfonso de Portugal, murió tras una caída del caballo, permanece en España y olvida en la piedad más ardiente sus ocho meses de feliz matrimonio. Pacientemente, su madre intenta persuadirla de que se case con el nuevo rey Manuel, que ha pedido su mano, pero la muchacha se resiste. En adelante pertenecerá sólo a Dios.

Por fin Torquemada calla. Suda. El otoño es todavía caluroso en Castilla. El aire huele a moscatel tibio, a manzanas, transporta el acre olor de los rebaños de ovejas, esas merinas que son la riqueza de los castellanos y que pronto tomarán el camino de regreso para iniciar la larga transhumancia que marca el ritmo de la vida en la campiña.

El frágil tintineo de las campanillas parece incongruente en la solemnidad del instante.

Bajo el dosel que protege del sol a la familia real, la sombra se mueve en el hermoso rostro de Juana. Tiene la tez clara, una boca de labios bien dibujados, los ojos de un castaño teñido de verde, la nariz algo larga pero recta y fina. Es la más hermosa de las cuatro hijas de Isabel y Fernando, «la belleza de nuestra familia», como dice su padre, guasón, para que se ruborice.

Los soberanos, y la concurrencia luego, han jurado defender la fe cristiana. Ahora un monje lee la sentencia. Por su redondo rostro corre abundantemente el sudor. Su voz monocorde no demuestra pasión alguna, ni odio ni piedad. Treinta y cinco de los condenados serán llevados a la hoguera, otros irán a la cárcel o a galeras. Algunos se librarán con una deshonrosa penitencia pública. Tras cada nombre, el dominico cita las declaraciones y confesiones. El sol declina. Desde hace más de dos horas los detenidos, al igual que la concurrencia, sufren inmóviles el implacable calor. En los graderíos una mujer se desvanece y la puntiaguda mitra cae sobre la túnica amarilla con la cruz de San Andrés.

Por fin el monje calla. Ha llegado el momento de entregar a los acusados al brazo secular y la muchedumbre se pone ya en marcha hacia el lugar del suplicio. Juana, con los ojos entornados, imagina al pueblo flamenco que la recibirá en sus bodas. ¿Cómo debe de ser? Se dice que los hombres son altos y rubios y las mujeres blancas y gordas. Tras ella, Antonio y Alejandro Geraldine, los profesores de latín de las infantas, hablan en voz baja. Juana comprende que ese auto de fe les sorprende. ¿Cómo se atreven a criticar a Castilla? Si ella desautoriza con frecuencia a su madre, detesta que los extranjeros la critiquen. Todo lo que empequeñezca a España la humilla.

Tambores y trompetas abren la marcha del cortejo; en los estandartes con las armas de la Inquisición, la cruz, la espada y el ramo de olivo ondean a la brisa de la tarde. Los condenados siguen llevando un cirio amarillo en la mano. Tras ellos, un bosque de cruces, de antorchas encendidas blandidas por los religiosos. El polvo que el cortejo levanta se pega a los rostros, se deposita en los vestidos y las cabelleras, irrita las gargantas. Declina la tarde. En el crepúsculo, el credo que todos entonan adquiere resonancias siniestras.

Llega el momento en que los inquisidores deben unirse al cortejo. La reina se ha levantado, no asistirá a la ejecución. Mendoza va a representarla, a rogar en su nombre por la salvación de aquellas almas extraviadas. Muy erguido, Torquemada sigue al cardenal. Como la reina, sólo se preocupa por el honor de Dios, los bienes de este mundo le son indiferentes.

Fernando se inclina hacia el infante.

–Hijo mío, el buen Dios y nosotros mismos seremos algo más ricos esta noche. Él tendrá las almas de estos hombres, el Estado se limitará a su oro.

Juana sonríe, en otros labios estas palabras la habrían escandalizado, pero por su padre sólo siente indulgencia. Tal vez la lleve a pasear por los jardines después de cenar. Juntos hablan de los temas que les gustan, los animales, la música, saben burlarse también de las austeras figuras que le rodean, de los halagos de los hidalgos, de las intrigas de los prelados, de la beatería de los obispos. ¿Por qué es tan rara esa complicidad? Fernando se muestra demasiado a menudo indiferente, lejano, inaccesible, y ella no se atreve entonces a salir a su encuentro, a solicitarle. Espera, acecha. Su existencia está llena de esas minúsculas esperanzas, de esas alegrías pasajeras. Le gusta también inventar otras vidas, su imaginación la convierte en músico itinerante, en tocadora del clavicordio o la guitarra, que va de castillo en castillo. A veces imagina a algún joven murmurándole frases galantes, buscando su mano. Se ruboriza con sólo pensarlo. Su cuerpo le aterra. ¿Acaso la dueña no la amenaza con todos los diablos del infierno si pretende obtener de él el menor goce? Y sin embargo, durante las cálidas noches de verano ese cuerpo la acosa, la invade. «¡Orad!», recomienda la gobernanta. Pero hablar con Dios la aburre. Con todas sus fuerzas se domina, impide que su mano se mueva. No teme al diablo, sólo teme rebajarse.

La cohorte de los malditos se aleja, algunos servidores se encargan de los caballos, las mulas enjaezadas de rojo y oro. Isabel y Fernando montan en primer lugar. A su alrededor se apretujan los señores, las damas, los servidores, acechando todos una mirada, una palabra. Beatriz de Bobadilla, la mejor amiga de Isabel, marquesa de Moya ahora, luce un vestido de brocado de plata; lleva al cuello y en las orejas, las perlas regaladas por la reina, y en los cabellos, de un castaño cobrizo, un gorro de terciopelo negro adornado con una esmeralda. Una cadena de oro, cuyos eslabones están todos cincelados de un modo distinto, cuelga sobre el pecho de su esposo. Con los pies en el polvo, el rostro teñido con henna, los esclavos moros agitan amplios abanicos para refrescar a sus dueños. Un niño negro, vestido de terciopelo rojo, sujeta las riendas del caballo del conde de Benavente. A lo lejos, una campana anuncia el ángelus vespertino. A Juana le gusta ese lujo y esa desnudez que se codean, respira con delicia el fuerte aroma del romero, de los pinos, el olor de los corderos, el aire dorado, transparente, del otoño castellano. Ninguna niña es, a la vez, tan prisionera y tan libre como ella.

25

El cortejo real está ya en marcha cuando Juan pone su caballo a la altura de la mula de Juana. El infante es rubio como su madre, con un rostro redondo y ojos a flor de piel. Tiene la boca sensual de Fernando pero, al contrario que su padre, su cuerpo es grácil y estrechos sus hombros. Los proyectos de boda flamenca han acercado a hermano y hermana.

—Esta mañana he visto el retrato de Margarita —murmura él.

Juana se estremece, sus ojos negros no pueden ocultar la curiosidad, la emoción que siente.

—¿Y Felipe?

El muchacho suelta una carcajada.

—Margarita es muy hermosa. De Felipe no puedo decirte nada, apenas lo he mirado.

El corazón de Juana late con fuerza. ¿Va a convocarla su madre para mostrarle el dibujo que representa a su prometido?

—No te impacientes demasiado —prosigue el infante, que tropieza con las palabras—, nada se ha decidido todavía. Tal vez, a fin de cuentas, te entreguen al viejo duque del infantado, que está enamorado de ti.

Se ríe de nuevo, espolea su caballo. Juana quisiera galopar tras él, alcanzarle, obligarle a hablar, pero su dueña, sus damas de honor, sus pajes la rodean. En cada sombra, en cada matorral junto al camino, intenta adivinar los rasgos del joven archiduque austríaco. Sus esclavas dicen que los amantes se ocultan en la maleza, entre las ramas y las piedras, para sorprender a sus amadas. Si ellas saben permanecer atentas, sus rostros aparecen entonces tan claramente como en un espejo.

—Dios perdone a esos pobres pecadores —murmura a su lado la dueña.

A su espalda se escucha la risueña voz de Marina Manuel, la más hermosa de las damas de honor.

—Doña Sabina, ¿queréis hacernos llorar por unos pocos judíos?

Juana ha olvidado el auto de fe, sólo piensa en el hijo de Maximiliano de Austria y María de Borgoña, muerta cuando él era todavía un niño muy pequeño.

4

La humedad impregna los muros de las iglesias de Santa Eulalia y Santa María del Mar, las callejas de Barcelona donde se apretujan los tenduchos de los mercaderes, y fluye por los muelles del puerto. Algunas galeras inmovilizadas por el invierno y unas barcas de pesca pintadas con colores vivos se balancean en la dársena. Desde su alcoba, más allá de los jardines que rodean el castillo, Juana contempla las humaredas que se elevan por encima de los techos, el pesado vuelo de una gaviota. Tiene más de trece años pero cada día debe volver a las lecciones de sus profesores, a los interminables oficios religiosos. No se habla ya de su matrimonio. ¿Se ha deshecho? Isabel nunca da cuentas a nadie, sobre todo a sus hijos. No sabe, no quiere saber nada de los tormentos de Juana. La niña ha visto el retrato enviado por el emperador de Austria, ha contemplado el hermoso rostro del adolescente. Culpablemente, los ojos se han detenido, por breve tiempo, en la boca llena, sensual. ¿Va a posarse en sus propios labios? ¿Va a provocarle esos estremecimientos de los que hablan las esclavas? El retrato fue retirado, está oculto no sabe dónde, no ha vuelto a verlo. Juan, por su parte, conserva el de Margarita.

Pacientemente, Fatma ha untado los cabellos de su dueña con agua perfumada con clavo, los ha trenzado y adornado con cintas para la fiesta. En el lecho, la camarera ha depositado el vestido de terciopelo esmeralda con el busto rígido y el manto de brocado forrado de seda crema. Muy pocas veces la reina autoriza a sus hijos a vestirse sus ricos atavíos, exigiendo que lleven, como ella, el simple paño de lana, pero hoy están permitidos todos los fastos. ¿Acaso no va a ponerse ella misma su magnífico collar de rubíes para recibir al almirante de la mar Océana que regresa de las Indias?

Aquella misma mañana, Juana ha observado a su madre en la capilla, durante la celebración de la misa. Mientras Jiménez de Cisneros, su confesor, exhortaba a los fieles a someterse más aún a la voluntad divina, a aceptar, más allá de la gloria terrestre, la decadencia y la muerte, Juana adivinaba que Isabel, detrás de las manos con que se cubría el rostro como si orara, no escuchaba al sacerdote. «Su espíritu está ocupado por el genovés –había pensado la niña–. ¿Será pecado pensar en un hombre?» ¿Cometía ella una falta permitiendo que la imagen de Felipe de Austria volviera sin cesar a su espíritu?

Para correr mejor, doña Felipa de Guzmán, la dama de honor preferida de Juana, levanta con ambas manos su vestido de tafetán bordado.

–¡Señora infanta, ya han entrado en la ciudad!

Las camareras, las esclavas se atarean alrededor de Juana, presentan joyas en sus cofres, zapatos adornados con pequeñas perlas, el abanico pintado con pájaros y flores. Mientras visten a la joven princesa, hablan con volubilidad. Por toda la ciudad, de boca en boca, corren los más extraordinarios relatos; el almirante ha regresado de las Indias con pájaros de color del arco iris, seres medio humanos, tocados de oro tan preciosos que ningún hombre los ha visto más hermosos, objetos raros y sorprendentes. Fatma y Aicha se encogen de hombros, se miran con aire de connivencia. Ya cuando eran niñas escucharon, muchas veces, en boca de las mujeres moras, relatos semejantes llegados de Oriente hasta Granada. En sus pajareras, entre los rosales, los califas poseían decenas de esos pájaros parlanchines y coloreados, se hacían ya abanicar por enturbantados servidores indios. Por lo que al oro y a las joyas de los emperadores mongoles se refiere, ningún cristiano puede imaginar semejantes riquezas.

–Harum al-Rashid, que la misericordia de Alá le acompañe, se compadecería de este genovés –murmura Fatma al oído de su compañera.

Ha aprovechado la confusión, el barullo, para pronunciar el nombre de Dios. Los moriscos, convertidos por la fuerza al cristianismo, permanecen fieles a la religión de su infancia pero callan, se ocultan. Al amanecer y al crepúsculo, en la intimidad de la habitación que comparten las esclavas, pueden rogar mirando al este. Pero siempre, cuando se prosternan, el corazón palpita en sus pechos. Si una sirvienta cristiana entrase y las denunciara, serían encarceladas, entregadas tal vez a esa Inquisición que las aterroriza. Se dice que los monjes torturan incluso a las mujeres, les aplastan los pulgares, comprimen sus carnes con cuerdas, las levantan del suelo por medio de poleas tras haber atado pesos a sus pies. Cuando se cruzan con los religiosos por los corredores, los moriscos inclinan la cabeza y mascullan entre dientes una maldición; durante la misa recitan en su interior los santos nombres de Alá, inventando otros que puedan resultar maléficos para los

cristianos. El día de la Gran Fiesta, mientras Alia, la mayor de todas ellas
–¿no afirma acaso que nació cuando vivía todavía el gran Timul Lang?–,
golpea un tamboril, ellas bailan dando palmadas, lanzando a veces su largo
grito gutural que resuena en todas las esquinas del castillo. La reina ha au-
torizado los festejos siempre que no sean religiosos. ¿Ignora acaso que en el
Islam todas las fiestas celebran la grandeza de Alá?

Juana está por fin vestida. En su traje verde, muy prieto sobre su menudo
busto, con sus cabellos trenzados y adornados con cintas y flores en la parte
trasera de su cabeza, con sencillas perlas en las orejas y alrededor del cuello,
su belleza es extraña y secreta. No sonríe, no se exalta como las demás muchachas de su edad, parece siempre condescender a decir una palabra o conceder una mirada. Pese a su actitud retirada es, de las cuatro infantas, la que
tiene mayor majestad. La temen porque nadie puede afirmar conocerla.

De pronto, una mano llena de anillos corre la portezuela de terciopelo
que cubre la puerta. La dueña, jadeante, entra en su alcoba.

–Pronto, señora infanta, el almirante se acerca a palacio.

Juana contempla con desprecio a su gobernanta. Una vez más, pese a
sus cuarenta años, se ha vestido como una jovencita. Su traje de seda color
amapola y mangas abiertas sobre torbellinos de lino, sus zapatos de gruesas
suelas le dan andares de pavo, sus cabellos rizados, en los que ha puesto algunas cintas, la hacen ridícula.

Pese a todo, Juana se apresura. Quiere ver entrar en la sala del trono el
extraño cortejo, sentir en lo más profundo el nuevo triunfo de España. La
dueña corre dejando tras de sí un nauseabundo hedor de sudor y jazmín.
Juana le reprocha precederla. Tiene ya trece años y sólo su padre, su madre,
Isabel, su hermana mayor y Juan pueden caminar delante de ella.

En la vasta sala del trono del palacio de Barcelona se apretujan los Grandes, los hidalgos, una muchedumbre de amanuenses, burgueses, eclesiásticos dispuestos a festejar a aquel de quien, hace unos meses, se burlaban. El
cardenal Diego de Mendoza, tan hostil a los proyectos del navegante, mantiene las manos cruzadas bajo su manto casi en un gesto de adoración. Ante
él, en el estrado, se sientan, uno junto a otro, Fernando, vestido de terciopelo negro, con un amplio sombrero con una pluma en la parte posterior y lu-
ciendo una cadena de oro, Isabel, radiante en la sencillez de un vestido
blanco bordado con hilos de oro, con los rubios cabellos estirados, recogidos por una redecilla dorada con pequeños diamantes y perlas, el infante
Juan, con su cuerpo frágil, friolento, envuelto en un manto de satén blanco
forrado de muaré. Las infantas se sientan en pequeñas sillas bajas, a ambos
lados del estrado, Isabel vestida con el paño gris que no abandona desde que
quedó viuda, Catalina y María, las niñas, con vestidos de seda pastel ador-

nados con un gran cuello de encaje en punto de Venecia. Aquí y allá arden algunos braseros, se han encendido antorchas, se han desplegado los más hermosos tapices. De los corpiños y las cabelleras brotan embriagadores aromas de ámbar, almizcle, pesadas fragancias de rosa y jazmín. Junto a sus dueños, algunos lebreles y bassets duermen sobre las losas. Tendido en las rodillas del obispo de Barcelona, un gato persa de pelaje grisazulado contempla, con los ojos entornados, aquel extraño montón de humanos.

Los sones de una trompeta hacen erguir las espaldas, logran que las cabezas se vuelvan hacia la abierta puerta de doble batiente. La reina aprieta muy fuerte, entre sus manos, los brazos de su sillón. Durante los siete meses que ha durado su ausencia no ha dejado de acompañar al genovés con el pensamiento, de rogar por el éxito de su empresa. Los finos dedos de Fernando se posan en su brazo.

–Amiga mía, la fe es un acto de esperanza. Perdonad que hubiera considerado una ilusión vuestra esperanza.

Isabel le sonríe, quiere responder, pero otro toque de trompeta, el ruido de los pasos, de las voces, de extraños gritos la contienen; adivina más que verlo a Cristóbal Colón, su almirante, que se acerca. Atónita, la concurrencia calla, sólo se percibe el ruido que hace el pequeño grupo al caminar. Juana olvida su indiferencia, sus mejillas se ruborizan un poco. Un monje abre la marcha llevando una sencilla cruz de madera. A sus espaldas camina el almirante, su alta talla, su prestancia, le dan el aspecto de un senador romano. Con paso seguro avanza hacia los soberanos, sube al estrado, se quita el sombrero de fieltro, se arrodilla.

En señal de deferencia, Isabel y Fernando abandonan sus asientos y, ayudándole a levantarse, le indican una silla a su lado. Isabel no puede ocultar su emoción, su alegría. Por un instante toma de nuevo la mano del genovés, la estrecha en la suya con un gesto de afectuosa complicidad, olvidando por un instante que es reina de Castilla.

«Qué hermoso es –piensa Juana–, hermoso como Felipe.» Recuerda los rasgos del joven príncipe austríaco. La belleza de los hombres la turba y eso la irrita. ¿Acaso disminuye su desprecio por los seres? ¿Se está volviendo vulnerable, miserable como las demás mujeres, esas jóvenes que ríen estúpidamente, esas jadeantes dueñas? Como si adivinara sus pensamientos, Colón se vuelve hacia las infantas, se inclina. Juana evita su mirada, observa la entrada del cortejo de los marinos, con pájaros azules, amarillos y verdes encaramados en sus hombros, el extraño grupo de indios ataviados con pesados collares de oro y conchas, con los tobillos rodeados con bandas de cuero adornadas con pequeñas plumas blancas. La curiosidad le hace olvidar los ojos dorados, la boca sensual del genovés.

–Mira –murmura Catalina excitada–, nos ofrecen presentes de su país.

Dos de los hombres de piel cobriza y largos cabellos lisos, negros como el ébano, llevan piezas de oro trabajadas, hebillas, máscaras, pesadas joyas con incrustaciones de perlas de ámbar, esmeraldas, jade, irisadas plumas. Siguen los demás, llevando entre las manos pepitas grandes como huevos de pato.

Sentado entre los atentos soberanos, Colón va señalando las cosas, explicando de dónde proceden. El príncipe Juan parece fascinado por los arcos, las flechas, los cascos de plumas. A ese genovés, hijo de un mercader de vino y queso, la suerte le sonríe más que a él. Puede cruzar océanos a su guisa, afrontar extraordinarios peligros, vencerlos, plantar la cruz de Cristo en tierras desconocidas mientras él se ve condenado a vivir prisionero de vastos palacios.

Las infantas Catalina y María sólo tienen ojos para los loros; Catalina, que tiene ocho años, dirige de vez en cuando una inquieta mirada a los indios. Juana intenta imaginar esos países lejanos que nunca conocerá. ¿Sería allí feliz? La niña sueña, se imagina con Fernando, en una playa, caminando solos cogidos de la mano.

Con su voz grave, ardiente, Colón habla del viaje, de la primera tierra abordada y a la que llamó San Salvador, de la cruz que plantó en la playa, que los españoles acababan de hollar junto al estandarte de Castilla. Cuenta su encuentro con los desnudos indios, a los que ofrecieron collares de vidrio y cascabeles, luego la navegación de isla en isla, su llegada a una tierra de ensueño, de casi indescriptible belleza, que fue bautizada como isla Española.*

Nadie le interrumpe, pues la fascinación que ejerce sobre la concurrencia es total. Velazquillo, el bufón de Fernando, siempre dispuesto a la ironía, abre de par en par los ojos, perfectamente inmóvil en su taburete. Incluso los antiguos adversarios del marino, hechizados, aguzan el oído.

Cuando el almirante calla, tiene lágrimas en los ojos. Isabel llora. Se levanta y, luego, se arrodilla imitada por el rey, Colón y el auditorio. De todos los labios brota el Te Deum. Sólo permanecen de pie, desconcertados, extranjeros, patéticos, el puñado de indios que nada comprenden del extraño ritual.

* Haití.

5

Ana de Viamonte retrocede un paso y, con recogida atención, contempla el efecto producido. A su alrededor, las innumerables sirvientas contienen el aliento.

—Estáis *bellissima*, señora Infanta.

Emplea la palabra italiana pronunciándola con énfasis.

—Qué torpe os mostráis, querida Ana —advierte Juana burlona—. ¿Ignoráis tal vez que Italia sólo da preocupaciones a España?

—A estas preocupaciones debéis vuestra boda.

—Tienes razón —murmura Juana—. Mi madre y el emperador Maximiliano han precipitado las cosas para aliarse frente a las pretensiones francesas.

La muchacha está radiante. Dentro de pocos instantes va a celebrarse su matrimonio por procuración con Felipe. Tras tres años de esperanzas seguidas de decepciones, el contrato se firmó por fin en Flandes a comienzos del mes de diciembre.

Con distraída mirada, leyó la interminable lista de cláusulas y ratificaciones. Si, fugazmente, tuvo la impresión de un cambalache, sólo ha querido recordar la certidumbre de convertirse pronto en la esposa de aquel muchacho que obsesionaba su imaginación desde que tenía doce años. Cien, mil veces ha contemplado el retrato, pasando un tímido dedo por el rostro inmóvil. Poco a poco, en su espíritu, el futuro esposo tomó vida, le ha visto moverse, reír, partir de caza con un halcón en el puño. Cuando su imaginación se detiene en la noche de bodas, intenta pasar pronto a otra cosa. Lo sabe todo del amor. Muchas veces ha captado conversaciones entre las sirvientas, ha descubierto en sus crudas alusiones que el esposo y la esposa no se limitarían a caricias y besos. Para olvidar las turbadoras imágenes que nacen en su espíritu, se obliga a leer en latín, a componer melodías en su clavicordio. Desde que era niña las dueñas, las gobernantas, los confesores le han repetido que Dios odiaba el cuerpo humano, sobre todo el de la mujer, que sólo debe casarse para procrear. ¿Por qué entonces esas risas cómplices de las sirvientas, por qué el rubor en sus rostros cuando evocan a sus amantes, por qué esos cuentos, esas canciones con que la arrullaban las esclavas moras y que hablan de hombres locos de deseo, de mujeres que se dejaban acariciar, poseer con voluptuosidad?

Ana de Viamonte, pelirroja y vivaz, toma la mano de Juana.

—Pronto estaremos en Flandes, pero hablaremos juntas de nuestro país, ¿verdad?

Juana se suelta. Aun necesitando la amistad, se niega a cualquier familiaridad.

—En mi ducado ya sólo seré flamenca, Ana.

—Señora infanta, nadie escapa nunca de España.

Isabel termina, por segunda vez, la lectura del contrato de matrimonio entre su hija Juana y el archiduque Felipe. Juan está unido ya a la archiduquesa Margarita, su hermana, y ella quiere que ambas uniones sirvan perfectamente sus intereses políticos. No puede desdeñarse ni un solo punto de las actas. A su lado, Francisco de Rojas, su embajador en Flandes, comenta a veces brevemente una frase, una anotación. En Malinas ha firmado ya el contrato entre el heredero de los Reyes Católicos y la nieta de Carlos el Temerario. Es ducho en negociaciones, en los ardides diplomáticos, y sabe cómo dar doble sentido a cada palabra. Su único paso en falso, y se siente todavía mortificado, fue no haber sabido qué parte del vestido desabrochar cuando, protocolariamente, representaba al esposo en el lecho nupcial. La joven y encantadora Margarita, vestida y enjoyada, tendida a su lado, había soltado una risa burlona, tan irresistible que todos los flamencos presentes habían acompañado su alegría. «Vuestra pierna, Excelencia, vuestra pierna», había murmurado el chambelán. Lleno de confusión, sus dedos temblaban tanto que no había conseguido desabrochar el menor botón.

—Don Francisco –pregunta Isabel dejando el documento–, no queda sombra de duda con respecto a la dote, ¿verdad?.

—Ni la menor duda, Majestad, ni el emperador Maximiliano ni vos tendréis que desembolsar un solo escudo.

Isabel, con las manos unidas, reflexiona.

—Veinte mil escudos de oro pagados anualmente a Juana son ya suficientes. España no puede ofrecer más, pero los flamencos deben ignorarlo. Les impresionaré con el fasto del séquito que acompañará a mi hija hasta su país. Hablemos ahora de lo esencial, ¿el emperador de Austria está convencido de que nuestra política en Italia es adecuada?

—Lo ha aprobado todo, Serenísima Majestad. El rey de los romanos no ha retirado ni una frase ni una palabra. Su hijo, el archiduque Felipe, lo rubricó ante Juan de Berges, gobernador de su Casa, y diez gentilhombres flamencos, españoles y austríacos. Comprobé todas las firmas, verifiqué los sellos. Luego, el archiduque juró por la Santa Cruz querer a la infanta Juana como esposa legítima y que durante toda su vida sólo a ella la tendrá y reconocerá por esposa.

—Podemos, pues, proceder al matrimonio —interrumpe Isabel—. Haced venir a mi hija, señor De Rojas, le entregaremos, cuando haya firmado las actas, la carta que le ha escrito su futuro esposo —la reina hace una pausa y, luego, clavando su mirada en la del embajador, añade—: Decidme francamente vuestras impresiones sobre ese joven.

El diplomático parece buscar las palabras más apropiadas, las que complacerán a la reina sin llegar a engañarla. Numerosas veces ha visto al archiduque en galante compañía, sabe que a sus diecisiete años nada le gusta más que las mujeres, la danza y la caza. De hermosos cuerpo y rostro, gusta a todo el mundo, sabe mostrarse zalamero, encantador. La infanta Juana, no lo duda, será seducida por su joven marido, pero ¿cuánto tiempo le durará a él? De Rojas se aclara la garganta. Atenta, Isabel adivina su embarazo, comprende que quiere ocultarle lo que ella sabe ya.

—El archiduque, Majestad, tiene la dignidad de los duques de Borgoña, sus antepasados maternos, la audacia y la galantería de los Habsburgo. Es de carácter alegre, ama a sus amigos y sabe escucharles...

La reina le interrumpe.

—Bien, señor De Rojas. Ésas son buenas cualidades para un príncipe. Juana será una archiduquesa satisfecha, es todo cuanto le deseo. La niña se interesa poco por las cosas del Estado, no está hecha para el poder. Tendrá en Flandes una corte brillante, en exceso ligera tal vez, distracciones, y no deberá tomar más decisiones que las necesarias. La rodearé de personas seguras que la ayuden en su conducta.

De Rojas se inclina. La reina, sin la menor certidumbre, espera que su hija sea feliz. Si España, aliándose con Austria, puede vencer a los franceses en Milán y Nápoles, su vida conyugal será resplandeciente. «Dios no ha dispuesto la felicidad para sus criaturas —piensa Francisco de Rojas, caballero de Calatrava—, sólo ha pensado en su deber.»

—Id a buscar a la infanta —dice la reina—, debo leer una carta de mi almirante don Cristóbal Colón. Afirma que ha descubierto, en su segundo viaje, una gran tierra. ¡Que Dios le proteja y le bendiga! Este hombre trabaja tanto por la grandeza de España como lo hacemos nosotros con todas esas actas y acuerdos.

Una vez el embajador ha salido, la reina recorre de nuevo la carta que acaba de recibir de la Española, del otro lado de la mar Océana. Piensa a menudo en el genovés, pero hoy, mientras tiene en las manos su mensaje, a su espíritu le cuesta apartarse del archiduque Felipe. Los hombres, lo sabe, pueden hacer llorar a las mujeres más orgullosas. Fernando, anoche, no acudió a su lecho.

Con aplicación, Juana firma, ratificando el matrimonio firmado ya en Malinas por Francisco de Rojas, el 5 de noviembre, rubricando todas las actas que dos notarios copian. Tardíamente, Fernando se ha reunido con su mujer y su hija. Se mantiene silencioso, a pocos pasos, y parece distraído. Un indefinible malestar le impide alegrarse como desearía por tan hermosa alianza. Sabe que su hija le adora y teme que le abandone. Pero ¿acaso las princesas no deben sentirse felices por el deber cumplido? La bonita y pequeña Juana no puede desear otro destino... y, sin embargo, piensa en Felipa, su última amante, en sus risas, sus audacias, sus encantadoras chiquilladas, su delicioso sabor de mujer. Juana jamás tendrá derecho a esa inconsciencia, ese gusto por la voluptuosidad. Sonríe. ¿Estará perdiendo la cabeza? Las infantas deben servir sus intereses, así las ama. Catalina está prometida al príncipe de Gales, hijo de Enrique VII, Isabel ha terminado cediendo y acepta romper su viudez para casarse con el primo de su difunto esposo, Manuel. Dado que la única condición puesta por Isabel es que su futuro esposo expulse a todos los judíos de Portugal, las primeras negociaciones para la nueva boda no deben plantear ningún problema.

Impasible, Juana ha terminado de firmar. Sólo Fernando adivina qué conmovida está. Su hija ha heredado de él el poder de ocultar sus pensamientos pero, a diferencia de él, es muy vunerable. «Un pollito en su cascarón –piensa–, y piensa que la frágil envoltura la protegerá del mundo.»

Con ternura, la reina posa una mano en el hombro de su hija.

–Juana, debo entregarte un mensaje del archiduque. Ahora eres su mujer y puedes leerlo sin que haya ofensa.

La joven infanta siente que su corazón se encoge. ¿Debe leer esa carta, esperada durante tanto tiempo, ante los parientes, el embajador, los gentilhombres, los notarios? ¿Puede llevársela con ella para enterarse de su contenido en la intimidad de su alcoba?

–Lee, hija mía –ordena Isabel–. El archiduque no ha podido escribir nada que deba permanecer en secreto.

Las palabras bailan ante los ojos de Juana. Recorre el mensaje sin comprenderlo, sólo capta fragmentos de frases. «Esposa mía, tiernamente amada..., me apena tanto estar separado de vos todavía algún tiempo... Que una hermosa descendencia bendiga nuestra unión...» Tiene ganas de llorar, a sus dedos les cuestan no dejar escapar la misiva. Tantos sueños, tantas emociones cristalizan alrededor de esos signos trazados en tinta negra. Ve al Felipe del retrato inclinado sobre la hoja, con el corazón lleno de ella como el suyo está lleno de él.

Isabel percibe la extrema turbación de Juana. ¿No sintió ella confusión semejante cuando Fernando, disfrazado de arriero para engañar a sus enemigos, dejaba Aragón para reunírsele en Castilla? Recuerda al muchacho que entonces era, su rostro lampiño todavía enmarcado por sus abundantes cabellos castaños, la boca infantil, ávida, la mirada burlona a veces, otras dura como el acero. La sedujo enseguida y se entregó a él con pasión. Pero Fernando buscó pronto otros brazos, otros labios. Ella había llorado, suplicado; luego Dios la había socorrido dándole un hijo tras nueve años de matrimonio.

¿Qué le importan ahora los desaires del rey? Reina en Castilla, León, Andalucía, tiene cinco hijos y casi cinco millones de súbditos. Fernando es su más cercano amigo, el más querido. El amor físico es un brasero al que no quiere ya acercarse.

–Hija mía –dice suave, casi tiernamente–, puedes quedarte la carta. Tendremos que responderla dentro de unos días, consultaré con el señor De Rojas y fray Jiménez de Cisneros sobre los mejores términos que deban emplearse.

Juana, muda, mira a su madre. Es tan feliz que, con un gesto desacostumbrado, toma rápidamente la mano de Isabel y se la lleva a los labios.

La reina conserva los ojos fijos en la delgada silueta que se aleja, enmarcada por la dueña y una gobernanta, seguida por tres damas de honor. «Cristo omnipotente –murmura–, que esta niña no vea desengañadas muy pronto sus esperanzas.» Su confesor, su más próximo consejero, Jiménez de Cisneros, la ha oído. Se persigna al mismo tiempo que Isabel.

Sentada en un almohadón junto a la ventana, con la espalda apoyada en la pared, Juana lee la carta por tercera vez. No lejos, agachadas en el enlosado, Fatma y Aicha tararean con sus agudas voces una nostálgica melopea de Granada. Las palabras árabes, rasposas y suaves, hablan de amor ardiente, de un vientre de mujer redondo y abierto como una naranja, del perfumado viento de Arabia que embriaga los corazones. Las esclavas, durante

36

largo rato, la peinan, la bañan, la perfuman, sus manos hacen que su cuerpo se estremezca. Ríen, murmuran a su oído frases extrañas, hechizos. Ella les ordena que callen; el diablo se oculta en la boca de esas mujeres.

Pero en ese instante Juana no les oye, es la querida esposa, aquella a la que se espera con ardor. Felipe le ofrece su país de Más-acá, aquel Flandes que ha recibido de su madre y al que ama con ardiente amor. También ella quiere amarlo, ser para Margarita de York, la Gran Señora, esa abuela que sirvió de madre a los huerfanitos y a la que tanto Felipe como su hermana Margarita veneran, una nieta más. Deja la carta entre sus piernas cruzadas, intenta imaginar Malinas, Brujas, Bruselas. Le han dicho que en Flandes no crecían olivos, ni tejos, ni almendros, que el suelo no era rojo, ni rocoso, que el viento no arrastraba polvo y aromas. Le han dicho que en la tierra llana las nubes corrían por encima de ríos y arroyos de apacible curso, por encima de campos donde pastaba un ganado bien cebado. Recuerda a Rojas que, reprobador, calló cuando le preguntó sobre las mujeres, limitándose a soltar con precaución y cierto desdén:

—Las flamencas, señora Infanta, son demasiado libres, no creo que a Dios le guste esa disposición.

—¿Y los hombres, Excelencia?

—Son apuestos, señora Infanta, grandes y pesados, alegres, siempre dispuestos a divertirse, pero son también gente industriosa y hábil.

El embajador no reveló a Juana que los flamencos sienten demasiada afición por el libertinaje. No conoce a uno solo, en todo el país, que no dirija a las sirvientas de abultadas nalgas y pechos una mirada concupiscente. Él mismo, Dios le perdone, ha pecado ante tanta carne ofrecida.

Con el rostro vuelto hacia la ventana enrejada, que recorta un rincón de cielo donde se redondean algunas nubecillas, Juana, con su vestido de novia, se interroga por primera vez sobre los cambios que trastornarán su vida. Su unión se ha llevado ya a cabo, irremediablemente, y de pronto todo lo que había calumniado, todo aquello de lo que se había burlado le parece familiar y dulce. Recuerda el sol en el patio de los leones de la Alhambra, el Alcázar de Toledo, los naranjales de Murcia, la gran mezquita de Córdoba, las calles de Medina de Campo durante la feria, la catedral de Zaragoza en Aragón. Furtivas imágenes cruzan por su cabeza: una procesión, algunos penitentes, una corrida de toros en Burgos, la estatua de la Virgen en el monasterio de Guadalupe transportada, durante las fiestas, en unas parihuelas de oro. Poco a poco, los rostros de sus hermanas, de su hermano y los de Fernando e Isabel se imponen y, de pronto, tiene ganas de llorar.

6

Levantándose al alba, acostándose mucho después de que caiga la noche, Isabel organiza sin descanso, en esta primavera de 1496, la expedición a Flandes que debe acompañar a Juana; pretende que sea ejemplar. Ha alquilado, tras difíciles negociaciones, ciento diez navíos, ha establecido la interminable lista de quienes escoltarán a su hija. No se trata de ofrecerle unas bodas deslumbrantes sino de impresionar al mundo, sobre todo a Francia y al pequeño Carlos VIII.

Julio ha traído el calor tórrido. En Medina del Campo, la reina sale poco del castillo de la Mota. Cuando el crepúsculo vela el horizonte de rosa púrpura, deja a veces que su mano se inmovilice sobre el papel, levanta soñadora los ojos. Su secretario espera, no se atreve a mirar a su soberana para intentar comprender tan súbitas ausencias. Isabel no piensa en Juana, o muy poco, sino en Juan y en Margarita de Austria. ¿Hará feliz a su querido hijo, le dará rápidamente un heredero? A lo lejos percibe los prietos techos de su ciudad preferida, adivina los rumores confusos de las calles, las casas y las tiendas. El bienestar de su pueblo ocupa siempre su espíritu. Quiere un Estado sólido y fuerte. Nada está nunca seguro. Ha expulsado ya de su reino a los judíos, a quienes consideraba peligrosos para la comunidad cristiana, ha dominado hábilmente a los Grandes, ha sabido ganarse a los hidalgos, imponer como consejero a Jiménez de Cisneros, el monje franciscano. Ha debilitado el poder de las Cortes, ha restablecido la justicia, ha perseguido la unificación de España arrancando a los moros la ciudad de Granada. Hoy, con la doble boda austríaca, refuerza más aún el nuevo poderío de España frente a toda Europa.

Un ligero rumor hace que Isabel vuelva la cabeza. Cisneros está a sus espaldas.

—Majestad —dice con su voz dulce, persuasiva—, perdonad que os distraiga de vuestros pensamientos pero traigo un mensaje del rey de Nápoles. Acaba de entrar en su capital y acosa al señor de Montpensier.

Una sonrisa se esboza en los labios de la reina.

—Le expulsará de Italia y, con él, a todo su ejército. Carlos de Valois tendrá que aceptar que Nápoles se una a la corona de Aragón.

El rostro de musaraña del monje se ilumina; bajo el círculo de la tonsura la mirada chispea como siempre que habla de humillar a los franceses.

En una de las terrazas de la imponente fortaleza, Juana se ha sentado para contemplar el ocaso. A su lado, sus damas de honor saborean las ardientes melodías de Andalucía que dos músicos tocan con sus guitarras. Juana está ausente. Con los preparativos de su partida, el hermoso sueño se ha vuelto de pronto inquietante, amedrentador incluso. Hacía tantos años que se hablaba de su boda que le parecía leer una simple novela de amor, de esas que complacen, pese a las advertencias de sus confesores, a las muchachas y las mujeres de España. Hoy ve los cofres que van llenándose, escucha a las que han sido designadas para acompañarla a Flandes y se quejan de tener que abandonar a sus padres, sus amigos, temiendo aquel país desconocido cuya lengua ignoran. Entonces, poco a poco, insidioso, mordiente, el temor se ha introducido en ella, una inquietud lacerante que se parece mucho a la pena. Ante su madre pone buena cara para que no la regañe, y no puede confiarse a su padre, ausente desde hace muchas semanas. A veces, una opresiva duda se apodera de ella. ¿Y si el pintor hubiese cambiado los rasgos de Felipe para hacerle seductor, si no fuera agraciado, si estuviera contrahecho y tuviera vicios incorregibles? ¿Quién podría ayudarla entonces? Fragmentos de conversaciones, frases cogidas al vuelo en los labios de su séquito acentúan su inquietud. ¿Acaso la condesa de Benavente no pronunció, hablando de Felipe, la palabra libertino? ¿La entregaría su madre a un crápula? ¿Qué va a exigirle? Su imaginación se detiene, no quiere pensar en esos extraños deseos pero su corazón palpita.

Uno de los dos músicos canta ahora, pronuncia las palabras de un amor desesperado. «Día y noche no tienen sentido, estaba ebrio sin saberlo.» El hombre tiene la voz ligera, aguda. En el horizonte, el sol labra la meseta púrpura, relinchan los caballos llevados al abrevadero. Juana percibe los colores, los ruidos, como un adiós a su infancia, a España. ¿Volverá a ver algún día su país? Se pone rígida para no llorar. Cae la noche. Dentro de unos instantes la pesada reja que cierra la puerta de entrada a la Mota bajará, los soldados montarán guardia en las almenas. El cantor ha callado y se inclina ante la princesa.

–¿Deseáis una última canción, señora Infanta?

Juana se estremece. Su espíritu sólo se preocupa de ella misma. El cantor aguarda una respuesta que no llega.

Finalmente, Ana de Viamonte solicita:

–Señor, cantadnos las lamentaciones de Al Andalus.

7

Como una letanía, el secretario, con voz monótona, recita la lista de nombres que Isabel ha elegido para acompañar a su hija al país de Más-acá:

–Director espiritual de la infanta: don Diego de Villaescusa.

»Copero mayor: don Rodrigo de Mendoza.

»Escudero mayor: Francisco de Luján.

»Chambelán: Diego de Ribera.

»Tesorero: Martín de Moxica.

La reina le interrumpe con una señal de su mano.

–Cisneros le ha recomendado encarecidamente, ¿no es cierto?

–Tiene buena opinión de él, Majestad.

–Eso me basta, proseguid.

–Despenseros mayores: Marino de Tavero y Fernando de Quesada.

»Damas de honor: doña Ana de Viamonte, doña Beatriz de Tavara, doña María de Villegas.

»Damas de compañía: doña María de Aragón, doña Marina Manuel...

El secretario ha concluido por fin la lectura, hace casi una hora que la reina escucha sin moverse.

–Está bien, señor, hemos dado a la infanta una noble corte. Deseemos ahora que los preparativos para la partida no sufran retraso alguno. ¿Se realiza adecuadamente el aprovisionamiento?

–Se hace con diligencia, Majestad. Esta mañana he hablado con vuestro intendente y los tesoreros. Veinte mil medidas de vino, dos mil quintales de buey seco, cuatro quintales de carne de cerdo salada, doce mil bacalaos secos, cien mil arenques salados, trescientos cuarterones de abadejo están ya en camino hacia el puerto de Laredo. Unos días antes de la partida se procederá a embarcar las provisiones frescas. A bordo no faltará nada.

El perrito de Isabel se frota contra las faldas de su dueña. Ella se inclina, acaricia la fina cabeza del lebrel.

–¿Dónde está Juana?

–Sin duda, sola en sus aposentos, Majestad.

–Me preocupa su afición a la soledad –murmura la reina; luego, como si lamentara enseguida esa confidencia a un secretario, se yergue–: Señor, deseo ver inmediatamente a la infanta, que vayan a buscarla.

Juana, a regañadientes, acude silenciosamente, con los ojos bajos, a la llamada de su madre.

–Siéntate junto a mí, hija mía, tenemos que hablar.

La voz es suave, casi tierna. Aunque el ceremonial de la Corte le impida a menudo demostrarlo, Isabel siente por sus hijas un profundo afecto.

Juana se acomoda en un taburete, a los pies de la reina. No sabe qué actitud adoptar, su madre la intimida un poco y no quiere demostrar su turbación.

–He recibido esta mañana una larga carta de Flandes.

Al oírlo, la muchacha levanta rápidamente la cabeza, su mirada brilla. ¿Le ha escrito Felipe? Isabel percibe la emoción de su hija, toma su mano, la estrecha entre las suyas.

–Tendrás un buen marido, Juanita. Felipe es apuesto, piadoso y entusiasta en el servicio de su reino, pero...

Busca las palabras, a Juana le interesan tan poco los asuntos del Estado que debe ir con cuidado, hacerle tomar conciencia, poco a poco, del papel político que deberá desempeñar en interés de España. «Sólo tiene dieciséis años –alega Fernando cuando ve la inquietud de Isabel–, deja que se haga mujer, entonces madurará, estoy seguro.» Pero el argumento apenas la convence. A sus dieciséis años, ella sabía ya cómo dirigir su vida.

–En esta carta –continúa conservando entre sus dedos la mano de Juana– me dicen que tu futura abuela, la Gran Señora, ha dispuesto para ti aposentos en su castillo de Malinas. Escucha a la princesa de York. Te será valiosísima en tus primeros pasos por Flandes y te evitará muchos errores y torpezas. No olvides que eres española y que, allí, muchas cosas te desconcertarán...

Juana escucha con toda su atención. Isabel habla de las relaciones de la familia de Borgoña con Francia, recuerda los expolios que ha sufrido María, la difunta madre de Felipe. Intenta explicar tan sencillamente como puede la situación de las alianzas, intenta precisar las combinaciones políticas que ha esbozado para la grandeza de Castilla.

El discurso de su madre aburre un poco a Juana. ¿Cuándo hablará por fin de Felipe?

–¿Me casaré en cuanto desembarque, madre?

Isabel estrecha con fuerza la manita. Juana se siente turbada ante esta súbita y desconcertante prueba de afecto.

–Antes tendrás que ser escoltada con honor y hacer una gozosa entrada en Lier, donde se celebrará la ceremonia.

–¿Habré visto antes al archiduque?

–Sin duda el archiduque te aguardará en Arnemuident, donde desembarcarás. Tendréis tiempo de conoceros un poco.

Juana intenta imaginar su primera entrevista. Ha retirado firmemente su mano de las de Isabel. La reina no reacciona, sabe que su hija es muy reservada.

–¿Sientes alguna inquietud, hija mía?

–No, madre. ¿Por qué iba a sentirla?

Se apresura a levantarse, a partir. Pero Isabel se ha rehecho; con voz firme habla ahora de la organización de la Corte, de la autoridad que deberá demostrar Juana ante tantos gentileshombres y damas de honor españoles. Esboza una línea de conducta, evoca los problemas de tesorería, cita cifras, insiste en el nombre de Martín de Moxica, su futuro tesorero. Luego, su antigua pasión por el orden, por la autoridad, acelera insensiblemente sus frases, olvida a Juana y su ingenuidad, habla de la influencia francesa de la que deberá apartar a Felipe, de Maximiliano de Austria, su suegro, que será necesario mantener para las causas españolas, evoca a Enrique VII y la alianza inglesa, aborda Italia y las guerras que arden en Nápoles y el Milanesado. Calla por fin, inclina sus ojos hacia Juana a la que siente distraída.

–Tendrás un Gran Confesor –concluye algo decepcionada–, te doy a don Diego de Villaescusa, un teólogo de gran reputación, el decano de nuestra ciudad de Jaén. Te ayudará a mantenerte devotamente cristiana. Ahora roguemos juntas a Dios para que te asista, hija mía. Si pronto estaré lejos de ti, Él estará siempre a tu lado.

Las dos mujeres se arrodillan sobre las losas, la campana de la capilla da las nueve. El último día de julio toca a su fin.

8

Desde Almansa, donde la Corte se estableció a comienzos de agosto, hasta el puerto de Laredo, la ruta cruza el Ebro, atraviesa los montes Cantábricos. A caballo, en literas, montados en mulas, gentilhombres y damas preceden a los sirvientes, la tropa, el innumerable equipaje, las provisiones. A la cabeza del cortejo caminan Isabel y sus hijos. Están todos, la infanta Isabel, Juan, Catalina y María, para acompañar a su hermana hasta el inicio de su gran viaje a Flandes. En los campos, los esclavos moros varean las almendras mientras algunas campesinas, con la falda arremangada, las amontonan en telas de vivos colores. Agunos cerdos corren aquí y allá, delgadas gallinas encuentran refugios en las espesas matas de cactus. En el tórrido calor, los odres de piel de cabra, que contienen un vino fresco cuyo acre sabor a nadie molesta, pasan de mano en mano.

En su mula ricamente enjaezada, Juana se siente prisionera. Jamás ha podido caminar por el campo, tomar una almendra, coger una manzana, nunca se le ha ocurrido ni le ha apetecido, pero hoy, cuando todo parece tan atractivo, cada paso de su mula le aleja de ello.

El largo cortejo evita Malaporquera, donde se han señalado algunos casos de peste, sube hacia el Ebro. A cada etapa se plantea el difícil problema del albergue, del aprovisionamiento. La reina y sus hijos encuentran acomodo en la más espaciosa morada del burgo, los gentilhombres, los sirvientes se amontonan donde pueden, el ejército duerme al raso.

–Detengámonos a pasar la noche en ese pueblo, Majestad –propone Juan de Guevara–, mañana pasaremos el río con las primeras luces del alba.

Ante ella, la reina descubre algunas casas apretujadas en torno a una iglesia. Unos perros famélicos han acudido a su encuentro irguiendo las orejas; algunos niños de hirsutos cabellos se acercan tímidamente.

—El cura ha sido avisado —anuncia Guevara—, ha preparado su morada para recibiros.

A las literas les cuesta pasar por las malolientes callejas y las monturas, acosadas por los perros, patalean. Una de las jóvenes del séquito lanza un grito de espanto cuando su mula tropieza.

A un extremo de la calle, un anciano ensotanado, seguido por un grupo de pueblerinos con el gorro en la mano, sale al encuentro de la reina. Besa la mano de Isabel, balbucea unas palabras de bienvenida. El liso cabello es fino, de un blanco de nieve; no tiene ya dientes tras sus pálidos labios.

—Padre —responde Isabel con deferencia—, el infante, las infantas y yo nos sentimos felices de pasar la noche bajo el techo de un ministro de Dios. No os molestéis en nada por nosotros, mis criados se encargarán de todo. Sólo quisiera orar esta noche en vuestra iglesia y deseo una misa para mañana al amanecer.

Sin aguardar respuesta, hace avanzar a su mula. El calor, el polvo del camino la han fatigado, no tiene ya la inagotable salud de sus años mozos. A veces la abruman vértigos, malestares, pero se niega a cuidarse.

La frescura del presbiterio les rodea enseguida. La casa de piedra está construida alrededor de un pequeño patio donde se abre un pozo cuyo brocal está coronado por una cruz de hierro forjado. En el vestíbulo, desprovisto de muebles, imágenes piadosas adornan los muros, el suelo está embaldosado y brilla de cera. Precedida por su escudero, Isabel se dirige hacia la sala de honor transformada, para ella, en alcoba: un simple lecho, dos sillas cubiertas de cuero, un candelabro de estaño son todo el mobiliario. Las ventanas están cubiertas de papel aceitado. En un cofre, una jofaina de agua de fresa reposa entre dos copas de arcilla.

Isabel se siente infinitamente cansada, le gustaría poder tenderse, dormir, pero debe asistir a la cena. Incluso en ese pueblo perdido debe respetarse la etiqueta a mayor gloria de España.

En la habitación que comparte con Catalina y María, Juana tiende los pies a Fatma, que le da un largo masaje con aceite perfumado. Ha lanzado una distraída ojeada a los pobres muebles, el Cristo de madera pintada colgado de la pared, una estatua de la Virgen orando. Ahora tiene prisa por embarcarse en Laredo, por no seguir sintiendo esa insoportable emoción al atravesar la tierra de España. Catalina y María permiten que les cepillen, cuidadosamente, sus cabelleras mancilladas por el polvo.

–Pronto, princesa mía –murmura la esclava–, te prepararé para tu noche de bodas.

La sangre colorea la piel clara del rostro de Juana. Odia las alusiones de la anciana pero desea, al mismo tiempo, que las prosiga con mayor precisión todavía. ¿Qué le pedirá Felipe en el lecho nupcial? ¿Tendrá realmente que someterse?

–Te perfumaré, te depilaré –prosigue Fatma alentada por el silencio de su dueña–, te ungiré con agua de jazmín, pondré carmín en tus labios y tus pezones.

Juana balbucea.

–¿Llevaré camisón, Fatma?

La anciana rompe a reír.

–No, paloma mía, hay que estar desnuda para el sacrificio del amor.

Rápidamente, la muchacha se levanta, escapa de las manos de su esclava, que sigue riendo. Las imágenes que Fatma ha suscitado le contraen el vientre.

Para la colación nocturna de la soberana y sus hijos, los servidores han desvalijado los recursos del pueblo. Los marmitones han puesto enseguida manos a la obra, cocinando pollos y perdices en improvisados braseros, realzando los guisos con azafrán, ajo, guindilla, confitando a toda prisa yemas de huevo en azúcar. La mesa se ha puesto en el patio, bajo una vieja higuera.

La temperatura es suave. Bajo el sol poniente las piedras han tomado un color ocre rosado. En la mesa, Isabel siente una profunda paz, está en el corazón de su país, una parte de España, nada más. Las preocupaciones y fatigas encuentran un fulgurante significado en este apacible patio. De pie, a su espalda, están los representantes de las más grandes familias de Castilla, son sus mayordomos, sus coperos, sus chambelanes. En un rincón, sentadas en almohadones, las damas de honor y las damas de compañía se disponen a cenar.

Los platos llegan sin orden preciso. Los servidores se empujan, se interpelan, los lebreles de las damas piden alimento a los comensales. Juana apenas come. Junto a ella, su hermano devora. La perspectiva de su próxima boda le llena de euforia.

Cae la noche. En el emparrado que rodea la puerta cimbrada del presbiterio se activan las últimas abejas. Alrededor de las damas se amontonan huesos roídos, huesos de aceituna, vacías cortezas de granada. Los hombres se han acercado a ellas, brotan las risas. Sola en la mesa, con sus hijos, la reina piensa en Fernando, ausente aún por largas semanas. Sabe el afecto que Juana siente por su padre y no se ha atrevido todavía a anunciarle que no vendrá a despedirla en Laredo. «¡No se olvida nunca de enviarle una carta!» Pero el rey no se esfuerza mucho por los demás, aunque sean sus íntimos. Teje infatigablemente complicadas intrigas para paralizar a sus adversarios. ¿Podrá reclamar su atención la felicidad de una muchacha de dieciséis años?

A su lado, Juana, ensombrecido el rostro, come unos granos de uva.

«Señor Dios —piensa Isabel—, haced que esta niña tenga conciencia de la grandeza que representa, haced que su susceptibilidad sea menos viva, dadle indulgencia y determinación.»

Querría decir algunas palabras benevolentes a su hija, pero se contiene. Muy a menudo, mientras ratifica un acta, lee un informe o estudia un problema administrativo, el espíritu de Isabel se detiene en Juana, pero siempre le falta tiempo para escucharla, para permitirle que vaya adquiriendo poco a poco confianza, le haga confidencias. Hoy es ya muy tarde, su hija parte hacia Flandes, no volverá a verla demasiado. «El matrimonio hará que florezca», se repite. E intenta creerlo.

El puerto de Laredo alberga con dificultades la formidable flota. Numerosos bajeles han debido de echar el ancla en alta mar; un vaivén incesante de chalupas los unen a los muelles. La ciudad hormiguea de soldados, marinos, proveedores que cargan los alimentos frescos: huevos, quesos, frutas y legumbres. Algunos mercaderes de ganado empujan ante sí rebaños de corderos y vacas que los intendentes canalizan hacia los flancos de las dos pesadas carracas genovesas.

Desde mediados de agosto, cada noche ruge el trueno, los relámpagos desgarran el cielo, pero la lluvia no cae. Las ancianas ven en ello un mal presagio, como si el diablo merodeara en torno a la armada, acechando una brecha por donde pasar.

Cada mañana, Juan Enríquez, almirante de Castilla y primo de Fernando, escucha atentamente los informes de los pilotos. Por fin, el viento parece girar de oeste a sur, con esperanzas de que se mantenga.

—¿Y la tormenta? —pregunta.

Los viejos marinos mueven a cabeza.

—Tormenta no es tempestad, monseñor. Cuando estemos en alta mar dejaremos atrás la depresión.

El almirante reflexiona. La reina es esperada en Laredo de un momento a otro, no se puede obligarla a aguardar mucho tiempo en esta ciudad que no tiene nada para recibir un cortejo real. Si el riesgo es mínimo, hay que correrlo.

–Avisad a las tripulaciones de que la flota esté lista para aparejar por la mañana –ordena Enríquez–, todos tienen que dormir a bordo para no sufrir ningún retraso.

9

Moderado, regular, el viento, de acuerdo con las previsiones de los pilotos, sopla del sur en este 22 de agosto. En la carraca real ha llegado el momento del adiós. Isabel no ha querido separarse de su hija antes de que zarpara y ha decidido instalarse a bordo, a su lado, durante las largas horas de espera. De pronto, Juana sufre un desfallecimiento. Una angustia mayor que su orgullo la sumerge, la aniquila. Su voluntad se disloca ante la separación definitiva. Catalina y María, sus hermanas menores, la rodean con sus brazos, le hacen ingenuas preguntas a las que no puede responder. Juan calla. Siente poca tristeza por la marcha de su hermana, ¿acaso esa misma flota que se la lleva a Flandes no le traerá su prometida? Virgen aún a los dieciocho años, su imaginación se embala desde que tiene la certeza de poseer pronto una mujer. Las noches no le descansan. Más delgado, más pálido todavía que de costumbre, contempla distraídamente a sus tres jóvenes hermanas. Isabel ha preparado para Juana un pequeño discurso edificante y espera que llegue el momento de pronunciarlo. Ha conocido el matrimonio y quiere convencer a la joven prometida de que una pareja, por poco que lo desee ardientemente, es capaz de vivir ese estado con santidad, obtener de él inmensas gracias espirituales, la fuerza indispensable para la conducción de un reino. La reina está tan conmovida que calla por miedo a que se advierta el temblor de su voz.

Una sirvienta ha alejado a Catalina y María. Poco después, ha salido Juan con la infanta Isabel, decepcionada porque su alegato ha dejado a Juana absolutamente indiferente.

La reina se queda sola con su hija. El camarote, casi oscuro, huele a cera, un aroma algo acre de salmuera. Suavemente, la carraca se balancea.

—Hija mía —dice Isabel tan tranquilamente como puede–, ha llegado el momento.

Juana mira a su madre, jamás la ha contemplado así. La reina se inquieta ante esa mirada demasiado penetrante que la atraviesa, que parece acusarla. ¿De qué la acusa? Siempre ha sido una madre atenta.

—¿Me ha escrito mi padre? —balbucea Juana.

—Sin duda lo ha hecho, pero el correo no ha llegado todavía a Laredo. Te enviaré su carta a Flandes.

Juana ha bajado los ojos, le duele la garganta. Querría ahora que su madre se fuera enseguida para poder llorar el abandono de Fernando.

—Que Dios te bendiga —prosigue Isabel con voz apenas perceptible–, recurre a Él en cuanto sientas necesidad de ayuda. Ora, confiésate a menudo —sabe que Juana no espera estas palabras, pero no puede pronunciar otras–: ¿Quieres darme un beso, Juanita?

El nombre de su niñez conmueve a Juana. ¿Quién la llamará así ahora? Entonces Isabel, en un gesto que no puede seguir dominando, abre los brazos y Juana se acurruca en ellos. La muchacha solloza por fin, violentas lágrimas que parecen no terminar nunca. Dulcemente, su madre le acaricia los cabellos. «Juanita, Juanita.» Y el nombre repetido acentúa más aún la pena de Juana. Aquella madre a la que Juana juzgaba con tanta severidad, la cubre repentinamente de ternura.

—Os amo, madre —grita–. ¡No me olvidéis!

Gracias a un terrible esfuerzo de voluntad, Isabel se desprende de su hija, recupera su sereno aspecto de soberana.

—Juana, hija mía, reponte. Vas a ser archiduquesa en un país que, según dicen, es muy agradable, estarás casada con un muchacho que atesora grandes cualidades, representarás a España, sus intereses, su grandeza, serás madre. Dios te ha colmado, no le ofrezcas esas lágrimas como pago por sus bondades, sino plegarias de acción de gracias. He elegido para ti un séquito de amigos que te apoyarán, te aconsejarán. Piensa sólo en tu existencia futura.

Juana se tranquiliza por fin. La distante mirada de su madre ha calmado su sed de confidencias.

—Bien, madre mía —murmura alejándose–, intentaré obedeceros.

Isabel se acerca de nuevo, pero sólo para un abrazo rápido, casi protocolario.

—No olvides nunca —dice con gravedad— que eres una princesa española.

La línea de la costa ha desaparecido ya. A lo lejos sólo se percibe una delgada franja gris que rompe el oleaje.

Desde que la flota ha levado anclas, Juana se ha encerrado en un mutismo casi absoluto. Le ha sido necesario, sin embargo, saludar a su tío, el almirante de España, asistir a una misa, leer en voz alta las plegarias que les encomiendan a la misericordia de Dios.

En cuanto se han hecho a la mar han querido ofrecerle algunos alimentos, que ha rechazado con obstinación. El fuerte oleaje molesta a la mayoría de los pasajeros; dos damas del séquito, abrumadas por el mareo, yacen en sus literas.

El sol está alto, hace calor. Los marinos dormitan en cubierta. Por fin sola en su camarote, tendida con las manos cruzadas sobre el vientre y los ojos clavados en el techo, Juana derrama ardientes, escasas lágrimas que corren lentamente por sus mejillas y mojan su cuello de encaje. Intenta sin lograrlo pensar en Felipe. Su imagen se ve constantemente borrada por la de su padre, la de su madre, la de Juan y sus hermanas. «Si no me gusta Flandes –se repite–, me dejaré morir, mi madre perderá su rehén y mi padre una hija que le es indiferente.»

Un ligero roce la sobresalta. ¿Quién la molesta? Ha ordenado que la dejaran sola.

Suavemente la puerta se abre, un hombrecillo vestido de negro se introduce, da un paso hacia adelante.

–Señora Infanta –murmura con una sonrisa–, he pensado que podríamos compartir nuestras penas hoy, cuando nos vemos obligados a dejar nuestra querida España.

–¡Fray Andrea! –exclama Juana.

Se incorpora, intenta sonreír pero sus lágrimas aumentan. El hombrecillo avanza, la toma entre sus brazos, la acuna dulcemente.

–Hija mía, no hay pesadumbre alguna que un hombre de Dios no pueda compartir. Soy vuestro confesor desde el santo día de vuestra comunión y me considero como vuestro padre. Dejad de llorar. De las pruebas brotan siempre las mayores felicidades. Es preciso superar las unas para merecer las otras.

La princesita no opone resistencia entre sus brazos, parece frágil como una flor cortada. El confesor se yergue, manteniendo entre las suyas las manos de la muchacha. En su rostro demacrado, los ojos azules tienen un fulgor muy dulce.

–¿Queréis que bebamos juntos un vaso de vino de Jerez? No es pecado cuando nos sentimos algo tristes.

Sin aguardar respuesta, va hacia un frasco que está en un cofrecillo de ébano, lo abre, llena dos vasos.

–Mantengamos el secreto. El estómago de vuestras sirvientas danza al ritmo de la nave, no vendrán a molestarnos.

Juana sonríe. En la Corte de sus padres, Fray Andrea, pese a su severo aspecto, es uno de los raros eclesiásticos que siempre ha sabido alegrarla. Con él, las confesiones resultan momentos de distracción.

–Me preocupa –confía Juana– mi futura vida en Flandes. ¿Qué esperan allí de mí? Mi madre ha querido convencerme de que siguiera siendo princesa española, de que pensara y hablara como una princesa española, pero ¿no enojará eso a mi marido?

A Fray Andrea le sorprende esta confidencia, la primera que le hace la infanta en los diez años que es su confesor. El vino de Jerez ha debido de ayudarla a abrir su corazón.

–Señora Infanta –responde sin pensar, pues el vino le hace olvidar también su habitual prudencia–, en primer lugar os debéis al esposo que Dios os ha dado, a vuestros futuros hijos. Mantened España en vuestro corazón como se conserva el recuerdo de una madre, pero en adelante vuestra vida será la de una archiduquesa flamenca.

Calla enseguida, confundido por haberse atrevido a contrariar la voluntad de Isabel.

En el mar de España, mientras la armada se acerca a las costas inglesas, el viento aumenta. Las olas se hacen mayores, algo de espuma las corona en la cima. El agua, gris hasta entonces, se hace verde cuando las nubes se desgarran.

A mediodía, con el cambio de marea, el oleaje se hace mayor todavía, y algunas olas demasiado altas caen ahora con un terrible rugido. En la cubierta de los navíos, que intentan permanecer agrupados, los marineros intentan seguir reduciendo el velamen; son los únicos que permanecen en cubierta, con los pies desnudos y los cabellos pegados por la espuma. Los pasajeros se encierran en sus aposentos. En las bodegas muge lamentablemente el ganado.

Juana está acostada en su lecho, con el estómago agitado por violentos espasmos; a su lado está Ana de Viamonte. Creía haber llegado al fondo de la angustia y ahora también el cuerpo le abandona. Cada náusea es un suplicio, casi le hace desear la muerte para verse aliviada por fin. Un sudor helado cubre su cuerpo y su rostro. Pese a la gruesa manta, no logra calentarse.

Las olas martillean el casco de la carraca con un ruido ensordecedor. Los crujidos de las tablas son terroríficos.

Poco a poco, las ráfagas disminuyen, el mar se calma. En la luz del sol poniente, las aguas se tiñen de rosa. De cubierta se levanta el canto de los marineros que izan de nuevo las velas, una vieja melodía cantábrica que habla de un navío perdido en la tempestad y salvado por la Virgen María.

Juana está sentada en su litera. Dios la ha protegido. Dentro de unos días desembarcará en su nuevo país. La prueba superada la ha apaciguado, como si el viento, cerrando a sus espaldas la puerta de los recuerdos españoles, sólo le permitiera acceder al porvenir.

Fuera de sí, entra en el camarote una de las damas de honor seguida por Fatma.

—¡Señora Infanta, el bajel que llevaba vuestras joyas y vuestras galas se ha hundido!

Fatma gime, golpea con los puños cerrados su rostro marcado todavía por los efectos del mar. La sorpresa deja a Juana clavada en el lecho. ¿No queda pues nada del suntuoso ajuar encargado por Isabel, de los atavíos que a tan alto coste habían reunido para ella? «Dios quiere que llegue nueva a Flandes —piensa—, desprendida de todo lo que mi madre quiso para mí.» Y, de pronto, las palabras de la esclava regresan a su memoria: «Es preciso presentarse desnuda al sacrificio del amor».

10

—¡Tierra! –grita el vigía.

Tras una corta escala en la rada de Portland, donde procedieron a reparaciones de urgencia, la flota llega a las costas zelandesas. Juana y su séquito han abandonado la carraca, demasiado pesada y con excesivo calado, para embarcar en una ligera carabela. Pasado el primer desconcierto, se han descubierto en otro navío vestidos, joyas respetados por la tempestad; la infanta podrá hacer una entrada digna en su nuevo país. Antes de entrar en el puerto, el almirante de Castilla da orden tras orden para que nada quede abandonado al azar: cepillar las cubiertas de los navíos hasta que brillen, verificar las anclas, desplegar las oriflamas, sacar de sus cajas tambores y trompetas, enjaezar las mulas que llevarán a su sobrina y al séquito, equipar a la tropa. El almirante quiere que los flamencos queden deslumbrados por la magnificencia española.

Desde Portland, donde la llovizna no dejó de caer, Juana tose. El viaje, la tempestad, los mismos pensamientos rumiados una y otra vez, sus nuevas responsabilidades la han agotado. De pie en la toldilla, junto a su tío, temblorosa, contempla como se aproxima la tierra de su nueva patria.

—Por la gracia de Dios hemos llegado a buen puerto, sobrina –declara el almirante con aire satisfecho–. En cuanto hayamos desembarcado, una de nuestras carabelas volverá a España para tranquilizar a Fernando y a la reina. ¿Quieres escribir una carta?

Juana declina con un movimiento de cabeza.

La tierra está ya cerca. La muchacha descubre las dunas de arena, las altas hierbas inclinadas por el viento.

—¿Dónde estamos, tío?

–Vamos a entrar en el puerto de Arnemuiden, en la isla de Walcheren. Sin duda te escoltarán enseguida hasta Middlebourg que es, según me han dicho, una población grande y rica.

Juana piensa intensamente: «¿Y Felipe? ¿Estará allí para recibirme, está impaciente por conocerme?». Sin mirar a su tío, pregunta con voz que pretende ser indiferente.

–¿Han enviado un mensajero para anunciar nuestra llegada?

–En cuanto salimos de Laredo, partió por tierra para dirigirse a Flandes, hija mía, pero tal vez lo haya retrasado la guerra entre España y Francia. Sólo Dios sabe dónde está ahora.

–¿Entonces, tío, no nos esperan?

La voz tiembla. En su fatiga, a Juana le cuesta aceptar este inconveniente. Imaginaba a Felipe recibiéndola personalmente, ayudándola a soportar los rostros desconocidos, las palabras extranjeras. La perspectiva de encontrarse sola la deja helada.

Los muelles están ahora muy cerca. A bordo de la carabela todos pueden distinguir la muchedumbre de curiosos reunidos para recibir a los españoles. Detrás de la nave almirante, uno a uno, los bajeles penetran en la rada; son tan numerosos que pronto deben ponerse flanco contra flanco, como un formidable caparazón que cubriera las olas. Curiosos primero, los flamencos están ahora estupefactos. ¿Se dispone a atracar todo un ejército? ¿Cómo albergarán y alimentarán a tanta gente?

Pero una pasarela se ha tendido ya entre la carabela y el embarcadero. Una hilera de pajes vestidos de rojo escarlata, cubiertos con sombreros de terciopelo, se llevan a la boca sus trompetas mientras en los mástiles ondean las oriflamas. Los niños, con ojos desorbitados, ven agitarse en las cubiertas una multitud de personajes curiosamente vestidos, mulas enjaezadas y que resoplan, soldados cuyos cascos metálicos brillan al sol de septiembre. Hasta donde alcanza la vista se amontonan grandes y pequeños navíos.

Más muerta que viva, incómoda en su vestido demasiado rígido, Juana baja de la toldilla con la mano en la de su tío. Radiante, el almirante no advierte la angustia de la infanta y, con paso solemne, la lleva hasta la pasarela.

–Serenísima Infanta –grita en castellano una voz de mujer–, me honra recibiros en esta tierra que es la vuestra.

Juana se sobresalta. Reconoce a María Manuel de la Cerda, a la que conoció siendo niña y que se ha convertido en la esposa de Balduino de Borgoña, el bastardo de Felipe el Bueno, consejero y chambelán del emperador Maximiliano, su futuro suegro. Mientras resuenan tambores y trompetas,

María Manuel quiere besar su mano pero la infanta la retira, besa en el rostro a quien fue una amiga de su madre.

—Doña María —pregunta inquieto el almirante—, ¿ha llegado a Malinas el correo enviado por sus Altezas Serenísimas?

—Don Fadrique, sólo hemos recibido el barco que os precedía. Un correo ha salido enseguida hacia Austria, para avisar a Monseñor el archiduque, que está con su padre.

Juana, al borde de las lágrimas, siente ganas de desaparecer, de disgregarse, de escapar de aquellos hombres y mujeres que la miran como a un animal curioso.

Ayudándose del pequeño estribo incrustado de oro que unos pajes han colocado junto a su montura, Juana y María suben a sus mulas. El almirante las sigue en un caballo negro enjaezado de plata, mientras se forma la escolta con uniforme de gala y las damas de honor, a su vez, montan en sus cabalgaduras. Atónita, la muchedumbre se abre para dejarles pasar, lanzando grandes vítores, empujándose con los codos para mejor divertirse con esas extrañas cabezas, esos rostros atezados, esas pausadas mujeres. Luego, muy pronto, las miradas se vuelven de nuevo hacia los bajeles, cuyos flancos no dejan de verter un incesante chorro de hombres y mujeres mientras atracan las chalupas que transportan a los pasajeros de los navíos que no han podido acostar. Incrédulos, los curiosos ven desembarcar macizos muebles, cajas, cofres transportados por marineros y servidores que gritan, blasfeman, se interpelan.

—Dios mío —exclama una matrona—, pero ¡si ha llegado todo el séquito del Gran Turco!

Todos se ríen, brotan los comentarios. La sorpresa y, luego, la franca alegría se propagan, de boca en boca, entre la muchedumbre.

—Reíd, reíd borrachos —amenaza un panadero con voz atronadora—; ya reiréis menos cuando tengáis que recibir en vuestras casas a esos moracos.

En una gran mansión burguesa de Middlebourg, Juana está sentada junto al fuego que han encendido para que se recupere. Fatma ha desabrochado algo su vestido para permitirle respirar, y preparado una infusión de azahar. Tras tantos días de mar, la inmovilidad hace que a la infanta le dé vueltas la cabeza, más que el oleaje. Bebe en silencio, con el cerebro vacío, atontada. Una imponente sirvienta, cubierta de encaje, se acerca precedida de un paje.

—Alteza, la princesa de Borgoña pregunta si podéis recibirla.

No ha terminado de hablar todavía cuando María Manuel de la Cerda entra con menudos pasos, se reúne con la infanta y, tras haber aguardado en vano un signo que le autorice a sentarse, se instala por fin en un sillón al otro lado del hogar.

–Doña Juana, vengo a comunicaros las distintas disposiciones que hemos tomado para el viaje hasta Lier, donde se celebrará vuestra boda.

–¿Mi boda? ¡Pero si no tengo marido!

La voz de la infanta es cortante. La amargura, la rebeldía sucede a la amargura. Está demasiado agotada para mostrarse conciliadora. ¿Por qué disimular su decepción? La han arrancado de su país natal, ha desafiado la tormenta para llegar a este país donde ni el emperador, ni el archiduque, ni ningún miembro de su familia le aguardaban.

–De un momento a otro avisarán al archiduque de vuestra llegada, doña Juana. Se pondrá enseguida en camino, no lo dudéis. ¡Sé qué impaciente está por conoceros!

Esta última confidencia suaviza a la infanta. Está dispuesta a rendir las armas por una palabra amable.

–La archiduquesa Margarita –prosigue María Manuel– ha salido de Hainaut y acude a vuestro encuentro. Está muy deseosa de besar a una princesa que es doblemente su cuñada.

Juana piensa en esa muchacha que tiene su edad. También ella se preocupa, sin duda, por su futuro viaje en una flota española, por el primer encuentro con un esposo del que sólo conoce el retrato. Tal vez se harán amigos.

Al alba, la infanta y su séquito han salido de Middlebourg para dirigirse a Bergen op Zoom. Al atravesar la campiña flamenca, los españoles abren mucho los ojos. Todo les sorprende: la tierra marrón y pesada, los pueblos que se suceden, apenas separados por grandes pastizales, la ausencia de relieve. El cielo bajo y gris les desconciertan, un viento frío que sopla del norte les obliga a arrebujarse en sus finos mantos. Cuando el cortejo atraviesa el brazo de la península, en Roelshoek, las salpicaduras humedecen los vestidos y desordenan los peinados de las damas. Juana, flanqueada por el almirante y María Manuel, contempla con asombro su nuevo país, descubre a sus súbditos de faz redonda y risueña, con hermosas ropas de paño, que la saludan alegremente. Nunca había visto vacas tan gordas, gallinas tan bien cebadas. El menor flamenco le parece más rico que muchos señores de Castilla, los niños están bien alimentados, van bien peinados y calzados con buenos zapatos de cuero. ¿Acaso son pobres en España? Por primera vez le asalta el temor de que su séquito no produzca el efecto deseado por su madre. Orgullosa, se yergue en su mula, levanta mucho la cabeza. Los flamencos verán cómo sabe comportarse la infanta de Castilla.

Jean de Berghes y su esposa Adrienne les aguardan a pocas leguas de la ciudad, en su castillo de Markiezenhof. De la incesante conversación de María Manuel, la muchacha ha retenido que Jean de Berghes no sólo era el primer chambelán de Felipe sino también un amigo muy íntimo, pese a la diferencia de edad. La pareja acaba de tener una hija y solicita de Juana el honor de amadrinarla. Han aceptado ya, en su nombre.

En el torreón de castillo ante el que se presenta el cortejo flotan los estandartes de Castilla y Aragón. Con una trompeta en la mano, unos heraldos de armas vestidos con los colores del señor de Berghes se hallan a ambos lados de la maciza puerta abierta de par en par. Una alfombra de oriente, con motivos entrelazados de ramilletes florales, ha sido colocada sobre el puente levadizo decorado con ramas. Diego de Ribera, Gran Chambelán, detiene la mula de la infanta tomándola por la brida.

—Doña Juana, esperaremos aquí a que nuestro anfitrión salga a recibirnos.

Han sucedido en tan poco tiempo tantas cosas nuevas que la princesa está aturdida. En Middlebourg, en la cama flamenca demasiado blanda, ha dormido mal y ha exigido sus muebles. Su tos empeora, el dolor de cabeza no le abandona. María Manuel ha aceptado hablarle de Felipe, la víspera, junto al fuego: «El archiduque es el hombre más apuesto de Flandes». Luego, en un tono que impedía cualquier otra pregunta, ha seguido con la lista de los festejos organizados en su honor.

Entre un estruendo de trompetas, Jean III de Berghes, llamado el Hermoso Berghes, avanza hacia el cortejo español. Pasada ya la cuarentena, sigue siendo esbelto, sus cabellos son negros y espesos bajo la gorra de terciopelo, los ojos, de un castaño claro, cálidos e inteligentes. Ante Juana, se inclina mucho con el sombrero en la mano, pero sin hincar la rodilla en tierra al uso castellano. Luego, tendiendo la mano, ayuda a la infanta a descabalgar, manteniendo con firmeza los pequeños dedos entre los suyos, como un hombre acostumbrado a disponer de las mujeres.

—Serenísima Infanta —anuncia con voz cálida y tono casi confidencial—, os aguarda una comida de fiesta. Mis amigos se sentirán honrados y satisfechos de seros presentados.

Evalúa, con disimulo, a esa muchachita que será entregada a Felipe. Los gustos del archiduque en materia de mujeres le son bastante familiares como para sentir alguna inquietud con respecto al futuro comportamiento de su príncipe. Ese ser frágil de mirada salvaje despertará su deseo, no le cabe duda.

58

De pie en el umbral de su mansión, Adrienne de Berghes hace una gran reverencia. Hace una semana que ha parido y, contra los consejos de quienes la rodean, se ha levantado para recibir a su archiduquesa. La princesa la conmueve, tan indefensa, tan débil frente a quien va a ser su esposo. Cuando su marido la traiciona, algo que sucede constantemente, ella tiene padres, hermanas, primos que la rodean. Juana estará sola.

Mientras los hombres se dirigen hacia la sala del banquete, las damas flamencas llevan a la infanta a una vasta alcoba decorada con tapices donde se levanta un lecho cubierto de brocado sujeto por ángeles de ébano. La joven se interroga sin cesar. Ha notado la mirada del señor de Berghes cuando la acompañaba al castillo. ¿Enviará un informe a Felipe? La angustia de disgustar se añade a la irritación por ser así sopesada. Su tos es seca, lacerante. ¿Dónde está su castillo, el cálido sol, los jardines repletos de aromas?

Unas sirvientas cepillan sus vestiduras, arreglan su tocado. Fatma pasa por su nuca un lienzo perfumado mientras Aicha murmura junto a ella inconexas palabras. Las esclavas moriscas, aterrorizadas, atontadas por tanta gente desconocida, tantas costumbres que ignoran, no dejan de gemir.

Doña Beatriz de Tavara, una de las damas de honor, presenta el cofre que contiene las joyas salvadas de naufragio. La condesa española tiene los rasgos tensos, el aspecto siniestro. Ni una sola mujer del séquito de Juana tiene buena cara, pues el clima y las costumbres flamencas las desconciertan. Pese a su angustia, Juana suelta de pronto la risa ante la ruina de su escolta, una risa incontenible. Sorprendidas, las damas se contemplan. ¿Estará la infanta perdiendo la cabeza? Decididamente, este país no le sienta bien a nadie.

La comida está terminando. Rodeada por Jean de Berghes y el burgomaestre de la ciudad, Juana debe esforzarse para mantener abiertos los ojos. Los manjares que ha debido engullir, cubiertos todos con ricas salsas, los paste es llenos de mantequilla, de nata batida cargan su estómago. Los comensales han bebido mucho, ríen, se interpelan mientras impecables, silenciosos, los servidores siguen presentando platos de buñuelos. Aunque sorprendida al ver a hombres y mujeres mezclados de ese modo, hablándose con una familiaridad fuera de lugar, a Juana le fascinan los escotes que muestran el nacimiento de lechosos y voluminosos pechos. En Flandes no parece existir pudor alguno entre los sexos, ningún misterio, ningún respeto. ¿Toleraría Isabel semejante libertad? ¿Tendrá que acostumbrarse a ella? El burgomaestre suelta frases pomposas que ella no escucha. Jean de Berghes habla poco, pero cada una de sus palabras suscita en ella un nuevo placer.

–Serenísima princesa –murmura inclinándose hacia el blanco cuello–, ya nos habéis ofrecido bastante de vuestro tiempo y vuestras fuerzas. No sé cómo agradeceros tanta bondad.

El aliento del flamenco acaricia su piel, Juana sale con dificultades de su sopor, se levanta, imitada enseguida por todas sus damas, saluda y se aleja seguida por su corte. La primera dama de honor, con los cabellos hinchados por la humedad y el vestido de gala pegado a su magro cuerpo, hace una amplia reverencia.

–Don Juan –dice solemnemente en un pedregoso francés–, en nombre de Su Alteza os agradezco vuestra hospitalidad.

Se yergue con aire digno, se inclina de nuevo, da media vuelta. Sus altas suelas de madera golpean el enlosado.

–No cabalgaría a semejante penco ni para escapar del diablo –confía Jean de Berghes a su vecino.

11

En un multicolor espectáculo, las corporaciones de Oficio y los Gildes abren la marcha del cortejo. Amberes, para festejar a su archiduquesa, ha decorado fastuosamente sus calles, construido arcos de triunfo y estrados, preparado juegos, justas y fuegos de artificio. Tras la decepción de las primeras horas, Juana percibe ahora el goce que su pueblo siente recibiéndola. Es aclamada, rodeada de atenciones y, pese a un obstinado resfriado, se siente casi feliz. Felipe debe de galopar, sin duda, hacia ella; Margarita es esperada de un momento a otro. El espectáculo de la muchedumbre que la descorazonaba, le interesa, hoy incluso le divierte. Su curiosidad de muchacha se satisface con la cabalgata de los señores suntuosamente vestidos, con el séquito de los caballeros, escoltado cada uno de ellos por un paje con los colores de su señor, con los heraldos enarbolando su antorcha encendida. Alrededor de un arco de triunfo adornado con gladiolos púrpura, un coro de niños vestidos como ángeles recibe a la infanta con alegres voces. Detiene su mula, sonríe a una niña cuyos rubios cabellos rizados están coronados con capullos de rosa. El olor del incienso que se consume en las cazoletas depositadas en las calles hace que la cabeza le dé vueltas. Las bocas gritan: «¡Viva la princesa de España, viva la princesa Juana!». Ana de Viamonte y Beatriz de Tavera, sus damas de honor, han elegido para ella un vestido de lamé dorado incrustado de perlas y diamantes. Como todas las muchachas de Castilla, lleva un velo sujeto en lo alto de la cabeza con un círculo de terciopelo y oro. En su cuello brilla la gruesa perla que Isabel le regaló por su decimosexto aniversario. Los curiosos aplauden, lanzan exclamaciones al paso de las damas de compañía, ríen ante el espectáculo de la vieja dueña encaramada en su reacia mula.

El cortejo llega a la abadía de San Miguel, la Corte de los Príncipes. Cae la noche. El atrio de la abadía está lleno de eclesiásticos, unos con ropas sacerdotales, vestidos otros de paño marrón o negro; en la penumbra brillan los hilos de oro de las mitras, las bermejas cruces consteladas de gemas. Dos pajes vestidos de satén blanco ayudan a la infanta a descabalgar, mientras los coros, en poderosa armonía, inician el primer salmo.

Cuando penetra en el frescor de las bóvedas, Juana siente una gran turbación. Ha hecho mal dudando. La felicidad le aguarda en ese nuevo país donde será amada, amará, tendrá hijos, gozará del afecto de los suyos, del afecto de un pueblo que parece apreciarla. Lentamente va cerrándose la herida abierta por su partida de España. Rehúye ya los consejos de su Gran Confesor, aceptando sólo la presencia de Fray Andrea, impacientándose cuando su superintendente Diego de Ribeira la amonesta por una respuesta o una actitud que no parecen convenientes para una infanta española. Sólo quiere saciarse, por fin, de una formidable esperanza de felicidad.

Juana acaba de abandonar su lecho. Le traen su desayuno matinal, una taza de leche caliente y un buñuelo azucarado, cuando la señora de Hallewin hace su entrada. Desde su primera mirada, la que fue mejor amiga de María de Borgoña, la segunda madre de los hijos huérfanos, desconfía de la infanta. Para la noble flamenca, Felipe es un hijo que Juana ha venido a arrebatarle. En cuanto la ve, la considera poco franca, turbia, sospecha una voluntad de hierro bajo la frágil apariencia. Felipe es débil, odia por encima de todo los conflictos, los reproches, ¿cederá ante la pequeña española? A Dios gracias, su entorno, sus consejeros, le devolverán pronto a la razón si escucha las retorcidas palabras insufladas por los Reyes Católicos.

La princesa ha advertido la austeridad de Juana de Hallewin. Si la flamenca le hubiera abierto unos brazos de madre, ella se habría refugiado en ellos en su sed de amar a quienes quiere Felipe, pero sus reticencias le hieren, se pone rígida.

—Estaba levantándome, señora —lanza Juana en tono altivo.

—Ya lo veo, en efecto, Alteza; pero tengo una buena noticia que comunicaros.

Juana capitula enseguida, su tono carece ya de la menor arrogancia.

—¿Sobre el archiduque?

—No, Alteza, Monseñor no ha mandado todavía correo alguno.

Para ocultar su decepción, Juana bebe un largo trago de leche.

—Pero si no tenemos noticia alguna de Monseñor, Alteza, acabamos de recibirlas de la señora archiduquesa. Se acerca a Amberes donde la aguardamos, con su séquito, de un momento a otro.

La mirada de la condesa revela un gran goce interior. La archiduquesa Margarita tenía apenas dos años cuando María de Borgoña, su madre, se la confió en su lecho de muerte. Catorce años más tarde, se ha convertido en una encantadora muchacha rubia, espiritual, a la que todos aman.

–Me satisfará mucho abrazarla –responde Juana con voz tranquila–. En efecto, he oído los mayores elogios de mi futura cuñada.

Tras la monotonía de las últimas semanas, se siente feliz de poder hablar con una muchacha de su edad. En el palacio ducal, desde la entrada triunfal en Amberes, las damas españolas se aburren y están de mal humor, los ociosos criados parlotean y se querellan, las tropas acampadas junto a Middlebourg formulan incesantes quejas: carecen de víveres, de vino, de leche, los flamencos les tratan como a perros.

La condesa de Hallewin no se retira como Juana espera sino que, por el contrario, permanece plantada ante el lecho.

–Alteza –prosigue con voz llena de reproches–, me han hablado de desórdenes en vuestro séquito. Desde hace dieciséis años tengo el honor de administrar la intendencia de los palacios ducales y no puedo aceptar que se perturben mis funciones. Vuestro personal se está saliendo de madre, dad las órdenes oportunas para que todo vuelva a su cauce.

Juana no comprende lo de salirse de madre pero advierte que se la critica, que se condena a los suyos. El rubor tiñe sus mejillas.

–Señora, ¿insinuáis que los españoles se comportan mal?

–Intento haceros comprender, Alteza, que vuestra servidumbre tiene una excesiva libertad de movimientos, que carecen de efectividad alguna, que permanecen totalmente ociosos.

–¿No será acaso, señora, que los vuestros les mantienen apartados? Sin duda ignoran el lugar que deben ocupar aquí.

–En efecto, Alteza –murmura la condesa con voz sorda–, sin duda su lugar no está en Flandes. Una Casa se dirige, y tengo la impresión de que ésta carece de jefe.

Se inclina en una larga reverencia. Juana ha dejado la taza con tanta violencia en el plato que la leche se derrama sobre las sábanas de lino. «Dios mío –piensa con rabia–, ser archiduquesa significa que deberé convertirme en intendente.» Nunca ha oído hablar en España de tales problemas. ¿Los resolvía su madre al igual que administra Castilla? Piensa en sus recomendaciones antes de la partida, al papel esencial atribuido a ese Moxica a quien no ha dejado de rechazar. ¿Cómo podrían interesarle tales mezquindades cuando su espíritu y su alma están por completo consagrados al próximo encuentro con Felipe? De nuevo siente la tentación de encerrarse, de huir del mundo, de no dejar que nadie se aproxime, salvo sus esclavas, para escucharlas contar interminablemente sus historias de amor y de muerte.

–¡Hermana, qué satisfecha estoy de poder recibiros por fin!

Margarita tiene fresca la risa, brillante la mirada. En cuanto ha llegado a Amberes, escoltada por los caballeros del Toisón de Oro, se ha reunido con Juana, a quien su resfriado obliga a guardar cama, y descubre, sorprendida, la cama baja, sin cobertura, a la moda española, donde permanece tendida su cuñada. ¿Tendrá que adaptarse a tan espartanas costumbres?

–Pronto sanaréis –decide para reconfortar a la pequeña infanta, que está muy pálida–. Mi abuela, la princesa de York, me sigue. Estará aquí dentro de unas horas y os cuidará como una madre.

Juana sonríe con tristeza. No conseguirá restablecerse con esa ininterrumpida lluvia. La idea de que Felipe pueda descubrirla con la nariz roja y los ojos lacrimosos la atormenta.

–¿Tendréis fuerzas para asistir a la cena que queremos ofreceros esta noche?

Juana asiente, quiere conocer a la Gran Señora, con la que, según dicen, Felipe se siente tan unido. Ella misma no ha conocido a sus abuelas; nunca Isabel llevó a sus hijos a Arévalo, donde su madre, en su demencia, no acaba de extinguirse.

La princesa, la archiduquesa y la infanta concluyen su comida. La Gran Señora ha rechazado cualquier protocolo para permanecer sola con sus nietas; algunos servidores silenciosos quitan la vajilla, vierten el vino, presentan bermejas copas llenas de agua perfumada. En el mantel de encaje en punto de Brujas, las últimas rosas de jardín perfuman el ambiente. Las gruesas alfombras, los tapices, los muebles rutilantes, el fuego que crepita en la chimenea dan a la estancia una comodidad desconocida para Juana. Piensa en la desnudez de los palacios españoles, en los alegres desórdenes del servicio. Sus ojos no se apartan de hermoso rostro de la Gran Señora. Bajo la toca bordada con finísimo encaje, los ojos azules son benevolentes y el redondo rostro apenas si muestra arrugas. La anciana, abuela por adopción, ha educado, mimado a María, y la acompañó en sus pruebas antes de verla morir a los veinticinco años. Ha conservado de sus orígenes ingleses un ligero acento que hace cantar las palabras, un marcado gusto por las tradiciones, las comodidades de la vida.

–Tomad tisanas de efedra y valeriana –aconseja la Gran Señora–. Haré que esta noche os las traigan, esta tos no puede durar sin produciros gran fatiga.

Sonríe a la infanta. ¡Qué desamparada, qué perdida la siente! Pero su instinto le ordena no compadecerla, Juana no está todavía dispuesta a confiarse. Ya llegará el momento. Antes tiene que domesticar a la orgullosa españolita. ¿Se adaptará al carácter de Felipe? Las próximas bodas de sus dos nietos la preocupan mucho, pero no quiere demostrarlo en absoluto. Le han dicho que el infante don Juan es tartamudo, frágil, nervioso. ¿Cuál será el destino de su querida nieta, y el de Felipe con esta niña que tan poco adecuada le parece?

–Pequeñas mías –anuncia con voz juguetona–, vamos a beber un poco de vino de Champaña por vuestras futuras felicidades –luego, en un murmullo, prosigue–: Que Dios omnipotente las proteja.

12

La infanta, rodeada de su séquito, está en el salón de honor de la mansión Berthaut Mechelen cuando del patio llega un fuerte rumor. Olvidando el protocolo, dos sirvientas se precipitan hacia la ventana.

—¡Señora Infanta, llega el archiduque!

Juana cree desfallecer. Desde su llegada a Lier, donde debe celebrarse el matrimonio, vive cada vez más ansiosa esperando ese momento.

En este día de octubre, por primera vez desde hace una semana, no llueve. El tiempo suave, soleado, da al Nethe, a las piedras de la ciudad vieja muelles tonalidades de fruta madura. Han dado las cinco en el reloj del convento de las Hermanas de Sión. Apaciblemente cae el crepúsculo otoñal. El hermoso palacio donde han instalado a Juana y su corte da al agua. Desde su alcoba, la infanta puede contemplar el apacible curso del Nethe, donde retozan patos grises y azules.

Como por arte de magia, en la vasta sala se ha hecho enseguida el silencio. Todos, espoleados por la más viva curiosidad, contienen el aliento. Juana se azara. Sus damas de honor, su chambelán, su consejero espiritual parecen convertidos en estatuas. ¿Por qué está ausente su madre, por qué la ha abandonado? En el patio relinchan unos caballos, los hombres se interpelan, se acercan ruido de cascos.

Felipe descabalga de un salto, arroja las riendas a un palafrenero. Desde Innsbruck ha quemado etapas, ha reducido las noches para conocer por fin a la que es ya su esposa. Una desacostumbrada emoción le domina. Desde que tenía catorce años ha conocido a tantas mujeres que se creía insensible a cualquier reacción afectiva. Pero realmente hoy está conmovido, no puede negarlo.

—Monseñor —grita un gentilhombre—, la etiqueta...

Felipe no le escucha. Con paso rápido, sube la escalera que lleva al vestíbulo. Tiene calor. Sus cabellos, de un rubio oscuro, están llenos de sudor y polvo. Sin aliento, le siguen dos pajes, pero Felipe es tan alto, está tan acostumbrado a las actividades físicas, que se les adelanta rápidamente.

Todos se apartan a su paso. El archiduque se comporta como un niño. Cada detalle había sido previsto, reglamentado para esta primera entrevista. ¿Qué dirá la Gran Señora? El joven se acerca al salón de honor, tiene la garganta seca.

Juana no aparta sus ojos de la puerta, adivina, sabe que Felipe se le acerca directamente. Percibe pasos. Seguramente una mano se posa en el pestillo. Ya no respira. El pesado batiente de madera esculpida gira sobre sus goznes. Es más hermoso de lo que nunca había imaginado. Muy joven, con unos ojos azules de porcelana y una boca redonda. Está ahora tan cerca que, tendiendo la mano, podría tocarle, siente su calor junto a su cuerpo, su aliento en sus cabellos.

—Doña Juana —balbucea el archiduque—, nadie os esperaba tan pronto en Flandes.

¿Qué ha dicho? Ella adivina que la está mirando. Se ruboriza violentamente. Felipe no aparta los ojos de su prometida. Es hermosa ciertamente, pero reservada, sin encanto. De todos modos, los cabellos muy negros, la nariz fina, la piel marfileña, el noble porte son atractivos, parece totalmente inocente y vulnerable. Posando la mirada en sus labios ve el flujo de sangre que ha subido al rostro de la joven y este rubor le conmueve. De modo que esa virgen, en vez de ser fría, se siente trastornada por él. La conmoción que percibe le inflama enseguida.

—Que bendigan enseguida nuestra unión —exige Felipe con voz insegura.

Se dirige a don Diego de Villaescusa, consejero espiritual de Juana quien, al no hablar francés, hace un movimiento de impotencia antes de volverse hacia la infanta.

—¿Qué pide Monseñor? —pregunta.

Juana no sabe ya dónde está ni lo que hace. La voluntad de Felipe es la suya.

—Casadnos enseguida —ordena en castellano.

El eminente teólogo balbucea algunas palabras inconexas, implorando sin duda un auxilio que nadie se atreve a prestarle, tomando a Dios por testigo del escándalo que atenta a la dignidad de su servidor. Felipe ha tomado la mano de Juana. Entre los suyos, los dedos de la joven están helados. Ante el decano del convento de Jaén se arrodillan y el sacerdote no puede seguir vacilando. Con voz apenas audible pronuncia las palabras sacramentales, traza el signo de la cruz.

—Ven —se impacienta Felipe.

Levanta a Juana, la arrastra hacia su alcoba.

Apenas se ha cerrado la puerta cuando se levantan en el salón de honor voces atronadoras, exclamaciones, algunas risas masculinas. Con los dientes prietos y la cabeza baja, el decano se retira a sus aposentos.

—¡Mi mujer! —murmura Felipe.

La toma en sus brazos, la estrecha contra sí, busca la piel de su garganta tras el cuello de encaje. Extraviada, Juana cierra con fuerza los ojos, se abandona mientras una mano cuya habilidad no distingue desabrocha el vestido, aparta las camisas, libera los menudos pechos. Cuando él pretende posar en ellos los labios, con un irreflexivo movimiento de pudor la muchacha los oculta con las palmas de sus manos. Firmemente, Felipe las aparta.

Está desnuda ahora y mantiene los ojos cerrados mientras los labios de su marido la recorren. En su apología del matrimonio cristiano, su hermana Isabel no le habló de esas caricias de hombre, de la emoción que enciende en el vientre de las mujeres. Felipe la levanta en sus brazos, la lleva al lecho, su cuerpo gravita pesadamente sobre su propio cuerpo. No habla ya, respira con fuerza, posa rápidos besos en sus labios, sus hombros, sus pechos. Juana gime, pequeñas quejas mezclándose con suspiros. Sin miramientos, Felipe separa con sus rodillas los muslos de su mujer, ella siente un dolor agudo pero no quiere gritar ni menos todavía moverse. La respiración de Felipe es ronca, jadeante. Dice: «Dios mío», y se deja caer junto a Juana.

Ella vuelve hacia él la cabeza, le acaricia la frente, las mejillas, sonríe con ternura.

Le pertenece por completo y para siempre.

La iglesia colegiata de Saint-Gommaire está repleta. Para la boda de Felipe el Hermoso, su amado archiduque, el pueblo flamenco se apretuja en las calles por donde debe pasar el cortejo, en el atrio desde la noche anterior. Algunos, más jóvenes o más hábiles, han trepado a los techos de las casas. Opulentos burgueses se asoman a sus balcones, racimos de niños llenan las ramas de los árboles. De grupo en grupo circulan aguadores, vendedores de buñuelos y de barquillos. Coronas de flores, ramas, oriflamas, cintas se entremezclan, en un efímero tapiz, con los colores de los Habsburgo, de los duques de Borgoña, de Castilla y Aragón. En las fachadas de las casas que rodean la colegiata se han colgado calicós donde se han escrito palabras de alabanza, frases de bienvenida a la joven desposada. En Lier y sus alrededores no hay un solo aprendiz que trabaje. Sólo se activan febrilmente, en el antiguo palacio de los duques, marmitones y cocineros preparando el festín de bodas que debe celebrarse tras la bendición.

Desde las primeras horas del día, Felipe y Juana han tenido que separarse para que les vistan, perfumen y adornen con joyas. La infanta está casi inconsciente, no ha dormido un solo instante. Felipe le ha hecho el amor durante toda la noche y, antes del alba, una sensación de inimaginable placer le ha obligado a gritar y encabritarse bajo su cuerpo. Ya sólo desea volverlo a sentir, otra vez y siempre, respirar, saborear a aquel hombre, desconocido aún la víspera y que hoy se ha convertido en el centro, en el objetivo de su existencia. Ahora sabe ya que le ha esperado durante toda la vida, que su infancia, su adolescencia solitarias fueron sólo la esperanza de tan indecibles momentos.

Silenciosas, reprobadoras, las damas de honor presentan el vestido de seda azul realzada con dibujos de flores brocadas con hilos de oro y plata y el cofre de las joyas donde se ha depositado el aderezo de perlas y diamantes regalado a su nieta por la Gran Señora. Fatma cepilla los largos cabellos negros, los unta con una crema perfumada. Aicha y ella no condenan a Juana, las dos esclavas moras sólo echan en falta el viejo ritual, casi mágico a fuerza de estar codificado, que regula la ofrenda de una virginidad.

De regreso a sus aposentos, Felipe se apresura. Le visten, le calzan. Jean de Berghes se acerca portando la cadena de la Orden del Toisón de Oro.

–Monseñor tiene esta mañana los rasgos descompuestos –murmura con una sonrisa irónica en los labios.

El archiduque posa amistosamente la mano en el hombro de su Gran Chambelán.

–¿Sabías que las españolas son como las antorchas? Una vez encendidas arden toda la noche.

–¿Estáis acaso enamorado?

La voz es burlona. Felipe y Jean de Berghes han cortejado juntos a tantas mozas que ya no se hacen ilusiones el uno sobre el otro.

–Estoy... ocupado, querido Berghes, provisionalmente ocupado.

Ha dado placer a su mujer desde la primera noche y se envanece de ello.

Con un respeto que no ha mostrado al hablar de Juana, el Gran Chambelán pone la cadena de Gran Maestre del Toisón de Oro alrededor del cuello de Felipe, que la recibe con gravedad. Su bisabuelo, Felipe el Bueno, creó esta orden de caballería; su abuelo, Carlos el Temerario, la llevó hasta lo más alto, pagando con su vida el sueño de reconstruir el antiguo reino de Lotaringia.

—Nos aguardan, Monseñor, debemos ir.

Con una rápida ojeada Felipe se contempla en el espejo que le presentan dos servidores. Lleva para sus bodas calzas, zapatos de terciopelo negro, un jubón plisado de tafetán esmeralda tejido con satén y bordado con marta, y un alto sombrero de terciopelo del mismo tono donde, tras un diamante, se levanta una pluma negra. Desde su infancia, alabado, adulado por su abuela, por Jeanne de Hallewin, por todas las mujeres, sabe que es hermoso e irresistible.

—¡Vamos! —decide.

13

Felipe toma la carta con el sello de Isabel. Ha dado orden de que le entreguen todos los mensajes llegados de España. No permitirá que los Reyes Católicos influencien, a través de su hija, la política flamenca. Rápidamente leída, tiende la misiva a su primer mayordomo.

–Podéis llevarla a la archiduquesa.

Isabel cuenta la muerte de su madre en Arévalo. La pobre mujer, tras años de trastornos mentales, descansa por fin en paz. Se alegra de la feliz llegada de su hija a Flandes, habla de su primogénita, que en unos meses se pondrá en camino hacia Portugal, de Catalina, cuyas bodas con Arturo, el príncipe de Gales, van precisándose, pero sobre todo de Juan, cuyo matrimonio, que tanto ella como Fernando desean inolvidable, se acerca.

Por un instante, el pensamiento de Felipe se detiene en su hermana, la pequeña Margot, que en menos de un mes embarcará hacia Castilla. ¿Qué encontrará en aquel país lejano, tan distinto de Flandes? Tras la decepción que siguió a la ruptura de sus esponsales con el delfín Carlos de Valois, que prefirió a Anna de Bretaña, espera que no corra hacia una nueva desilusión. La partida de Margarita está prevista para enero. A Dios gracias, con ella partirán esa multitud de españoles parásitos y orgullosos que han invadido Flandes y con los que nadie sabe qué hacer.

–¿Se ha hablado ya con el tesorero de la archiduquesa? –pregunta Felipe.

Por la ventana de su palacio de Malinas, el joven contempla los techos del convento de las Hijas Devotas, al otro lado de la calle. Dentro de unos instantes se reunirá con su abuela, a cuyo lado debe hallarse ya Juana. No ha respondido a la acuciante nota que la muchacha le ha hecho llegar. Demasiado entera, Juana le desconcierta aun cuando siga inflamándole con sus deseos, le divierte con el amor absoluto que le consagra. Diciembre es frío, algunos copos dispersos se pegan a los cristales. Un gran fuego crepita en la sala donde trabaja Felipe, arrojando su claridad a la inmensa alfombra de lana donde duermen sus dos perros. Cuelgan de los muros cuadros de los más grandes maestros flamencos.

Respetuoso, Guillaume de Chièvres aguarda que el archiduque le preste atención. El más influyente miembro de su Consejo sabe el ascendiente que ejerce sobre el joven príncipe. Él mismo le ha sugerido, hace algunos días, que obtenga la fidelidad de Moxica, tesorero de Juana. ¿Por qué no cobrar directamente los dos mil escudos que los Reyes Católicos depositan anualmente para el mantenimiento de la archiduquesa? Felipe se ha dejado convencer con facilidad. Juana, es cierto, no muestra afición alguna a organizar, a dirigir su Casa, prefiere tocar la guitarra, comprar aves para su pajarera, adornarse para él, aguardarle... Su propio tesorero distribuirá el oro español. De pronto, Felipe se vuelve.

—¿Y entonces, Chièvres?

—El hombre ha aceptado nuestra oferta. Está convencido de que la archiduquesa es incapaz de administrar su renta. Varias veces ha querido hablar de ello y ha sido despedido.

Felipe da algunos pasos, se detiene junto a la chimenea y tiende hacia el fuego sus manos.

—Chièvres, hemos tomado una decisión. El séquito de la archiduquesa nos obliga a emprender trabajos de ampliación tanto en Malinas como en Bruselas. Ya no sabemos dónde alojar esa cohorte. ¿Quién pagará?

Ambos hombres están uno junto al otro. Más bajo que Felipe, Guillaume de Croix, señor de Chièvres, tiene un rostro fino y rubios cabellos ligeramente ondulados. Le gusta el lujo, se rodea de objetos de arte de alto precio, llena a su mujer, María, de espléndidas joyas.

—Desde la llegada de los españoles, nuestro controlador de gastos se siente inquieto por el tren de vuestra Casa.

—La mayoría nos dejará muy pronto.

—¡Se quedarán demasiados!

Felipe se echa a reír.

—Hambrientos, los últimos supervivientes regresarán a su país para buscar pitanza. ¿Qué más hay hoy? ¿Habéis visto a Thomas de Plaines?

—Está en los baños, Monseñor, y lamenta mucho vuestra ausencia.

Resuena de nuevo la risa de Felipe.

—Los jóvenes desposados deben interrumpir por un momento sus acostumbradas ocupaciones; pero por Dios vivo, pronto le acompañaré.

Juana escucha distraída a la Gran Señora que le habla del emperador Maximiliano, que acaba de anunciar su próxima llegada a Malinas. Felipe no se ha reunido con ella a la hora de la siesta, que su séquito español respeta. Ni siquiera ha respondido a su nota. ¿Dónde está? ¿Qué ocupaciones le retienen con tanta fuerza? Aunque cada noche se reúna con ella en la alcoba, desearía que lo hiciera más a menudo aún.

La Gran Señora calla; un chambelán acaba de introducir a la señora de Hallewin.

—Venid aquí, querida Jeanne —dice alegremente—, la archiduquesa y yo os aguardábamos con impaciencia.

La condesa y Margarita de York se besan. A Juana le extrañan esas muestras de familiaridad desconocidas en la corte de Castilla. Salvo a sus hijos, los Reyes Católicos no besan a nadie, no lo tolerarían de nadie. Advirtiendo sus reticencias, la señora de Hallewin se limita a una ligera reverencia.

—Sentaos, amiga mía —invita la princesa viuda—. Estábamos hablando de la próxima llegada del emperador.

Aunque siente una profunda amistad por Maximiliano, Jeanne de Hallewin teme siempre las recomendaciones o reprimendas que dirige a su hijo. El archiduque hace una política flamenca tan independiente que su padre ha montado varias veces en cólera, expulsando de su presencia a François de Busleyden, uno de los más íntimos consejeros de Felipe, sospechando que levanta a su hijo contra Austria. Maximiliano ha jurado a la agonizante María que arrebataría Borgoña al rey de Francia, y quiere mantener su promesa pese a la reticencia de buen número de flamencos que consideran irrealizable este designio.

—Margot está deseosa de ver a su padre y se niega a embarcar sin haberle abrazado.

Las palabras de la que educó a Felipe y Margarita recuerdan a Juana el abandono de Fernando y le oprimen el corazón. Este mismo día, en la carta que ha recibido de Isabel, Fernando no ha incluido una sola línea.

La nieve cae espesa ahora. Juana contempla el torbellino de los copos. Vagamente, desea adivinar lo que están haciendo sus padres. ¿Estarán en Granada? ¿O habrán elegido establecerse en Burgos, donde Margarita y Juan deben casarse? Recuerda su alcoba en la Alhambra, abierta a un patio lleno de naranjos y jazmines, escucha correr el agua de las fuentes. ¿Volverá a ver su país? Cuando siente deseos de hablar de España con una de sus damas de honor, se contiene. Hoy es flamenca, ya no por razón sino por amor.

—¿Cómo han instalado a los vuestros? —interroga la señora de Hallewin—. ¿Han podido preparar algunas habitaciones en los ayuntamientos, como yo ordené?

La joven no sabe qué responder. Aunque cada día debe soportar las quejas, los reproches de los castellanos a quienes hiela el invierno, a quienes deja indefensos la carencia de dinero, no puede formular sus quejas ante aquella a quien Felipe considera una madre. ¿Qué puede hacer sino responder con vagas promesas? Su tío, el almirante de Castilla, enfermo, está continuamente encolerizado. La población sólo vende sus víveres a precios exorbitantes, y un gran número de sus marineros han muerto de hambre. El frío hace más dolorosa todavía la hecatombe. Todos piensan sólo en abandonar lo antes posible ese país. En cama desde hace días, Fray Andrea ha suplicado a Juana que le deje volver a España con la archiduquesa Margarita. La verdad sería en exceso amarga para la oronda, la alegre señora de Hallewin.

—Mi gente se encuentra maravillosamente, señora —responde Juana con una voz cuyo tono cierra el tema—, estoy segura de que todo se ha hecho de acuerdo con vuestras órdenes.

La condesa no siente excesiva simpatía hacia Juana, pero la trata con tino para no disgustar a Felipe. Desde su primera entrevista con la infanta ha comprendido que, a pesar de su aire altivo, logrará someterla a su voluntad.

Felipe tarda. La espera sume a Juana en un estado de extremo nerviosismo. Querría levantarse, ir hasta la alcoba de su marido, forzar la puerta, pero debe escuchar a las dos damas que desgranan insignificantes frases. Sólo se siente relajada y feliz cuando Felipe se tiende en la cama a su lado. Ligero, divertido, sabe hacerla reír, dice pequeñas maldades sobre unos y otros, se divierte con sus torpezas, con su timidez. Ninguna mujer, está segura de ello, ha sentido nunca más amor por un hombre.

—Monseñor el archiduque Felipe —anuncia el chambelán.

Se abren los dos batientes de la puerta. En el rostro de las tres mujeres aparece la misma expresión de adoración.

14

–¿Dónde estabas?

Aguda, vindicativa, la voz de Juana interroga. Durante toda la noche ha aguardado a Felipe, que, por primera vez desde su matrimonio, no ha aparecido. Al alba, sin poder soportarlo más, ha ido hasta la puerta de su habitación, donde montaban guardia dos soldados armados. La muda ironía que ha advertido en sus rostros le ha hecho rebelarse. Humillada, ha dado media vuelta.

Cuando una camarera le trae su matinal taza de leche caliente, Felipe aparece por fin con el rostro inexpresivo. Sin responderle, se acerca a Juana, la mira con desdén.

–¿Te has vuelto loca para venir a mi alcoba en mitad de la noche?

Con su largo camisón de puños y cuello adornados con encaje, Juana tiembla tanto de frío como de indignación.

–Tu ausencia me ha alarmado.

El tono es más dulce, la presencia física de su marido aniquila la agresividad de la joven.

–¿Ignoras acaso que, a veces, estoy ocupado hasta muy tarde? ¿Tengo que explicarte lo que significa gobernar un país?

–Tu Consejo terminó antes de medianoche.

Juana envió a una sirvienta para que lo averiguara y sabe por ello que Felipe regresó a sus aposentos cuando terminaron las deliberaciones.

–¿Me espías acaso?

–Te esperaba.

Los sollozos en la voz de su mujer hacen desaparecer la cólera de Felipe. Ha pasado la noche con una hermosa dama de honor de Margot, que le provocaba desvergonzadamente. Sus osadías le han distraído de unos pudores conyugales que comienzan a cansarle. Ahora debe mostrarse firme para que Juana renuncie a acosarle.

Los ojos llenos de lágrimas, los largos y sueltos cabellos negros dan a la muchacha el aspecto de una niña. Felipe se enternece. Con un gesto preciso desabrocha la camisa, introduce la mano, acaricia los pequeños pechos que se endurecen enseguida. El insaciable deseo de Juana que, un instante antes, le molestaba, ahora le excita.

—¿De modo —murmura— que esta noche has venido para que te jodiera?

—Para verte —balbucea Juana.

No se acostumbra a las palabras gruesas, no consigue repetirlas cuando Felipe se lo ordena.

—Muy bien, vas a tener lo que tanto deseabas.

Tranquila, feliz, Juana hunde su cabeza entre el cuello y el hombro de su marido, a cuyo lado reposa en el lecho.

—¿Me amas? —murmura.

El joven tiene deseos de dormir. Tras su noche en blanco, se siente agotado. Acaricia los largos cabellos, hunde en ellos la mano.

—Mi corazón te pertenece.

Juana permanece unos instantes en silencio.

—Si no me amaras ya, moriría.

Felipe ha escuchado cien veces las mismas palabras en boca de sus amantes. Sólo las mozas licenciosas saben permanecer silenciosas después del amor, las aprecia por esta cualidad.

—Entonces vivirás eternamente.

Con avidez, la joven bebe cada palabra; tras las angustias de la noche necesita oírlas una y otra vez. Suavemente, su mano roza los muslos y el vientre de su marido. El contacto de esta piel la embriaga, podría acariciarla así durante horas.

La caza ha sido fructífera. Regresando hacia Malinas, Felipe y Jean de Berghes cabalgan uno junto al otro mientras una agria brisa penetra en sus mantos, hiela la llovizna que no deja de caer.

—En cuanto Margot haya embarcado, iremos a visitar nuestras ciudades y pueblos —explica el príncipe a su amigo—. La vida sedentaria comienza a resultarme pesada.

—¿No será, más bien, la vida conyugal? Confidencialmente, y de hombre a hombre, la archiduquesa me parece muy celosa.

—Furiosamente celosa, tengo que utilizar mil artimañas para reunirme con la pequeña Suzanne. ¡Me imaginas buscando excusas como un burgués de Malinas!

El Hermoso Berghes permanece pensativo.

—Dale un hueso que roer. ¿No siente afición por la política, por la dirección de su casa?

—La política, ¿bromeas? Su madre tiende ya a darle, en sus cartas, innumerables consejos que no me sirven de nada.

—Distráela entonces, vive rodeada de dueñas que parecen cigüeñas, de prelados de tristes rostros. ¿Quieres que le envíe a mis confesores?

Los dos hombres ríen al unísono. Jean de Berghes protege a algunos monjes lascivos, llegados de Francia, con los que muchas damas se muestran bastante asiduas.

El grupo de cazadores sigue un riachuelo, atraviesa un puente de madera. Tras haber perseguido toda la jornada garzas, liebres y becadas, los perros están derrengados. Detrás del archiduque y su Gran Chambelán cabalgan, al paso tranquilo de sus caballos, algunos jóvenes, amigos íntimos y compañeros de placer del príncipe.

—Imaginaba —confía Felipe— que una princesa de tan noble cuna se comportaría como una archiduquesa y no como una mujer común.

Cuarenta años de existencia han hecho que Jean de Berghes perdiera su ilusión por las mujeres. ¿Acaso, princesas o sirvientas de posada, no hablan todas de fidelidad cuando los hombres piensan sólo en su libertad?

15

Hace dos meses que Felipe está ausente de Malinas. Tras la marcha de Margarita, organizó su escolta, reunió a sus amigos para ponerse en camino hacia sus buenas ciudades. Juana se aburre mortalmente. Echa en falta la presencia, tan pesada ayer, de su séquito español. Grandes e hidalgos, prelados, damas y marineros han abandonado, llenos de alegría, el suelo flamenco. Apenas si acudieron a hacerle los cumplidos usuales, tanta prisa tenían por embarcar. Durante varios días, los cortesanos designados para quedarse en Flandes con ella han puesto cara de entierro.

Al finalizar el mes de abril llega de Castilla una larga carta narrando los festejos de la boda de Juan y Margarita. El joven novio sintió una inmediata atracción hacia la nueva infanta, la colma de atenciones. Isabel cuenta detalladamente a Juana la ceremonia en la catedral de Burgos, donde se apretujaban los Grandes, la prédica de Cisneros y los festejos subsiguientes, en presencia de Cristóbal Colón. Fernando y ella bailaron juntos, «lo que no hacíamos desde nuestra juventud», escribe la reina. Pero los recién casados tenían tanta prisa por retirarse que el infante acortó las diversiones.

La pluma de Isabel es ágil. Juana advierte entre sus palabras una felicidad que la pone más taciturna todavía. ¿Se ha borrado de la memoria de su madre su propia partida?

Está sola: Juan y Margarita no se separan ni un instante, su hermano posee Salamanca, Zamora, Toro, Arévalo, Jaén, Randa, ella no posee ni un solo palacio. Sus servidores, que no reciben sus pagas, protestan constantemente. Abatida por la marcha de Margot, la Gran Señora ha perdido su habitual alegría. Sus entrevistas se limitan ahora a los consejos afectuosos pero firmes que le da la anciana dama. Debe aprender el flamenco, vigilar a sus damas de honor, cumplir con toda clase de deberes piadosos, alentar a los artistas atrayéndoles a su Corte. Margarita de York no dice que debería acompañar a su marido cuando viaja, sabe muy bien que quiere estar solo y conoce las razones. Pero ¿quién puede cambiar a Felipe? Juana tendrá que acostumbrarse.

Pero Juana no se acostumbra. Acecha la llegada de un mensaje, da vueltas y más vueltas en la cama, se niega a divertirse. Fatma y Aicha han recuperado un lugar a su lado, duermen en un colchón puesto en el suelo de la alcoba. Los sufrimientos de las mujeres abandonadas les son familiares, conocen los hechizos necesarios para recuperar a los esposos infieles.

–Un niño, un hijo –murmuran sin cesar al oído de Juana–. Y el príncipe volverá.

Juana aleja con fuerza de su espíritu las sospechas. Piensa sin cesar en las palabras murmuradas por Felipe antes del amor. «Haz lo que quieras conmigo, te pertenezco... Vivo, ardo por ti, ¿quieres?...» Otros términos vuelven a su memoria y ruborizan sus mejillas.

El primer día de mayo, cuando Felipe, en una corta nota, anuncia su regreso, la Gran Señora comunica a Juana que acaba de adquirir el último piso de la casa de las Hijas Devotas, justo ante la mansión de Borgoña, para dejar su palacio a los jóvenes esposos. Una galería cubierta unirá los dos edificios y permitirá a la anciana dama visitar a sus nietos tan a menudo como lo desee.

La próxima llegada de Felipe, la perspectiva de tener pronto su propia casa devuelven la sonrisa a Juana. En Bruselas, los trabajos de ampliación del palacio de Coudenberg van a buena marcha. Dentro de unos meses podrán alejarse de Malinas, de una abuela en exceso posesiva, ser autónomos por fin; entonces Felipe será sólo suyo.

Mayo es delicioso. Juana sale finalmente de su habitación, se pasea por los jardines, acepta cabalgar por la campiña escoltada por Jean de Berghes, Guillaume de Chièvres o François de Busleyden, que siempre tienen en la boca alguna galantería. Han precedido a su príncipe en Malinas y cuentan a Juana el triunfal recibimiento de ciudades y aldeas, la alegría del pueblo al ver a su soberano, se empeñan en relatar los discursos, los oficios religiosos, omitiendo las cenas íntimas en las que las mujeres se disputan una noche en el lecho de aquel archiduque en exceso apuesto.

A los postres, elige una, dos a veces, dejando las otras para sus amigos.

El Hermoso Berghes coge una rosa y se la ofrece hincando la rodilla en tierra.

Cierta noche, cuando acaba de dormirse, dos brazos la aprisionan. Ahí está Felipe, vestido todavía como un jinete. Ni siquiera la besa, la toma enseguida, casi brutalmente.

Por la mañana, acurrucada contra él, le escucha relatar su periplo. El sol penetra en la alcoba por las ventanas que permanecen abiertas, se posa en la seda de los sillones, juega en el verdor de los tapices, se arrellana en el enlosado rojo, bien encerado. Bajo las sábanas, uno contra otro, los jóvenes esposos beben leche caliente, se besan, mordisquean un barquillo cuyos dorados fragmentos pasan de unos labios a otros. Felipe está alegre como jamás lo ha estado, murmura palabras realmente tiernas. Juana quisiera que el momento no terminara nunca.

—¿Qué dinero? —pregunta con brusquedad Felipe.

A la hora de la cena, Juana se ha atrevido a abordar la cuestión del canon anual, los dos mil escudos de oro prometidos por el Tesoro castellano. Por la tarde, Ana de Viamonte le ha recordado con dureza las carencias de sus dos criados, de las damas de compañía. Las damas de honor no han recibido el menor maravedí desde que salieron de España y sólo sobreviven gracias a sus rentas personales. Entregada a su felicidad, la muchacha hubiera preferido, una vez más, eludir la cuestión; pero la firmeza del tono de su amiga le obliga a intervenir.

—¿Moxica no te ha dicho nada?

—Tu tesorero sólo ha cobrado una parte de la suma prometida en el contrato.

—Nunca la he recibido.

Felipe tiene una mirada extraña, agresiva y turbada a la vez.

—Ha sido distribuida.

Tener que hablar de dinero con su marido tortura a Juana, que debe realizar un considerable esfuerzo para proseguir.

—Hace siete meses que ningún miembro de mi séquito recibe su paga.

El joven suelta una breve risita.

—Tu séquito descansa sin hacer nada. Los flamencos os alimentan, os sirven, y es justo que reciban en primer lugar su asignación.

Sus ojos han perdido el tierno fulgor de la mañana. No soporta que una mujer le cause el menor trastorno. Su Consejo privado le ha atrapado, ha tenido que leer innumerables informes, tomar difíciles decisiones contrariando su vacilante carácter. Ya no queda el menor recuerdo de los juegos infantiles de la noche anterior, ni por un instante imagina que para Juana son inolvidables.

Fatigado, Felipe ha pedido que le sirvan la cena sin protocolo, en su salón privado, donde un mayordomo pone discretamente la mesa. Por esa inoportuna presencia, el archiduque domina su enfado, camina hasta la ventana, se sume silenciosamente en la contemplación de la bella terraza con balaustrada gótica que adorna el patio interior. La muchacha percibe la exasperación de su marido, y abandona pronto un tema que le molesta también.

—He recibido noticias de España. Mi madre me habla mucho de Margot y de Juan; están muy enamorados y mi hermano quiere que su esposa esté constantemente con él.

No ha podido evitar decir unas ingenuas palabras que Isabel no ha escrito, pero Felipe parece no prestarles atención alguna. Como de costumbre, la carta de Isabel ha sido leída por un miembro de su Consejo privado antes de ser entregada a Juana, y conoce ya su contenido.

—¿Has respondido?

—Todavía no.

Ni una sola vez Juana ha escrito a sus padres desde que se casó. ¿Qué podría decirles? Pese a su fidelidad, un indefinible malestar le impide formular las palabras justas. Nunca acude al Consejo, nunca es puesta al corriente de decisión política alguna, tiene incluso el penoso presentimiento de que la mantienen deliberadamente al margen. Su existencia es ocupada sólo por su marido, y no puede escribir algo así.

Han servido la cena. La mesa está perfumada por los ramilletes de violetas y muguete que la adornan. Felipe y Juana comen en silencio el lucio pescado en el Dyle, las legumbres sazonadas con especias e hierbas, apenas tocan la pierna de carnero cebado con pastos salados, el pollo braseado. El archiduque vuelve a pensar en la sesión de su Consejo. François de Busleyden le impulsa a acercarse a Francia, de la que su padre no quiere ni oír hablar. ¿Acaso Maximiliano no le casó para consolidar sus alianzas contra los Valois? Pese a su corto noviazgo con Anna de Bretaña que, por encima de su unión con Carlos VIII, no ha dejado, según dicen, de amarle, el emperador execra a los franceses. Cien veces le ha contado a su hijo como, tras la muerte del Temerario, Luis XI arrebató a María que, sin embargo, era su ahijada, el ducado de Borgoña. Pero Felipe, que no vivió tales acontecimientos, es francófilo en el fondo. Si el interés de Flandes exige una alianza con Francia, la concluirá pese a su padre.

Sirven pasteles, tartas de azúcar, fruta confitada. Felipe y Juana beben poco. El archiduque prefiere la cerveza al vino, Juana toma agua algo enrojecida, como lo han hecho siempre sus padres.

En el silencio, la voz de Felipe parece casi solemne.

—Mi Consejo ha decidido reestructurar tu Casa, en adelante será dirigida por el príncipe de Chimay. Cristóbal de Barroso será tu chambelán, Jeanne de Hallewin tu primera dama de honor; por lo que a tu séquito se refiere, se ha considerado oportuno introducir en él a algunas muchachas de nuestras grandes familias.

Juana se sobresalta, tiene la impresión de que el cerco se cierra a su alrededor. ¿Por qué esos cambios? Gradualmente la separan de sus últimos compañeros españoles y, aunque sólo ha mantenido con ellos escasas relaciones amistosas, su marcha la hiere profundamente. Sólo se quedan en Flandes algunos criados, un puñado de damas de honor, sus esclavas, su amiga Ana de Viamonte y Martín de Moxica, de quien desconfía.

—Me habría gustado que me avisaran.

—Pues ya está hecho —responde Felipe tranquilamente.

16

«Hija mía, Juan nos ha abandonado, y tanto tu padre como yo estamos aniquilados. La desgracia ha caído en un instante sobre nosotros, sobre nuestro pueblo. A finales de septiembre, cuando me recuperaba de la gran fatiga provocada por la boda de tu hermana Isabel en Valencia de Alcántara, llegó un correo para avisarnos de que el infante estaba muy grave. Lamentablemente, no me hallaba en estado de ponerme en camino hacia Salamanca, pero tu padre partió enseguida a rienda suelta. Cuando llegó al Palacio episcopal, nuestro hijo agonizaba, Margarita estaba a su cabecera y los médicos le cuidaban lo mejor que podían, pero Dios quería tenerle a Su lado. ¡Hágase su voluntad! El 4 de octubre, Juan se extinguía en brazos de tu padre, junto a esa esposa a la que amaba con excesivo ardor para su débil constitución. Sus últimas palabras fueron para ella: "En adelante mi alma vivirá en ti". Lo enterramos en Ávila. He recogido a *Bruto*, el querido lebrel de tu hermano, que ya no me abandona.

»Ruega, hija mía, por el eterno descanso de Juan, y agradece también a Dios los beneficios que te prodiga. Jamás abandona por completo a sus hijos. Margarita está encinta.»

Juana deja caer la carta en sus rodillas. La alegría de su reciente instalación en Bruselas, donde acaban de terminar los trabajos de ampliación, queda repentinamente aniquilada. Por su memoria desfilan las imágenes: Juan, niño todavía, le tira de los cabellos para castigarla por haber roto su caballo de madera; vestido de satén blanco, abre el cortejo en la boda de Isabel; cabalga orgullosamente junto a Fernando en el sitio de Granada. Ve de nuevo a su hermano riendo a carcajadas, serio, exaltado, poniendo mala cara. Sólo un año les separaba, les acercaba. A veces se deslizaba silenciosamente a su lado cuando ella tocaba la guitarra, murmuraba: «Quisiera hablar como tu música». También él dudaba de los demás, de los Grandes, de los cortesanos, del desinterés de su amistad.

Juana piensa ahora en Margarita, la pequeña Margarita que ha enviudado cuando acababa de quedar encinta. Su pesadumbre trastornará a Felipe, y tendrá que amarle más todavía para devolverle el valor.

A su alrededor, en la hermosa alcoba adornada con muebles moriscos traídos de España, todo es apacible. Entre los cuadros, los jarros de plata, el rarísimo reloj, regalo de su suegro, y las ricas alfombras de Oriente, la mera idea de la muerte parece incongruente. En Coudenberg, Juana se siente un poco más dueña de su casa. Ha encargado una inmensa pajarera, ha comprado aves de especies raras, ha organizado una pequeña casa de fieras. Poco a poco, acostumbrada a la constante presencia de la condesa de Hallewin, llega hasta pedirle algunos consejos.

Tras un año de matrimonio, Felipe ha recuperado las costumbres de soltero, que sabe justificar con irrefutables argumentos. Juana los acepta, pese a las pérfidas insinuaciones, a las semiconfidencias captadas en las conversaciones de sus damas de honor; tiene en él una confianza absoluta.

Los ojos de la archiduquesa se posan de nuevo en la carta: la mano de Isabel ha temblado un poco, la firma no tiene el vigor habitual. A Juana le cuesta imaginar aniquilada a la reina de Castilla. ¿Y Fernando? Juan era su preferido, su orgullo. Pensando en su infeliz padre, Juana no puede contener sus lágrimas.

La Corte flamenca declara el luto. Un oficio fúnebre se celebra en Malinas, otro en Bruselas. Juana y Felipe encabezan el cortejo que la niebla otoñal hace más siniestro todavía. Los festejos para celebrar la llegada de la infanta a Flandes parecen ya lejanos, dentro de unas semanas cumplirá sus dieciocho años, pero el tiempo parece haberse detenido entre cielos bajos, llanuras, atalayas y torres de las catedrales que se miran en las apacibles aguas de los canales. Si Margarita está encinta, Juana no espera todavía un hijo. «Sois responsable de vuestra esterilidad, Alteza –murmura el monje francés en su confesonario–; el placer vuelve estériles a las mujeres y se afirma que sentís por Monseñor un amor en exceso ardiente.» Confusa, ella baja la cabeza.

En cuanto termina la cena, perfumada y peinada por Aicha o Fatma, tras el masaje, espera a Felipe, acecha el ruido de sus pasos. El hermano Antoine tiene razón, desea demasiado a su marido; en cuando posa la mano en su cuerpo, ella olvida incluso la existencia de Dios.

Conociendo la sumisión de Juana, la necesidad que siente de él, el archiduque se ha vuelto más posesivo. Ordena, exige, impone, y ella acepta todos sus deseos con gozo, aun cuando los momentos de afecto, las palabras amables, los tiernos besos están ausentes con demasiada frecuencia. Felipe siente por ese cuerpo de mujer que le pertenece una atracción intermitente y brutal. Cuando apoya todo su peso sobre su cuerpo, cuando la oye gemir, le gusta pensar en Isabel de Castilla, en la orgullosa reina católica que cree dominarle.

–Hijo mío, perdona su franqueza a una anciana que te quiere, pero ¿quién mejor que yo puede pretender darte un consejo?

La Gran Señora y su nieto terminan de cenar frente a frente. En el salón de la princesa viuda, los troncos se consumen suavemente en la elegante chimenea. El vasto y acolchado apartamento, de muelles alfombras y pesados tapices, está impregnado de un aroma de rosa ajada, de polvo de lirio. Al archiduque le gustan esas apacibles entrevistas con su abuela y, a menudo, va solo a Malinas para verla. Cuando niño, se sentaba a sus pies, apoyaba la cabeza en sus rodillas mientras los finos dedos acariciaban sus cabellos. Ya adolescente, se divertía levantándola en sus brazos cuando regresaba de la caza, haciéndola gritar y reír; hoy se limita a tomar su mano, que la edad ha hecho menuda, y estrecharla entre las suyas.

–Hablad, abuela, os escucho.

Posando los codos en la mesa, Felipe apoya el mentón en sus manos para probar su extremada atención. Margarita de York se enternece; ese hombre cuya virilidad hace perder la cabeza a todas las mujeres se comporta ante ella como si fuera un muchachito.

–No pruebes conmigo tus ojos de enamorado –gruñe–, a mi edad ya no me dejo embaucar. Y además, demasiado los he visto hechizando a alguna dama de honor, cuando no a una sirvienta o algo peor todavía.

–Abuela, no tengo que esforzarme mucho para seducir; las mujeres saben perfectamente tomar la iniciativa.

–Y es una gran vergüenza, hijo mío. Los hombres deben disponerse a conquistar una mujer como si se tratara de una ciudad, así sienten el orgullo de vencer, más fuerte que el de poseer. Nuestra época deja a las muchachas demasiado libres, las hace demasiado audaces... Pero no quiero hablarte de eso. Las ancianas nos remitimos mucho y, sin duda, la juventud debe vivir con su tiempo. Quiero hablarte de Juana.

Felipe hace una mueca de decepción. Imagina perfectamente las palabras que va a escuchar y prepara ya una respuesta apaciguadora.

–Abuela, no me digas que hago infeliz a mi mujer. Obtiene de mí todo lo que quiere.

–Está sola, muy sola. Pasas la mitad del tiempo ausente y, si debo creer en lo que me cuenta, no mandas demasiadas noticias.

–Mis ciudades me aguardan, no puedo visitar una sin honrar a la otra.

–Pídele a tu mujer que te acompañe. Tus súbditos estarán todavía más contentos.

El joven suspira: Rendir cuentas le incomoda. La Gran Señora nada ignora de sus calaveradas. Siempre las ha contemplado con indulgencia. ¿Cree acaso que el matrimonio le ha hecho definitivamente razonable?

–Abuela, necesito libertad. Juana es... muy acaparadora.

–¿Quieres decir que está demasiado enamorada?

Los ojos de la anciana brillan. Se divierte ante la turbación de su nieto. Felipe ríe por fin, y vierte en el vaso de su abuela un dedo de vino del Mosela.

–¡Horriblemente celosa!

–¿Sospecha acaso que te interesas por otra?

–¿Cómo podéis decir algo así?

Les domina a ambos un acceso de risa. La Gran Señora es la primera en recuperarse. Se reprocha no ser más severa.

–Procura que Juana nunca sepa nada –murmura–. Las españolas son orgullosas, eso la heriría cruelmente. Cree a una anciana, hijo mío. Flandes no puede sacar nada bueno de una querella familiar con Castilla. Si no puedes proponerte renunciar a tus amoríos, cuídala al menos. Te adora, está muy sola. A veces la encuentro conmovedora.

La Gran Señora se levanta con dificultad, se acerca a su nieto, le besa en la frente.

–Hijo mío, Juana te ama más de lo que la amas tú; ésa es su desgracia y lo presiente. Sin duda has nacido para hacer sufrir a las mujeres.

–¿Os he herido alguna vez, abuela?

La rodea con sus brazos, posa la frente en su pecho adornado por una cascada de perlas algo amarillentas. Su abuela tiene razón, lo que él ama en el amor es la violencia, el rapto, como en la caza o en la guerra. Ofreciéndose con excesiva facilidad, las mujeres le privan de este goce. Si Juana hubiera permanecido distante, si se hubiera mostrado distinta a las demás, tal vez habría podido amarla.

–Que siga amándome, me importa un bledo, pero, Dios mío, que sepa mostrarse menos recelosa, menos exigente.

–Los celos, hijo mío, no siempre mueren con el amor. Nunca lo olvides.

17

Antes de penetrar en la sala del Consejo, Felipe se inmoviliza. Su pesadumbre, secreta todavía, dejará de pertenecerle dentro de unos instantes. Los suyos se apoderarán de ella, la disecarán, la discutirán, la reducirán a un simple asunto político. La pobre Margot acaba de dar a luz a un niño muerto. La víspera recibió la noticia, y ha permanecido toda la noche encerrado en su alcoba, negándose a ver a nadie.

Los dos batientes de la puerta se abren, el archiduque distingue a Guillaume de Chièvres, François de Busleyden, Jean de Berghes, reconoce a su capellán junto a Thomas de Plaines, que juega con un fino puñal cortapapeles. Se han reunido apresuradamente para hablar de esta noticia que, hábilmente explotada, puede conceder al archiduque un mayor prestigio.

Felipe responde a los saludos, dirige a algunos una sonrisa, una palabra amistosa. Sin duda debe olvidar las lágrimas de Margot y aprovechar ese cambio en la situación.

Tras la corta plegaria del capellán brotan voces de todas partes. Jean de Berghes, con un gesto, impone silencio.

–Monseñor, señores, puesto que tras la muerte de sus soberanos los reinos de Castilla y Aragón deberán pasar a unas manos distintas de las de su descendiente varón, ¿por qué no transmitirlos a su Alteza el archiduque Felipe y a la archiduquesa? El niño que lleva en su seno la reina Isabel de Portugal debe asegurar el porvenir de su país, no el de España. Reunir bajo el mismo cetro toda la península Ibérica nos parece inaceptable, ¿no es cierto, Monseñor?

Como digno descendiente de los duques de Borgoña, Felipe es orgulloso y le seduce el título de príncipe de Castilla. Si las carabelas no traen todavía, de las Indias occidentales, los esperados tesoros, fabulosas riquezas pueden descubrirse muy pronto. ¿No prepara Colón, en Castilla, un tercer viaje?

–Me parece, en efecto –responde con voz segura el archiduque–, que podemos aspirar al título de herederos de los reyes de Aragón y de Castilla. ¿Hemos recibido la opinión del emperador?

–Su Majestad no ha respondido todavía a nuestro correo, pero vos, Monseñor, conocéis ya su opinión, ¿verdad?

–Mi padre siente el ardiente deseo de ver a nuestra familia en el peldaño más alto de la gloria. Que la corona de Castilla fuera a un Habsburgo no le disgustaría.

–Tomadla entonces, Monseñor, está a vuestro alcance.

Thomas de Plaines sigue jugando con su cortapapeles. Es el más joven consejero de Felipe, que le eligió para suceder al viejo canciller Carondelet. Su voz se alza tranquila, resuelta.

–Existen en Castilla, como en todas partes, leyes que rigen las sucesiones, Monseñor. No las ignoréis.

La exclamación de Felipe estalla burlona.

–Thomas, ¿mi suegra, la reina de Castilla, vaciló en destronar a su sobrina, la Beltraneja, para hacerse con el poder?

–Era un enfrentamiento puramente castellano, Monseñor. Estáis demasiado lejos de España para intentar ese juego.

–A los Reyes Católicos les gusta la autoridad, mi determinación les impresionará.

Thomas arroja el cortapapeles sobre la mesa.

–¿Y la archiduquesa, Monseñor, qué piensa de este proyecto? Si hay una herencia que recoger, debe hacerlo ella.

Ruidosamente, varias voces aprueban. Jean de Berghes interviene, sabe qué influenciable es su príncipe.

–A la archiduquesa no le preocupa la política. En ese campo tiene una absoluta confianza en su marido.

–¿Se la ha consultado al menos?

Felipe se impacienta. El debate se aventura por unas arenas movedizas en las que no tiene intención alguna de permanecer.

–Ya basta, caballeros, volveremos a hablar de la cuestión cuando hayamos recibido la opinión del emperador. No me proclamaré príncipe de Castilla sin su consentimiento.

La respuesta de Isabel llega cortante a Bruselas. Su hija Isabel y su esposo el rey Manuel de Portugal son los únicos herederos. En marzo, la pareja recibirá el juramento de pleitesía, tanto de las Cortes de Castilla como de las de Aragón. Ni el título de príncipe de Castilla ni el de príncipe de Aragón están vacantes.

La cólera de Felipe no cede. ¿Quién le ha traicionado cuando pretendía mantener en secreto su decisión antes de conocer la posición de su padre? La carta ha llegado de Burgos casi al mismo tiempo que la entusiasta respuesta de Maximiliano, tan entusiasta que el pensamiento, reprimido pronto, de una manipulación de su Consejo ha pasado por su cabeza. ¿Quién entonces? ¿Un espía español, uno de esos ociosos que se arrastran en el séquito de Juana? Paga cara su debilidad al no haberles expulsado a todos. Ahora tiene las manos atadas, despedirle sería confesar su decepción y exhibirla en la plaza pública. Mientras su cólera no se haya desvanecido, no se acercará a su mujer.

Molesta, casi avergonzada, Juana escucha las últimas palabras leídas por su consejero espiritual. Desde Castilla, Isabel ha enviado a Diego de Villaescusa una copia de la carta escrita a Felipe. Ha añadido algunas líneas destinadas sólo al teólogo, en las que confiesa sus preocupaciones referentes al matrimonio de su hija. Los españoles que han regresado a Castilla dicen que está subyugada por su marido, hasta el punto de aceptar de él lo inaceptable, de olvidar sus deberes de cristiana, de confesarse con monjes parisinos de dudosa moralidad. El dinero enviado por Fernando no ha sido entregado al séquito de la archiduquesa. ¿Dónde está? La reina termina con estas lacónicas palabras: «Dura veritas sed veritas».

Voluntariamente, el religioso ha omitido la lectura de ciertas frases que considera confidenciales. En cambio, en la última, escrita en latín, se detiene con fuerza, sondeando con inquisitiva mirada la reacción de Juana, pero la archiduquesa permanece impasible con los ojos fijos en el libro que tiene entre las manos. Por nada del mundo demostrará una humillación que el amor y el orgullo disminuyen ya. Puesto que Diego de Villaescusa, lo advierte perfectamente, es un enemigo de Felipe, se convierte de inmediato en su propio adversario. No importa que su esposo haya actuado sin consideración alguna, jamás le abandonará, nadie, ni celoso, ni envidioso, ni padres, ni siquiera Dios tendrá el poder de romper los vínculos que les unen. Un cielo gris, amenazador, parece obturar la abertura de las ventanas. En la pequeña estancia contigua a la alcoba de Juana, las esclavas moras canturrean una endecha de Granada. Unas tras otras, las campanas de Bruselas dan las tres. La voz de la joven es glacial.

—Gracias, padre. No quiero reteneros más. Mis damas me esperan para el paseo por nuestro nuevo jardín.

—Pero esta carta exige respuesta, Señora.

Cuando Juana se levanta, sus ojos se posan por fin en el religioso, su expresión es altanera, casi hostil.

—Solicitadla a Monseñor el archiduque, conoce mejor que yo las razones de Estado, las únicas que afectan a mi madre.

Hace ya tres semanas que Felipe y Juana no han vuelto a verse, salvo en los raros instantes del día que deben estar juntos por exigencias de las convenciones. Por la noche, sola en su alcoba, la joven lloró primero y, luego, perdió los nervios. ¿Qué ha dicho para merecer semejante castigo? Muchas veces ha querido provocar una explicación, pero en el último instante ha callado, pues teme obligar a Felipe a darle explicaciones sobre su infortunada gestión. Mientras ella ha querido protegerle, él la castiga del modo más cruel.

Le celebración de la misa de Ramos concluye. Con las procesiones, la lectura de los evangelios y un sermón interminable, el oficio ha durado más de dos horas. Como la lluvia intensa, helada cae desde el alba, un coche tirado por cuatro caballos aguarda a la pareja principesca ante el porche. Tras más de un año pasado en Flandes, a Juana sigue maravillándola esta comodidad desconocida en Castilla hasta la llegada de Margarita, que cargó dos en sus navíos. ¿Los traerá de vuelta con ella a Malinas? La viuda de Juan es febrilmente aguardada por su abuela, su hermano y sus súbditos. Sola, Juana teme este regreso. Con la definitiva ruptura del vínculo que une a su cuñada con España, su soledad y la dolorosa impresión de ser un rehén serán mayores todavía.

En cuanto un paje ha dejado caer el tejido brocado que cubre la ventana de la carroza, los caballos se ponen en marcha, acompañados por el regular pataleo de las monturas de los gentilhombres que, por su parte, desafían la intemperie. Felipe observa a su esposa con disimulo. El fino perfil, enmarcado por el bonete de hilo de oro sembrado de pequeñas perlas, parece el de una miniatura. Sus ojos se posan en la hinchada boca, descienden hacia la garganta ceñida por un collar de diamantes, el cuello del abrigo oculta por completo su cuerpo. Sabe perfectamente que sufre y, hoy, su dolor le produce mala conciencia. La víspera ha roto con Suzanne, que comenzaba a mostrarse exigente. La dama de honor de Juana ha sollozado, le ha amenazado con matarse pero, dentro de algunas semanas, algunos meses como máximo, un nuevo enamorado secará sin duda sus lágrimas. A la coqueta le gusta demasiado la voluptuosidad para privarse por mucho tiempo de ella.

–¿No me miras, Juana?

La voz es acariciadora, Felipe sabe manipular a los seres.

La joven se sobresalta, una irreprimible emoción acelera los latidos de su corazón, pero se niega a ceder enseguida a esta llamada que aguarda desde hace días. Sus ojos permanecen obstinadamente bajos.

Los finos dedos que tanto le gusta besar atrapan su mentón, le hacen volver el rostro.

–¿Lloras?

Sin que pueda contenerlas por más tiempo, las lágrimas de Juana corren, descienden por su garganta, se pierden entre las pieles.

–Perdóname.

Dulcemente, Felipe besa sus ojos, sus labios. Cuando Juana se le resiste un poco, él la desea mucho más.

¿Por qué no sabe jugar mejor sus bazas de mujer? Dominar le aburre, está saturado de semejante poder.

Entre sus manos, el cuerpo sigue inerte. ¿Cuánto tiempo necesitará para hacerla ceder? Unas imágenes crudas, precisas, acuden a su espíritu, tan turbadoras que si esta noche Juana mantiene cerrada su puerta, implorará tal vez para que se la abra.

Los adoquines de Bruselas sacuden el vehículo que los dos cocheros conducen al paso lento de los robustos caballos. En la calle se alzan algunos gritos: «¡Viva Monseñor Felipe, viva el archiduque!». Ahora Juana mira intensamente a su marido. Del redondo sombrero de terciopelo, con los bordes levantados, escapan algunos mechones. En la comisura de la boca, de labios redondos como frutos, cicatriza un pequeño corte. ¿Cuántas mujeres habrán acariciado, mordido esos labios, cuántas habrán hecho correr sus dedos por las mejillas, la hermosa y recta nariz?

–Después de comer –murmura Felipe–, me reuniré contigo; aleja a tus damas de honor.

La lluvia golpea sin cesar contra los gruesos cristales emplomados. En el lecho de cerradas cortinas descansan dos cuerpos desnudos sobre el cubrecama adornado por innumerables flores campestres bordadas con multicolores hilos de seda. Juana ha aceptado las exigencias de Felipe, se ha atrevido a lo que ni siquiera quería imaginar unos meses antes. Le ha abrazado extraviada, ha murmurado las palabras que él quería oírle decir y, ahora, contempla, conmovida, ese cuerpo de hombre que querría mantener cautivo pero que se limita a acariciar con la yema de los dedos. Con los ojos cerrados, Felipe calla, no se mueve. Juana interrumpe su caricia, lentamente él vuelve hacia la muchacha la cabeza y a Juana le parece tristeza la fatiga que se lee en su rostro.

—Te he perdonado —murmura.

Advierte enseguida en su mirada la ironía familiar que siempre le turba, le inquieta. Felipe duda en responder y, finalmente, calla; sus brazos toman el cuerpo desnudo de la muchacha, lo estrechan violentamente contra el suyo como si quisiera lastimarla de nuevo, castigarla por haber pronunciado unas palabras que reavivan en él la herida de la humillación, su resentimiento contra España y todo lo que es español. Sin una caricia, sin una mirada, la penetra, se hunde en ella hasta obligarla a lanzar un grito de sufrimiento.

18

Con el verano, Margarita ha recuperado su clara risa y su malicia. Su estancia en España le parece irreal como una pesadilla, y los asiduos cuidados de la Gran Señora, su afecto, le han devuelto los colores a las mejillas; nuevos deseos por las dulzuras de su tierra flamenca. Hermano y hermana han recuperado sus paseos a caballo, las cenas en Malinas junto a su abuela mientras, entorpecida por su primera preñez, Juana se queda con frecuencia en Bruselas, matando las interminables tardes con paseos por las avenidas de su nuevo parque, deteniéndose para contemplar los centenares de aves reunidas en la pajarera. Junto a ella sólo se queda su amiga Ana. Juntas hablan sólo en castellano, se visten a la moda española, exigen manjares que los cocineros preparan mal pero cuyos sabores aproximados son, para ellas, fuente de grandes placeres. Fatma y Aicha preparan buñuelos de miel, pasteles de almendras y pistachos que comen bajo el quiosco sombreado por un bosquecillo de álamos de Italia. Julio se anuncia tan hermoso que los campesinos preparan ya la cosecha. Tras los muros del parque, en la campiña circundante, pacen los bueyes, giran los molinos, zumban las colmenas, se activan mercaderes ambulantes, labradores, niños en libertad. Juana identifica esos ruidos, tan distintos a los de España. A menudo ha querido atravesar el recinto del palacio, hollar sus nuevas tierras, hablar con ese pueblo al que roza sin conocerlo. Pero Felipe parece no desearlo y a ella le repugna forzarle. Desde que está encinta, él la visita regularmente, le prodiga amables atenciones, le hace el amor con suavidad, casi con ternura.

—¿Es un varón? —pregunta con frecuencia posando la boca sobre el vientre hinchado ya.

Ana, sentada a sus pies, toca la guitarra. El calor embriaga las moscas que se agitan alrededor de las espalderas donde maduran ya las primeras manzanas. Desde la víspera, el archiduque está en Malinas. Cuando fue a despedirse, su piel exhalaba un dulce olor de agua de violetas o de rosas. Ella bromeó: «¿Te perfumas como una muchacha?». Una sonrisa evitó la respuesta: «Cuida de mi hijo». Ella le siguió largo rato con la mirada. ¿Y si le fuera infiel como tantos murmuran?

El niño se mueve. Juana tiene calor, gotas de sudor corren del fino turbante de lino blanco, sobre sus sienes. Las ligeras notas de la guitarra resuenan, extrañas, en el apacible jardín flamenco. Mientras toca, Ana la observa.

—¿Habéis respondido a vuestra madre, señora?

—¡Para qué! Mi hermana Isabel dará a luz de un momento a otro, entonces no tendrá tiempo ni ganas de leerme.

—¿Recibiréis a Fray Tomás de Matienzo?

—Claro que no. Mi madre me presenta al prior del convento de Santa Cruz como a un amigo que viene a visitarme, pero yo sé que tiene el encargo de espiarme.

Ana deja de tocar.

—Doña Juana, Su Majestad la reina tiene, tal vez, buenas razones para preocuparse.

Como siempre cuando una situación le incomoda, la archiduquesa se refugia en el silencio. Ha percibido perfectamente la alusión de su amiga. Ninguno de los miembros de su séquito ha recibido todavía el menor maravedí mientras los dignatarios flamencos que la rodean son escrupulosa y generosamente pagados. Moxica entrega al tesorero de Felipe las sumas pagadas por España, ¿debe comportarse como un ama de casa expoliada?

—Es preciso recibirle —insiste Ana de Viamonte—, el santo hombre viene especialmente de Segovia para visitaros, debe de ser portador de mensajes de vuestra familia, tal vez una carta de Monseñor vuestro padre.

De pronto, por el cambio en la expresión de Juana, Ana adivina que la princesa recibirá al emisario de Isabel. Con la ayuda de Dios, tal vez logre hacer entrar en razón a esa muchacha burlada. El archiduque ha seducido a varias compañeras de su esposa. Y sin hacer grandes esfuerzos. Ana lo ha observado todo, las sonrisas cómplices, los gestos esbozados. «Felipe el Hermoso», murmuran en castellano las pícaras españolas, «Felipe el Hermoso», susurran las flamencas. Ana teme el brusco despertar de la infanta. ¿Podrá su orgullo superar el desengaño?

—Dame el abanico —pide Juana.

Se abanica con gestos breves. Los días son largos, aburridos sin Felipe.

Regresará a su alcoba, se encerrará, rechazará la colación nocturna, tendida en los almohadones. El tiempo es una cárcel.

—Has perdido, pagarás prenda —grita Margarita.

Los cabellos, de un rubio rojizo, separados en su mitad por una raya, enmarcan con sus bucles el rostro juvenil. Lleva un simple vestido de tela ocre, de amplio escote cuadrado, bordado con cruceros de hilos de plata, y en la cabeza, un pequeño bonete a juego. La rosaleda del palacio de Malinas, celosamente cuidada por la Gran Señora, está llena del aroma de las decenas de especies que ha reunido en ella. Rosas de Inglaterra, su país natal, rosas de Flandes, de Provins, rosas de España, pero también especies más raras procedentes de Damasco, de Ispahan. Junto a los muros que aíslan el jardín interior de la calle de las Vírgenes, rumorean los altos álamos. A orillas del estanque central se ha edificado un cenador donde parece refugiarse el poco frescor de esa tarde veraniega.

—¿Y cuál será la prenda, Margot?

La joven vacila.

—Tal vez un beso.

—¿Un beso?

Hermano y hermana se vuelven al mismo tiempo; caminando bajo la enramada de la que caen racimos de glicinas, Jean de Berghes se acerca.

—¿Lo he oído bien? Llego pues a tiempo para cobrar la prenda.

Toma la mano de la archiduquesa, la besa con devoción.

—Ya basta —declara Felipe—. No intentes provocarme, no tienes ya edad para enfrentarte a mí.

—Tal vez no con las armas en la mano, Monseñor, pero en otros combates sería capaz de venceros todavía.

—No es esto lo que me dijo la otra noche la hermosa Alexandra.

Felipe suelta una carcajada. Desde que ha salido de Bruselas para dirigirse a Malinas, su infancia regresa en oleadas de despreocupación y alegría de vivir. Entre Juana y él, las relaciones siguen siendo excesivas. Algo indefinible le asusta en su mujer, una violencia contenida, un doloroso conflicto entre su sensualidad y su orgullo, una excesiva afición al silencio, al secreto. Ni un solo instante se siente responsable de ello. Ninguna princesa de su entorno ha vivido nunca las tormentas de una pasión desgarradora. Se ha desposado con Juana para que fructificase la simiente de los Habsburgo, no para que se comportara como una joven burguesa ingenuamente enamorada.

Un criado lleva en una bandeja de plata copas, una jarra de jarabe de horchata, un frasco de vino fresco. Bajo el cenador, sobre el banco con patas de león donde se sientan Felipe, Margot y, luego, Jean de Berghes, se entrelazan las flores blancas de la madreselva y el espino albar.

Margot, con la cabeza en el hombro de su hermano, cierra por un instante los ojos.

—Es bueno estar de nuevo en casa.

Habla poco de España, de Juan; del hijo muerto nunca. Ni su abuela ni Felipe le han hecho la menor pregunta. Ha recuperado sus aposentos en Malinas, su séquito, sus amigas. Hace poco que ha tomado de nuevo el laúd, el clavicordio, y ha comenzado otra vez a cantar.

Berghes apura su vaso de vino.

—El prior de Segovia llegará de un día a otro, Monseñor. Temedle, es demasiado castellano como para ser honesto.

—Le recibiré, querido amigo, y le sorprenderá ver qué pronto se descubre la conjura tramada por mi suegra. Juana no me oculta nada.

La sencilla camisa de tela blanca con cuello de encaje, muy escotada, ciñe estrechamente las atléticas formas de Felipe lleva la cabeza desnuda y estrechas calzas le moldean los muslos y las piernas. Tras la afrenta recibida a la muerte del hijo de Margot, esta nueva incursión de los Reyes Católicos en su vida privada le horripila. ¿Qué cotilleos han podido transmitir los españoles despedidos para que Isabel se inquiete de ese modo? En principio, sintió deseos de mandar algunos soldados para conducir cortésmente a Tomás de Matienzo hasta la frontera, luego la curiosidad fue más fuerte. Sacando a la luz las intrigas españolas, tal vez pueda conseguir algún provecho. Desde la muerte, en abril, del rey Carlos VIII y el advenimiento de Luis XII, ha decidido estrechar sus vínculos con el reino de Francia. Aunque el acercamiento deba hacerse contra la voluntad de su padre o de la alianza inglesa, el interés de Flandes lo exige. Cualquier maniobra de intimidación procedente de Castilla encontrará una respuesta inmediata. Matienzo puede sermonear a Juana, hablará en el desierto.

Cae la tarde, una ligera brisa juega entre los cincelados del follaje de una gran acacia.

—Debo vestirme para la cena de la abuela —decide de pronto Margarita.

Se levanta; en la luz dorada su cabellera parece arder.

19

Altivos, Felipe y Juana reciben a Tomás de Matienzo. Una vez pronunciados los cumplidos habituales, el prior se lamenta de las fatigas del largo
viaje. Luego, humilde pero firmemente, solicita de la archiduquesa una se-
rie de entrevistas privadas.

–El estado de la archiduquesa exige mucho descanso –enuncia su chambelán, el príncipe de Chimay–. Podrá concederos poco tiempo.

Felipe ha desplegado en vano toda la pompa de la etiqueta borgoñona.
Insensible al mundo, austero, intransigente tanto con las prácticas de la fe
como con los valores morales, de los que los príncipes deben dar ejemplo a
sus pueblos, Matienzo no parece conmovido en absoluto.

–Serenísima princesa –lanza con su seca vocecita mirando fijamente a
Juana–, he venido de España enviado por sus Majestades Católicas. Tengo
el honor de representar, durante mi estancia en Flandes, a vuestros ilustres
padres. Despedirme sería rechazarles.

El acento castellano, el pobre vestido, el rostro demacrado del sacerdote quiebran la determinación de Juana. Miserablemente, vuelve la cabeza
hacia Felipe.

–Sea –concede éste–, podréis visitar a la archiduquesa cuando ella os
reclame.

Saluda brevemente y, luego, se aparta. Juana quisiera añadir una palabra, pero sus damas de honor flamencas la arrastran. Si el prior lleva consigo un mensaje de su padre, no podrá leerlo esta noche.

–No olvidéis –murmura Felipe a su lado– que nadie puede daros lecciones; sois aquí archiduquesa y mi esposa. Cada crítica que escucharais con
complacencia ofendería a mi país y me indispondría gravemente.

Nerviosa, Juana se muerde los labios. ¿Su madre y su marido creen que pueden disponer de ella como de un objeto?

—No tenéis que enseñarme cómo debe comportarse una infanta española y una archiduquesa. Tengo del honor un sentido tan agudo como el vuestro.

En el pequeño salón privado hace un calor pesado. Juana ha dormido mal pues la perspectiva de su primera entrevista con Tomás de Matienzo la trastorna. Felipe ha exigido la presencia de algunas damas flamencas. «Por conveniencia», ha declarado; «por suspicacia», piensa ella. A Dios gracias, el castellano no les resulta muy familiar.

Apenas se ha instalado en un sillón semicircular, forrado de brocado a la moda renana, la puerta se abre ante el prior que viste su hábito. Con una ojeada crítica, el religioso examina los pesados tapices, las piezas de plata, los cristales de Venecia, los cuadros profanos tan contrarios al austero gusto de los españoles, antes de inclinarse ante Juana que le indica, a su lado, una silla toscana.

—¿Qué noticias me traéis de España?

En silencio, el emisario de los Reyes Católicos se saca de la manga un sobre sellado que la joven toma rápidamente y, luego, hace saltar el lacre. Isabel ha escrito algunas líneas recomendando a su hija que reciba al emisario con benevolencia, las palabras parecen escritas apresuradamente como si otras tareas más urgentes le reclamaran. Al pie, Fernando ha añadido: «Juanita tiene el afecto de su padre».

Juana se domina para no demostrar su decepción.

—Sus Majestades se lamentan de vuestro silencio.

El sacerdote susurra, la archiduquesa debe aguzar el oído.

—Escribí a mi madre hace algunos meses.

—Aguarda otras cartas.

—No tengo nada que decirle por el momento.

Juana habla en voz alta para que todos puedan escucharla.

Siempre susurrando, Matienzo transmite las últimas noticias de España. La reina de Portugal está a punto de dar a luz, se espera un varón; las negociaciones de los soberanos con Enrique VII, en vistas al matrimonio de sus hijos, Arturo y Catalina, prosiguen; el obispo de Córdoba ha pasado un largo tiempo en Medina del Campo... La joven escucha las palabras que se desgranan como una letanía. «Los trabajos del mausoleo que los soberanos construyen sobre la tumba del difunto infante Juan están terminando...», prosigue la voz apagada del religioso. Juana se siente mal, su hermano ha muerto, para ella su país ha muerto, su vida ha muerto. Se levanta, sostenida por dos de sus damas.

—Os veré más tarde, padre.

Ha hablado en francés, como si el uso del castellano se hubiera convertido en una herida excesiva.

Durante dos semanas, Juana permanece encerrada en sus aposentos. Felipe se ha ausentado de nuevo; está en Gante, en Lieja, en Brujas, en todas partes salvo en Bruselas. Por la noche, la joven, presa de las pesadillas, se ve arrastrada por todos lados, abandonada, y solloza en sueños. Pacientemente, Fatma pasa por la frente de su dueña un lienzo empapado en agua de jazmín, susurra en árabe frases encantatorias.

Cierta mañana de agosto llega de España una gran carta de fray Andrea evocando los días pasados en Flandes, preguntando por la salud de la Gran Señora, por la del archiduque y la señora de Hallewin. El vínculo que une a España se ha restablecido, apacible, evidente. Puede recibir de nuevo a Tomás de Matienzo.

Las entrevistas recomienzan. El padre se lamenta amargamente del precio de los albergues flamencos, de las diarias jugarretas que debe soportar. Acosados por las tempestuosas lluvias, los campesinos cosechan, ayudados por los soldados para apresurar las recolecciones. Felipe regresa a Bruselas el 15 de agosto. El aire libre ha atezado su rostro, el sol ha vuelto más rubios sus cabellos. Elude el lecho conyugal pretextando un embarazo demasiado avanzado ya. A menudo, por la noche, la joven ve a su marido abandonando el palacio de Coudenberg. ¿Adónde irá con sus compañeros?

Matienzo pregunta incansablemente.

—¿Por qué Vuestra Señoría no dirige en persona su Casa?

—La señora de Hallewin se encarga de todo.

—A Su Majestad Católica le preocupa ver·a su hija sometida a esa dama.

—Conoce mejor que yo las costumbres, la etiqueta borgoñona.

Cada pregunta hiere el orgullo de Juana. ¿Qué puede responder? Sus tímidas tentativas para tomar iniciativas han sido vanas. Confesarlo sería acusar a Felipe, y cualquier revelación, está segura de ello, sería inmediatamente comunicada en código a su madre. Juana se siente cada vez más atenazada.

Por la noche, su cuerpo desea ardientemente el de Felipe. Sus pechos, su vientre hinchados, fecundados por aquel hombre, aguardan caricias que él se niega a darle. Le imagina con otra mujer, tendido sobre ella, y el dolor que siente la abrasa. ¿Por qué el amor, que creía ligera felicidad en tiempos de su inocencia, es tan amargo y abrumador?

–Eres mi pervinca, mi pájaro azul.

En brazos de Felipe, la muchacha se estira. Durante tres meses se ha resistido al archiduque pero la humedad del estío que finaliza la ha vencido por fin. Como un gato, Felipe la acosaba. Regalos, notas amorosas, ligeras caricias, tocamientos más brutales, el círculo iba cerrándose, la embriagaba, inflamaba un cuerpo que había sido casto desde que enviudó, un año antes. Ahora ya sólo desea a ese hombre. La noche la ha enamorado locamente.

Ante la ventana abierta al alba que apunta, se abre en un jarrón de plata un ramo de lupinos, de asteres y rosas. El archiduque ha abrazado a la condesa cuando dos golpes en la puerta les separa bruscamente.

Febril, el archiduque rompe el lacre con las armas de los Reyes Católicos que cierra la carta que le entrega su escudero, suelta una blasfemia.

–¡Pronto, mis ropas!

En el patio del castillo está ya dispuesta una escolta. En menos de una hora estará con su Consejo, discutirá con sus amigos la increíble, la formidable noticia que acaba de saber: Isabel, la hija mayor de los Reyes Católicos, acaba de morir de parto en Zaragoza. Sólo un niño de pecho le separa ahora de la sucesión a la corona de Castilla.

20

A Juana le extraña no sufrir más. Desde la mañana del 30 de noviembre ha comenzado sus trabajos, las contracciones se hacen más seguidas, fuertes pero soportables. Un gran fuego arde en la chimenea, las sirvientas se atarean, sus damas de honor le rodean, algo turbadas, mientras la señora de Hallewin, dándose importancia, asegura que todo está dispuesto para recibir al niño tras el parto. En las iglesias de Bruselas, se dicen las misas matinales por el feliz parto de la archiduquesa. Todo está dispuesto para cantar los Te Deum en cuanto se anuncie la buena nueva.

—¿Vendrá el archiduque? —pregunta Juana.

Ha hecho ya diez veces la misma pregunta, a la que la señora de Hallewin responde pacientemente: Felipe está jugando al frontón y acudirá a su cabecera en cuanto el niño haya llegado al mundo. Antes, su presencia sería inconveniente e inoportuna.

Una contracción más fuerte arranca a Juana un pequeño grito. ¿Por qué las mujeres de Castilla hablan de sus partos con tanto espanto? Recuerda los desgarradores aullidos lanzados por una sirvienta que paría en el castillo de la Mota. Catalina y ella se habían cogido de la mano para darse el valor de soportarlos. «¡El sino de las mujeres!», había suspirado la dueña que, sin embargo, no tenía hijos. La anciana marquesa, de quien tan a menudo se había burlado pero que no se había separado de ella desde su nacimiento, regresó a España con las damas de honor, las damas de su séquito. Hoy, cuando llega al mundo su primogénito, a Juana le molesta no tenerla a su lado. Su rostro familiar habría reemplazado el de su madre ausente. La joven piensa en su hermana mayor, muerta en los brazos maternos al dar a luz a Miguel. Isabel y Juan, los favoritos, se han marchado para siempre; Catalina partirá pronto hacia Inglaterra, María hacia otro país; la reina se quedará sola con un marido que, con excesiva frecuencia, ha preferido España.

Las contracciones son ya muy seguidas, el dolor aumenta pero, puesto que procede de Felipe, lo acepta.

Apenas toleradas por los flamencos, Fatma y Aicha han sido apartadas de los aposentos de Juana y confinadas en su alcoba. Varias veces Felipe, en un tono juguetón todavía, ha hablado de despedir a «las brujas». La muchacha nunca respondió a esas frases de doble sentido. Necesita sus encantamientos, sus gestos que conjuran la mala suerte, sus manos que saben preparar un cuerpo de mujer.

–Empujad, Señora –ordena el médico que está a su cabecera–, el niño está ya aquí.

Juana se concentra, un vivo dolor la atraviesa, parece querer romperla.

–¡Aquí está el niño!

Las damas se apresuran. El aire, demasiado confinado, tiene el pesado olor de los perfumes, del sudor y de la sangre.

–Una niña –proclama la señora de Hallewin.

Juana, con las lágrimas en los ojos, deja caer su cabeza en la almohada. ¡Felipe tendrá una decepción!

La vela que está sobre la mesa de madera de castaño casi se ha consumido. Tras las ventanas de la posada silba un viento invernal, húmedo y frío, que se introduce en la chimenea y dispersa las cenizas de un fuego que se está extinguiendo. Con ademán friolento, el prior se ciñe a los hombros la manta que apenas le calienta. ¿Cómo puede Dios permitir fríos tan espantosos y, sobre todo, cómo tolera que uno de sus más celosos servidores sea tratado de ese modo? La suma que cada mes le sonsaca el posadero bastaría para alimentar durante todo un año a una familia española. Los fondos que la reina ha prometido no llegan, para sobrevivir ha vendido incluso su rosario de oro y ónice. ¿Esperan acaso que un embajador encargado de tan delicada misión pueda vivir del aire del cielo? Ahora está hasta la coronilla de Flandes, de los flamencos y de la archiduquesa. Guste o no su decisión a los Reyes Católicos, a la primera ocasión emprenderá el camino hacia su querida Castilla.

Con gesto seco, casi rabioso, Matienzo firma la carta que acaba de concluir, antes de releerla hecho un ovillo bajo el paño oscuro.

«Poderosísima y Venerada Señora, desde el 1.° de diciembre, cuando os anuncié la feliz llegada a nuestro mundo de la señora Leonor, carezco por completo de noticias de España. Festejamos el nacimiento de Nuestro Señor Jesucristo con un frío inimaginable, y la absoluta indigencia en la que me hallo no me permite adquirir un manto de lana. Sin duda algún inoportuno impedimento ha debido de retener los fondos enviados por Vuestra Majestad. Sin subsidio alguno, tendré que decidirme a regresar.

»Mi misión, por otra parte, ha concluido pues no obtendré de la Señora archiduquesa más de lo que ha querido confiarme hasta ahora, muy poco a decir verdad, pese a las frecuentes visitas y los cuidados que he querido prodigarle. La dama me ha negado cualquier amistad.

»Tras seis meses de estancia en los países de Más-acá, no puedo, lamentablemente, comunicar las buenas noticias que Vuestra Majestad desearía leer. La Señora archiduquesa no es dueña de sus actos, su Casa, completamente flamenca ya, es dirigida por el príncipe de Chimay y la señora de Hallewin. La Señora Infanta se muestra sumisa, no por ausencia de la voluntad de asumir personalmente su gobierno sino, más bien, por docilidad hacia un esposo que la subyuga. Varias veces ha intentado imponer sus puntos de vista, se ha indignado con fuerza, me lo ha confesado, ante la indigencia en la que deben vivir los escasos españoles que permanecen a su lado, pero todos los subsidios, incluida la suma que Vuestra Venerable Majestad envió tras el nacimiento de doña Leonor, han ido al Tesoro flamenco. Moxica es un traidor y sólo obedece las órdenes de Monseñor el archiduque. Nunca he podido obtener de él la menor entrevista. La propia señora Juana dispone, sólo, de un modestísimo peculio concedido, con gran parsimonia, para sus obras de caridad. No se atreve a protestar pues teme a su tesorero.

»La archiduquesa parece bastante alejada de los intereses de Vuestra Majestad. Monseñor Felipe procura aproximarse a los franceses y parece adoptar sus puntos de vista hasta en sus pretensiones italianas, sin duda muy perjudiciales para nuestros reinos. Aislada de toda información, de todo contacto con vuestros embajadores, Vuestra Hija ignora, probablemente, esta voluntad de aislarla para regentarla mejor. La archiduquesa tiene orgullo y le dolería saberse así gobernada, no me cabe duda. Doña Juana, muy Venerada Señora, está cegada. En el cumplimiento de su vida espiritual la dirigen monjes franceses, del modo más dudoso que Vuestra Majestad puede imaginar. En Flandes se admiten toda suerte de licencias, arrastrando tras su estela un detestable relajo de nuestra Santa Fe. La archiduquesa se confiesa muy escasas veces y sólo asiste a una o dos misas por semana. ¿Ora? Sólo Dios lo sabe. Sus pensamientos se dirigen únicamente a Monseñor el archiduque, a quien ama con insensato amor. Si una palabra salida de mi boca pareciera poder ofenderle, se rebelaría enseguida y me despediría del modo más injurioso. Jamás he visto semejante extravío, y tan desgraciada pasión arrastra a la archiduquesa a las peores ilusiones. El príncipe, su esposo, no le es fiel en absoluto. ¿Ignora la archiduquesa sus excesos? Vuestro servidor, Majestad, se inclina a creer que quiere ignorarlos. La menor certidumbre la fulminaría; don Felipe la trata mal, doña Juana está sola a menudo y el nacimiento de doña Leonor en nada ha cambiado las costumbres de un esposo que dispone de Vuestra Hija como de una sirvienta.

»Majestad, tuve sin embargo el valor de confesarle a la archiduquesa, en nuestra última entrevista, cuán dura e inmisericorde la encontraba conmigo; ella me respondió: "Muy al contrario, padre, tengo el corazón muy tierno y no puedo pensar en la distancia que me separa de mis padres y de España sin llorar". Estas palabras me hicieron pensar que la infanta podía, con la ayuda de Dios, regresar al recto camino. Ruego sin cesar por ello como ruego por Vuestra Grandeza y Vuestra Salvación.

»Vuestro humilde y devoto servidor, Tomás de Matienzo.»

Con la ayuda de la vela, el prior funde la cera y sella la carta. Tras volverla a leer, su cólera se ha apaciguado dando paso a una extraña melancolía. Dentro de pocas semanas estará de regreso en Segovia, hallará de nuevo la primavera castellana, su luz dorada, el verde plateado de los olivos, el fuerte aroma del viento que cruza la meseta, los juegos de las sombras en el frescor de los patios, pero Juana permanecerá en el palacio de Coudenberg. Espontáneamente, piensa «prisionera» como pensaría en un compatriota caído en manos enemigas. Aunque sin sentir simpatía alguna por la infanta, su carácter frío, sus silencios, sus repliegues que han terminado haciendo inútil la aplicación puesta en ganar su confianza, el aislamiento de la muchacha, la tristeza tan frecuentemente percibida en su mirada conmueven al religioso.

«Rogaré por ella», decide.

21

Juana se enfrenta con Felipe. Desde que anunció su intención de someter al vasallaje de Luis XII sus ducados de Flandes, Artois y Charolais, la
vívida sensación de una dignidad ofendida le da el valor de expresarse.

Felipe observa por la ventana abierta a los jardineros que siegan el cés-
ped a regulares golpes de guadaña.

En esta tarde de mitad de junio se ha reunido con su mujer, pero ella le
aburre con sus ingenuas y amenazadoras frases. ¿Qué sabrá ella de política?
María de Borgoña, su madre, combatió con ejemplar valor, a la muerte del
Temerario, para que él siguiera teniendo sus ducados; los conservará prósperos e independientes, pese a quien pese. La pleitesía a Luis es una for-
malidad sin significado real. Su padre Maximiliano, violentamente hostil
primero al nuevo rey, ha firmado por fin una tregua. Europa necesita un
respiro.

Dominando su nerviosismo, Juana permanece inmóvil con los dedos
crispados sobre el bordado que acaba de concluir.

—Mi madre ha hecho de España un país al que todos teméis.

La risa cáustica hace estremecer a la archiduquesa.

—Fernando es inteligente, cierto, pero se muestra demasiado seguro de
sí. La presunción se apaga como una brasa cuando se le arroja encima una
paletada de barro.

La voz de Juana tiembla.

—¡No insultes a mi padre!

Felipe se ha acercado; ese acceso de cólera, desacostumbrado en su mujer, acaba por divertirle. Con la maternidad se ha redondeado, se ha hecho
más apetitosa, sus pequeños pechos han florecido, el vientre se abomba como

a él le gusta. Antes incluso de que transcurriera el plazo tras el parto, llamó a la puerta de su alcoba y ella le recibió con arrebato.

Leonor tiene ahora siete meses, es una hermosa niña tranquila y alegre a la que ama con ternura y visita cada día.

—Tranquilízate, le estoy muy agradecido porque te entregó a mí.

El tono juguetón significa claramente que se niega a proseguir la conversación sobre su próximo viaje a Francia. Aunque esta obediencia, hoy, la exaspera, Juana debe someterse. La Gran Señora y la señora de Hallewin se engañan al considerar que no tiene voluntad, en realidad la joven se refugia, ante el menor problema, en un universo al que Felipe no tiene acceso. Así ha podido soportar su aislamiento, sus dudas, el tormento de los celos, el espionaje de su séquito, el horrible interrogatorio de Tomás de Matienzo, la áspera lucha para confiar a Leonor a una gobernanta española. Cierra su puerta con llave, deja que el silencio la meza suavemente hasta que toda realidad desaparece. Entonces sus tensiones se apaciguan, su cuerpo no la acosa ya, puede tocar música o permanecer inmóvil durante horas y horas sentada en los almohadones, encogida junto a una pared, inaccesible, salvada.

De pie a sus espaldas, Felipe desabrocha el vestido, libera los hinchados pechos, los toma en sus manos y los acaricia. Juana, encinta de nuevo, no ha dicho nada a su marido por miedo a que no se le acerque. Cierra los ojos avergonzada por ceder tan deprisa.

Tendido junto a su mujer, el pensamiento de Felipe vagabundea. Desde el nacimiento de Leonor, Juana se muestra menos huraña, menos torpe entre sus brazos. Aunque su rígida educación, la alta opinión que tiene de su honor le impiden convertirse en una amante experta, el ímpetu de su goce, sus rabiosos abrazos han sabido temperarse. Acepta ahora, devuelve ya las largas caricias, ha aprendido a callar las insoportables palabras de amor que recitaba.

A sus veintiún años, Felipe piensa haber alcanzado cierta plenitud. Los ducados que su madre le legó son prósperos, apacibles, independientes; ha podido encontrar un acuerdo honorable con Francia, aceptando renunciar al gran sueño borgoñón. Nacido en suelo flamenco, habla el «tiois» tan bien como el francés, y se esfuerza por ser un monarca liberal. De su abuelo, Carlos el Temerario, ha heredado una fuerte afición por las artes, la música, la danza y desea que Malinas y Bruselas afirmen con brillantez su superioridad. Sus hijos, así lo quiere, recibirán una herencia de la que podrán sentirse orgullosos.

Juana parece dormida. En la viva luz de la tarde Felipe observa, apoyado en la almohada, el perfil algo agudo, la pesada cabellera negra, la boca a la que un imperceptible pliegue da una expresión de amargura. ¿Sospecha que no ha dejado de serle infiel? Cuando le sorprende bromeando con otra mujer, Juana le mira con intensidad pero no dice nada. ¿Es realmente «un torrente contenido por un débil dique» como afirma su abuela? Felipe sonríe, las aguas no le dan miedo, hace siglos que la gente de su tierra ha sabido edificar diques para contenerlas.

Un grito de niño sube del jardín. Felipe piensa en el frágil y pequeño Miguel, sobre el que Isabel vela ferozmente.

Al casarle con Juana, tercera heredera de los Reyes Católicos, su padre Maximiliano nunca supuso que un Habsburgo pudiera ganar la apuesta. Sin duda Dios tiene sus propios designios...

22

Al fondo de la gran sala del palacio de Gante están sentados los consejeros, vistiendo sus hábitos negros con amplios cuellos de piel. Mujeres de edad, con la cabeza envuelta en velos, charlan mientras observan con el rabillo del ojo a los bailarines que dan lentas vueltas en torno al estrado donde los músicos soplan en sus flautas, pellizcan las cuerdas de las arpas y los laúdes. Se han encendido centenares de velas de fina cera, un gran fuego arde en la inmensa chimenea. El mes de febrero de este comienzo de siglo es riguroso pero, desafiando el viento helado, ricos burgueses y nobles familias de Gante han acudido al gran baile que ofrece el archiduque.

En el austero palacio, la sala ha sido decorada con ramas de acebo y de abeto, en el artesonado acabado de pintar se intercalan los motivos florales mientras las amplias losas rojas, recién enceradas, relucen. Perritos rizados, perfumados, llenos de cintas trotan aquí y allá; algunos niños vestidos de ceremonia intentan bailar riendo.

La llegada del archiduque levanta un murmullo de admiración. Precedido por cuatro pajes vestidos de blanco, avanza solemnemente llevando junto a él a Juana; Felipe va vestido de terciopelo negro y zafiro, ella lleva un amplio traje de color cereza brocado con hilos de oro. De sus orejas penden las perlas que le regaló su madre. Pese al cansancio, Juana ha querido seguir a Felipe. ¿Acaso la víspera, Suzanne de Limbourg, una de las damas de honor, no dijo a una de sus amigas, lo bastante alto como para que ella lo oyera: «Mañana reconquistaré al archiduque»?

Se ha estado preparando desde la mañana. Fatma y Aicha le han dado un masaje al deformado cuerpo, lo han perfumado, han cepillado y trenzado unos cabellos que, por cansancio, había descuidado desde comienzos del invierno, cubriéndolos con una pequeña toca masculina, bordada con piel, que le sienta a las mil maravillas. Las dos esclavas han apretado mucho la camisa, para comprimir el talle, han ceñido el sujetador del vestido, colgado de sus hombros un manto de seda tan ligera que se mueve graciosamente al menor movimiento. Juana se ha contemplado mucho rato en el espejo. A punto de parir, sigue estando hermosa. Ni Suzanne ni otra cualquiera le robarán el marido. A su lado, Felipe atrae todas las miradas. Sobre el jubón de terciopelo zafiro resplandece el Toisón de Oro; avanza sonriente, tiene para todos un gesto, una palabra. La pluma plantada en el pequeño sombrero negro de bordes levantados se inclina, se estremece como una invitación. Las muchachas, las mujeres no pueden separar los ojos de aquel cuerpo magnífico, de aquel rostro de rasgos sensuales, hermoso como el pecado. Justo ante él, Suzanne de Limbourg se entrega a una gran reverencia pero el archiduque no la ve, tiene en la cabeza a la esposa de un austero burgués de Gante, cuyos cabellos son de un rojo llameante.

Ceremoniosamente, el joven guía a Juana hasta el sitial preparado para ellos, la confía a la señora de Hallewin, se aleja mientras resuena de nuevo una alegre música. Jean de Berghes se ha reunido con él, susurra a su oído; ríen mientras, desesperadamente, con las lágrimas en los ojos, Juana intenta permanecer imperturbable. ¿Son acaso, todos, sus enemigos pues sólo a duras penas le dirigen la palabra? Si el bebé que lleva en su seno es un varón, nadie podrá separar a Felipe de su lado. El niño pesa en su vientre, adolorando su espalda. Juana de Hallewin le recomienda que no se mueva, que permanezca tranquila. ¿Tranquila mientras Felipe corteja a sus desvergonzadas? De pronto, tiene miedo. ¿Y si el parto fuera inminente? A petición de Felipe, la tranquila danza baja ha sido sustituida por una cuaternaria más rápida, más alegre. Se lanza, toma de la mano a una pelirroja de piel lechosa. Juana ve el vestido esmeralda acercándose al jubón zafiro, entorna los ojos. «Dios mío», murmura. Nacen los dolores, aumentan, se apaciguan. Un líquido tibio, incesante, moja de pronto sus muslos, chorrea por sus piernas, pero la señora de Hallewin y la princesa de Chimay no lo advierten. Dos servidores colocan en la chimenea un enorme tronco que lanza enseguida chispas mientras un minúsculo perro blanco, adornado con cintas amarillas, ladra furiosamente. La angustia acentúa el sufrimiento de la joven. Quisiera regresar a su alcoba, encerrarse, dejar que su hijo naciera en un espacio cerrado, su propio universo. Pero ahora es ya muy tarde, verá la luz en público y, apenas haya llegado al mundo, le alejarán de ella como a Leonor.

Una contracción más fuerte le hace sentir una náusea, Juana se levanta con rapidez, horriblemente pálida. La señora de Hallewin la contempla con asombro.

–Tengo..., tengo que aislarme –balbucea la joven.

–¿Puedo acompañaros?

–Es inútil, Ana de Viamonte me escoltará.

La danza casi ha terminado, los bailarines están ahora frente a frente, las manos se unen.

–Voy a parir –murmura.

Ana de Viamonte, perdiendo los nervios, la toma del brazo.

–¡Llamemos a un médico!

–¡Más tarde!

La mano de la dama de honor tiembla tanto que apenas puede dirigir a la archiduquesa. Una simple vela ilumina el pequeño excusado forrado de roble rubio. Sin más muebles que la silla para aliviarse, una mesa, un sillón, una alfombra de lana en el suelo. Juana se estremece, el sufrimiento más que el frío la hiela por completo. Con Leonor el dolor fue soportable, pero esta noche unas tenazas le comprimen el vientre, los riñones, los muslos. El niño debe de ser más grande, más fuerte, ¿será un varón? Hace meses que Fatma y Aicha auscultan, palpan, observan. «Tendrás un hijo», repiten radiantes.

–Voy a buscar un médico –decide Ana–. ¡No os mováis!

Detrás de la puerta se amontonan ya algunas muchachas del séquito, llegadas a regañadientes para atender a su soberana, para escoltarla hasta la sala de baile.

–La archiduquesa está dando a luz –lanza la dama de honor–. Corred, buscad algunas sirvientas, que hagan hervir agua y preparen una manta para recibir al niño.

Gante estalla de júbilo y brinda a la salud de Don Carlos, felizmente llegado al mundo la noche anterior. Las amas de casa comentan la noticia hasta perder el aliento mientras en las torres, campaniles o campanarios tocan a rebato bordones, campanas y campanillas. Toda la ciudad comienza ya a preparar las ceremonias de un bautizo destinado a impresionar a la gente de Gante. No se ahorra esfuerzo alguno, gasto alguno, el burgomaestre y todos los regidores han dispuesto, liberalmente, los fondos necesarios para que el señor archiduque esté contento.

Desde comienzos de marzo, cinco días antes de la fecha en que el pequeño duque de Luxemburgo debe ser conducido a las fuentes bautismales, los carpinteros terminan la vía triunfal que une la mansión del archiduque con la iglesia de San Juan, camino jalonado de puertas simbólicas decoradas con ramas, flores y escudos de armas, puerta de la Sapiencia, puerta de la Justicia, puerta de la Paz. Miles de antorchas flanquean el recorrido mientras un pontón, en el que deben colocarse los músicos que tocarán las trompetas, está sólidamente amarrado a orillas del Lis.

Llegado a toda prisa de Italia, un artificiero trabaja en la pasarela de cuerdas que unirá la atalaya con el campanario de la iglesia de San Nicolás. Ha traído con él un inmenso dragón de papel que escupirá, por la boca y la cola, cohetes, palmeras, ruedas de chispas. En las encrucijadas, en la plaza mayor donde se han instalado los estrados destinados a recibir las bebidas y los alimentos ofrecidos por el archiduque. El vino y la cerveza correrán en abundancia la noche del 7 de marzo; se formarán las danzas, no las ceremoniosas figuras que se usan en la Corte sino endiabladas galopas donde hombres y mujeres se toman del talle para acercarse mejor.

Desde que Carlos ha nacido, la vida de Juana parece florecer de pronto. Felipe le ha regalado una perla cuyo tamaño y brillo son incomparables. La ha estrechado contra sí murmurando: «Eres única, como esta joya». Ella se ha abandonado, sorprendida y encantada al ser, por una vez, la que recibe las muestras de amor. Cada mañana, cada tarde, Felipe se sienta a su cabecera, le cuenta alegremente los acontecimientos del día, las ingeniosas palabras de sus compañeros, aventura incluso algunas alusiones a los asuntos de Estado que se han debatido en el Consejo, luego reclama a su hijo que la nodriza trae enseguida. A veces se les une Leonor. Padre enternecido, Felipe toma entre sus brazos a sus hijos mientras Juana, temiendo que le arrebaten enseguida esa felicidad, permanece silenciosa, aturdida. La señora de Hallewin se ocupa incluso de la dirección de sus camaristas.

El 7 de marzo al anochecer todo está dispuesto. Pese al frío, la gente de Gante se apretuja a lo largo del camino de tablas cubierto por innumerables alfombras. En cuanto cae la noche, se encienden las antorchas, los músicos ocupan su lugar en el pontón; en las ventanas de la ciudad parpadean los candiles... Gante se enciende con mil fulgores, brilla en la noche de invierno.

En el palacio ducal el cortejo está dispuesto a ponerse en marcha. En su lecho, Juana ha besado la frente del bebé, que viste los más hermosos encajes tejidos con huso y, luego, ha tendido la mano a Felipe que lleva un jubón de lamé de seda y oro sobre el que ha colocado el Toisón de Oro. Un doble manto de marta cibelina cubre sus hombros, se toca con un sombrero redondo rodeado de piel. Nunca, desde su boda, la joven le ha visto un rostro tan feliz.

–Señora –dice con voz cálida y clara–, el pueblo os debe estos momentos de gozo, os lo agradece por mi boca.

Las amenazas, las reprimendas, los silencios desaparecen; Juana, hoy, está convencida de que el amor de su esposo es parecido al suyo, ardiente, infinito. ¡Qué razón ha tenido de no dudar nunca, de esperarle, de doblegarse, de entregarse en cuerpo y alma!

Envuelta en un manto de brocado, Margot penetra en la alcoba, se acerca a su cuñada y, tras haberla besado en la frente, toma al pequeño duque de Luxemburgo en sus brazos.

—Una madrina tiene sus derechos —exclama.

Juana advierte en sus ojos una fugitiva tristeza.

—Os lo confío por esta noche. Cuidadlo.

Hace su entrada la Gran Señora, segunda madrina. La resplandeciente felicidad de su nieta le produce gran satisfacción. A su vez, da un beso a Juana.

—Chimay me ha dicho que nos aguardan, debemos ir.

Por la ventana, Juana percibe las movedizas manchas de las luces, escucha los gritos de alegría de la gente de Gante. Se persigna: «¡Que Dios me proteja!», dice en castellano.

Los decanos de las corporaciones y, luego, los magistrados abren la marcha. Siguen los miembros del Consejo precediendo a los caballeros del Toisón de Oro. A la luz de las antorchas, los rostros pasan y desaparecen. Finalmente, precedidos por Charles de Chimay, avanzan Jean de Berghes, la Gran Señora y Margarita, que lleva al recién nacido en un almohadón de encaje. Jean de Luxemburgo, señor de Ville, lleva a Leonor vestida de seda rosa forrada de armiño. Brotan aplausos y aclamaciones de todas partes: «¡Viva doña Leonor! ¡Viva el príncipe Carlos!». Las mujeres se ponen de puntillas para mejor ver a los dos niños y contemplar al radiante Felipe.

Cuando el cortejo penetra en la iglesia de San Juan, estallan la música y los coros mientras el viento, introduciéndose por las puertas cuyos dobles batientes están abiertos, agita los tapices de paño de oro y seda, hace vacilar las llamas de innumerables antorchas cuya magra claridad parece fragmentar con luz la oscura piedra de los muros. Ante las fuentes bautismales, adornadas con pedrería, se colocan padrinos y madrinas, el archiduque, el Señor de Tournay acompañado por cinco prelados llevando mitras doradas, que clavan sus miradas en el pequeño príncipe dormido. Nadie piensa en Juana. En la tribuna, los coros entonan a tres voces el canto del Te Deum.

23

Tras la línea de los cipreses, se extiende hasta perderse de vista la rosaleda. Incansablemente, la fresca agua de la fuente brota, cae, inunda en hilillos los mosaicos verdes y azules bajo el ardiente sol de julio. Revolotean mariposas alrededor de los jazmines trepadores, de los altos tallos de los lupinos rosados. Las sombras se extienden ya entre las trabajadas columnatas, rodean la maciza silueta de los leones de piedra que parecen adormecidos en este primer frescor.

En su despacho, Isabel ha dejado la pluma para contemplar una vez más la prodigiosa armonía de su palacio de la Alhambra. Piensa en la primera vez que lo descubrió, en su asombro de entonces.

Tantos años han pasado ya, tantos lutos la han doblegado que jamás podrá levantarse de nuevo.

A sus pies está tendido *Bruto*, el lebrel de Juan. Ella misma le alimenta como ofreciendo a su hijo esas últimas atenciones. De Isabel tiene a Miguel. Una vez más, el frágil muchachito está enfermo, y aunque tres médicos le rodean día y noche, un temor constante la acosa. Miguel es la última esperanza de una España unificada por fin, Castilla y Aragón reunidas bajo el poder de un soberano nacido en sus tierras, de sus sangres. Si dios quisiera arrebatárselo, Juana se convertiría en heredera y, con ella, Felipe, ¡un Habsburgo!

En el alto respaldo del sillón de cuero de Córdoba, Isabel apoya la cabeza, cierra los ojos. Felipe sólo se preocupa de sus flamencos. Ambiciona España sólo por la gloria, no por el bien de un país al que ignora. Frente a sus desmesurados apetitos, Juana es sólo una ligera pluma. Cada mensaje que llega de Bruselas le aterra. Despojada incluso del gobierno de sus sirvientas, su hija lo ha permitido sin abrir la boca, «por el insensato amor que siente por su marido», escribe el embajador. La reina jamás se ha rebajado ante Fernando, a quien ama con toda su alma. Ahora sus relación es sólo ternura, estima, confianza, y las prefiere a las conmociones, a las ilusiones de la juventud. Ciertamente, su marido tiene amantes pero le importa muy poco. Su cuerpo está cansado como, muy a menudo, lo está su alma.

La brisa vespertina se levanta perfumada por los aromas de la tierra seca, de los pinos abrasados por el sol de Andalucía. *Bruto* se ha levantado con las orejas tiesas. La puerta se abre de pronto.

—¡Majestad, venid pronto —grita la primera dama de honor—, el infante es presa de convulsiones!

La voz tiembla. Isabel percibe el drama y sigue a su compañera tan pronto como puede. Por el corredor enlosado con mármol blanco pasa la sombra de las mujeres, se pierde entre las columnatas.

Horriblemente pálidos, dos médicos, con el sombrero en la mano, se hallan ante la puerta de la alcoba del pequeño Miguel.

—¡Pronto, Majestad, pronto!

La alcoba es fresca y oscura. En un rincón solloza la nodriza. Dos cachorros juegan, se revuelcan en la alfombra, mordisquean las briznas de lana. En una alta jaula de hierro un loro de fija mirada contempla el lecho donde yace el niño.

Isabel se acerca, cae de rodillas. Miguel parece dormir apaciblemente. Murmura: «Está mejor, ¿verdad?», pero sabe ya que también este amor le ha sido arrebatado.

—¿Se ha avisado al rey?

—Ya viene, Majestad.

La mano de Fernando se ha posado en su hombro. Isabel deposita en las sienes del pequeño cadáver un beso postrero, se vuelve hacia su marido.

—Ahora Juana es nuestra heredera.

—¡Una noticia increíble, inimaginable! —exclama Felipe.

El mensajero ha interrumpido una partida de frontón y, pese a la ligera camisa de tela, el archiduque transpira.

—¡Berghes, ya soy príncipe de Castilla!

Su amigo lanza una ojeada a la breve misiva que Felipe le tiende.

—La archiduquesa es la heredera del reino de Castilla —subraya con voz clara—. Es un detalle, Monseñor, de cierta importancia.

—¡Bien sabes que no hay diferencia alguna!

A partir de esta mañana de estío, Juana es presa de un torbellino. La delegación de Granada sólo ha querido discutir con ella, pese a las protestas del archiduque y de su Consejo. Tímida ante Felipe, se ha impuesto a los consejeros. Fernando, en una carta tierna por fin, le pide que se comporte como una princesa española y esas pocas líneas le han dado una inagotable energía. Abandona sus almohadones, su guitarra, no llama ya a los cantores para que engañen su aburrimiento, escapa a las acariciadoras manos de sus esclavas. Heredera del trono de Castilla... No piensa en la abrumadora responsabilidad sino en el valor que el título le da a los ojos de su marido. Por fin la necesita, podrá ofrecerle a manos llenas todo lo que soñaba desde hacía tanto tiempo: los obispados, los beneficios, los cargos honoríficos de la tierra castellana, el oro del Nuevo Mundo. El almirante Colón está de nuevo en la Española, en la nueva capital llamada Santo Domingo; la tierra comienza a ser fértil, los indios son bautizados a centenares, el oro, las especias, la madera del Brasil parecen abundantes. El genovés ha prometido que, dentro de cinco años, el oro bastará para pagar cincuenta mil infantes, cinco mil jinetes. ¿Cómo podría abandonarla ya Felipe? Le ha dado un hijo y hoy pone a su alcance inmensas riquezas. ¿Qué flamenca, por hermosa que sea, puede convertirse en su rival?

Cierta mañana llegan unos emisarios de Maximiliano que Felipe recibe a solas. En Coudenberg, embajadores austríacos y españoles se cruzan sin hablarse. De una boca a otra, de un diálogo a otro, la palabra Castilla no tiene el mismo significado.

24

Philibert de Veyre y monseñor de Besançon, los dos emisarios mandados por Felipe a los Reyes Católicos, están a punto de abandonar Bruselas. Durante largo tiempo el Consejo ha dudado respecto a los nombres de quienes serían más aptos para preparar la llegada a España de los archiduques. Desde la muerte del infante Miguel, Flandes se ha convertido en el centro de una Europa efervescente. Heredero de su padre Maximiliano, emperador de Austria, rey de los romanos, Felipe se ve llamado ahora a recoger la sucesión de Castilla y Aragón, un formidable poderío que deslumbra y preocupa. El archiduque es joven, maleable, ligero, ¿quién le influirá, quién le seducirá? Tras el anuncio de la noticia han afluido a Coudenberg embajadores y emisarios que Felipe ha recibido, triunfante. El tiempo vuela. Septiembre y octubre han transcurrido ya. Muchos, tanto en el Gran Consejo como en el Consejo privado, no contemplan con serenidad la marcha de su príncipe a Castilla y están decididos a impedirlo. Una vez tengan a su lado a los jóvenes esposos, Fernando e Isabel no ahorrarán esfuerzo alguno para atraerles a su lado.

Sentado ante la maciza mesa de roble esculpido donde trabaja, Felipe termina de leer la misiva enviada desde Malinas por su abuela. Las negociaciones iniciadas con vistas al nuevo matrimonio de Margot con el duque de Saboya están en buen camino. La muchacha, reacia al principio, se ha inclinado finalmente. Dicen que Philibert es un apuesto y buen gentilhombre, que Saboya es un país risueño. Pese a la afectuosa presencia de su abuela, se siente sola.

—Chièvres —dice Felipe—, Margot será duquesa de Saboya y eso le alegra.

Tras las ventanas de la sala de trabajo del archiduque, el hermoso parque de Coudenberg se tiñe de ocre y bermellón. De vez en cuando resuena la ronca llamada de un loro procedente de la pajarera.

–Pienso –prosigue Felipe–, en casar a Carlos con Claudia de Francia. Esos vínculos hermanarán irremediablemente nuestros países –y sin dar a Chièvres tiempo para recuperarse de su asombro, el joven continúa–: Y puesto que estoy hablándoos de mi familia, os haré otra confidencia...

–La archiduquesa está encinta –declara el príncipe de Chimay–, su partida con Monseñor el archiduque hacia Castilla se ha aplazado.

El embajador español consulta con la mirada a los demás miembros de la delegación. En una carta que acaba de enviar, hoy mismo, hacia Granada, asegura a los Reyes Católicos la pronta llegada de sus hijos. La misma decepción se lee en todos los rostros.

–¿Cuándo tendrá lugar el parto?

–En julio. La archiduquesa necesitará tres meses para recuperarse. Tal vez en otoño podamos hablar del viaje.

–¡Pero Sus Majestades insisten! Las Cortes están ya dispuestas para el juramento.

–Vuestras Cortes esperarán, Excelencia. El destino de las asambleas es reunirse para no decidir nada.

Chimay saluda y se aparta. La nueva preñez de la archiduquesa es para los flamencos una bendición del cielo. Esos meses de respiro permitirán al Consejo preparar a Felipe para que no ceda a la férrea voluntad de Isabel, a las artimañas de Fernando. Desde Innsbruck, Maximiliano de Austria ha desplazado a sus mejores consejeros. Los intereses de Austria serán defendidos con ardor y gran talento. La política, piensa Chimay, es algo demasiado serio para dejarlo en manos de los jóvenes. Felipe es, ciertamente, inteligente, pero el gobierno de un país tan importante como lo es ahora Flandes necesita tanta perversidad como perspicacia, y la perfidia sólo se aprende con la edad. La elección de los emisarios Bensançon y de Veyre ha sido ya una obra maestra. Chimay sonríe pensando en la decepción de los Reyes Católicos. El arzobispo de Besançon es el más francófilo de los consejeros del archiduque; Veyre, por su lado, ha irritado mucho a los soberanos españoles al tramar el matrimonio de Margot con Manuel, viudo de la infanta Isabel. El rey de Portugal se ha decidido finalmente por la infanta María, su joven cuñada, pero la reina de Castilla tiene fama de gozar de buena memoria y ver a Veyre, sin duda, la enojará.

«Muy bien –piensa Chimay–, hay que debilitar las defensas del adversario antes de atacar.»

El frío viento de diciembre se insinúa por los largos corredores de Coudenberg, hace temblar las colgaduras de terciopelo adamascado, tintinear los colgantes de cristal de Venecia que decoran los candelabros. Friolentamente, Chimay se ciñe el manto alrededor de los hombros y apresura el paso. Va a anunciar a la archiduquesa que los legados españoles le han asegurado que la reina de Castilla sentirá un gran júbilo al conocer su preñez, que dispondrá de todo su tiempo para recuperarse del parto. Las Cortes aguardarán con paciencia su llegada a España.

25

–Todos los diablos han organizado una sedición contra el propio Satán –murmura Fuensalida acercándose a una ventana de su apartamento.

Desde que la archiduquesa parió una niña, Isabel, las tempestades se suceden con inaudita violencia en la campiña que rodea Bruselas. El nuevo embajador enviado a Flandes por los Reyes Católicos nunca había asistido a semejante desbordamiento de la naturaleza; fascinado, observa el cielo negro como la tinta, herido por los relámpagos, escucha los rugidos furiosos del trueno. Se persigna gravemente. Dios, está seguro de ello, manifiesta su reprobación ante la insolencia de los flamencos. Es imposible arrancarles una promesa, un simple compromiso. El maldito Gran Consejo no deja de alimentarle con ilusiones. «A finales de octubre el archiduque y la archiduquesa se harán a la mar», le prometen un día. «Nos parece más razonable a finales de noviembre», afirman al día siguiente. Esta misma mañana no ha podido contener su cólera. «Nadie me dice la verdad –ha gritado ante una nueva evasiva–, tienen tantas ganas de marcharse a España como de ir al infierno.»

A paso lento, Fuensalida se dirige a su gabinete de trabajo. Una vez más tendrá que utilizar toda su diplomacia para escribir a los soberanos españoles una carta que no les dé esperanzas ni les intranquilice. Está ya pensando en las palabras que empleará cuando, jadeante, aparece su secretario.

–Don Alonso, ahora corréis como un jovenzuelo –se obliga a bromear–; el aire de este lugar os sienta mejor que a mí.

El viejo secretario necesita unos instantes para recuperar la voz.

–Excelencia, tengo que comunicaros la más detestable de las noticias.

Por lo común, Alonso conoce el secreto de las frases ampulosas, su brutalidad alarma a Fuensalida. ¿Qué nueva jugarreta contra los españoles han preparado los flamencos?

–Una delegación acaba de partir de Bruselas para acordar el matrimonio del pequeño príncipe Carlos y Claudia de Francia.

Alonso ha hablado de un tirón. Fuensalida parece convertido en piedra.

–Dios mío –exclama por fin–, ¡el heredero de los Reyes Católicos prometido a la heredera de los reyes de Francia! Isabel y Fernando tardarán mucho tiempo en perdonar a Felipe su ligereza para con los intereses españoles. ¿Dónde se firmará el compromiso?

–En Lyon, Excelencia. Están previstas grandes solemnidades, el rey Luis, la reina Ana y su Consejo estarán presentes. El papa se encargará de que la nueva se proclame en todas las esquinas de Roma. Los franceses esperan la alianza austríaca y la investidura del ducado de Milán. Don Fernando parece dispuesto a unirse al tratado de paz si se firma.

Fuensalida, con un gesto de la mano, aparta tal suposición.

–Don Fernando utilizará a los austríacos para abandonarles cuando le convenga. Tiene otros planes para Nápoles.

–Excelencia, los Habsburgo se hacen tan poderosos que nuestro rey no puede descuidarles.

–Sí –suspira Fuensalida–. Esta familia es como la hidra, desarrollándose sin cesar, cada vez más grande, más fuerte. ¿Recordáis la divisa del viejo emperador Federico III?: «Austria est Imperium Omnis Universe».

El retumbar de un trueno más violento sobresalta a los dos hombres. De pronto, furiosamente, el granizo cae sobre el parque, golpea los cristales, se introduce por las ventanas que permanecían abiertas.

Juana parece fascinada por la virulencia de la tempestad. El nacimiento de Isabel, las fuertes tensiones de los últimos meses la han dejado tan débil que, varias veces, los desvanecimientos la han derribado. Los españoles, sin cesar, la acucian para que apresure su viaje a Castilla, donde las Cortes la aguardan para reconocerla como heredera. Felipe da largas. Hoy, triunfalmente, ha anunciado la marcha de sus embajadores a Lyon, para asistir al compromiso del pequeño Carlos con Claudia de Francia. A partir del mes de septiembre se iniciarán los preparativos de la boda de Margot con Philibert de Saboya. No es momento de hacerse a la mar. Acosada por Fuensalida y Felipe, Juana, una vez más, se refugia en el silencio. Desea tanto cabalgar orgullosamente, junto a su apuesto marido, por los caminos de Castilla...

–¿Cómo están mis hijos? –pregunta con voz ausente a la señora de Hallewin.

120

–Doña Leonor habla cada día mejor. Esta mañana ha preguntado a su gobernanta si la luna se había roto en el cielo, porque sólo quedaba un pedazo. Por lo que a Don Carlos se refiere, su compromiso matrimonial no parece haberle afectado en absoluto y come con buen apetito. El bebé descansa. ¿Quiere verla?

–No, sólo deseo descansar.

Juana reposa la cabeza en la almohada. ¿Es una mala madre puesto que sólo piensa en su marido?

Por la mañana, Felipe le ha anunciado que no la visitaría en todo el día y los celos la devoran. Su ceguera desapareció el día en que, por una de las ventanas de su alcoba, le vio entrar al alba en el patio del palacio, acompañado por Jean de Berghes. Reían, tenían las ropas en desorden. Rechazada durante mucho tiempo, la certidumbre se impuso, ineluctable. «Siervas, prostitutas –sentenció Aicha–, no tiene importancia. Todos los hombres son así. Eres madre de su hijo, eres la Única, quédate tranquila.» Pero la tranquilidad se le niega sin cesar.

La tempestad se aleja, de la tierra sube un embriagador aroma de humus y plantas. Jeanne de Hallewin se acerca al lecho.

–¿Deseáis algo, Señora, antes de que os pida permiso para retirarme?

«Sólo deseo a Felipe», piensa Juana. Y, luego, en voz alta dice:

–Marchaos, no necesito nada.

26

París, que Felipe y Juana han abandonado desde hace unos días, parece ya un lejano recuerdo. El interminable convoy de carros cargados con muebles, tapicerías, vajillas de plata, utensilios de cocina camina lentamente por la ruta que lleva a Étampes. El tiempo, siempre amenazador, inquieta a los intendentes, el frío hace mascullar a la cohorte de servidores, enrojece la nariz de las damas de honor arrebujadas en sus mantos forrados de piel. Antes de llegar a Blois, donde está la Corte, será necesario pasar varias noches en improvisados albergues, comer lo que los burgueses o los campesinos quieran cederles, oír misa en iglesias ventosas y seguir traqueteando por caminos que la lluvia puede hacer espantosos. Rodeado de sus amigos más cercanos, François de Busleyden, arzobispo de Besançon, Jean de Berghes, Jean de Ville, Philibert de Veyre, Felipe cabalga a la cabeza del cortejo. Luis XII ha enviado un destacamento de lanceros para escoltar a los archiduques. La atención ha encantado a Felipe e irritado a Juana, que encuentra pesada la protección del rey de Francia. En París, se ha mantenido apartada de los festejos; los gritos de gozo de la muchedumbre, los apretujones, la audacia de ciertos curiosos que se acercaban hasta asustar a los caballos, aplaudían a manos rotas a los doce pajes de Felipe, vestidos de carmesí y de satén brocado en negro, tocados de blanco, le disgustaron. Soportó aburrida las interminables arengas, los Te Deum, las misas, la visita al Palacio de Justicia. Acaparado por los gentilhombres franceses, Felipe resultó casi invisible. Puesto que esperarle sin cesar la desesperaba, Juana prefirió ir a Longjumeau, a tres leguas de París. Allí, escucha música, reconstruye como puede su propio mundo. Sus pensamientos se dirigen a España, a la que volverá a ver, a sus padres. Fuertes, intensos, regresan los recuerdos. Pronto los compartirá con Felipe. Va a necesitarla para descubrir su país, comprenderlo y amarlo. Desde su salida de Bruselas vive sólo para el instante en el que verá, impresos en el rostro de su marido, la alegría, el orgullo de estar en Castilla. En Francia, Felipe está casi en su casa y ella sigue siendo una extranjera.

El lento paso de su caballo arrulla a Felipe. Desde su salida de París, está cansado. Demasiados regocijos, discursos, ceremonias le han agotado, pero ha disfrutado intensamente de cada minuto. ¡Qué lejos quedaban las humillaciones infligidas a su madre! Ahora, los franceses sólo tienen deferencias para la casa de Borgoña. Este fervor es una inmensa satisfacción para su orgullo.

—Parecéis muy pensativo —advierte Jean de Berghes—, ¿recordáis acaso a las señoras de Dunois y de Vendôme?

—Dormitaba pero, qué diablos, tienes razón, Berghes, la justa oratoria entre la señora Dunois y la señora de Vendôme era muy agradable. ¡Me habría gustado prolongar la conversación!

El recuerdo de aquellos momentos alegra a Felipe, le devuelve su animación.

—¿Sabes que, después del baile, la exquisita Blanche me invitó a reunirme con ella en su alcoba? Créeme, Berghes, las francesas muestran en el arte del amor tanto talento como en el de la danza. Por la mañana me sentía tan débil como un recién nacido.

La alegre risa de los dos amigos hace que François de Busleyden se aproxime.

—Apostaría tres felipes de oro a que estabais hablando de mujeres.

—Y los ganaríais, Besançon.

—Aprovechaos de las francesas, Monseñor. Las castellanas no os ofrecerán los mismos delirios. Tendréis que desplegar muchos esfuerzos para muy magras recompensas.

—¿Cómo?

—Una mano que besar, una mirada.

—¿Tan mojigatas son? —pregunta Jean de Ville que, a su vez, ha llevado su montura junto a la del archiduque—. Siempre las creí muy ardientes.

—Son fogosas y apasionadas como yeguas de buena raza cuando el jinete sabe ponerlas al galope, pero debe mostrarse paciente.

—Tendré paciencia pues —exclama Felipe—, pero no por mucho tiempo. Conozco un poco a las españolas y creo saber manejarlas.

—¿Puedo aconsejaros, Monseñor, ser prudente en Castilla? La gente tiene allí un muy vivo sentimiento del honor y nunca perdonan lo que consideran una afrenta.

–Mi buen De Ville, ya lo sé. Pasión, arrebato, celos, tengo de tales diversiones mi ración cotidiana y a ningún precio deseo una segunda porción. Otra Juana acabaría conmigo. Me limitaré a las mujeres de fácil acceso.

–¡Ya estamos en Étampes –grita Berghes–, por fin! Vamos a poder apoyar nuestras posaderas en buenos almohadones de terciopelo.

–O en sillas de madera –advierte Besançon en tono resignado–. ¡Triste comodidad para las largas arengas que deben de esperarnos!

Étampes, Angerville, Artenay, Saint-Laurent-des-Eaux, Beaugenay, las etapas se suceden. Una llovizna fría fuerza a los jinetes a inclinar las cabezas, obliga a los cocheros a arrebujarse en sus opalangas. Blois esta muy cerca ya. Juana sabe que, junto a los reyes de Francia, tendrá que mantener muy alto el prestigio español. Juan de Fonseca, obispo de Córdoba y consejero de su madre, llegado a Bruselas antes de la partida para hacerle tomar conciencia de sus responsabilidades, le prodiga los últimos consejos, pero apenas le escucha. ¿Cree, acaso, que va a fallar?

A tres leguas de Blois, el señor de Rohan, el obispo de Sens y el obispo de Castres les aguardan. A dos leguas se les unen el príncipe de Talemont y el señor de Laval, a media legua, el cardenal de Luxemburgo, el cardenal de Saint-Georges, los duques de Borbón y de Alençon. Juana, crispada, responde con dificultad a las salutaciones, agradece, obligada, las palabras de bienvenida.

Los franceses hablan deprisa. A la joven le cuesta comprenderles, debe aguzar el oído, molesta. En Castilla, hasta donde llegan sus recuerdos, se mantienen lejos de ese pueblo ligero, ambicioso y mendaz. Su madre decía: «Mejor es hacer que rebuzne un asno muerto que confiar en los franceses». Los viajeros que se aventuran al otro lado de los Pirineos se burlan de sus albergues, de su alimento, se ríen de las costumbres campesinas, de las mujeres veladas, se asombran ante su modo de batirse en torneo, se chancean de las corridas de toros como si todo civilizado pudiera sólo venir de su país.

En la corte de Bruselas o de Malinas, Juana ha probado el muelle lujo de las múltiples comodidades, gruesas alfombras turcas, cristal de Venecia, chucherías de corladura o porcelana, estufas de loza que dan calor a profusión, retretes... Pero, a esa comodidad, prefiere la desnudez de los castillos donde ha crecido, el juego de la luz tras las cerradas contraventanas o a través de las celosías de hierro forjado, el sol posándose de improviso en los

124

almohadones de terciopelo de Damasco abandonados en las baldosas de terracota, un aguamanil de estaño, una jarra llena de leche de almendras o de agua de azahar. Escucha todavía los sones roncos, desnudos, de una melopea cantada por una sirvienta.

Erguida en su montura, Juana distingue los muros de la ciudad, los techos de las casas. Cae la noche. A cada lado de la puerta que abre el recinto están, con una antorcha en la mano, los pajes del rey de Francia.

–Señora –susurra el príncipe de Talemont a la archiduquesa–, nuestro Sire el Rey y nuestra Reina desean recibiros como a una hermana. Uno y otra os darán un beso fraterno.

El príncipe se siente feliz de comunicarle las gracias con que sus soberanos se disponen a colmarla, pero, ante su gran sorpresa, el rostro de Juana permanece inmóvil.

–En la corte de Castilla no solemos besarnos.

–Señora –protesta Talemont–, en la corte de Francia se acostumbra a honrar así a un huésped. Ved sólo en ello marcas de benevolencia y de afecto hacia vuestra persona.

Juana se dispone a replicar cuando, a su lado, le sobresalta la voz de Felipe. Se les ha unido mientras el príncipe le hablaba.

–La archiduquesa se sentirá feliz siendo recibida con tanta gracia.

De la entrada del castillo a la sala del trono, cuatrocientos arqueros y cien guardias suizos forman un pasadizo de honor. Precedido por sus gentilhombres, Felipe avanza hacia el rey mientras Juana es recibida por las condesas de Nevers y de Dunois. Al fondo de la inmensa sala, Luis XII, sentado en su trono, contempla como se adelanta y hace una gran reverencia el nieto del Temerario, el hijo del emperador de Austria, el yerno de los Reyes Católicos. Se levanta a su vez, se quita el sombrero, se inclina mientras Felipe sigue saludando.

–¡Apuesto príncipe! –exclama el rey.

Se acerca a su huésped, le estrecha entre sus brazos impidiéndole efectuar la tercera reverencia. En unos pocos días tendrá que ganar para la causa francesa tan indispensable aliado.

A su vez, Juana penetra en la sala del trono. Tiene la intención de abstenerse de esas costumbres cortesanas, pese a la mirada sin indulgencia de Felipe, de pie entre Monseñor de Angulema y el cardenal de Rouen.

Los candelabros de plata, colgados del techo, esparcen una luz viva. Juana, rígida, hace una reverencia mientras, con la cabeza desnuda, el rey sale a su encuentro. La joven ve la pequeña silueta achaparrada, los cabellos lisos, los rasgos voluntariosos. Cuando la duquesa de Borbón la toma del brazo, hace un gesto para desprenderse pero los dedos la sujetan con tanta fuerza que debe inclinarse por segunda vez. Luis deposita un beso en su mejilla.

—Me siento feliz, señora, de recibiros en el hermoso país de Francia.

Rápidamente, el rey se vuelve hacia Felipe. La altiva princesa española le incomoda y no encuentra palabras que dirigirle. Tal vez la reina sepa ablandarla, cuando llegue el momento de reunirse con ella en sus aposentos.

En un sitial de gala, cubierto por un dosel de seda carmesí, rodeada de sus damas de honor, está Ana de Bretaña. Con encantadora sonrisa, la reina de Francia se levanta, contempla a Felipe que se inclina profundamente:

—Besémonos, querido primo.

A dos pasos, Juana aguarda su turno, tan crispada que no puede comprender palabra alguna.

—Prima, démonos un beso.

Ella no oye nada, permanece de pie, inmóvil. La señora de Borbón toma de nuevo su brazo, tira de ella con firmeza.

Pese a todas las palabras llenas de forzada alegría, Juana siente deseos de huir, de encerrarse lejos de tan pesadas obligaciones. Ha advertido que Felipe estaba molesto, pero ha logrado el objetivo que se había fijado de no comprometer a España. Sumida en sus reflexiones, apenas advierte que la llevan hacia una alcoba donde una hermosa cama de madera esculpida tras unas cortinas de encaje ocupa el lugar de honor.

Sentada en el cubrecama de seda crema, bordado con flores campestres, rodeada de niños elegantemente ataviados, una niña delgaducha la contempla con desconfianza.

—Doña Claudia, vuestra nuera —declara la reina con orgullo.

Juana sale por fin de sus ensoñaciones, observa con curiosidad a la niña de dos años. La prometida de Carlos, su futura nuera, retrocede, se refugia en los brazos de la señorita de Angulema.

—Claudia, querida mía, dadle un beso a la Señora archiduquesa.

Pero la niña se aparta, rompe a sollozar como si adivinara que esa dama española no puede amarla.

Molesta, Ana de Bretaña decide reírse mientras la niña sigue aullando.

—Debéis de estar muy cansada, querida prima. ¿Por qué no os dirigís a vuestros aposentos, donde todo está dispuesto para satisfaceros?

La alcoba, inmensa, está forrada de paños de oro y satén blanco.

Dos peldaños cubiertos con una espesa alfombra permiten acceder al estrado, donde está una cama de damasco rojo. Por todas partes rígidos taburetes, almohadones cubiertos de terciopelo, flores en jardineras de plata, en jarros de corladura. Pese al lujo, Juana se siente perdida. Ni un rincón aislado donde retirarse, ningún instrumento de lujo para distraerla. ¿Dónde están los aposentos de Felipe? ¿Próximos al suyo o al otro extremo del castillo? La joven se siente observada, criticada sin duda. La perpetua sonrisa de las jóvenes francesas, su belleza, el refinamiento de los atavíos le irritan.

—Tenéis allí, para vuestra comodidad, un pequeño apartamento, señora —indica amablemente la duquesa de Borbón.

Señala hacia una puerta abierta. Juana la sigue, descubre por fin una encantadora estancia, forrada de tafetán, amueblada con una simple cama con cortinas de satén ceniciento, un confortable sillón, un lavabo de corladura. En la chimenea, donde se han esculpido jarros de cintas y flores, arde el fuego.

—La cena os será servida a las siete.

La señora de Borbón retrocede, se inclina ligeramente. ¡Por fin se han marchado todas las francesas!

Juana se sienta, espera. Desde que nació nunca ha dejado de esperar.

A la mañana siguiente, treinta jóvenes damas vestidas de satén forrado con piel vienen a buscarla para llevarla a la misa. Felipe ha permanecido invisible. Espera encontrarle en la capilla, pero le comunican que juega a frontón con el rey. Desesperadamente, la joven intenta adivinar la magnitud de su cólera. Sin embargo, está convencida de que su comportamiento ha sido irreprochable, que sus padres estarían orgullosos de ella. La prédica no termina nunca. Nerviosamente, Juana da vueltas entre sus manos a su misal; al son de la campanilla, inclina la cabeza.

El oficio ha terminado, quisiera pasear por el parque pero la acompañan a sus aposentos como si fuera una prisionera. La puerta de doble batiente se cierra, los pajes ocupan su lugar.

—¿Dónde está el Señor archiduque? —pregunta Juana con la boca seca.

—Juega a cartas con el rey, Señora.

La muchacha no puede permanecer quieta.

—Haced que le entreguen ese mensaje.

Garabatea a toda prisa unas líneas, dobla el papel, lo tiende a una de sus damas de honor.

—¿Debo decirle que aguardáis respuesta?

Sabiendo que Felipe detesta las imposiciones, sobre todo cuando vienen de ella, Juana vacila.

—No —luego, dirigiéndose a sus compañeras—: Deseo estar sola.

Quiere rumiar sus obsesiones, permitir que cada idea, cada imagen, cada

127

palabra la invada hasta acaparar su conciencia. Ahora tiene la certidumbre de que Felipe la rechaza. ¿Qué hace con el rey? Sin duda están poniendo en pie mil proyectos contra sus padres.

El día comienza a declinar cuando resuenan en la puerta unos golpes.

—Señora, venimos a buscaros para asistir a Vísperas.

Juana se levanta maquinalmente. Felipe no ha respondido a su nota, está sola, todo le resulta indiferente.

Por la noche, la ansiedad le retuerce el vientre. Siente náuseas, su cuerpo es recorrido por los espasmos, vomita. Frenéticamente, tira del cordón unido a la campanilla, acude una sirvienta.

—¡Id a buscar a don Juan de Fonseca!

En su absoluta angustia, Juana necesita hablar en castellano.

27

Luis y Felipe persiguen el ciervo. Ha nevado. El bosque, en los alrededores de Blois, parece hechizado bajo el reaparecido sol. La jauría corre a través de huertos y campos labrados seguida por los monteros con la librea junquillo y azul de Francia. Corre una pareja de lobos despreciada por los cazadores..

–¡Monseñor, ved las huellas! –exclama el cazador mayor–. Por su pezuña puedo adivinar un doce puntas.

Felipe se siente jubiloso, su estancia en Blois sólo le ha dado satisfacciones. Salvo por Juana, que se empeña en mostrar una actitud huraña, flamencos, borgoñones y franceses confraternizan. El proyecto de matrimonio ha concluido definitivamente y pronto firmarán un tratado. Excitados por los sones de las trompas, los caballos se lanzan al galope y Felipe expulsa a Juana de sus pensamientos. Para no impacientarse, prefiere mantenerla apartada y pensar sólo en sus propias satisfacciones. Luis ha comprendido enseguida quién era el verdadero heredero del reino de Castilla y en ningún momento ha llamado a Juana a sus deliberaciones. ¡Que permanezca pues en sus aposentos!

Sin vacilar, los perros penetran en el sotobosque mientras, con los ojos fijos en el suelo, los criados buscan rastros; una rama doblada o rota está llena de significados.

De pronto, los perros dan la alarma alentados enseguida por los gritos de los monteros. Las trompas dan la señal de ataque. La nieve cae de las ramas sobre los mantos y los sombreros de los cazadores. Mirlos y cuervos emprenden pesadamente el vuelo.

Por fin el ciervo está a la vista, saltando en la trocha. «Soltad todos los perros», ordena el cazador mayor.

Felipe respira a pleno pulmón el ligero aire del bosque. Mientras su caballo corre tras el del duque de Rohan, piensa de nuevo en su mujer. Las lecciones de Fonseca han debido de afectarla mucho para que se muestre tan impertinente con el rey y la reina. Prefiere el silencio a las reprimendas. Sola en sus apartamentos, extraerá lecciones de su conducta y, dentro de tres o cuatro días, acabará por corregirse humildemente. Sin embargo, persiste cierta inquietud. Juana nunca se ha atrevido, antes, a afirmarse de tal modo, ha visto en su mirada una fría determinación, una altivez inesperadas, desconcertantes.

El ciervo se ha refugiado en un estanque. Rodeado por los perros, se enfrenta valerosamente a ellos. Un sabueso más atrevido se lanza al agua seguido por los demás.

Sus furiosos ladridos son apagados por los triunfantes sones del toque de acoso.

—No, este vestido no —decide Juana—. Hoy quiero ir vestida a la española.

La camarista se asombra. ¿Por qué la archiduquesa exige uno de sus pesados atavíos envarados, rígidos a fuerza de bordados de oro y plata, cuando las damas francesas visten telas flexibles, fino lino, suaves pieles?

—¿Me habéis oído? —pregunta Juana.

Para esta misa solemne con la reina de Francia no quiere mostrarse como vasalla del rey sino como heredera del trono de Castilla. Llueve. Blois parece anegado por el agua y la bruma. A ráfagas, el viento que sopla del norte desnuda los árboles del parque, hace que las hojas se atorbellinen alrededor de los torreones y los campanarios antes de depositarlas en el agua grisácea de las zanjas.

Seguida por dos damas de honor, la primera camarista reaparece llevando en los brazos un largo vestido con mangas sobrecargadas de bordados y perlas, un corpiño cortado en punta y tejido con hilos de oro.

—Bien —asiente Juana—, vestidme.

No le gusta esta ostentación, esta rigidez, pero el vestido de Corte es un signo de poder, la prueba de su autoridad. Cuanto más frágil se sienta, más impresionante debe ser su apariencia.

—Mis perlas —ordena.

Le traen el estuche de marroquinería que guarda el aderezo regalado por Isabel y el joyel que Felipe le obsequió cuando nació Carlos.

Vestida, ataviada, Juana exige un espejo. Ha borrado el cansancio de las noches insomnes bañando su rostro con agua de aloe y pepino traída de España, ha ordenado que Aicha le peinara durante largo rato, trenzando sus cabellos con hilos de oro mezclados con cintas de terciopelo negro. Viendo su silueta en el espejo, recupera el valor. Ha adelgazado, se encuentra hermosa.

Precedido por los pajes, el séquito de las seis mujeres se pone en marcha. Al final de la galería bajan algunos peldaños que conducen a un pequeño patio rodeado de tejos. Juana aminora el paso. Por otra galería avanza la reina, vestida de satén blanco forrado de marta, sus damas llevan vestidos de terciopelo carmesí forrado de cordero negro. Llegando juntos ante la capilla, ambos cortejos se observan mientras florecen las sonrisas y suenan los amables saludos matinales.

Ana de Bretaña aprieta un poco los labios, yergue más todavía la cabeza. Con ese vestido de gala de ostentoso gusto, Juana, altanera, imponente, está muy hermosa. Cuando busca una frase de doble sentido, aparecen Luis y Felipe.

–Ya estáis aquí..., española, prima mía –exclama el rey. Luego, muy deprisa, añade–: ¡Y estáis encantadora!

Felipe no dice nada pero lanza a su esposa una mirada glacial.

En larga procesión, los oficiantes penetran en la capilla. Colocados a uno y otro lado del centro de la nave, los chantres del rey se emparejan con los de Felipe, cantan alternativamente mientras, a cada lado del coro, se colocan el arzobispo de Sens, los obispos de Albi, Poitiers, Tournay, Lodève, el arzobispo de Besançon y el obispo de Córdoba. Cuatro sillones destinados a los soberanos han sido colocados al pie del altar. Juana, muy erguida, mantiene los ojos fijos en su misal mientras Ana de Bretaña murmura algunas palabras a su marido.

–Señora –susurra la condesa de Dunois tendiendo una bolsa a Juana–, la reina desea daros algún dinero para la ofrenda que realizaréis en su nombre.

A punto de tender la mano para recibir la bolsita, Juana se inmoviliza de pronto.

–Siempre llevo monedas conmigo para las limosnas que quiero hacer en mi propio nombre.

Ha hablado en voz alta, todas las cabezas se vuelven; y Felipe contiene sus deseos de arrojarse sobre ella para aniquilarla. Con insistencia, Ana de Bretaña clava su mirada en la de Juana.

Juntos, los chantres franceses y flamencos entonan el Te Deum, las voces se elevan ligeras, armoniosas. Sentados en semicírculo en torno al altar, los prelados escuchan con los ojos entornados, encantados como toda la concurrencia.

La misa ha teminado, el rey y Felipe han salido. A su vez, la reina se levanta y sale de la capilla, obligando a la española a seguir sus pasos como si fuera una sirvienta. Así obligará a la desvergonzada a abandonar sus pretensiones. Pero Juana no se mueve. Pasa el tiempo. La joven sigue en la capilla rodeada de sus damas. Fuera, bajo el viento otoñal, la reina aguarda helada, furiosa.

Por fin, la archiduquesa abandona tranquilamente su lugar, recorre la nave, atraviesa el umbral, se cruza con Ana y su séquito sin dirigirles una sola mirada y, siguiendo la galería en sentido inverso, se dirige a sus aposentos con la cabeza echada hacia atrás. Su corazón palpita enloquecido. Ha ganado.

28

El cortejo ha reemprendido el camino. Junto a Felipe cabalga Juana, feliz al alejarse por fin de Blois. Las nubes se desvanecen, Felipe ha regresado y ella ha jurado que, en adelante, sólo le daría satisfacciones. Sigue lloviendo. El barro salpica los caballos, macula las botas de los jinetes, las faldas de las damas, dificulta la marcha de los carros. Las villas se suceden con las eternas arengas de bienvenida, los banquetes, los bailes. Cuanto más se acercan a España, más dependiente de su marido vuelve a sentirse Juana, como si, presintiendo sus inquietudes, quisiera reconfortarle, probarle su absoluta confianza. A quince leguas de Poitiers, deciden instalarse en el pueblo de Melle para pasar las fiestas de Navidad. Durante esas pausas improvisadas, no hay aposentos separados. Comparten a menudo la misma alcoba, el mismo lecho. Juana degusta una precaria pero indudable intimidad. Lejos del mundo político, de las maniobras diplomáticas, Felipe vuelve a ser ligero, divertido. Cierta mañana, en Cadillac, llama a Juana a la ventana. Por la noche ha nevado. Con la salida del sol, la campiña parece hechizada. Felipe toma un puñado de nieve, lo introduce en el camisón de Juana. Disipada su rabia, el joven siente por su esposa una cierta admiración. Al fin y al cabo, haber puesto a Luis en su lugar tal vez sea una buena actitud. Cuando se marcharon, el rey se había vuelto muy suave.

–Deseo enviar un embajador a Castilla –había declarado–, ¿debe ver primero al rey o a la reina?

–Enviádmelo a mí –respondió él–, el porvenir de ese país está en mis manos.

Leche caliente, bollos, confitura y deben proseguir el camino, pasar por el Gironde en el transbordador, gente, monturas y carros. La corriente es fuerte. Un caballo es presa del pánico, rompe la cuerda y salta al agua, obligando a su palafrenero a saltar también. El hombre se agarra al cuello de la bestia para obligarla a nadar hacia la orilla. Juana, con los ojos desorbitados, observa, escucha. Lleva un vestido de viaje de lana, un manto forrado de piel de liebre, sus cabellos trenzados, recogidos sobre sus orejas, le dan el aspecto de una jovencita. Busca a Felipe con la mirada. En la parte delantera del transbordador, está hablando alegremente con una desconocida.

En Dax, el rey de Navarra, desafiando la abundante nieve caída en los Pirineos, acude a saludar a los archiduques. Felipe decide proseguir su viaje bajando por el Adour hasta Bayona. Juana, que insiste en acompañarle, es despedida. Saint-Jean-de-Luz será la última etapa del reino de Francia.

—Doña Juana, un mensajero procedente de Toledo pide veros inmediatamente.

María Manuel acompaña a un hombrecito que lleva la librea de los Reyes Católicos; respetuosamente, a tres pasos de la puerta, aguarda. Las mejillas de Juana se tiñen de rosa.

—¡Hacedle entrar!

El mensajero, destocado, se adelanta. Lleva en la mano un pliego sellado. Su manto, sus botas están manchados de barro.

—¿Llueve tanto en Castilla? —interroga Juana.

Habla su lengua con satisfacción. El largo viaje ha concluido.

—En Toledo están naciendo los primeros jacintos, señora Infanta.

—La reina debe de sentirse feliz, le gustan tanto las flores.

—Su Majestad está algo enferma, pero la llegada de Vuestra Alteza le procura mucha alegría.

—¿Y don Fernando?

—Su Señoría se encuentra muy bien, ha roto incluso algunas lanzas hace pocos días.

Sonriente, Juana abre el pliego.

Isabel ha escrito unas líneas llenas de afecto para desear la bienvenida a su hija y su yerno. Un secretario ha añadido que los más fuertes mulos de Vizcaya les aguardarán en los límites de España para hacer que atraviesen las montañas los muebles, cofres y sacos que los pesados carros flamencos serían incapaces de encaminar por las estrechas sendas del país.

A pocos pasos del cortejo avanza a su encuentro un grupo de caballeros y su séquito, tan ricamente vestidos que, sin duda alguna, son gentilhombres. Tras ellos se recortan los nivosos picos de los Pirineos, resplandecientes a la luz de la mañana. El aire es transparente, luminoso gracias a un sol reaparecido por fin.

Ahora Juana puede identificar al Gran Comendador de Santiago, don Gutierre de Cárdenas y a don Francisco de Cúñiga, conde de Miranda. Ambos gentilhombres descabalgan, se descubren y, con gran estupefacción, Felipe les ve hincar la rodilla ante él, tomar su mano para besarla, antes de saludar a Juana del mismo modo.

Incapaz de comprender las palabras de sus anfitriones, el joven balbucea algunas frases en francés mientras, radiante, la joven presenta los españoles a los flamencos:

–¿Es aquí costumbre besar las manos? –pregunta en voz baja.

–Sí, y me parece más noble que los besos en las mejillas de los franceses.

Pero Cárdenas y Cúñiga han vuelto ya a montar. El cortejo prosigue su marcha hacia el castillo de Vizcaya donde todo está dispuesto para recibir a la heredera de Isabel y su esposo. Los flamencos abren mucho los ojos. Una sirvienta señala con el dedo a un niño que, con los pies desnudos a pesar del frío, conduce ante sí dos cabras. Un lacayo se ríe de una muchacha despeinada que lleva un jarro en la cabeza. A todos les parece penetrar en otro mundo.

29

De Burgos a León, de León a Valladolid, el grupo flamenco va de sorpresa en sorpresa. Muy pronto, el séquito de Felipe se niega a tocar los platos cocinados con aceite, el vino que conserva el sabor de los odres, los pasteles hechos con yema de huevo cruda amasada con azúcar. Por dos veces, un chambelán del archiduque ha tenido que separar a criados españoles y flamencos que habían llegado a las manos, cada mañana el intendente debe sermonear a su gente para que se muestren como unos huéspedes corteses y pacientes. Se forman clanes, unos se unen a los burlones, otros a los pendencieros. Juana no ve nada, no oye nada. Desea con tanta fuerza la armonía entre su antiguo y su nuevo país, espera tanto que Felipe sea feliz en España que imagina la realidad mucho más que vivirla. La efímera embriaguez, amarga sin embargo, de poder que ha degustado, se ha disipado ya. Su papel ha concluido. En Castilla, tras la de Felipe, más dominadora todavía, se yergue la sombra gigantesca de su madre. Esposa, hija, heredera, vuelve a ser una mirada, un oído, una espectadora.

—¡Sobrina, qué felicidad besar a dama de tan buena apariencia!

El almirante de Castilla abre los brazos. Su sonrisa afable oculta las preocupaciones que Juana le produce. La dejó hace cinco años, en Flandes, siendo una joven aturdida por la pasión y vuelve a encontrarla, marcada por tres maternidades y una amargura que ni siquiera su sonrisa puede disimular. Tanto Isabel como Fernando se sentirán inquietos y la tristeza de su hija no les hará demasiado indulgentes para con el hombre que es responsable de ella. Enríquez destina a Felipe un recibimiento cortés pero frío. Jamás ol vidará la angustia de sus marinos muriendo de frío y hambre en Flandes, el despectivo modo como los trató. ¡Que el séquito del archiduque se queje en Castilla y, por fin, podrá decir lo que piensa!

–Juana, tus padres y yo te aguardábamos con gran impaciencia.

Si la dureza la deja insensible, las manifestaciones de ternura llenan de lágrimas los ojos de la joven, pero se recupera, se desprende del brazo de su tío, muestra una sonrisa convencional.

El recibimiento de los habitantes de Valladolid es cálido. A lo largo de las calles, los archiduques cabalgan bajo una tela de oro sujetada por los notables. La mansión del almirante está adornada con oriflamas que muestran los colores de los Reyes Católicos, de las Casas de Borgoña y Austria, con ricos tapices; las ventanas están llenas de flores y cintas. Cuando niña, a Juana le gustaba aquel gran edificio más risueño que los palacios reales. A cada una de sus visitas, su tío, recordando el amor de la niña por las bestias, le regalaba un animal: cachorro, gatito, un monito o una pareja de pájaros. La llamaba «mi salvajuela», no le importunaba con preguntas indiscretas ni molestas caricias. Cierta mañana de estío la había conducido junto a la fuente que manaba en el centro del patio interior.

–Mira el agua, Juanita, te parece pura y fresca y, sin embargo, no puedes beber de ella porque, al atravesar la ciudad, se ha cargado con todas las suciedades humanas. Guárdate de las apariencias e intenta mantener siempre esa lucidez, esa intransigencia que tanto me gusta en ti. No cedas.

–¡Ha desaparecido un cofre de vajilla, Monseñor!

Felipe suelta una blasfemia; desde hace algún tiempo, demasiadas cosas se conjuran para impacientarle. Ese robo es la última gota. Tras los largos discursos en una lengua que no comprende, tras los oficios religiosos, en tan gran número que ha renunciado a contarlos, tras la ausencia de mujeres y la constante presencia de Juana, siente ya deseos de darse la vuelta y regresar a su país. Sin duda los palacios, las iglesias, los conventos son de gran belleza, la campiña desnuda y luminosa tiene cierto interés, pero el pueblo, de los criados a los Grandes, le sorprende y desconcierta a sus amigos. Los campesinos más harapientos mantienen alta la cabeza y tienen ojos de señor, las mujeres más humildes sienten herido su honor si se aventura, ante ellas, una broma algo atrevida; se creen el rey y la reina cuando son sólo unos miserables devorados por las pulgas y la suciedad.

–¡Encontrad al ladrón! –exige Felipe–. Quiero recuperar este cofre antes de mañana.

–Tranquilizaos, Monseñor –murmura Berghes–. Un criado español se habrá equivocado y habrá creído que nuestra vajilla era la de su señor. ¡Esas cosas suceden!

La presencia de su amigo, su voz alegre tranquilizan a Felipe.

–Jean, dame por fin una buena noticia. Dime que la reina Isabel se dispone a tratarme como heredero, que Juana se retira a un convento o que la señora Álvarez renunciará a sus huraños pudores.

La risa de Berghes termina por alegrar a Felipe. Es preciso, sin duda, minimizar las cosas. Lo esencial está ante él: su primera entrevista con los Reyes Católicos.

–Hablemos en serio, Jean. Debemos conocer en el más breve plazo las intenciones españolas sobre el sur italiano para armonizarlas con la política francesa. Me he comprometido con Luis a desempeñar el papel de mediador.

–Monseñor, ¿la imparcialidad de la gente honesta es idéntica a la de los príncipes?

–Digamos, Berghes, que mi honestidad se adecuará a la de Fernando. ¿No goza, acaso, de excelente reputación en ese campo?

–Es un hábil jugador, Monseñor, ponerle en jaque no será sencillo.

–Soy su yerno, conmigo relajará su atención.

–¿Lo creéis? Estoy convencido de que el viejo zorro expulsaría a su propio hijo de la madriguera si quisiera ocuparla solo.

–Me subestimas. Desde mi llegada a España no he dejado de aguantar sermones y estoy dispuesto a soportar otros más. El juego vale la pena. ¿Sabes que los Reyes Católicos acaban de aceptar poner cuatro carabelas a disposición del almirante Colón, para un cuarto viaje? Asegura poder encontrar al señor Vasco de Gama a mitad de camino, llegar por fin a las Indias por el oeste y volver cargado de oro.

Juana se deja acariciar por el sol de marzo. Una felicidad tranquila, suave, la arrulla como las pequeñas olas que acarician el contorno del pilón. Degusta esos momentos que sabe fugaces. Bajo el techo de un tío muy amado, junto a su marido, respira a pleno pulmón el aire seco, perfumado de la vieja Castilla, escucha los rumores de esta ciudad de la que sólo tiene recuerdos felices. Felipe ha despertado de buen humor, sin duda se está habituando a este país que ella le ofrece como un regalo. Pronto el almirante de Castilla les acompañará a la universidad fundada por Mendoza, cardenal de España. Los escolares estudian en ella, durante ocho años, medicina, física, decretos y otras ciencias que aprenden a su guisa, se alojan en pequeñas habitaciones independientes, frecuentan la más rica biblioteca que pueda imaginarse. Con una mano en el agua fría de la fuente, Juana intenta adivinar vidas tan distintas a la suya. También le gustaba estudiar, leer, pero Dios ha elegido para ella otro destino y si, a veces, eso le alegra, con excesiva frecuencia pesa como una roca sobre sus hombros.

30

Alrededor de la galería que rodea el primer piso de la gran mansión, más burguesa que principesca, Juana camina bajo el sol de este primer día de mayo. Debiera ya estar en camino, pero a causa de Felipe, a quien el sarampión mantiene en la cama, ha tenido que retrasar la partida. Tras una visita, demasiado corta una vez más, su marido la ha despedido. Ella hubiera deseado leerle un libro o, sencillamente, sostener su mano, pero nada parecía interesarle. Inmóvil y muda a su lado, contemplaba sin fatigarse el rostro marcado por una multitud de pequeñas manchas rosadas. Así debilitado, Felipe la enternece, la conmueve más que de ordinario.

Por encima del banco de piedra donde la joven acaba de sentarse trepa una madreselva que perfuma el ambiente. Unos pájaros han debido de hacer en ella el nido pues van y vienen sin cesar con un insecto en el pico. Juana, con la mirada perdida más allá de los arcos de piedra que rodean la galería, se deja invadir por el sopor. La enfermedad de Felipe es un respiro. Su fatiga se ha disipado, ha recuperado el apetito y la alegría. La víspera, un correo ha salido hacia Toledo para avisar a sus padres de que el cortejo flamenco debía interrumpir la marcha.

La llamada de un aguador, el rebuzno de un asno ascienden desde la calle y, luego, el silencio la mece de nuevo antes de que se escuchen el claro tintineo de unas pezuñas trotando sobre el adoquinado, el metálico resonar de las alabardas que se entrecruzan ante el umbral. Juana aguza el oído. Una esperanza, un súbito gozo hacen saltar su corazón. Llegan desde el patio órdenes, llamadas. La joven se acerca rápidamente a la balaustrada. Saltando de un caballo negro ensillado a la morisca, sin adornos ni joyas, Fernando tiende su mano al duque de Alburquerque para que se la bese. A sus espaldas está el cardenal Diego de Mendoza.

–¡Padre! –exclama Juana.

Olvidadas las conveniencias, las rígidas reglas que codifican el comportamiento de los príncipes, es sólo una niña llena de felicidad.

Asomada a la balaustrada, el sol ilumina su rostro, roza el vestido azul de mangas bordadas con hilos de plata.

Fernando levanta los ojos.

–¡Juanita!

Riendo, llorando, Juana recoge con ambas manos su vestido y echa a correr por la galería. Se detiene un instante en lo alto de la escalera, sin aliento, radiante. Sólo unos peldaños la separan de su padre. Se lanza. Fernando abre los brazos, ella está junto a él, con las manos unidas alrededor de su cuello, con los labios en los suyos.

–¡Padre, padre!

Fernando la abraza, ella recupera el olor a azahar, el calor familiar. Ya nada puede sucederle.

–¡Qué guapa estás, Juanita!

Acaricia el rostro de su hija, seca sus lágrimas, sonríe.

–No has saludado a don Diego.

Juana se separa a regañadientes de Fernando, esboza una reverencia.

–Nada de protocolo hoy, hija mía –murmura el prelado–. Os dejo con vuestro padre, nos veremos en la cena.

–Quiero llevaros junto a Felipe.

Fernando ha estado a punto de contestar: «Por él he venido», pero se contiene enseguida.

–Dime primero si eres feliz.

Juana aprieta con más fuerza aún la mano paterna. Apoyada en esta roca, todo le parece ligero.

–Ya veréis, padre, qué apuesto es Felipe, qué inteligente y sublime.

La voz de su hija asombra a Fernando, parece recitar una letanía. Sabe por los múltiples informes qué cortante, rudo a veces, se muestra su yerno con su esposa, las ingenuas palabras no le engañan en absoluto. Isabel y él tendrán que apretarle las clavijas a ese joven, si quiere aspirar al título de heredero de las coronas de Castilla y Aragón; tendrán que corregir tanto sus inconstancias conyugales como sus errores políticos.

–Llévame junto a tu marido, Juanita.

Las contraventanas están cerradas. En el umbral de la puerta, Fernando y Juana se detienen un instante mientras Felipe, precipitadamente, se quita el gorro de interior, aparta las sábanas para levantarse. Rápidamente, el rey de Aragón se le acerca.

—No os mováis, yerno mío. Quiero que permanezcáis acostado.

Por el tono y el movimiento de los brazos, Felipe le comprende. Ha llegado el momento tan esperado y la sorpresa le petrifica. No viendo otra salida, toma la mano de su suegro, se la lleva a los labios al modo español. Fernando se ha destocado a su vez.

—Olvidemos las cortesías, querido Felipe, he venido como padre para saber cómo os encontráis.

Juana, junto a la cama, traduce. Siguiendo una y otra conversación, acecha el menor signo que le indique que ambos hombres se aprecian. Pero el rostro de su padre mantiene una alegría de circunstancia mientras Felipe no consigue relajarse. En su desesperada voluntad de armonía, se esfuerza por hacer cordiales las triviales palabras de Fernando, agradeciendo las palabras que Felipe intenta hacer frías y corteses.

Sentado en una silla, a pocos pasos de la cama donde yace su yerno, Fernando, mientras habla, le observa como un ave de presa. La belleza del hombre no llama en absoluto su atención; busca en una expresión, en un gesto, las señales que revelen su verdadera naturaleza.

Humillado al verse en posición de inferioridad, el archiduque reacciona como un niño huraño, baja su guardia. Tras la amable mirada, Fernando percibe la desconfianza, un amor propio demasiado sensible, un carácter ambicioso, sensual y violento.

Con la espalda apoyada en las almohadas, Felipe escucha a Juana, que le traduce las untuosas frases de su suegro. Nada se le escapa. El viejo lobo cree poder ablandarle, pero no será la fácil presa que piensa. Sin duda, tras esos rodeos descubrirá sus cartas. Espera a pie firme. Ahora, en Castilla, nada puede hacerse sin Juana, y Juana nada decidirá sin él.

Incansablemente, la joven pasa de una lengua a otra. Tanto su padre como Felipe la necesitan, recurren a su saber. Se siente jubilosa.

31

–Un atontado y un torpe –dice Fernando con voz seca–. ¿A quién pretende engañar recibiendo en Olías al embajador de Francia?

La reina cierra los ojos. Está cansada y presiente que la llegada de sus hijos le proporcionará más fatigas todavía. Pero no tiene elección, debe aceptar las cosas como Dios las ha decidido.

–Luis cree encontrar en nuestro yerno una presa fácil, pero le convenceremos de que, en adelante, sus intereses están unidos a los nuestros. Seamos pacientes.

–Debemos ser firmes –fulmina Fernando–, Felipe es influenciable y Juana absolutamente pusilánime.

–Qué razón tuviste convocando inmediatamente en Toledo al embajador francés. Cuando haga su entrada en la ciudad, Felipe debe verlo a tu lado. Comprenderá la lección.

El palacio de los marqueses de Moya, que los Reyes Católicos prefieren, a veces, al Alcázar, está expuesto a la brisa y, pese al cálido sol de mayo, el frescor es en él delicioso. A Isabel le gusta encontrarse en Toledo con Beatriz de Bobadilla, marquesa de Moya, con la que le une desde la adolescencia una gran amistad.

Desde su ventana, la reina contempla gozosa la iglesia de Nuestra Señora, rodeada de opulentas casas y jardines, la actividad de las callejas donde se apretujan artesanos, comerciantes, burgueses y escribanos. La ciudad es próspera, bien provista de agua gracias al famoso Ingenio que le cuesta al Tesoro más de tres mil ducados cada año. A sus pies corre apacible el Tajo, arrastrando los limos procedentes de su querida meseta castellana. Sus ojos se demoran en la sede episcopal, ofrecida unos años antes al franciscano Jiménez de Cisneros, apreciado por su integridad, su fidelidad y su inteligencia. Fray Francisco nunca inclina la cabeza, pero ella no teme su carácter fogoso. Cierto día, cuando sorprendida por su violencia le había reprochado: «¿Sabéis con quién estáis hablando?», él respondió: «Con la reina Isabel, que es sólo ceniza y polvo como yo».

–Felipe se mostrará a la altura de las responsabilidades que su título le confiere –decide con voz sorda–. Cuando los consejos de una suegra puedan parecerle inoportunos, los del interés del pueblo hablarán con claridad. Se dice que es inteligente.

Los cabellos de Fernando clarean ya. Ha perdido algunos dientes pero, pese a sus cincuenta años, su mirada y su sonrisa siguen siendo las del joven ambicioso y hábil que, junto a su esposa, forjó la grandeza española. La reina le sonríe con ternura.

–Juana me preocupa más. ¡Es tan introvertida!

–Debemos tener en cuenta su sensibilidad y, en ese campo, creo poder ejercer cierta influencia. Juana me obedecerá.

Los halconeros del rey, llevando sus ropas verdes con mangas grises y el ave al puño, reciben a Felipe y Juana en primer lugar; luego alcaldes, burgueses y magistrados con hábitos escarlata. Precediendo al rey, rodeado de los embajadores de Francia y Venecia, están allí todos los dignatarios de la Iglesia.

«He aquí un primer aviso de mi suegro –piensa Felipe–, pero le devolveré golpe por golpe.»

La orden llamando secamente a Toledo al embajador de Luis XII le ha molestado tanto cuanto, sabiendo justos sus fundamentos, no ha podido oponer nada.

Mientras cabalga, Felipe no deja de pensar en los cumplidos destinados a los soberanos católicos que Besançon le ha sugerido. Modifica algunas palabras, y vuelve al texto original para cambiarlo de nuevo. En ningún momento puede rebajarse ante Fernando e Isabel, pero tampoco debe parecer fatuo o conquistador. La reina parece tener buenas intenciones para con él. Pese a su indisposición, quiso imitar a Fernando molestándose en persona para saludarle. Tanto por conveniencia como por orgullo, Felipe rechazó enérgicamente tal honor.

Muy sonriente el rey, a caballo, sale a su encuentro. A su vez, Felipe espolea su montura, quiere descabalgar pero Fernando se lo impide.

–Vamos –dice jovialmente–, nos aguardan en la catedral para un Te Deum.

–¿Estará madre? –interroga Juana.

La perspectiva del encuentro, muy próximo ya, conmueve a la joven. Durante esos seis años Isabel ha escrito muy pocas cartas, insignificantes siempre, sin ningún tipo de confidencias. No ignora que su madre, informada por su entorno, lo sabe todo de ella. Incluso antes de haberla visto de nuevo, Juana se pone en guardia; está dispuesta a imponerse, no a justificarse. ¿Qué sabe su madre del amor? ¿Puede entender que sufrimiento y goce están íntimamente ligados? Como de costumbre, Isabel, sin duda, no querrá ver ni oír nada, proseguirá su propio camino, empapada en sus certidumbres.

El Te Deum ha concluido. Rodeado por Felipe y Juana, Fernando conduce el destacamento de flamencos y españoles elegidos para escoltarles hasta el castillo donde les aguarda la reina.

En una silla de alto respaldo de madera, vistiendo sus ropas de lana oscura que no abandona ya desde la muerte de Juan, la reina se dispone a recibir a sus hijos. Su cuerpo le traiciona cada día un poco más, pero compensa esos fallos con una voluntad más fuerte todavía. A su alrededor, Beatriz de Bobadilla, Juana de Aragón, la bastarda de Fernando a la que considera una hija, sus damas de honor y los pajes guardan silencio, impresionados por el momento que se acerca. A través de las celosías, la luz se recorta, se posa aquí y allá en movedizas manchas.

Isabel no ha vuelto a ver a Juana desde su penosa despedida a bordo del bajel que se disponía a llevarla a su nuevo país. Las lágrimas de Juana le habían conmovido. Han transcurrido seis años y, ahora, su papel no es conmoverse ante las debilidades de una mujer muy joven sino fortalecerla, insuflarle orgullo y fuerza.

Los perros atiesan sus orejas, a lo lejos nace un rumor sordo.

—Doña Isabel —murmura Beatriz de Bobadilla—, ya se acercan.

Conmovida, Juana se desprende de los brazos maternos. Se niega a hablar pues su emoción podría traicionarla. Sorprendida, decepcionada, Isabel recupera fuerzas, se vuelve hacia Felipe, que le besa la mano. Isabel le deja un instante a sus pies antes de exigirle, con voz benevolente, que se levante. Efectivamente, el hombre tiene encanto, un hermoso porte, un rostro sensual, ese bello espejo ha podido atraer fácilmente a la alondra que se ha roto contra él las alas.

—Tenemos que conocernos —declara la reina en el mismo tono amable—, vamos juntos a mis aposentos, estaremos tranquilos para hablar.

Cuando el pesado tapiz cae a espaldas de Fernando, que cierra la marcha, Felipe tiene la desagradable impresión de que se cierra una trampa. Sin embargo, la reina no deja de sonreír. Es hermosa todavía, atractiva con su mirada inteligente, sus finos rasgos, su cabello rubio que la edad ha encanecido. A su lado, Juana parece paliducha y triste. Consagrada a traducir los diálogos de una lengua a otra, se mantiene al margen de las conversaciones. En el gran salón de Isabel, los ornamentos son escasos, no hay cristal de Venecia, ninguna pintura profana, un mobiliario de nogal, sillas de cuero alineadas contra la pared, un atril, algunas alfombras de colores oscuros, un gran Cristo de marfil cuelga de una cruz de plata cincelada. Naturalmente las mujeres moras ofrecen vino dulce, perfumada agua de azahar; una muchacha, negra como el ébano, pela la fruta depositada en un plato de corladura. «Esclavas, sin duda alguna», piensa Felipe. Le desconcierta que un ser humano pueda reclamar el derecho de poseer a otro. Como si adivinara los pensamientos de su yerno, Isabel declara:

—Estas mujeres forman parte de nuestra familia. Las hicimos bautizar y soy su madrina. Respondo ante Dios de ellas —luego, inclinándose hacia Felipe—: El honor dicta el comportamiento de los hombres mejor que todas las leyes, ¿no es cierto?

—Cada uno coloca su honor donde le parece, doña Isabel.

La reina se sobresalta ligeramente.

—El honor, como la fe, han hecho la reputación de los españoles. Uno y otra nos enseñan a dominar la fortuna, sea favorable o contraria. Lo aprenderéis en Castilla, si todavía lo ignoráis.

El rey de Aragón posa una divertida mirada en su yerno. «Un joven aprendiz», piensa antes de exclamar tomando la mano de Juana:

—¡La niña se aburre traduciendo nuestros discursos! Sé, yerno mío, que os gustan las fiestas; hemos ordenado que se organicen en vuestro honor algunas diversiones.

32

Tras una misa solemne y un banquete, simples primicias de las diversiones anunciadas por el rey de Aragón, la noticia de la súbita muerte del príncipe de Gales, yerno de los soberanos católicos, sume inmediatamente la Corte en un austero luto. Durante toda una jornada, la reina se ha encerrado en la habitación que comparte con Fernando para afrontar una vez más la muerte en singular combate.

Por el aspecto de profundo aburrimiento que muestra Felipe, Juana comprende que Felipe se asfixia en la rigidez del luto español. Por lo que a ella respecta, la ausencia de danzas, de banquetes, de justas o de cazas no le molesta en absoluto. Puede así escapar a las demostraciones de una alegría popular que la aterra. Juana piensa poco en su hermana. La muerte de un esposo tan insignificante como Arturo no afecta demasiado, sin duda, a Catalina, pero no puede impedirse imaginar que también Felipe podría serle arrancado.

El campanario de la catedral da los primeros toques de vísperas. No irá. Orar la aburre, Dios no la conmueve.

Obligado a llevar luto por un cuñado que le importa un bledo, Felipe da vueltas y más vueltas por el palacio de Toledo como una bestia salvaje. De pronto la vida se ha inmovilizado a su alrededor; el abatimiento, como el sol, le golpea implacable a cada hora del día. Sus únicas distracciones son los juegos de cartas, breves abrazos con Juana, algunas conversaciones en compañía de los embajadores extranjeros, muy contentos, también, para escapar unos instantes a la inactividad que se ha abatido sobre la Corte.

–Hijo mío –anuncia Besançon penetrando en el aposento donde Felipe intenta adiestrar un joven loro regalado por la marquesa de Moya–, Dios quiere que prosigamos el Viacrucis, don Enrique de Aragón, tío del rey, acaba de fallecer. ¡Se prolongará el luto!

Felipe suelta una blasfemia. Los flamencos no pueden más y una agresividad que a duras penas puede controlar les opone constantemente a los castellanos.

—Pero tal vez una buena noticia compense la triste información que os acabo de dar —prosigue con malicia el arzobispo de Besançon—. Dentro de seis días, el veintidós de mayo, seréis entronizado como príncipe de Castilla por las Cortes, en la catedral de Toledo.

—Ciertamente es una agradable noticia —concede Felipe—; pero ¿y luego?

—¿Luego? Pues bien, salid, visitad las iglesias, conventos y capillas tan abundantes por los alrededores. El más estricto luto no os impide tomar el aire. ¿No encontraremos, durante estos paseos, alguna inesperada distracción?

Mayo transcurre marcado, sólo, por la solemne entronización de Felipe y Juana, príncipes ya de Castilla. Pese a la suavización del luto que rige la vida de la Corte, el malestar persiste en las filas flamencas. El 1.° de junio, Antoine de Vaux, intendente de Felipe, muere; dos días más tarde le toca el turno al señor de Saint-Mois, gran escudero. El archiduque y sus amigos dirigen los funerales. Enterrar a los suyos en tierra extranjera les hiere cruelmente; en adelante todos temerán no poder regresar a su país.

—Todo se ha hecho según vuestras órdenes, Monseñor.

El banquete que Felipe ofrece a sus suegros tendrá lugar por la noche. Para impresionar a los españoles, el archiduque en persona vigila los preparativos. Se ha sacado de los cofres la vajilla y la plata, se les ha dado brillo, los manteles de encaje de Malinas y Brujas han sido planchados, en todas partes se han puesto jarros de Venecia con ramos en los que los colores se alían sabiamente. Felices al verse arrancados de su sopor, los criados se atarean. Desde la víspera, cocineros y pasteleros trabajan sin descanso, intentando adaptarse a los productos que han podido encontrar en los mercados. Todos se empeñan en dejar muy alto el honor flamenco y el de su príncipe.

En la gran sala de banquetes, que huele a cera y a almidón, se han colgado los tapices traídos de Bruselas, alfombras de Damasco y de Constantinopla cubren el suelo. La estancia, sin sus severos muebles, parece uno de los salones de Coudenberg.

En sus aposentos separados, Felipe y Juana se hacen vestir. El archiduque ha elegido un jubón de seda violeta salpicado de plata, que llevará sobre unas calzas de terciopelo negro; Juana, un vestido de pesado tafetán tornasolado cuyo escote está bordado con perlas. Esta noche anunciará a sus padres y a su Corte un nuevo embarazo.

En ejemplar orden, están listos ya mayordomos, paneteros, coperos, chambelanes, todos amigos íntimos de Felipe. Aunque la noche de julio no haya caído todavía por completo, se han encendido los candelabros. Algunos criados acaban de colocar en los trincheros pirámides de frutas, platos de pasteles.

—Monseñor os aguarda —anuncia una dama de honor.

Juana está lista. Una ligera náusea, el calor la aturde un poco pero pondrá buena cara para honrar a su nuevo país.

Cuando las puertas se abren para dar paso a los Reyes Católicos, todo está dispuesto para recibirles. Graciosamente, Felipe y Juana salen a su encuentro, les besan. Fernando toma la mano de su hija, Isabel y él visten sus sobrias ropas de lana. Uno y otra parecen felices de este banquete, curiosos por conocer las costumbres flamencas.

Una pequeña orquesta toca con flauta, oboe y arpa una hermosa música profana. En los colgantes de cristal de los candelabros, la música parece saltar al ritmo de las notas mientras la brisa levanta ligeramente los tapices, haciendo danzar las fabulosas bestias, ondular las gentiles damas en sus jardines floridos.

Los reyes ocupan su lugar, a su lado los Grandes, luego los nobles flamencos. Ni una llamada, ni una orden; como por arte de magia aparecen los primeros manjares, fastuosamente colocados en inmensas bandejas de corladura: ostras estofadas, pescados, aves y carnes se suceden. Berghes, Gran Copero, vela para que todos los vasos estén llenos, los frascos de plata están en los trincheros, mientras el señor de Ville y el señor de Melun cuidan de que panes, galletas y pasteles sean correctamente cortados. Sin que se produzca ninguna torpeza ni incidente que pueda romper la armonía del banquete, llegan los postres, buñuelos, bizcochos, tartas de crema y queso blanco, cremas y flanes. Felipe triunfa. Por la actitud, por la mirada de los españoles advierte que están impresionados. ¿Seguira Isabel considerándole un novicio? Dentro de unos días cumplirá veinticuatro años. A su edad, Isabel todavía combatía contra los Grandes para intentar unificar su pequeño reino; él, dentro de unos años, poseerá la mitad de Europa.

—Nos habéis tratado muy bien, yerno mío —declara impulsivamente Fernando—. Casi me he creído en la corte pontificia. Nosotros, los españoles, nos recogemos en las iglesias y nos agitamos en las casas. Pero sin duda estamos equivocados y dispuestos a poner nuestra buena voluntad a la altura del evidente interés que sentís por nuestro país.

33

—Debes intervenir –decide la reina–, no soporto que los gentilhombres se destrocen mutuamente en mi Corte. –Isabel ha entrado sin avisar en los aposentos de su hija. Los dedos de Juana se inmovilizan en la guitarra–. Si estuviera todavía en Toledo, tu padre habría intercedido por Jean de Berghes. Este repentino despido es inaceptable.

—El señor de Berghes irritó vivamente al obispo de Besançon. No sé nada más y me remito a Felipe.

La reina se deja caer en una silla. Comenzaba a encontrar un entendimiento político con Berghes, apostada por el favorito para influenciar a su yerno cuando cayó, como el hacha del verdugo, el anuncio de su desgracia. Besançon, implacablemente hostil a los proyectos españoles, ha vencido. La victoria del obispo es una derrota personal.

—Ve a ver a tu marido, insiste para que perdone a Berghes. Su partida sería perjudicial tanto para tus intereses como para los míos.

—¿Y cuáles son mis intereses, madre?

La voz de Juana suena más cansada que ácida. El calor del estío, el inicio de su cuarto embarazo, la partida de su padre hacia Aragón la deprimen. Sus damas no dejan de quejarse, nada les parece bien, ni los alimentos, ni el clima, ni la servidumbre. Sin cesar debe mediar en las querellas entre flamencos y españoles, apaciguar los espíritus; el papel de mediadora la aburre. Al menos en Bruselas la dejaban tranquila. La única persona a la que le gustaría tener constantemente a su lado está ausente con excesiva frecuencia. Felipe prueba el castellano, a menudo se viste a la española o a la morisca. Sólo ha tenido conocimiento de su enfado con Berghes cuando todo el mundo lo sabía ya e ignora qué ha hecho el favorito para haber disgustado de este modo.

–Hija mía, tus intereses son los de nuestro país. Si lo amas, como espero, debes defenderlo contra todos, incluso contra tu propio esposo.

–Felipe no quiere mal alguno a los castellanos, madre; ha venido de Flandes para que le reconocieran como su príncipe.

Como siempre que se toca a Felipe, Isabel ve que el rostro de su hija se ensombrece, su mirada se hace dura. ¿Es tan insensata como dicen?

–Juana, escúchame unos instantes con tu corazón de española más que con tu corazón de esposa. Jean de Berghes es un amigo, ha comprendido que Felipe debe elegir si no quiere perderlo todo. El pueblo sólo le acepta porque es tu marido.

–Madre, Jean de Berghes no es mi amigo.

–Las amistades personales no importan, los reyes tienen muy pocas. Berghes es útil en Toledo. Si Besançon se queda solo junto a tu esposo, temo que se cometan irreparables errores. Ve a ver a tu marido y obtén la gracia de Berghes. Lo quiero.

–No te metas en lo que no te importa –interrumpe secamente Felipe–. Berghes imaginó, equivocadamente, que nuestra amistad le concedía ciertos derechos. Insultó a Besançon, que le es superior tanto en edad como en rango.

Con su alta talla, Felipe domina a Juana cuya retirada es detenida por un pesado sillón. Ciertamente, su mujer es la emisaria de Isabel bajo cuya autoridad, como un ingenuo, había caído Berghes.

–La afrenta es demasiado grave. Ultrajar a Besançon es ofenderme a mí mismo. Díselo a tu madre. No olvides tampoco comunicarle que no necesito intermediaria alguna para que me sermonee. El respeto que siento por ella basta para dictarme mi conducta en Castilla.

La decepción se anuda en la garganta de Juana. Habría querido tener éxito en su misión, probar a sus padres que sabía imponerse cuando era preciso. En Francia, sin tener que exigirle nada a Felipe, supo actuar con autoridad, pero hoy no le queda ya valor alguno.

Ni su padre ni su madre pueden obligarla a enemistarse con su marido.

La reina y Juana han enviado a Jean de Berghes, instalado en Olias con los suyos, tres pura sangre árabes de gran belleza, mulos y una escolta destinada a acompañarle hasta las fronteras españolas. Sorprendida por la súbita voluntad de Juana de unirse a su gesto, Isabel lo ha considerado como una prueba de realismo político. De modo que a pesar de su aspecto terco, su hija la escucha. Tal vez el porvenir no sea tan negro como temía.

El bochorno de agosto mantiene a Juana encerrada durante días enteros en sus aposentos, donde ha recuperado sus hábitos de indiferente pereza. Cuando sus músicos no van a distraerla, juega con sus perritos, hace que las esclavas le den masajes, piensa incansablemente en Felipe, intentando encontrar una razón tranquilizadora para sus rarezas. Ahora parece juzgar favorablemente las costumbres españolas, asiste a las corridas de toros, se adiestra en romper lanzas con tanto ardor y habilidad que arrancó un aplauso de los espectadores. Vestido a la morisca, con la tez bronceada por el sol y sus rubios cabellos, está más hermoso todavía. Con su vientre hinchado, sus náuseas y su fatiga, Juana se encuentra miserable, asquerosa.

Al regreso de una cacería con halcón, en la que se abatieron numerosas garzas, ágatas y búhos, las malas noticias llueven sobre Felipe: una reyerta ha opuesto de nuevo a flamencos y castellanos, uno de los suyos ha muerto. François de Busleyden, su querido amigo, está muy enfermo. El arzobispo de Besançon se ha sentido mal durante la noche y, desde entonces, los vómitos y la diarrea no le abandonan.

Jean de Luxemburgo, señor de Ville, que ha sustituido a Berghes como Mayordomo mayor, parece consternado. Las peleas y las muertes que se suceden desmoralizan a los flamencos y, ahora, más de uno reclama en voz alta una rápida partida.

–Voy a visitar a Besançon ahora mismo –decide Felipe.

François de Busleyden yace, muy pálido, en su lecho del monasterio de San Bernardo.

–Has venido, hijo mío, Dios te bendiga.

El joven toma la mano que reposa sobre la sábana.

–¿Qué dicen los médicos?

El obispo esboza una sonrisa.

–¿Los médicos? A mi cabecera no faltan, pero falta que sepan curarme.

–Lo conseguirán, lo sé.

–Lo dudo. Pero no perdamos con vanas palabras un tiempo que ahora me es precioso. Felipe, tengo que decirte muchas cosas.

La voz susurra, Felipe aguza el oído. Mantiene entre sus dedos la helada mano de su amigo.

–¡Envenenado!

De regreso a sus aposentos, Felipe arroja al suelo su sombrero. Besançon ha muerto entre atroces sufrimientos. La víspera estuvo mucho tiempo a su lado pero el enfermo apenas le reconoció.

–Eso se murmura, Monseñor.

Nerviosamente, el joven recorre el salón de gala por cuyas contraventanas cerradas entra una luz suave.

–Entonces, Jean, me envenenarán también.

–¡Monseñor!

–Todos los que les molestan desaparecerán. La reina avanza sus peones a hurtadillas, pero jamás los pierde de vista. Sedujo a Berghes, ha eliminado a Besançon, que se le resistía.

–No hay prueba alguna.

Inquieto, Jean de Luxemburgo se asegura de que nadie les escuche. Naturalmente, Felipe habla dominado por la emoción, pero sería desastroso que sus palabras llegaran hasta el trono.

–Mis médicos han hecho la autopsia al cuerpo, todo parece probar el envenamiento. ¡No soy sordo ni ciego!

–Vuestra madre, la reina, os ama tiernamente, ¿por qué va a intentar perjudicaros?

–¿Que Isabel me ama? ¿Estás soñando, De Ville? Sólo quiere utilizarme, doblegarme a su voluntad. Desde hace tres meses Fernando y ella me prodigan sus consejos. Pero ahora saben que, tanto aquí como en Flandes, llevaré a cabo mi política y no la suya. Han comprendido que si Juana era dócil, yo, por mi parte, nunca seré su juguete. Antes de morir, Besançon me mostró con claridad el camino a seguir.

–El señor de Busleyden, Monseñor, era muy francófilo y los españoles no le gustaban demasiado, no lo olvidéis. Pese a vuestra pena, bueno será que sigáis siendo imparcial.

Felipe recuerda el rostro demacrado de su viejo preceptor, los de sus amigos muertos en Castilla.

En el lecho real donde, una nueva indisposición, la fuerza a dictar su correspondencia, Isabel conoce la muerte del arzobispo flamenco, la violenta cólera de su yerno, las acusaciones que ha proferido.

–Este muchacho no tiene envergadura –murmura–, ¡qué lástima!

34

Desde la muerte de Besançon, se suceden las malas noticias. El guarda de las joyas de Felipe, acusado de robo, murió en el tormento sin haber confesado nada. Su sucesor, enviado desde Brujas, falleció al llegar a Toledo. Fallecen también Jacques de la Barre, Gran Copero, Philippe de Hun, gentilhombre, mientras dos escuderos flamencos se hieren gravemente en duelo. Un servidor de Besançon, de quien se sospecha que se había apoderado de cartas comprometedoras, es torturado.

Aguardando con impaciencia que las Cortes de Aragón le convoquen en Zaragoza, para poder regresar luego a su país, Felipe huye de Toledo, permanece en Aranjuez, en Chinchón, en Arganda y en Alcalá de Henares donde, por fin, le comunican que las Cortes están dispuestas. Juana triunfa. Ahora sigue a su marido a todas partes. Poco le importa que le trate bien o mal, permanece a su lado, indispensable, inseparable.

—¿Irás? —pregunta una noche tras recibir una carta de Isabel.

Saliendo de Toledo y de camino hacia Madrid, la reina desea abrazar a sus hijos antes de su partida hacia Aragón. Felipe está de humor conciliador. Esta entrevista será la última.

—¿Por qué no? Pienses lo que pienses, respeto a doña Isabel.

Juana sabe que su marido no siente ternura alguna por sus padres. Cuando sea reina, sabrá cambiar las cosas. Con el tiempo, Felipe olvidará Flandes, a sus amantes y sus intrigas.

El castillo de Alcalá de Henares dormita. Juana se encuentra bien allí, se parece a ella. Cuando cae la noche, va a pasear por la galería que rodea el patio, los aromas de las plantas recién regadas la reposan. El niño comienza a moverse, le trae, lacerante, doloroso a veces, el recuerdo de Leonor, de Carlos y de Isabel. ¿Recordarán a su madre cuando regrese a Malinas?

La archiduquesa sale de Madrid en primer lugar, Felipe la sigue a la mañana siguiente. La despedida ha sido rápida, fácil. Isabel parecía no advertir que su hija la abandonaba por largo tiempo. «¡Dios te guarde!», ha dicho la reina cuando, seguida por la señora de Hallewin, la joven cruzaba la puerta.

Juana se ha vuelto. Jamás su madre le había parecido tan cansada, tan solitaria.

—Que Dios os guarde también, madre —ha murmurado con lágrimas en los ojos.

De nuevo se suceden las etapas, pequeñas ciudades, grandes pueblos. Siempre discursos de bienvenida, los Te Deum, corridas de toros, rotura de lanzas y fiestas populares.

Cerca de Zaragoza, en La Aljafería, Fernando, pimpante, sale al encuentro de sus hijos para escoltarles hasta el castillo donde él no se aloja. Juana sufre una decepción. Aguardaba largos momentos de intimidad pero aquí, en Aragón, su padre es todavía más inabordable. Gozoso ante la perspectiva de la próxima marcha, Felipe visita iglesias, conventos y mezquitas.

Cuando las Cortes se disponen a recibir el juramento de los archiduques en la catedral, llega una carta de Flandes. El duque de Gueldre está reclutando tropas y todos piensan en una próxima reanudación de las hostilidades; en Flandes, algunas agitaciones populares obligan a los burgomaestres a tomar enérgicas medidas. La ausencia del soberano favorece estas rebeliones. El conde de Nassau, gobernador de Flandes, insiste: la presencia del archiduque apaciguará los espíritus.

Felipe, vestido ya de seda parma brocada en púrpura, tocado con un sombrero incrustado con rubíes y perlas, tiende la misiva a Jean de Luxemburgo.

—Debemos salir de España enseguida. Aunque confío en la amistad que me une al buen rey Luis, los trastornos en Gueldre me vuelven receloso y quiero garantizar mi viaje de regreso. Que los franceses envíen rehenes a Flandes. Con esta excepción, mis proyectos no han cambiado y cruzaré Francia piensen lo que piensen los Reyes Católicos.

—Les parece muy mal, Monseñor.

—Les asombrará lo que lograré en Francia. Pienso conseguir una paz en Italia entre Francia y España. Será un buen comienzo para un heredero, y el pueblo de los Reyes Católicos me lo agradecerá. Aquí nadie tiene ganas de ir a morir en Nápoles o Milán.

La ceremonia de vasallaje concluye. Felipe tiene los nervios de punta. Los comisarios de Aragón, Sicilia, Valencia, Mallorca, Menorca, Barcelona y el Rosellón han jurado, primero, obediencia a Juana, única heredera de España. Su nombre sólo ha sido pronunciado muy tardíamente, y sus poderes se ven limitados por la supervivencia de su esposa. Si Juana muere, él no será nada ya.

El presidente no ha concluido todavía su discurso. Impasible, Juana escucha. Adivina la humillación de Felipe pero no consigue sufrir por él. El poder que detenta ahora es su única salvaguarda.

–Si a Dios pluguiera –prosigue el viejo magistrado– llamar a su lado a doña Juana, si don Fernando, nuestro Soberano, tomara nueva esposa legítima y tuviera de ella descendencia masculina, la corona de Aragón recaería en este príncipe y en ningún otro.

Felipe se sobresalta. Sin duda Fernando ha hecho añadir esta traidora cláusula. Aunque, por su lado, el rey de Aragón no deja adivinar nada, el joven sabe que se regocija.

–Jaque mate –anuncia Fernando–. No os toméis a mal mi victoria, hijo mío, sólo es un juego, ¿verdad?

Felipe se esfuerza por mantener su sangre fría. La mirada de su suegro, siempre afable pero insondable no deja de incomodarle.

–¿Me concederéis una revancha?

–Las circunstancias son imprevisibles, hijo mío. ¿Acaso no dicen que pensáis abandonarnos?

–Prometí solemnemente a mi Consejo no prolongar mi ausencia más allá de un año. Estamos ya a finales de octubre.

Fernando aparta ligeramente el tablero, inclina el busto hacia atrás para observar a su yerno cuyo terco rostro le divierte. ¿Qué argumentos encontrará para justificar su ida?

–También me han dicho que os disponéis a atravesar de nuevo Francia.

–He exigido rehenes. Nada tenemos que temer de los franceses.

En los ojos de Fernando no queda rastro alguno de benevolencia.

–¿Don Felipe, estáis soñando? Sois nuestro yerno y príncipe de Castilla, Juana es nuestra heredera. Estamos en guerra con Francia. ¿Lo habéis olvidado?

Felipe palidece. Está hasta la coronilla de reconvenciones.

–Sire, tengo muy buena memoria. Luis me aguarda en Lyon para negociar un tratado de paz.

–Nosotros negociaremos cuando lo juzguemos oportuno.

El tono, cortante, indica a Felipe que su suegro quiere cerrar la discusión. Se levanta a su vez.

–No os marchéis enseguida –aconseja Fernando–, tengo que hablaros todavía de ese viaje que se afirma próximo. ¿Lo sabe vuestra madre?

–Me despedí de ella en Madrid.

–Una despedida que ella creyó un simple hasta la vista, hijo mío. Dudo de que le guste veros huir como ladrones.

Felipe quiere gritar pero el enojo le impide encontrar las palabras castellanas.

–Mañana me marcho a Madrid –prosigue Fernando–, la reina está enferma y me reclama. Estoy seguro de que no abandonaréis Aragón antes de haber recibido noticias suyas.

–¿Es una orden, padre?

La mirada del rey chispea, de nuevo, maliciosa.

–Felipe, nadie elige a sus padres y tendréis que soportarnos por algún tiempo todavía antes de ser libre, de imponer vuestras decisiones.

En la avenida sombreada por tilos que rodea el jardín de palacio, Fernando camina junto a Juana. La pequeña escolta que le acompañará a Madrid le aguarda en la Corte. La preñez, visible ahora, de la joven demora su paso y, de vez en cuando, la obliga a detenerse para recuperar el aliento. Pese al tiempo radiante, el aire ligero, los árboles ya dorados Juana se muestra huraña. Con la partida de su padre, la suya se hace ineluctable. Dentro de unas semanas estará en Bruselas.

–¡Me abandonas también, Juanita!

Fernando habla con dulzura, Juana sólo es culpable de ser pusilánime. Se comporta como una niña y él le habla como a una niña.

–Debo seguir a mi marido, padre.

–En el estado en que te encuentras, no tiene derecho a imponerte tan largo viaje. Tu madre y yo desaprobamos formalmente ese proyecto de marcha –Fernando, con gesto tierno, toma de las manos a su hija–. Sabemos, mejor que Felipe, lo que te conviene.

Juana comprende la advertencia, no se marcharán a Flandes. Una amalgama de alegría y decepción se apodera de ella.

–¿Qué piensa Felipe?

—Tenéis, él y tú, mucho que aprender todavía. Quiero que tu marido viaje, descubra a su pueblo, lo juzgue mejor de lo que ahora hace. Quiero también que des a luz en tierra española. Tu madre necesita este nieto a su lado puesto que Dios quiso arrebatarle a Miguel.

Sin poder enojarse con su padre, sin querer disgustar a su marido, Juana no sabe qué responder. En el horizónte, sólo ve complicaciones y dramas.

35

A Zaragoza, donde la partida parecía inminente, llega, afectuosa pero imperiosa, la orden: el archiduque debe regresar a Madrid.

Tras la llegada de la carta firmada por Isabel, Felipe permanece encolerizado, encarnizándose especialmente con Juana. ¿Qué ha tramado de nuevo con su madre? La joven llora, se rebela, se niega a decirle adiós.

Para recibir a su yerno, la reina no ha elegido la intimidad de sus aposentos sino la sala donde suele recibir a embajadores y dignatarios. Junto a Fernando, sentada en un sillón de cuero de Córdoba, aguarda a Felipe. Que pudiera marcharse a hurtadillas, la ha sorprendido, que se disponga de nuevo a cruzar el reino de Francia, contra el que combaten los castellanos, la ultraja. ¿Ha perdido Felipe su sentido común?

–Le convenceré –razona Isabel.

–Querida esposa, ese muchacho sólo tiene desafortunadas cualidades y agradables defectos, le educaron en la idea de que Dios creó el mundo para su placer. Pero aprenderá la lección, y más deprisa de lo que cree.

Un chambelán abre de par en par las puertas de la sala del consejo. Precedido por dos soldados castellanos y los pajes de la reina, aparece Felipe vistiendo ropas de viaje. Pese a su orgullosa seguridad, la visión de sus suegros, sentados uno junto a otro al fondo de la vasta estancia, la austera, casi monacal decoración, y la presencia de un gran crucifijo de madera pintada impresionan al joven. Se adelanta lentamente, con el sombrero en la mano, hinca la rodilla en tierra, quiere tomar la mano de Isabel, que la retira.

–Besadme, yerno mío, y sentaos junto a nosotros.

La voz, amable sin embargo, no permite réplica alguna. Felipe, que se había jurado no dejarse intimidar, se sienta dócilmente.

–Podría comenzar por los cumplidos de rigor –prosigue la reina–, pero prefiero ir directamente al grano. Deseáis abandonar España, decís que os esperan en Flandes.

–Lo prometí –articula miserablemente Felipe.

–Una vida es un mosaico de promesas no cumplidas –interviene sarcásticamente Fernando.

–¡Yo cumplo las mías, padre!

La súbita reacción indignada de su yerno enciende un fulgor divertido en la mirada del rey.

–Os comprometisteis, al prestar juramento ante nuestras Cortes, a defender los intereses y privilegios del pueblo español. Atravesar Francia perjudicaría tales intereses.

–Soy flamenco.

–Pero sois también príncipe de Castilla –replica Isabel–. ¿No era éste vuestro más caro deseo? Ha llegado el momento de que asumáis las responsabilidades.

Cada palabra que la reina pronuncia abruma a Felipe. Nunca le perdonará tales reprimendas.

–Fletaré algunos bajeles –prosigue Isabel–. Os embarcaréis hacia vuestro país en cuanto Juana haya parido.

Felipe se levanta de un salto, con toda su altura contempla a aquella mujer enferma, a aquel hombre envejecido que creen poder darle órdenes.

–No esperaré la primavera, me pondré en camino según los proyectos establecidos de acuerdo con los míos.

–Sentaos, Felipe –ordena Isabel–, la entrevista no ha terminado. Olvidáis a Juana. No puede ni debe viajar en este momento.

–He recibido todas las garantías posibles de los franceses. Juana no tiene nada que temer.

La mano de Fernando, posándose en su brazo, le sobresalta.

–Juana no cruzará Francia.

–¡Pues bien, que se quede en España! Os la dejo de muy buen grado.

El joven ha buscado palabras hirientes y ve, en la mirada de Isabel, que ha dado en el blanco.

–¿La abandonaríais?

–Os la confiaría, madre, y partiría con el corazón tranquilo. No puede tener mejor consejero que vos.

En el rostro de la reina, silenciosa por unos instantes, aparece una gran tristeza.

160

–De modo que la abandonáis –repite como hablando consigo misma; luego, reponiéndose–: Ante Dios que me escucha, lo he intentado todo, Felipe, para haceros entrar en razón. Puesto que ni el protocolo ni vuestros deberes políticos o conyugales tienen la menor influencia sobre vos, en adelante callaré. Partid puesto que así lo deseáis y abandonad a mi hija. Juana quedará destrozada por vuestra decisión, pues os ama.

–Doña Isabel, vos habéis tomado la decisión de retener a vuestra hija en Castilla... La responsabilidad es sólo vuestra.

Feliz por haber recuperado la ofensiva y concluida con ventaja tan humillante entrevista, Felipe se levanta. Ni Isabel ni Fernando se mueven.

–En Lyon mantendré con Luis algunas entrevistas que podrían resultar muy ventajosas para España. ¡Vamos, no soy tan ingrato como creéis!

El rey se levanta a su vez. Más bajo que su yerno, debe alzar la mirada.

–Partid pues. Id al encuentro del rey Luis, yerno mío, y haced lo que creáis oportuno.

Un destacamento de soldados es enviado a Zaragoza para acompañar a Juana, a quien Felipe espera en Alcalá de Henares donde le comunicará la decisión de sus padres. Ahora que ha salido de Madrid, su cólera se apacigua para dejar paso a una gran satisfacción. No sólo es libre de partir sino que, además, implícitamente, Fernando ha aceptado su embajada ante el rey de Francia. Si consigue negociar la paz en Italia, su prestigio aumentará considerablemente. Tras haber vencido a los Grandes, obtendrá el agradecimiento del pueblo castellano, que el rey de Aragón no vacila en enrolar por fuerza bajo sus estandartes.

«¡Don Fernando –piensa Felipe–, nuestra partida de ajedrez no ha concluido!»

Sorprendida pero dócil, Juana se pone en camino. Sin duda su madre ha convencido a Felipe para permanecer en Castilla hasta que llegue el parto. Mientras el interminable convoy traquetea por los caminos de tierra destrozados por las lluvias de noviembre, recupera la esperanza. Pronto estarán juntos, reunidos para pasar un largo invierno.

En un pequeño pueblo de humildes casas, sus arqueros y cocineros se pelean por un jergón. Cousin, su asador, cae gravemente herido. A regañadientes, arbitra en los desacuerdos.

Por fin se yerguen ante su cortejo las murallas de Alcalá de Henares.

Juana apenas distingue a los ediles que han acudido para desearle la bienvenida. Hace un mes que no ve a Felipe. ¿Cómo la recibirá?

Secas y frías, las ráfagas del viento que sopla de la sierra de Guadarrama, haciendo gemir las ramas de los almendros despojados hace ya mucho tiempo de sus hojas, se introducen por las tortuosas callejas donde juegan los niños.

Felipe no está en el patio de honor del castillo para recibirla. ¿Está ausente? ¿Y si estuviera con otra mujer? Esa obsesión la tortura de nuevo. Pero, cuando se dirige a sus aposentos, aparece Felipe sonriente. Hace tiempo que no le veía con tan buena cara.

—¡Por fin has llegado!

Besa sus manos y el contacto de los labios en su piel hace estremecerse a la joven.

La lleva a su propia alcoba, despide a todo el mundo, él mismo abre la puerta.

—Pareces muy cansada. Reposa.

Juana se deja conducir a una silla. En la chimenea arde el fuego.

De pie junto a su mujer, Felipe vacila. Lo que debe anunciarle es difícil. Su mano se posa en el hombro de Juana, roza el corpiño de terciopelo brocado. Impulsado por un sentimiento de piedad, va a hacerle el amor y se avergüenza de ello.

—¿Te ha convencido mi madre? ¿Nos quedaremos algún tiempo en Castilla?

Para no tener que responder, se inclina, besa la suave piel del cuello.

Felipe no se distrae ni un solo instante y acecha en la mirada, en la actitud de Juana el menor signo que indique que está a su merced. Entonces podrá hablarle, eligiendo palabras muy tiernas para confesar la verdad. Como suele hacerlo, la joven se agarra a él, le estrecha entre sus brazos con tanta fuerza que debe dominarse para no rechazarla. ¡Isabel ha tenido una gran idea exigiendo mantener junto a ella a su hija! Durante su travesía de Francia, Juana le pareció una bola de penado atada a sus pies. Al regreso se sentirá libre y ligero.

Juana toma los finos dedos de su marido, los besa uno a uno, murmura: «No quiero que nos separen».

Felipe se sobresalta.

—¿Por qué lo dices?

—Soñé que iban a desunirnos, jamás podré separarme de ti.

Todo aplazamiento es ya imposible. Pese a su horror por los conflictos, Felipe se decide.

—Te dejaré con tu madre durante algunos meses.

Un estridente grito, como el lamento de un animal herido, le responde:

–Para arrancarme de ti, tendrían que cortarme las manos.

El joven lo intenta primero con dulzura. Le explica que aprueba la decisión de sus padres, hacer tan largo camino a los seis meses de embarazo es muy imprudente, pero Juana no deja de repetir: «¡No quiero, no quiero!». Entonces Felipe se impacienta.

–Así será, debes aceptarlo. Te reunirás conmigo después del parto.

Acurrucada en un rincón de la cama Juana solloza, pero cuando su marido quiere tomar su mano para consolarla, la retira con violencia. El gesto irrita a Felipe. Está perdiendo el tiempo con esa mujer que no tiene control ni dignidad. Se levanta resuelto, vuelve a ponerse las calzas.

–Dentro de dos días saldremos hacia Madrid, tenlo todo dispuesto.

El aullido de Juana cuando él sale le hiela la sangre.

36

−¡Te lo suplico!

Rodeada por los gentilhombres flamencos dispuestos a partir, por los Reyes Católicos y por sus íntimos, Juana se ha arrojado a los pies de Felipe. Molestos, todos contemplan a esa joven llorosa que se agarra a las piernas de su esposo. Isabel se aproxima, quiere levantar a su hija, terminar con el escándalo, pero Juana la rechaza sin miramientos. Esos gritos, esas lágrimas de una mujer encinta caída a sus pies le disgustan. Intenta endurecer su voz.

−¡Vamos, levántate!

La dureza del tono interrumpe los sollozos.

−Llévame contigo.

Balbucea su última súplica. Ahora aguarda, postrada, con los dedos asidos todavía a las calzas de su marido.

−Ven, Juanita.

Fernando ha tomado por los hombros a su hija, la levanta, la estrecha entre sus brazos, acaricia los negros cabellos. Vencida entonces, Juana abandona, no opone resistencia alguna a las mujeres que la arrastran hacia sus aposentos. Con las mandíbulas prietas, fija la mirada, Felipe no se ha movido.

El viento invernal golpea los muros del castillo de Alcalá de Henares, aúlla por las noches en las chimeneas, barre el patio donde se inclinan los tejos. Las aguas del río Henares se han desbordado, invadiendo los campos, ahogando corderos cuyos cuerpos hinchados van a la deriva. La noche cae pronto a comienzos de marzo. Nadie vela en el castillo. Silenciosas, lúgubres, las vastas salas sólo son iluminadas por los fulgores de las últimas brasas que se consumen en las monumentales chimeneas ante las que los señores de Melun y de Hallewin, que Felipe ha dejado para acompañar a Juana, juegan a veces una partida de cartas o de ajedrez.

Hace semanas que la archiduquesa permanece encerrada en sus aposentos, visitada de vez en cuando por su padre o por su madre. Desde la marcha de Felipe, nada ha podido alegrarla. Alarmada, Isabel ha hecho venir médicos que Juana ha despedido; luego, ante el mutismo de su hija, la reina se limita a sentarse junto a ella, monologando sin tener la seguridad de que la escucha.

Sólo el nombre de Felipe parece sacar a Juana de su sopor. La reina inventa pues misivas que jamás ha recibido.

–¡Un hijo! –exclama una mujer–. ¡Tenéis un hijo, doña Juana!

Ponen en sus brazos un bebé rubio y rosado, un verdadero y pequeño flamenco. Le estrecha rápidamente y, luego, lo devuelve demasiado cansada, demasiado dolorida como para sentirse madre.

Fernando e Isabel quieren un bautizo magnífico. Han adoptado enseguida al niño. En la cuna del pequeño Fernando, la reina ha colgado el crucifijo de marfil que adornaba la de Juana.

–¿Se ha enviado un mensaje a Felipe?

Una vez más, Isabel adopta una voz tranquilizadora.

–Dos jinetes han partido para llevarle la buena nueva. Le alcanzarán en el camino de Lyon.

Juana cuenta los días. Se levantará dentro de dos semanas y en abril comenzarán los primeros preparativos de la partida. El tiempo es ahora ligero, acepta recibir en su alcoba a algunos músicos, escucha a su confesor, reclama a veces a su hijo. Marzo concluye lluvioso pero, a través de las ventanas, Juana sólo ve sol.

–Doña Juana quiere partir, Majestad, está dando órdenes para ello. ¿Qué debemos hacer?

Respetuosamente, el intendente está ante Isabel. Aunque la noche esté muy avanzada, la reina sigue trabajando. La pluma cae de sus manos deformadas por la artritis.

–Dios mío –murmura y, luego, conteniéndose–: Doña Juana no puede ponerse en camino ahora.

—¿Qué debo decirle, Majestad?

—Mañana iré a Alcalá y le daré explicaciones.

El hombre parece liberado de un insoportable peso. La archiduquesa tiene un carácter difícil. No tolera oposición alguna. Por la mañana ha abofeteado incluso a una sirvienta.

Consternada por la noticia, la reina no puede reanudar el trabajo. ¿Qué palabras encontrar para apaciguar a Juana, hacerle entender que no puede lanzarse como una gitana tras los pasos de un esposo que, en Lyon, se dispone a caer en la trampa que Fernando ha abierto bajo sus pies? Tras la afrenta que va a sufrir y que, así lo espera, le pondrá de nuevo los pies en el suelo, Juana debe permanecer en Castilla al menos hasta otoño. Aunque deba obligarla, se hará obedecer, pero esta lucha continua contra su propia hija la fatiga. Juana es una espina clavada en su corazón.

—Madre —replica la joven, colérica—, ¡no podéis prohibirme que me reúna con mi marido!

Tras largos rodeos verbales, la orden de la reina ha caído por fin.

—Juanita, tranquilízate. No he tomado esta decisión para contrariarte sino para protegerte.

—¿Qué sabéis vos de lo que me conviene?

Como si no hubiera oído nada, la reina prosigue:

—Una infanta no vive para sus placeres personales, Juana, sino para España. ¿Ignoras que estamos en guerra con Francia?

—Felipe mantiene rehenes en Flandes, para su seguridad.

—¿Felipe? ¿Quién sabe adónde quiere ir?

Isabel se impacienta. Con todas sus fuerzas intenta no desacreditar al esposo ante su esposa, pero la ceguera de Juana le exaspera. Frente a ella, rígida como una estatua, la joven está pálida. Conoce las inconstancias de Felipe, sus ligerezas, pero no acepta que nadie, ni siquiera su propia madre, le condene ante ella.

—Felipe atraviesa Francia, va a visitar a Margarita de Saboya y volverá a Flandes.

—Admitamos que sea verdad, hija mía, ¿dónde te reunirás con él? No podrá llegar a Bruselas antes del verano, estamos en abril.

—Le aguardaré en Malinas con mis hijos.

Invocando a sus hijos, Juana sabe que ha dado en el blanco.

—No puedes atravesar Francia —repite la reina—, nos disponemos a atacar al ejército de Luis en Nápoles.

—¡Entonces, fletadme una flota!

—Necesitamos todos nuestros barcos para el transporte de tropas. Pero en cuanto apunte la paz, en verano tal vez, podrás marcharte. Tres meses, Juana, ¿qué significan tres meses? ¿No estás bien aquí?

Juana comprende que deberá doblegarse una vez más. Odia a quienes la oprimen y se detesta por su propia debilidad.

—Sólo estoy bien junto a mi marido.

Ha querido herir a su madre. Le queda esta arma y no dejará de utilizarla.

La reina se levanta. Si quiere llegar a Madrid antes de que caiga la noche, debe marcharse enseguida. Todo su cuerpo la hace sufrir.

—Envía a buscar al pequeño Fernando.

—Duerme.

—Que le despierten.

No ordena, implora. Juana está satisfecha de haber logrado, por fin, obligar a su madre a suplicarle.

—¡Querido primo, qué feliz momento el de nuestro encuentro!

Junto a la reina Ana, Luis recibe efusivamente a Felipe. Desde hace unas semanas elabora con su Consejo un sutil tratado de paz que espera ver ratificado próximamente. Felipe es una presa fácil, joven, confiado, seguro de sí, puede dominarle sin esfuerzo y conducirlo hacia los intereses franceses. Tras algunos banquetes y bailes, el joven estará a su merced.

—Tengo un regalo para vos —el rey hace una señal e inmediatamente aparece un servidor llevando un pequeño tonel—: ¡Cerveza fresca, querido primo! Imagino que estáis impaciente por beber una jarra. Y si lo deseáis, beberemos juntos.

Sentado junto al rey, ante la gran mesa de roble en la que se celebra el Consejo, Felipe moja su pluma en el tintero y, con gesto decidido, firma al pie del documento. La proposición de Luis se adecua absolutamente a lo que esperaba: el rey cede a Claudia, su hija, sus derechos sobre Nápoles, Apulia y Calabria, mientras él, en nombre de los Reyes Católicos, deja a Carlos, su hijo, sus posesiones en el sur de Italia. Cuando se celebren las bodas, los jóvenes reunirán bajo el mismo cetro estos reinos.

Con cara de satisfacción, Luis firma a su vez. El documento reconoce explícitamente los derechos franceses sobre Nápoles; ahora puede plantar cara a los Reyes Católicos. ¡Hermosa victoria!

—Que proclamen la feliz nueva por las calles de la ciudad —ordena ale-

167

gremente– y que los mensajeros de paz, franceses y españoles, partan de inmediato hacia Nápoles. Esta noche habrá pan y vino gratuitos para todos. Quiero que los franceses estén contentos –y volviéndose hacia Felipe–: También a vos, querido primo, quiero veros feliz.

–¡No puedo creer que haya abandonado hasta tal punto cualquier orgullo! –exclama Isabel tendiendo el despacho a su consejero Jiménez de Cisneros.

La nueva metedura de pata de su yerno. Las consecuencias para España del tratado que ha firmado abruman a la reina, aumentando sus dificultades respiratorias, el dolor que le roe las entrañas. Fernando advierte la palidez del rostro, el temblor de las manos. Cada día le preocupa un poco más la salud de su mujer.

–Esperábamos las torpezas de ese infeliz, ha llegado el momento de aprovecharlas. Nuestras tropas están dispuestas para la ofensiva. Puesto que no hemos firmado nada, no rompemos ningún compromiso. ¡Luis ha creído tenernos agarrados y le agarraremos nosotros!

Cisneros estrecha la misiva entre sus dedos. Su mirada va de Fernando a Isabel, que no dice palabra.

–Los franceses tendrán lo que merecen –murmura por fin–, y el señor archiduque aprenderá sin duda la lección.

El olor de las fumigaciones de plantas prescritas para la salud de la reina impregna colgaduras y tapices de la sala privada de los soberanos. En el silencio de la estancia, la voz de Isabel adquiere una mayor magnitud todavía.

–Desconfiaba de Felipe, ahora le desprecio.

–Que González de Córdoba ataque a los franceses –ordena secamente Fernando–. Y que, con la ayuda de Dios, les aplaste de una vez.

37

–¡Felipe!

Con el rostro radiante, Margot sale al encuentro de su hermano, que acaba de descabalgar ante el castillo de Bourg-en-Bresse. Con su nuevo matrimonio, sus formas se han redondeado y viste con mayor coquetería, se toca a la moda italiana. Muy cerca, el duque de Saboya, que ha ido a Villars para recibir a Felipe, contempla con ternura a su mujer. Los dos jóvenes están cada día un poco más enamorados y Margarita parece haber olvidado la ruptura con el prometido francés y la muerte del esposo español.

Alrededor de la pequeña ciudad, las colinas comienzan a verdear. Los jardines están ya en flor, como si quisieran festejar la Pascua.

–Ven pronto, tenemos tantas cosas que decirnos.

Arrastra a Felipe hacia sus aposentos. En los claros corredores del pequeño castillo, grandes ramos de junquillos son como manchas de sol en la piedra rubia, alfombras de lana de vivos colores cubren el suelo. Fugazmente, mientras aprieta contra su pecho el brazo de su hermana, Felipe piensa en Juana, sola en el austero palacio de Alcalá de Henares. Recibe de vez en cuando, por Hallewin o Melun, algunas noticias. Ambos gentilhombres dan a entender que llora mucho, a menudo rechaza la comida y que adelgaza. ¿Qué puede él hacer? Las extravagancias de su mujer se vuelven contra ella misma y prefiere que se maltrate a sí misma antes de que le persiga.

El Viernes Santo, Philibert de Saboya, con fiebre, se ha acostado. El domingo de Pascua, Felipe cae a su vez enfermo. Como su estado se agrava al día siguiente, los médicos, inquietos, se relevan a su cabecera. ¿Acaso no se han detectado algunos casos de peste en Bourg? Pese a los cuidados, la fiebre sube y, durante más de una semana, el enfermo delira.

Por fin, cuando llega la primavera, los dos cuñados se encuentran mejor y Margot decide acompañarles a Pont-d'Ain, donde el aire fresco contribuirá a su restablecimiento. Ha orado y llorado tanto que sus colores y sus redondeces han desaparecido.

Mayo es delicioso a orillas del Ain. Desde la terraza del castillo, Philibert, Margarita y Felipe pasan largas horas jugando a las cartas, al ajedrez o escuchando música. Muy débiles todavía, ambos convalecientes no pueden cazar ni participar en las justas organizadas para distraer a los flamencos.

Felipe, cierta mañana, se aventura a dar un paseo con Margot alrededor del castillo. El viento despoja los manzanos de sus pétalos, los perritos de la duquesa juguetean a su alrededor. Dentro de unos días, si la salud del joven sigue mejorando, los flamencos reanudarán su camino hacia el Franco-Condado y Malinas.

−¡Mira −exclama de pronto Margot−, dos jinetes con la librea del rey de Francia se acercan!

La prisa con que se acercan ambos mensajeros hace presagiar importantes noticias.

Para conocer el contenido de la misiva con el sello de Luis, Felipe se ha sentado en un banco ante los estanques donde nadan cercetas y ánades. Inclinada sobre su hombro, Margot apoya su mejilla contra la de su hermano.

−¡Dios mío! −murmura Felipe.

En la carta, Luis XII comunica al archiduque Felipe, príncipe de Castilla, que los españoles mandados en Italia por Gonzalo de Córdoba han atacado en Ceresole a los franceses, matado al duque de Nemours y a gran número de soldados que confiaban en la paz firmada en Lyon. La misiva, lacónica, seca, es mordaz en su brevedad.

Pese a la fiebre que ha vuelto a apoderarse de él y las súplicas de su hermana y de los suyos, que temen los peligros que va a correr, Felipe se pone en camino hacia Lyon. La rabia, más que la humillación, le mantienen en la silla pese a su agotamiento. Sin cesar repasa en su memoria fragmentos de las conversaciones mantenidas con su suegro, los significativos silencios, las elocuentes expresiones de Fernando que revelaban su falsía. ¿Cómo no advirtió nada, cómo no lo comprendió? Convencido de su poder, ni por un momento imaginó que le engañaban. El odio que rumia a lo largo del camino no perdona a Juana. Que se quede en España hasta nueva orden; sólo se reunirá con ella como dueño cuando, muerta Isabel, podrá vengarse expulsando a Fernando de Castilla. Su suegro ha elegido la guerra y la tendrá. Pero cuanto más se acerca a Lyon el pequeño cortejo, más el furor de Felipe se convierte en confusión. ¿Cómo se justificará ante Luis? ¿Qué palabras deberá emplear que no le resulten demasiado humillantes?

Con las piernas temblorosas de fatiga, Felipe avanza con orgullosa seguridad. Nada en la mirada de Luis revela en qué estado de ánimo se encuentra el monarca. A su alrededor están sus consejeros, graves como otros tantos jueces. Felipe les mira brevemente y, de pronto, se sobresalta. A pocos pasos, dos gentilhombres castellanos parecen contemplarle con burlón desprecio.

–Adelante, querido primo –declara Luis–. Estamos aquí reunidos porque lo habéis deseado y no para tomar una posición cualquiera frente a los desgraciados acontecimientos que ya conocéis. –Luego, señalando un sitial a su lado–: Pero sentaos, estáis muy pálido.

–Sire, no descansaré sin haber defendido mi honor.

Felipe habla largo rato, expone las propuestas de paz de los Reyes Católicos, formalmente confirmadas ante él, afirma su confianza en sus propios padres. Sin decir palabra, el rey escucha. Por fin, Felipe calla, un sudor frío corre por su rostro, un vértigo le obliga a apoyarse en el respaldo de una silla. Jean de Luxemburgo y Antoine de Lalaing, su chambelán, corren para sostenerlo.

–Permitid, Monseñor, que me retire unos instantes.

Cuando Felipe expone por segunda vez su defensa ante el rey, el mismo silencio glacial le acompaña pese a una cortés atención. El reposo, demasiado breve, no ha atenuado su inmenso cansancio.

–He comprendido, querido primo –asegura Luis–, que os habéis dejado engañar por palabras tal vez menos explícitas de lo que pensabais. No habéis perdido mi confianza.

La sequedad del tono intensifica el malestar del joven. Fernando lamentará amargamente los momentos que está haciéndole pasar. Antes de que Felipe haya podido responder, se escucha la voz de uno de los castellanos:

–Sire, si deseáis tratar con mis señores, los Reyes Católicos, estamos aquí para representarles y de ellos tenemos patentes y poderes firmados por sus propias manos.

Rápidamente, el embajador extrae un pliego de su manga y lo tiende al rey. Ni uno solo de los consejeros se mueve. La asamblea, estupefacta, estudia el rostro del archiduque ante esta nueva afrenta.

El rey lee el escrito. Su mirada se demora largo tiempo en Felipe, que parece petrificado. Vuelve a plegar el papel, lo devuelve al embajador.

—Señor, sólo trataré con el archiduque, decídselo a vuestros soberanos. Sólo él tiene mi confianza. Ahora, regresad a Castilla, os concedo tres días para salir de mis reinos.

38

El sol de estío aplasta el castillo de Alcalá de Henares. A la hora de la siesta, tras las cerradas contraventanas, el aire es pesado, húmedo, está cargado con el olor de las hierbas secas, de agujas de pino que el calor aviva. Sola en su habitación, Juana, con la mirada perdida, observa la campiña donde nada se mueve, el horizonte del que parecen brotar pequeñas nubes redondas como otras tantas burbujas. En los jarros se marchitan las flores, desprendiendo un soso hedor a podredumbre. Durante semanas y meses la joven ha desafiado a su madre, esperando una carta que nunca ha llegado. Ahora está cansada. La inmovilidad del tiempo, el calor y el silencio han acabado con ella. Felipe la ha olvidado.

Juana se aparta de la ventana y se postra en los almohadones de seda que cubren el suelo. Isabel no tardará. Una vez más la joven se enfrentará con su madre, la abrumará, le hará pensar que la odia cuando las horrendas frases que tan bien sabe encontrar son, sólo, desesperadas llamadas. Isabel no lo adivina. Juana repasa su soledad de niña, sus reproches. Admiraba a Isabel, su hermana mayor, pero Isabel ha muerto, envidiaba a Juan y Juan ha muerto. Poco a poco, su entorno ha ido destruyéndose. ¿Cómo vencer la destrucción?

En el patio se atarean los servidores, adormilados todavía después de la siesta. «Mi madre», piensa Juana. La perspectiva de sus monólogos es tan irrisoria que Juana se sienta en la cama y se echa a reír.

La reina tiene los rasgos más tensos que las veces precedentes. Bebe ávidamente la copa de agua fresca que le tiende una dama de honor. En su lecho, Juana la observa con malevolencia.

–Dios mío –declara Isabel con una voz que pretende hacer tan alegre como le es posible–, ¿pretendes hacer penitencia viviendo en esta suciedad?

–Y, sin aguardar la menor respuesta, prosigue–: He venido a anunciarte que tu padre y yo nos ponemos, mañana, en camino hacia Segovia. No me verás hasta que termine el estío y tal vez, libre de mis consejos, podrás mesurar su justo precio.

Ante el obstinado silencio de su hija, Isabel prosigue tras un instante de silencio.

–Partirás hacia Medina del Campo, el castillo de la Mota es más fresco y más sano durante los grandes calores.

–¡Me quedaré aquí! –exclama Juana.

–Se han detectado casos de peste a pocas leguas y me niego en absoluto a que tu hijo pueda correr el menor riesgo. Una escolta vendrá a buscarte mañana, a primeras horas de la mañana. Fonseca te acompañará y dirigirá tu casa.

Con la cabeza inclinada de nuevo, Juana reflexiona. En el fondo, le importa poco estar aquí o allá. La Mota le gusta y el obispo de Córdoba es su único amigo en Castilla junto a su tío, el almirante.

Un largo instante de pesado silencio separa a ambas mujeres. Isabel busca las palabras. No quiere separarse de Juana sin darle un poco de esperanza.

–Pronto llegará el otoño, hija mía, pasaremos juntos el invierno y, en primavera, tal vez, podrás reunirte con tu marido.

Con los ojos relucientes de cólera, Juana se ha puesto en pie.

–¿En primavera, madre? Sólo me quedaré si me mantenéis prisionera.

–¿Quién habla de cárcel? Estás en tu casa, Juana.

Las lluvias otoñales destrozan los caminos, azotan los secos matorrales, impregnan los vestidos, se introducen en los carros, pero Juana no interrumpe su marcha. Hoy es sólo una joven enloquecida de pena que va a arrojarse a los pies de su madre. No se trata ya de lucha o desafío, sus defensas están destrozadas. Tres meses en la Mota han vencido su resistencia. Quiere regresar a Flandes, encontrarse con Felipe aun al precio de una humillante capitulación. Si su madre exige que se arrastre a sus pies, lo hará.

Juana tiene frío. Desde que tomó la decisión de reunirse en Valverde con Isabel, no deja de temblar. ¿Tal vez porque, destrozada su rebeldía, sólo queda ya en ella un inmenso vacío? La tan deseada soledad se le ha convertido en un peso insoportable y duerme noches y días enteros. Por la noche, durante la etapa, se mira en su espejo. ¿Es hermosa todavía? ¿Reconquistará a su marido? Las ligeras notas de su guitarra son como lágrimas. A veces,

sola, danza por su amor. Nadie la juzga, nadie se burla de ella, de sus ingenuas tentativas de seducción. ¿Qué ignora que las demás mujeres saben?

–Doña Juana, sois demasiado sumisa –insinúa Aicha–. A los hombres les
gustan las mujeres que les maltratan. La dulzura es un arma peligrosa, no
sabéis utilizarla.

No quiere escuchar ya a sus esclavas, la menor esperanza es sufrimiento.

–¡Ese viaje ha sido una locura, hija mía!

Isabel ha salido a su encuentro. La estrecha largo tiempo en sus brazos.
Juana no la rechaza, parece una muñeca de trapo.

–¿Cómo está el pequeño Fernando?

–Bien, madre.

La voz, neutra, alarma a la reina.

–Tienes frío, Juanita, acércate pronto a la chimenea.

Arrastra a su hija. En pocos meses ambas han cambiado. Una y otra parecen agotadas.

La alcoba de Isabel, en el castillo de Valverde, está forrada de roble. En
otoño, pesadas colgaduras detienen las corrientes de aire que atraviesan corredores y galerías; no hay mueble alguno sino los de uso inmediato. La reina pasa poco tiempo en ese gran edificio incómodo, que tiene ya varios siglos. Madrid está cerca y lo prefiere.

–Deseo quedarme a solas con vos –murmura Juana.

La reina despide enseguida a sus damas de honor; la joven cae de rodillas.

–Madre, dadme un caballo, uno solo, un barco, uno solo para llevarme
a Flandes.

Quiere añadir algunas palabras, pero su voz se ahoga. El brutal estalli-
do de los sollozos paraliza a la reina que se pone rígida. No debe caer en la
trampa de esa pena convertida en espectáculo.

Juana llora por su vida ante esa mujer hierática que se niega a ceder,
llora sus angustias, sus obsesiones, sus frustraciones, sus silencios. Las
lágrimas dicen: «Madre, os amo, amadme también», pero sólo el silencio las recibe. Entonces, la joven permanece postrada con el rostro entre las
manos.

–Levántate –dice simplemente Isabel– y hablemos con tranquilidad.

Pero Juana, sacudida aún por silenciosos sollozos, no se mueve. Renunciando a convencer a su hija, la reina se inclina hacia la encogida forma que
está a sus pies.

–¿Me oyes? Dios rechaza tus infantiles rebeldías y te pedirá cuentas por

175

ellas. Resígnate a obedecerle si tu fe en Él no es bastante fuerte como para hacerlo con gozo.

Isabel espera en vano un movimiento de la joven que le indique que está escuchando.

Lentamente, Juana levanta por fin a cabeza.

–¿Madre, por qué rechazáis que me reúna con mi familia?

–No puedes hacerte a la mar porque se acerca el invierno, ni atravesar Francia. Tu padre te lo explicará pronto, pues regresará enseguida.

Isabel contiene las palabras que pugnan por salir de sus labios. ¿Por qué destrozar a su hija que va ya a la deriva? Tiende los brazos, toma la mano de su hija.

–Felipe no ha llegado todavía a Flandes. Está en Innsbruck, con su padre.

Como en un vértigo, Juana imagina a Felipe en la Corte de Austria donde las mujeres tienen fama de ser tan hermosas como osadas.

–Sin duda el emperador le retiene por razones políticas. Antes de nuestra partida, el duque de Gueldre amenazaba con rebelarse contra la autoridad flamenca.

–Tal vez... –murmura Isabel–. ¿Quieres que cenemos juntas?

Juana no oye nada. Encogida en el sillón, su cuerpo es sólo dolor.

–Partirás en marzo, te lo prometo.

Al igual que su hija, a la reina le atenaza el sufrimiento.

39

Flanqueada por sus torres, la maciza puerta del Sablon se yergue ante Felipe y su escolta. El archiduque vuelve a contemplar la catedral de Saint-Rombault, los techos rojos de los conventos brillantes de lluvia, los dentados aguilones de las mansiones, y de nuevo le invade la emoción ante la suavidad, la armonía de su ciudad, que vuelve a contemplar tras más de dos años de ausencia. Para asombrar a sus íntimos y sus súbditos, se ha vestido de escarlata y de satén amarillo, a la castellana; lleva al costado una espada de damasquinado acero de Toledo y calza botas de cuero de Córdoba. Tras algunos meses pasados en Innsbruck, junto a su padre, Felipe tiene prisa por ver de nuevo a los suyos. La Gran Señora está muy enferma y, dada su edad, ha querido apresurarse para estrecharla en sus brazos.

Un chambelán abre la puerta de los aposentos de Margarita de York. Alrededor del lecho de su abuela, Felipe reconoce a la señora de Ravenstein que lleva de la mano a Leonor e Isabel. Carlos, con el sombrero en la mano, se mantiene muy erguido pese al fulgor de sus ojos que revela su alegría.

Conmovido hasta las lágrimas, el archiduque se inclina, recibe en sus brazos a sus hijos.

–Y yo, hijo mío, ¿no tengo derecho a uno de tus besos?

La anciana dama, apoyada en sus almohadones y con una manta de marta en las rodillas, ha adelgazado mucho. Felipe suelta las manitas que le sujetan, se dirige hacia su abuela y la besa en la frente.

–¡Por fin estás aquí! –murmura Margarita de York–. Ya puedo morir.

–Callaos –exclama la señora de Ravenstein–, estaréis todavía con nosotros cuando se celebre la boda de Carlos.

Furtivamente, Leonor desliza su mano en la de su padre.

–¿Y mamá? ¿Volverá pronto?

La noche está ya muy avanzada. Sentado en un sillón junto a su abuela, Felipe contempla la vacilante llama de la vela y no puede evitar pensar en la muerte. Vistiendo un camisón de tela blanca, tan sencillo como el de las religiosas, tocada con gorro de lino bordado con encajes, la anciana dama respira dificultosamente pero su mirada conserva toda la vivacidad. Con voz tan tenue que Felipe debe inclinarse para escucharla, cuenta esos dos años durante los que batalló por el bien del país, preocupándose sin cesar, con la ayuda de la buena señora de Ravenstein, por la salud y la educación de sus queridos biznietos. Dios la ha ayudado y, ahora, puede devolver a Felipe la pesada carga con la conciencia tranquila.

El reloj de la torre da la medianoche. Todo parece dormir en el inmenso edificio. La lluvia chorrea en los adoquines del patio.

–Me han dicho –murmura la anciana dama–, que sufriste mucho en Lyon por culpa de tu suegro.

–Abuela –interrumpe Felipe–, dejemos a un lado ese tema que evoca para mí muy ruines recuerdos. Don Fernando lamentará su traición. Mi padre me ha dado la seguridad de que tendré siempre su apoyo, cuando llegue para mí el momento de ocupar por fin el trono de Castilla.

Un acceso de tos seca interrumpe a la anciana.

–Ahora –prosigue con esfuerzo–, quiero hablarte de Juana. –A la luz de la vela, el rostro de Felipe parece convertido en piedra–: Debes reclamar que venga a Flandes.

–Abuela, cuanto más lejos está Juana de mí, mejor me encuentro.

–Escúchame hasta el final, hijo mío; luego me dejarás descansar y pensarás tranquilamente en lo que te he dicho. Hazle caso a una abuela que sólo desea tu felicidad, el lugar de tu esposa está aquí.

Con mano temblorosa, Margarita de York toma una copa y bebe un trago de agua.

–Es la esposa que Dios te ha dado, la madre de tus hijos; esta sola razón debería ser suficiente, pero hay otra, más determinante todavía.

La anciana dama advierte, en la mirada de su nieto, que está escuchándola atentamente.

–¿Has pensado que, si place a Dios llamar a Isabel a su lado, Juana sería una presa excelente entre las manos de su padre?

– A la muerte de mi suegra, Juana será reina de Castilla, y yo seré el rey.

–Eres demasiado confiado, Felipe. ¿Te has detenido a pensar que tu mujer, harta ya de ser mantenida al margen, podría vengarse de ti entregando el poder a su padre? ¿Qué podrías alegar entonces contra su decisión? Mientras siga en Castilla, representará para ti un peligro permanente. Su lugar está en Bruselas, a tu sombra y, Dios me perdone por decirlo sólo en última instancia, junto a sus hijos.

Con los ojos cerrados, la anciana dama parece reposar. Felipe se levanta sin hacer ruido y deposita un beso en su frente.

–Pensaré en ello, abuela, pero creo que Juana es incapaz de rebelarse contra mí.

–La mitad de una enamorada es la mitad de una infiel o de una perseguidora.

Pensativo, el joven mueve la cabeza. Tal vez su abuela tenga razón.

A la mañana siguiente, una carta destinada a Juana se confía a un hombre seguro, dispuesto a burlar la vigilancia de los Reyes Católicos. Felipe ha hecho un esfuerzo para emplear en su misiva palabras tiernas y ardientes que Juana no podrá resistir.

Antes de su partida hacia Bruselas, el joven va a besar a su abuela. La anciana dama apenas le reconoce, esboza una sonrisa que el monje arrodillado a su cabecera interpreta como una bendición. Felipe se recoge. Esa mujer moribunda, con la que ningún vínculo de sangre le une, ha sido para él una abuela siempre atenta, indulgente y tierna.

Llevando en la mano el despacho que anuncia la muerte de la Gran Señora, Felipe baja al patio donde flota el olor dulzón de las hojas que se pudren y las flores ajadas. El desnudo cenador recuerda a entremezcladas serpientes, el rincón donde Juana construyó su pajarera está vacío como el banco de piedra donde a su mujer le gustaba descansar en las tardes veraniegas. Su abuela tuvo razón al forzarle a llamarla, la ha dejado sola tanto tiempo...

El joven flanquea la casa de fieras, camina hacia el estanque. En el agua inmóvil crepita la lluvia, desollando la superficie gris. Aunque pronto será el soberano más poderoso de Europa, le invade una infinita tristeza.

40

—Un joven caballero, doña Juana, pide que le recibáis.

—Que vea a mi chambelán.

Juana se zambulle de nuevo en la contemplación del cielo invernal al otro lado de la ventana. Ha regresado a la Mota hace ya algunas semanas y, como una rebelde, a veces se niega a vestirse y a menudo a alimentarse. Afectuoso y risueño, sin embargo, el pequeño Fernando no consigue alegrarla. Ella le estrecha apresuradamente en sus brazos, con demasiada fuerza sin duda, pues el niño se debate y llora; luego lo devuelve a la nodriza.

—Sólo quiere veros a vos, doña Juana.

Renunciando a insistir, la dama de honor hace entrar al mensajero. Parece venir de lejos, probablemente de Flandes. Cuanto antes vea a la infanta, antes se marchará y su presencia en Medina del Campo podrá escapar a la reina.

—Señora, traigo un mensaje para vos.

Sorprendida al oírle hablar en francés, la archiduquesa se vuelve.

—¿De dónde venís?

—De Malinas, Señora.

Un brusco rubor sube a las mejillas de la joven.

—¿Habéis visto al archiduque?

—Monseñor en persona me entregó esta carta, Señora.

La mano de Juana tiembla, su corazón se acelera. A toda prisa intenta poner cierto orden en su peinado, oculta bajo el vestido los zapatos desabrochados. ¡Si Felipe se entera de que se abandona así, la reñirá!

Intentando sonreír, rompe el sello, desdobla la hoja que su mano sujeta con dificultad. Las palabras desfilan ante sus ojos. «Tu lugar está aquí, conmigo... Muy junto a mí..., recuerda nuestras noches...» Se domina para mantener la calma.

—Os lo agradezco. Encontraréis aquí toda la hospitalidad que queráis aceptar.

—Me marcho enseguida, Señora. ¿Deseáis entregarme un pliego para Monseñor?

Juana se muerde los labios.

—No, decidle al archiduque que me pondré en camino en cuanto me sea posible.

La alegría que ha estallado en ella la asfixia. En cuanto el mensajero ha salido, corre a su antecámara donde le aguardan las damas de honor.

—Comenzad a hacer el equipaje, requisad mulos y mulas de silla. Voy a escribir a Fuenterrabía, donde se quedaron nuestros carros. Los recuperaremos en cuanto hayamos pasado las montañas.

—Doña Juana, queréis decir...

—Sí, Marina, regreso a Bruselas.

Despeinada, con las mejillas inflamadas, Juana llama a las sirvientas, pide una pluma, tinta, papel.

La decoración que la rodea le parece ya extraña, cofres, sillas de cuero, colgaduras de terciopelo, el crucifijo y su rostro asolado por el sufrimiento. Está ya en camino.

Aunque no ha dormido en toda la noche, Isabel ha aguardado al alba para convocar a Fonseca. Sólo él puede convencer a su hija, persuadirla de que aplace su proyecto. Su estado de salud personal le impide apresurarse como quisiera, y las veinte leguas que separan Segovia de Medina le exigirían dos jornadas de viaje.

El obispo lanza una exclamación de sorpresa. Siente amistad por Juana, pero la joven le desconcierta siempre.

—Naturalmente —prosigue Isabel—, la infanta no puede lanzarse en pleno invierno por los caminos de Francia. ¡No debe abandonar la Mota por nada del mundo!

Ante las situaciones difíciles, la reina sigue mostrándose férrea.

—Salgo al instante, doña Isabel —afirma el obispo con voz tan tranquilizadora como le es posible—, y sin ninguna duda sabré hacer entrar en razón a Juana.

En la Mota, los preparativos de la partida están ya muy adelantados. De pie desde que ha amanecido, Juana da órdenes, vigila a su intendente, espolea a las damas de honor. Las mulas se apretujan unas contra otras en la fría brisa de diciembre, el pequeño Fernando, cálidamente abrigado, duerme en una cama de mimbre, cómoda para el viaje. Nerviosa, la nodriza reúne los efectos indispensables. El paso por las montañas será una pesadilla en esta estación y, si Dios no les ayuda, perecerán irremediablemente.

—Quiero estar en camino antes de que finalice el día —aúlla Juana a su intendente, desde lo alto de la galería.

El hombre masculla. La locura de la infanta les llevará al desastre. Compuesto por cinco mujeres, un niño de pecho y un puñado de sirvientes, el pequeño grupo será incapaz de pasar el Ebro, que baja crecido, y más aún los primeros contrafuertes de los Pirineos. Si se produce un incidente grave, tendrá que rendir cuentas a los Reyes Católicos, que no le perdonarán.

Ahora, Juana se apresura hacia las cocinas. Ella, a quien siempre ha dejado indiferente la dirección de su Casa, verifica las provisiones con mirada experta, cuenta las jarras de vino y de aceite, los sacos de grano, los toneles de tocino salado dispuestos a ser cargados en los muros y, luego, rápida como el viento, vuela hasta su alcoba, donde Fatma y Aicha terminan de hacer el pequeño baúl donde se amontonan joyas y encajes, el retrato de Felipe, el reloj de Maximiliano. Con los rostros tatuados marcados por el miedo, sus dos esclavas no protestan. Dentro de unas horas la noche y el viento van a tragárselas, nada podrá ya protegerlas de los demonios, de los espíritus errantes, de todos los sortilegios malignos.

El obispo de Córdoba se acerca a la Mota, cuyos altos muros almenados se recortan en la luz, declinante ya, del atardecer. A la distancia en que se encuentra, todo parece tranquilo, no se distingue ningún soldado en el camino de ronda, ninguna ida o venida sobre el puente levadizo. Sin duda la reina se ha preocupado inútilmente. Tras haber mesurado la inanidad de su proyecto, Juana, resignada, debe de leer alguna novela de caballería en su alcoba.

Mientras trota en su mula, Fonseca piensa en la infanta a la que ha aprendido a conocer durante su estancia en Flandes y, luego, en su travesía de Francia. Púdica y orgullosa, no sabe abrirse a los demás, ignora las palabras de complacencia o, incluso, las de simple cortesía, pero su casi desesperada búsqueda del amor la hace parecer patética a quien quiere concederle un momento de atención. El viejo eclesiástico recuerda las miradas, mudas llamadas a un esposo que no las comprendía nunca, las encantadoras atenciones que siempre pasaban desapercibidas. No puede olvidar el valor de la muchacha enfrentándose a la pretenciosa ironía de las hermosas damas de la corte de Francia, su decisión de no doblegarse. Sí, Juana es un poco su hija y se dirige hacia ella no para reñirla sino para aconsejarla como un padre.

Ante el puente levadizo hay apostados algunos guardas. Ahora, Fonseca percibe cierta agitación en el patio. Hombres y mujeres van y vienen alrededor de un gran número de mulos albardados.

–¡Por Cristo –murmura el obispo–, doña Isabel tenía razón!

–¡Monseñor, Monseñor!

El chambelán de la infanta corre a su encuentro. Fonseca descabalga, se recoge el hábito para apresurarse mejor.

–Doña Juana ha ordenado que nos pusiéramos en camino. ¡Dios os bendiga! Llegáis a tiempo para impedir este absurdo.

Tan trastornado está el castellano que tartamudea. Con un gesto, Fonseca le tranquiliza.

–Hablaré con ella, me escuchará.

Cuando el obispo se dirige hacia la puerta que da al vestíbulo de honor, aparece Juana vistiendo ropa de viaje. Viendo a su viejo amigo, se inmoviliza enseguida, tensa como una bestia que olfateara el peligro.

–Querida hija, vengo de Segovia para hablar con vos.

Fonseca ha adoptado el tono más untuoso posible.

–Nuestra entrevista será corta, padre –replica Juana secamente–; me voy.

–De este proyecto he venido a hablaros, doña Juana. ¿Podemos entrar un momento?

–De ningún modo. Las mulas están cargadas, mi escolta lista, me aguarda y no quiero retrasarme.

Fonseca se asusta. De pie bajo el helado viento, en medio de un grupo de curiosos que no se pierde ni una sola de sus frases, tendrá que hallar en el acto argumentos convincentes.

–Doña Juana –aventura–, no sois razonable. La noche caerá pronto, ¿dónde encontraréis posada? Aguardad al menos hasta mañana por la mañana.

–Me voy ahora mismo.

Levantando el bajo de su falda, la joven quiere alejarse cuando Fonseca, vivamente, la toma por el brazo.

–Quedaos, doña Juana. Es un consejo de vuestro amigo y una orden de vuestra madre.

Los ojos de Juana relampaguean.

–Mi madre no tiene poder alguno sobre mí. Bastante he soportado ya su despotismo.

–Vuestra madre piensa sólo en vuestro bien, hija mía. No tenéis derecho a juzgarla así.

Brutalmente Juana se suelta. Nunca Fonseca había visto a la joven tan impetuosa y violenta.

—Regresad a vuestros aposentos, doña Juana —ordena, glacial a su vez—. Tenéis un hijo de corta edad y servidores que no pueden sufrir las molestas consecuencias de vuestras locuras.

—¡Partiré!

El obispo lanza una mirada a su alrededor. Muleros, criados, sirvientas, damas de honor, todos le observan boquiabiertos

—No, hija mía, no lo permitiré. Estáis en un error imaginando que Monseñor, vuestro esposo, exige los insensatos riesgos que os disponéis a correr. Estoy convencido de que los condenaría, como lo hacemos vuestros padres y yo.

—Os prohíbo que habléis en nombre de mi marido —grita Juana—. Sé mejor que nadie lo que desea.

Pese a la acerba brisa, el obispo de Córdoba suda. La reina le ha confiado una misión muy desagradable.

—Sois demasiado orgullosa, hija mía, y Dios no tolera que le desafiéis a través de su siervo.

Juana siente que Fonseca le trata como a una enemiga. Puede devolver golpe por golpe.

—Dios, padre, protege a las esposas y a las madres, defiende a los oprimidos.

—Obedeced, Juana —dice con dureza el obispo—, o me obligaréis a utilizar la fuerza.

Juana suelta una risa, una risa burlona, ácida.

—Padre, sois un anciano sin vigor ni poder. En la Mota mando yo. ¡Apartaos de mi camino!

Tan rápidamente que Fonseca no ha podido prever el gesto, Juana le rechaza y se dirige presta hacia la puerta de la muralla.

—¡Que salgan las mulas! —grita.

La joven tiembla de indignación.

—¡Bajad el rastrillo! —aúlla Fonseca.

Juana llega ante la puerta cuando la pesada reja cae ante ella. Se vuelve como una loca.

—¡Ordeno que levéis el rastrillo!

Nadie se mueve. Entonces, como una bestia agonizante, la joven gira sobre sí misma. Luego, con los dedos aferrados a los barrotes, cae y permanece inmóvil. Lívido, el obispo de Córdoba se acerca.

—Levantaos, hija mía.

—Haré que os ejecuten, ¡salid de aquí!

Fonseca retrocede. Ahora, Juana se ha puesto en pie de un salto.

–¡Salid, id a decir a mi madre que la odio!

La archiduquesa se dirige a él tan amenazadora que el obispo retrocede de nuevo. ¿Se atreverá a levantar la mano contra un hombre de Dios? Rápidamente, da media vuelta, se aleja corriendo con la mirada de Juana clavada, como un arma, en su espalda.

Entonces la joven vuelve hacia el rastrillo. Lejos, muy lejos, Felipe la espera y ahora le impiden arrojarse en sus brazos. Unas lágrimas escasas, ardientes, corren por sus mejillas. Suavemente ahora, se agarra a los barrotes, se deja caer al suelo, cierra los ojos mientras el viento arranca su velo, esparce sus cabellos.

Cae la noche. Desde hace tres horas la joven no se mueve y nadie se atreve a acercarse. Las mulas han vuelto al establo, en los aposentos se alinean los cofres. Sólo permanecen fuera, junto a Juana, la guardia y las dos esclavas agachadas, silenciosas, envueltas en sus mantos de lana.

El alba llega y Juana sigue sin moverse. La señora de Hallewin y su confesor acuden para suplicarle que entre, pero ella les ignora. Su cuerpo es ahora ligero, la espantosa pesadumbre se disipa poco a poco, a veces dormita, sueña que es un pájaro planeando sobre Sierra Nevada. Granada, como un joyel, resplandece de sol a lo lejos, en el valle. Va a descansar en el patio de los leones, donde las fuentes han lavado desde hace años y años todas las penas, todas las desilusiones de los hombres. Sus dedos crispados en los barrotes son insensibles al frío, pero pronto Felipe los acariciará con los suyos, los calentará, los besará. Ella se agarrará a él suplicándole que no se separen ya nunca.

Ahora el sol está en su cenit, un pálido sol que calienta poco. Juana ha soltado la reja. Su cuerpo, encogido sobre el enlosado, parece un pájaro muerto, y cuando los señores de Hallewin y de Melun la toman por los brazos, no opone resistencia alguna.

A dos pasos del rastrillo, el guardián abre la puerta de su garita. Los dos gentilhombres introducen a Juana, la depositan en un sillón de enea junto a la chimenea, ordenan traer un brasero y una manta.

–Que no me lleven al castillo, me quedaré aquí.

–Sí, doña Juana.

Entonces Juana, que parecía adormecerse, abre los ojos.

–Estoy detenida, ¿verdad?

La voz apenas es audible.

–No, Señora.

–Soy prisionera, Melun, escribídselo a mi marido.

41

Hace tres días que Juana se niega a abandonar la garita del guardián. Ni su tío, el almirante de Castilla, ni Jiménez de Cisneros, enviados por Isabel, han conseguido hacerla ceder. Afirma que es prisionera y permanecerá donde la han detenido. Aterrada por el retrato de Fonseca, la reina se ha puesto a su vez en camino. En la ruta que une Segovia con Medina del Campo, su litera traquetea mientras, incansablemente, busca las palabras que puedan doblegar a su hija, terminar con el escándalo. El tiempo de la rigidez, de las vagas promesas ha concluido ya y, ahora, debe comprometerse a una fecha de regreso. En primavera Juana se hará a la mar. Ha ordenado ya que se fleten unos barcos a finales de marzo, ha enviado un correo a Bruselas para informar a Felipe de las consecuencias de su desafortunada carta.

Pese a los almohadones sobre los que se apoya y a las mantas que la envuelven, Isabel no siente bienestar alguno. Por las entreabiertas cortinas ve desfilar pueblos, campiñas y pastos rodeados de muretes de piedra, bosques de robles o pinos, carrascales donde crece el tomillo y el romero y su corazón se llena de infinta ternura. Aun muerta, su espíritu permanecerá en esta tierra, atento a su felicidad.

Medina no está ya muy lejos. Isabel ha hecho el camino con tanta frecuencia que cada detalle le es familiar.

—Majestad, un pliego del señor de Hallewin.

Como Isabel no aguarda nada bueno procedente de su hija, no se apresura a leer el escrito que le tiende un caballero. Quiere gozar por un instante todavía la felicidad que le proporciona la visión de la campiña invernal, de su querida villa que se perfila ahora tras los viñedos.

«Majestad —escribe el señor de Hallewin—, la Señora archiduquesa no desea vuestra presencia en la Mota. Debéis perdonarle tal incongruencia pues está muy trastornada por los acontecimientos que vuestra Majestad conoce.»

–No vamos ya a la Mota sino a la Casa Real –ordena la reina a su chambelán.

Descansará un instante antes de subir, esta misma tarde, a la Mota, lo quiera Juana o no.

–¡Idos –aúlla Juana–, partid!

Isabel permanece inmóvil en el umbral de la casita. En la penumbra, distingue a su hija junto a la chimenea y, en un rincón, el guardián y las dos esclavas.

–Me quedaré sólo el tiempo necesario para hacerte entrar en razón, hija mía. En cuanto hayas regresado a tus aposentos, me iré.

Resueltamente, Isabel cierra la puerta a sus espaldas mientras el guardián se apresura a ofrecerle una silla.

Acurrucada en su sillón, la joven no deja de mirar a su madre. La reina se acerca con pasos lentos, se instala en el incómodo asiento.

–He venido como madre, como amiga.

–Dejad de intentar ganarme para vuestros fines con pequeños halagos que no pueden ya engañarme.

Controlando su irritación, Isabel prosigue:

–He escrito a Felipe diciéndole que te harás a la mar en abril. ¿Estás satisfecha?

–No os creo. No habéis dejado de mentirme y mi marido no confiará en vuestras promesas. Cien veces me ha dicho que dudaba de vuestras buenas intenciones para con nosotros, que os consideraba una adversaria.

–¡Cállate, divagas!

–Madre, conozco lo que se oculta bajo vuestras atenciones. Sin duda me consideráis una boba que no ve ni comprende nada, pero desde que llegué a España no he dejado de escucharos, de observaros. Odiáis a Felipe y me consideráis algo sin importancia.

–Jamás –balbucea la reina.

Con la misma voz helada, Juana prosigue:

–Y habéis cometido un grave error de apreciación, pues Felipe y yo estamos decididos y somos solidarios.

–¡Cállate! –ordena Isabel.

–Bastaba con dejarme partir si no queríais escucharme. Felipe será rey de Castilla y ambos gobernaremos con total inteligencia, pues nos amamos.

187

–¿Sabes acaso lo que es el amor, pobre hija mía? El amor es caminar como yo junto a un hombre, y tú te arrastras a los pies de Felipe.

–¡Si mi padre os hubiera amado como afirmáis, no habría tenido tantas amantes!

Un súbito rubor sube a las mejillas de la reina. Juana no tiene derecho a pronunciar esas palabras, las únicas que pueden humillarla todavía.

–¡Te prohíbo que me hables así!

Lívidas, ambas mujeres permanecen frente a frente.

–¡Marchaos! –susurra Juana.

Está trastornada. Un instante más y podría derrumbarse, tomar la mano de esa anciana enferma para besarla.

Dignamente, la reina sale sin darse la vuelta.

–Regresamos a Medina –ordena a la dama de honor que ha corrido a su encuentro–, y mañana iremos a Segovia. Que mi hija reciba todas las atenciones necesarias. Volveré a la Mota, con don Fernando, en Navidad.

La reina se enfrenta a Cisneros. Tres semanas le han sido necesarias para recuperarse de la horrible escena, pero ahora está dispuesta a regresar a la Mota. El ministro aprieta los labios. Aterrado por el rostro de su reina, marcado por la pesadumbre cuando regresó de Medina, ha escuchado, asustado, jirones de confidencias. Al insultar a su madre, la infanta ha ultrajado a Dios.

–Sois demasiado generosa, doña Isabel. Esta muchacha sólo merece desdén.

–Cisneros, Juana está enferma, enferma de amor si esta palabra puede significar algo, pero mi pobre pequeña curará, y tal vez más deprisa de lo que cree.

188

42

Al poner el pie en tierra flamenca, la emoción y la excitación asfixian a Juana. Apenas una nube oscureció su felicidad al enterarse de la muerte de la Gran Señora. Logrará que Felipe olvide su pena entre un diluvio de goces.

Desembarca en primer lugar, seguida por tres damas de honor heladas por el viento marino, escudriña los muelles aguardando la mancha de los estandartes ducales o los sones de una trompeta indicándole la presencia de Felipe. Pero, a excepción del grupo de gentilhombres acompañados de sus esposas, Juana no ve nada. La larga soledad española y, luego, la travesía, le han dejado tiempo bastante para pensar en la situación en que se encuentra. La joven confiesa por fin sus errores y jura no recaer. Ha leído y releído la nota de Felipe, descubriendo en cada palabra un sentido oculto. La ama y, tras meses de silencio, reconoce finalmente que no puede vivir sin ella. El papel, arrugado, permanece junto a su corazón, chispa de amor luminosa y cortante como un diamante, que ella acaricia furtivamente.

—Monseñor no ha podido venir, Señora, os aguardará en Coudenberg.

—Entonces, partamos enseguida.

Chimay y Veyre, el nuevo favorito, observan a hurtadillas a Juana. El fulgor de la mirada acentúa la palidez del rostro. La archiduquesa ha adelgazado mucho. Se muerde los labios sin cesar o sonríe con patética sonrisa.

—¿Cómo están mis hijos?

La idea de ver de nuevo a Leonor, Carlos e Isabel la intimida. ¿Van a reconocerla? ¿Qué les dirá? En sus baúles ha traído algunos regalos: muñecas de trapo, un caballo de madera esculpida, enjaezado a la moda árabe, vestidos castellanos, un hermoso retrato de su hermano menor, Fernando, que se ha quedado con sus abuelos.

Una yegua baya, adornada con borlas de seda rosa y amarilla, aguarda a un extremo del muelle.

En cuanto sale del burgo, Juana observa la campiña circundante. En los años, nada ha cambiado. Vuelve a ver, con intacta admiración, los grandes pueblos limpios y acomodados, las granjas al final de largas avenidas de majestuosos álamos, la línea recta de los canales por donde se deslizan barcazas cargadas de madera, de forraje, de balas de lana.

–Sufrimos una sequía, Señora –explica Chimay–. Desde finales de febrero el cielo nos niega la menor lluvia.

Juana busca una palabra adecuada para mostrar su interés por los campesinos, pero no la encuentra y, a falta de algo mejor, pronuncia algunas frases banales.

–Pronto nos detendremos para un primer descanso –indica Chimay en camino.

–Pero es muy pronto –protesta la joven–, podemos seguir algunas horas todavía.

–En Bath todo está dispuesto para recibiros, Señora.

–Sigamos adelante –se empecina Juana.

Sorprendidos, Vernes y Chimay se miran. Tendrán que enviar mensajeros, suspender las recepciones, anular las ceremonias. Decididamente, la estancia en Castilla no ha cambiado a la archiduquesa ni ha hecho desaparecer sus caprichos.

–En ese caso, Señora, no puedo garantizaros un lecho honorable.

Juana sonríe.

–Dormiré en un establo si es necesario. ¿Acaso Nuestra Señora la Virgen María no lo hizo antes que yo?

Sólo cuando cae la noche la archiduquesa acepta detenerse. Un cura de pueblo pone su presbiterio a disposición de la Señora y sus gentilhombres. Sentada en un taburete, junto al hogar, Juana devora una tortilla con tocino, unas manzanas apergaminadas, confitura de arándano, bebe vino de Mosela. Ningún alimento le parece más exquisito. Dentro de dos días estará en brazos de Felipe. Por la noche, acurrucada en su lecho, contempla las brasas que van consumiéndose. Ha recibido crueles heridas, pero ha salido vencedora de su encarnizado combate.

Cuando el viento del norte hace crujir las ramas del pino que domina con su gran copa el techo de la casita, Juana piensa en su madre. Al embarcar, mostraba ya el rostro de una muerta. Pese a sus violentas querellas, ambas mujeres se habían abrazado como si, en ese instante postrero, sólo un inmenso cansancio sobreviviera de todos sus desacuerdos.

—¡Dios te bendiga! —había dicho Isabel.

Y con el dedo, como cuando era una niña, la reina había trazado una cruz en la frente de su hija. Para no dar a entender que había capitulado, Juana se puso rígida, pero aquella mujer, reuniendo sus fuerzas para mantenerse de pie, hacía nacer en ella un extremado orgullo filial. La víspera de la partida, Fernando la había visitado en su alcoba. Siempre sarcástico, vivaz, relajado, no le había hecho reproche alguno por su partida ni tampoco le había sermoneado por los terribles momentos de la Mota. Habían bebido, alegremente, un vaso de vino mientras comían pasteles de miel. El cielo, sobre el océano, parecía respirar espuma para llevarla soplando hasta el firmamento. Entonces, Fernando había tomado las manos de su hija.

—Gracias por dejarnos a nuestro nieto. Da a la reina sus últimos instantes de felicidad.

—Madre no está bien, ¿verdad?

Fernando había movido negativamente la cabeza.

—Los médicos están intranquilos, pero tu madre les sorprende por su resistencia. Sólo la muerte le hará soltar la pluma. Si el Señor quisiera llamarla a su lado, concede sólo el privilegio de gobernar Castilla a quienes la aman realmente. Sé su reina y conserva a Cisneros junto a ti.

—Padre, a vos os quisiera a mi lado.

Antes de salir, Fernando añadió gravemente, espaciando cada palabra:

—Recuerda bien tu promesa, Juanita. Tal vez otros intenten que la olvides.

En la calidez del lecho de plumas, la frase de su padre resuena en el espíritu de Juana. Sabe desde hace mucho tiempo que Felipe y Fernando no se aprecian, pero está segura de que, una vez su marido sea rey de Castilla, respetará los consejos de su suegro; los tres gobernarán en buena armonía.

—¡El Archiduque, Señora!

Chimay ha anunciado la noticia con voz alegre, feliz por haber llegado al final de su aburrida misión. En las riendas, las manos de Juana tiemblan, sus ojos se llenan de lágrimas. Los veintiocho meses de vida solitaria parecen ya una nadería, Felipe está ahí, ante ella.

—¿Has tenido buen viaje, Juana?

La joven, devorando a su marido con los ojos, no presta atención alguna a la trivialidad de las frases de bienvenida. Felipe está transformado. Su modo de vestirse, la expresión de su mirada han cambiado.

—Te he esperado mucho tiempo —responde ella simplemente.

A su alrededor, todos acechan una actitud, una palabra de los esposos.

Felipe encuentra a Juana delgada, pálida, marchita. Sus ojos han conservado el fulgor huraño, su sonrisa la tensión. Para escapar de las miradas que le escudriñan el joven pone a paso lento ambas monturas, que avanzan, una junto a otra, seguidas por todo el cortejo. Decepcionada por un encuentro tan contrario a lo que esperaba, Juana marcha en silencio. Sin duda Felipe aguarda la intimidad de su alcoba para demostrar su gozo.

Desnuda en abril, la campiña parece más llana todavía. De vez en cuando un bosque, un viñedo, un estanque se destacan sobre la tierra que el sol poniente mancha de luz y sombra. A lo lejos, siguiendo el curso de un canal, capas de neblina flotan sobre los prados flanqueados por los sauces.

En Coudenberg, Leonor, Carlos y la pequeña Isabel aguardan a su madre. La señora de Ravenstein les ha recomendado mil veces que festejen afectuosamente a esa dama de la que sólo Leonor conserva algún recuerdo. La pequeña, que va a cumplir seis años, tuvo la noche pasada un agitado sueño. Intentó con todas sus fuerzas recordar los rasgos de su madre, los auténticos, no los del retrato colgado en la galería, intentó escuchar de nuevo su voz. Pero cuando estaba a punto de conseguir su objetivo, todo se disolvía y las lágrimas acudían a sus ojos. Ahora, vestida de terciopelo azul cielo y encajes, con el corazón palpitante, Leonor aguarda en la antecámara junto a Carlos e Isabel, que no pueden estarse quietos.

—¡La Señora archiduquesa! —ladra el escudero.

Los niños se inmovilizan. Isabel coge la mano de su nodriza con los ojos muy abiertos. Tras los señores de Veyre y Chimay, Leonor distingue sólo la esbelta silueta de su padre.

—Haced una reverencia, niños —ordena la señora de Ravenstein.

Se inclinan las espaldas, pero las cabezas se levantan enseguida para mirar a la mujer que aparece ante ellos.

—¿No me dais un beso? —dice

Intimidada, Isabel se refugia en brazos de su nodriza; Carlos, boquiabierto, permanece quieto con el sombrero en la mano. Sólo Leonor da un paso hacia adelante, como una autómata, presenta su frente para que la besen, retrocede enseguida. Juana se siente desamparada. Hace meses que languidecía a causa de sus hijos, imaginaba su recíproca felicidad. Los forzados saludos que recibe son una decepción demasiado cruel. Nadie parece feliz de volver a verla. Balbucea:

—Tengo juguetes para vosotros en mi equipaje.

Y, como el silencio se le hace demasiado insoportable, se vuelve y anuncia a su primera dama de honor:

—Voy a mis aposentos.

Felipe ha tomado a Carlos en sus brazos, Isabel y Leonor se estrechan contra él.

—Me reuniré allí con vos —asegura a regañadientes.

La puerta se ha cerrado tras el archiduque. Por las ventanas se distinguen las antorchas y linternas que los habitantes de Bruselas han encendido para festejar el regreso de su soberana.

—Mira —murmura Felipe—, hoy eres la dama de su corazón.

Se acerca a la ventana, contempla las luces que brillan en la noche.

—¿Estás contento de verme?

—¿Y tú?

Entonces la joven se abandona, abre los brazos, se estrecha contra ese hombre tan ardientemente amado.

—He vivido estos dos años sólo por la esperanza de este instante.

Juana toma las manos de Felipe, se las lleva a los labios; suave pero firmemente el joven las retira.

—Juana, has hecho un largo viaje, sólo he venido a desearte buenas noches.

43

Tras el despecho, la inquietud y, luego, el odio se han apoderado del corazón de Juana. Junio ha llegado con un cielo inmutablemente azul que desespera a los campesinos, largas veladas tranquilas en los jardines de Coudenberg embalsamados con el aroma de madreselvas y alheñas en las que pululan mariposas e insectos. Cada jornada, cuando cae la noche, Juana, sentada junto a la gran pajarera, repasa inquietudes y sospechas mientras las golondrinas se persiguen con estridentes gritos. Debe descubrir la verdad. Tiene la certeza de que, en su propio palacio, una mujer se burla de ella, la ofende, se ríe de la esposa en el lecho del esposo. ¿Por qué se entrega su marido a este juego, desea que se vuelva loca?

Juana abandona su banco, obligando a las dos damas de honor que cotilleaban junto al estanque a interrumpir su conversación para seguir a una dueña a la que no respetan.

Cuando recorre la galería para llegar a sus aposentos, una muchacha de cabellos rubiorrojizos, caminando con los ojos bajos, pasa por su lado. Sin saber por qué, escudriña a la desconocida, fascinada por su frágil y ambigua belleza.

—¿Quién es?

La dama de honor murmura:

—La baronesa Béatrice de...

Mientras las damas del séquito se miran conteniendo la risa, Juana apresura el paso, llega a sus aposentos, convoca a la señora de Hallewin.

Avisada del mal humor de la archiduquesa, la anciana dama adopta un aire meloso, adecuado para calmarla.

—¿Qué hace esta recién llegada en mi casa?

La señora de Hallewin vacila antes de mostrarse extrañada. Si su conciencia de cristiana no puede aprobar la relación del archiduque, su corazón de madre se alegra viendo feliz a Felipe.

—Esta joven es la viuda de un barón zelandés, emparentado con los Chimay. Su tío y su tía le invitaron a Bruselas.

—Que se vaya hoy mismo, no deseo su presencia aquí.

La señora de Hallewin se obliga a reír, pero el tono de la archiduquesa no puede tranquilizarla.

—Ésa sería una decisión arbitraria y desafortunada; la dama es muy estimada en Coudenberg.

Con el rostro endurecido, Juana da media vuelta.

—¿Estimada por quién? ¿Por Felipe?

La baronesa no se atreve a decir palabra. Desesperadamente se vuelve hacia la primera dama de honor, que sacude negativamente la cabeza, reacia a llevar más lejos la discusión.

—Señora —aventura por fin la señora de Hallewin—, ¿cómo podéis alimentar semejantes sospechas?

La avalancha de palabras que caen sobre ella deja inmóvil a la anciana gobernanta de Felipe. Juana la acusa de corromper a su marido, de proporcionarle mujeres para ofenderla. El tono aumenta; con las mejillas inflamadas, la archiduquesa vierte su acritud, sus obsesiones, un aflujo de emociones que a la señora de Hallewin le parecen de una horrenda mezquindad.

Juana siente la hostilidad. No puede soportar ya ser juzgada siempre, criticada siempre. Su rencor se dirige ahora a Felipe, a sus amigos, a quienes desde el día de su boda la han mantenido al margen, pisoteado. Por fin, con los nervios deshechos, agotada, calla.

—¡Salid! —murmura—. ¡Salid todas inmediatamente!

—Aicha —suplica Juana—, dime la verdad.

La esclava trae un bol de limonada perfumada con flor de azahar. Tendida en unos almohadones, la joven recupera poco a poco la calma.

—Sólo los locos creen poseer la verdad.

—Te lo ruego —suplica Juana—, Fatma y tú sois aquí mis únicas compañeras.

Las manos tatuadas con alheña, que parecen arañas en la penumbra, vierten lentamente un hilillo de miel en una cuchara de plata.

—Dama Béatrice os quiere mal —articula por fin la esclava, en su castellano con ronco acento de Granada—. Pero puedo hacerle un hechizo.

—Felipe es su amante, ¿verdad?

—No lo sé –protesta la vieja–, pero da mal de ojo.

Juana toma la copa, bebe lentamente. Ha tomado una decisión, actuará. Ha pasado ya el tiempo de la conciliación, de la sumisión. Cuanto más inclina la cabeza, más la injuria Felipe.

—¿Dónde está esa mujer? –pregunta.

El tono demuestra que la pregunta es una orden. Aicha murmura:

—Se divierte con las damas de honor, en el salón italiano.

Arrojando la taza, Juana se levanta.

—¿Adónde vais, ama?

La joven no responde. Del cofre donde se guardan los trabajos de bordado, toma unas tijeras, se las mete en el bolsillo.

—Péiname, cálzame, perfúmame.

Exigirá cuentas a la desvergonzada como una archiduquesa.

En el salón italiano las mujeres, liberadas de su servicio, ríen, juegan a las cartas o a los dados. Béatrice, dueña ya del lugar, ha hecho disponer en la encantadora estancia, decorada con cristales venecianos, inmensos ramos de flores, una mesa en la que hay bebidas y pasteles. Felipe entra a veces, se detiene un instante para aprovechar la armonía, la alegría que su amante sabe tan bien prodigar.

Los músicos acaban de entrar en el salón cuando la archiduquesa penetra a su vez, deteniendo en seco las conversaciones, inmovilizando los gestos. Sólo Béatrice no lo ha advertido. Junto a una ventana, lee la nota que Felipe acaba de hacerle llegar.

Sin ver a nadie más, Juana corre hacia su enemiga. Tan repentinamente que Béatrice no ha podido impedirlo, tiende la mano y coge el pedazo de papel.

—Dejadme leer esa interesante misiva.

Pero la muchacha se sobrepone y, tan rápidamente como su adversaria, recupera de nuevo la carta, la arruga, la encierra en su mano.

—Me pertenece, señora. Nadie más que yo puede conocer su contenido.

—¡Dádmela! –aúlla Juana.

Convertidas en estatuas, las damas de honor permanecen inmóviles, ninguna tiene el valor de enfrentarse con la furia en que se ha convertido su soberana. Con los ojos clavados en los de Juana, como para burlarse mejor de ella, Béatrice se lleva el papel a la boca, lo mastica, se lo traga.

Entonces Juana pierde el dominio. Saca las tijeras de su bolsillo, agarra a manos llenas la espléndida cabellera y la emprende a tijeretazos, hiriendo a Béatrice que grita sin osar defenderse.

–Pronto, pronto –ordena la señora de Hallewin a una dama de honor–, ¡id a avisar al archiduque!

La sangre corre por el rostro de su enemiga pero Juana no ceja. El cráneo está ya medio rapado.

La puerta se abre brutalmente. Como un loco, Felipe se precipita hacia ambas mujeres, coge a Juana por el brazo. Béatrice solloza. De sus admirables cabellos sólo quedan ya algunos mechones hirsutos. Manchado de sangre, lo demás yace en el suelo.

Pálido, el archiduque aparta a su mujer, la empuja violentamente contra la pared. El furor de Juana ha desaparecido. Ahora tiene miedo.

–¡Estás loca –rechina–, loca de atar!

Apoyada en la pared, la joven no se mueve mientras su marido la insulta, buscando las palabras más crueles, las más hirientes.

–¡Échala! –solloza–. Haré lo que quieras.

Pero, con puño de hierro, Felipe agarra de nuevo su brazo.

–¡De rodillas –ordena–, pídele perdón!

–¡Nunca!

Su honor ha sido herido. Una infanta de Castilla no puede humillarse ante una puta.

–¡Nunca! –aúlla de nuevo.

Entonces Felipe la golpea al azar en la cabeza, brutales golpes que hacen vacilar a la joven antes de dejarla inerte en el suelo.

–Ya basta hijo mío –murmura la señora de Hallewin–, el castigo es suficiente.

Felipe tiembla de rabia.

–¡Lleváosla de aquí y que no vuelva a verla!

Luego, con gestos dulces de nuevo, toma en sus brazos a Béatrice, la acuna, la estrecha contra su pecho.

44

Bajo el sol de julio la campiña es árida. En los vergeles, los árboles sedientos no dan fruto, el heno es raro, la avena escasa. En Coudenberg circulan, cada vez más precisos, los rumores de una reanudación de las hostilidades contra el duque de Gueldre. Ese pequeño país, separado de Brabante por el Mosa, no deja, bajo la autoridad del duque Charles d'Aiguemont, de levantarse contra Austria. Maximiliano, que ha luchado solo a menudo, cuenta hoy con su hijo para ayudarle y terminar de una vez por todas con el sedicioso. Felipe vacila. Espera día tras días noticias procedentes de Castilla. Si Isabel muriera, sería un momento inoportuno para comprometerse en un conflicto.

Tras la humillación recibida, Juana deliró durante días. Echó a todas las flamencas para no mantener a su servicio testigo alguno de la horrible afrenta sufrida. Rodeada de tres ancianas castellanas y por sus dos esclavas, consigue bastarse por sí misma. Se sirve en los platos que le presentan, cose sus encajes, pule sus joyas. Juana no ha vuelto a ver a Felipe salvo en las ceremonias oficiales. Sabe que le ha perdido pero, aun al precio de los más insoportables sufrimientos, no le presentará sus excusas. La muerte brutal de su amor la deja insensible, aterrorizada, más salvaje todavía. Se niega a recibir a sus hijos, segura de que han sabido por boca de su padre o de alguna sirvienta su deshonor.

Con el tiempo, Juana se asfixia entre las paredes de sus aposentos. Siente que debe reaccionar para no volverse loca, llama de nuevo a sus hijos. Abre otra vez las ventanas, baja a su parque.

A finales de agosto, llueve por fin. Los curas hacen cantar Te Deum mientras las procesiones se estiran por los empapados caminos. La guerra contra Gueldre está decidida, Felipe partirá a la cabeza de su ejército. Tras una cortina, Juana acecha la reunión de gentilhombres en el patio del castillo. Más allá de las fortificaciones comienza la campiña, una llanura apenas ondulada salpicada de granjas y bosquecillos, adosados a la espesura donde le gusta cazar a Felipe.

¿Responderá su marido a la nota que acaba de hacerle llevar, o partirá ignorándola? La lluvia golpea las losas, resbala por las pizarras, impregna los mantos de los caballeros. Por fin aparece el archiduque, toma las riendas que le tiende un paje. Los dedos de Juana se crispan en la cortina de terciopelo. Si Felipe no la ama ya, espera al menos su amistad. Por fin, con un pie en el estribo, el joven se inmoviliza, levanta los ojos hacia la habitación que ocupa su mujer, vacila y, luego, tras unos instantes que a Juana le parecen infinitos, devuelve las riendas y se dirige hacia la pequeña puerta que lleva hacia los aposentos privados de los archiduques. Trastornada, Juana corre hacia su espejo, se arregla los cabellos, se pone un collar de perlas y, luego, oyendo los pasos de Felipe en el corredor, se sienta apresuradamente en un sillón, toma un trabajo de tapicería y, medio muerta de emoción, se obliga a mantener baja la cabeza.

—He venido a decirte adiós.

—¿Estarás ausente mucho tiempo?

—No lo sé. Cuida de los niños.

Va a salir. Con irreprimible impulso, Juana corre hacia su marido, toma su mano y se la lleva a los labios. El joven abandona su mano un instante. Y, luego, dando un paso atrás, advierte la palidez, la delgadez de su mujer. Sin duda alguna, está más enferma de lo que imaginaba. Un vago sentimiento de compasión le invade. Lentamente, se acerca de nuevo, deposita un beso en su frente antes de salir.

—Monseñor el duque de Saboya ha muerto.

La noticia deja a Juana estupefacta. ¿Margot viuda por segunda vez? ¿Cómo resistirá esa segunda desgracia?

—¿Se ha avisado al archiduque?

—Ha tomado el camino de Bruselas y llegará a Coudenberg de un momento a otro.

De regreso en Flandes, Margot retendrá a Felipe; tal vez sea una aliada. Juana piensa ya en días mejores, imagina su familia reunida, a Felipe arre-

pentido. Margot, ciertamente, no tolerará a Béatrice, y donde fracasó la rebeldía de una esposa, triunfará el afecto de una hermana.

Béatrice..., la imaginación de Juana vuelve hora tras hora hacia la mujer odiada. No está en Coudenberg ya pero vive, sin ninguna duda, en algún
castillo donde se reúne con Felipe. Ha intentado en vano encontrar el es-
condite por medio de sus esclavas.

—Esa mujer te desafía —susurra Aicha dándole un masaje—. Tienes derecho a defenderte.

Juana ha permitido que sus esclavas quemaran hierbas murmurando hechizos, ha querido recitar con ellas algunas frases mágicas.

Cierto día de octubre, mientras escucha música en el pabellón contiguo
a la rosaleda, Aicha se desliza junto a su dueña.

—Sé dónde se oculta la dama.

—¿Dónde? —pregunta Juana en voz baja.

—A pocas leguas de aquí.

—¡Asegúrate!

Aicha lanza un gritito.

—Eh, ama, ¿queréis mandarme allí?

Juana, con los ojos entornados, escucha el ligero aliento de un cantor
que decrece y muere.

—¡Quiero saber la verdad, arréglatelas!

45

–Se ha atrevido.

Moxica, con el sombrero en la mano, comprueba satisfecho el efecto producido por su revelación. Juana ha pedido a sus esclavas, esas horribles mujeres tatuadas que asustan a los habitantes del castillo, que espíen a Béatrice, tal vez incluso que le hagan un hechizo. Colérico, Felipe arroja al suelo el informe. Las divagaciones de su mujer se añaden a las incesantes preocupaciones que le produce la guerra contra Gueldre.

–Exijo que esas brujas salgan de Bruselas inmediatamente.

–Doña Juana no lo aceptará nunca, Monseñor.

–¡Ya veremos!

Satisfecho, Moxica se retira. Dentro de unos días se pondrá en camino hacia Castilla para entregar en las propias manos de la reina las últimas hojas de su informe. Sin ninguna duda Isabel, que, según dicen, está muy mal, procederá a algunas modificaciones de su testamento.

Sin apresurarse, Felipe firma algunos documentos. Se dispone a atacar una vez más las defensas de Juana, ponerla entre la espada y la pared para que ceda. Desde su regreso de España, su mujer le desafía, se rebela contra sus decisiones, toma resoluciones que le disgustan. La dulce y pequeña Juana se ha vuelto terca, solapada, se agarra al insensato orgullo que ha recibido de su raza. Hoy, expulsando a sus esclavas, la aislará, obligándola a rendirse.

Juana recorre de arriba abajo su alcoba. Una vez más, la violencia sucede a la angustia, la agresividad al miedo. ¿Cómo proteger a Fatma y Aicha? Si sus esclavas la abandonan, se quedará definitivamente sola, muda para los recuerdos que la obsesionan cada vez más.

–No partirán –dice sordamente.

Su propia voz le da miedo, cae sentada en el lecho cuyas cortinas han sido corridas. En esa cama de seda la embriagó, la desgarró, la dispersó por las estrellas la locura de amor.

El trajín del corredor alerta a la joven. Si la guardia viene a apoderarse de Fatma y Aicha, las defenderá. Aterrorizadas, las dos esclavas permanecen encogidas, una junto a la otra, en el guardarropa. Desde hace dos días se niegan a separarse de su dueña ni un solo instante. «Tendrán que expulsarme con vosotras», ha afirmado la archiduquesa.

Determinada, Juana retrocede hasta el fondo del salón para aguardar mejor al enemigo. Un paje entreabre la pesada puerta cubierta de colgaduras, que el viento hincha como si fueran el capote de un matador. La joven reconoce a su primer chambelán, el príncipe de Chimay.

–Señora –anuncia con aire turbado–, he venido a ejecutar una orden.

Apoyada en la chimenea, lívida, Juana no responde. Adivina la confusión del viejo gentilhombre y quiere sacarle enseguida partido. No osará oponerse a ella y menos aún maltratarla.

–Señora –prosigue Chimay muy cohibido–, Monseñor ha ordenado reunir a vuestras esclavas y hacer que abandonen palacio.

Preparado para un vigoroso ataque, el mutismo de la archiduquesa desarma al chambelán.

–Debo obedecer, ¿dónde están?

No hay respuesta.

–Guardias –ordena Chimay–, registrad los aposentos de la archiduquesa. A su honor de gentilhombre le repugna esa degradante invasión.

–¡No entréis! –ruge la joven.

–Son órdenes –balbucea.

Con un rápido movimiento, Juana ha tomado el pesado atizador que descansa contra la chimenea. Amenazadora, se dirige hacia su chambelán.

–¡Salid inmediatamente!

Chimay retrocede hasta el marco de la puerta. A su espalda está la guardia, impaciente por regresar al acantonamiento y contar la inenarrable aventura. Chimay vacila, ¿debe ordenar una intervención envilecedora contra esa frágil mujer a quien un sopapo de sus soldados haría caer al suelo? A su pesar, admira su valor; violentarla sería indigno.

–Me retiro, Señora.

202

Ahora le aguarda una tarea más desagradable todavía, confesar al archiduque su fracaso.

La sorpresa deja a Juana inmóvil. Felipe está ante ella, rojo de cólera. Ni un solo instante la joven ha sospechado la presencia de su marido en Coudenberg.

Juana no tiene ya fuerzas para luchar. Arroja el atizador, oculta el rostro entre sus manos.

Fuera, en el jardín, el otoño es rojo, gris en torno a las postreras flores.

–Yo misma les diré que se vayan –balbucea.

–Acércate –ordena Felipe.

Un extraño gusto por el sufrimiento, una minúscula y tenaz chispa de esperanza hacen que la joven avance. Él la coge por la nuca, la estrecha contra su cuerpo. Juana se encoge.

–Así está bien –susurra Felipe–, me gustas obediente.

Las manos ascienden por la falda, acarician sus muslos. Juana zozobra, el amor tiene la amargura de un veneno.

El chasquido de la llave que la encierra en su alcoba no provoca reacción alguna. En la cama donde Felipe la ha hecho ceder, la joven permanece como muerta.

El sol se ha puesto ya cuando un paje del archiduque penetra en la alcoba, llevando la comida en una bandeja de plata. Juana no la toca. No comerá más, la muerte la liberará.

De los pasillos llegan los gritos de sus hijos que las nodrizas obligan a acostarse. Felipe, desde hace más de una semana, ha prohibido que les vea. Con los ojos brillantes, Juana se incorpora en la cama. Ahora, tras haberlo aceptado todo, quiere verles de inmediato. Fuera de sí, la joven corre a su mesa, moja una pluma en el tintero.

«Haz que me traigan a nuestros hijos.»

Llama, tiende la nota a un paje y vuelve a sentarse en la cama, acechando los ruidos procedentes de la alcoba de Felipe, situada justo bajo la suya; percibe confusos rumores, vagos gritos y, luego, el silencio la abruma de nuevo, insoportable. Hacia medianoche, le traen un mensaje: «Deja de molestarme, te veré mañana». Entonces Juana se acuesta en el suelo, dando esporádicamente golpes tan débiles que Felipe no puede oírlos. Con la mejilla contra el entablado de roble, piensa o sueña.

A la mañana siguiente, Felipe afirma que le autorizará a ver a sus hijos si acepta comer. Ella promete a su vez. La guerra que ambos esposos se hacen, su obstinación en torturarse, les une con mayor fuerza que su antigua pasión.

46

Con su hábito franciscano, sin joyas, con los cabellos ocultos bajo un velo, la reina de Castilla parece una monja. Pobre ante Dios, humilde frente a sus confesores, la muerte no la asusta. Las largas veladas de noviembre envuelven los muros de la Casa Real de Medina del Campo como un sudario; el viento que sopla de las planicies aúlla, hace rechinar las puertas, golpea las rejas de los patios. A la luz de un simple candelabro puesto a su cabecera, Isabel contempla el último decorado de su vida. En una cajita de cuero claveteado de corladura, descansa su testamento.

Juana y, sobre todo, Felipe no podrán transgredirlo, España seguirá siendo una, fuerte y cristiana bajo el gobierno de la nueva reina y la protección de Fernando. Ningún extranjero tendrá derecho a gozar de privilegios o rentas de los bienes, tanto civiles como religiosos, ni tendrá tampoco acceso a cargos administrativos o dignidades eclesiásticas. Ahora puede descansar, Fernando defenderá su última voluntad, Fernando, que vela por ella en los últimos días de su vida, junto a Beatriz de Bobadilla, su más antigua y fiel amiga.

A veces también, pese a su decisión de pensar sólo en Dios, se impone el recuerdo de Juana. Ha repasado las debilidades, las singularidades de su hija, no ha olvidado sus violencias, aunque la haya perdonado. El diario de Moxica, terrorífico en su implacable sobriedad, no la ha irritado más contra Juana sino contra Felipe.

Lope de Conchillo, el viejo secretario, trae un despacho que debe leerse, un documento que debe firmarse. La mano de Isabel tiembla pero no se debilita.

Beatriz de Bobadilla murmura al oído de la reina:

—Doña Isabel, ha llegado el sacerdote.

–Le aguardo.

La noche cubre la ciudad, gravita sobre la alcoba donde nada se mueve y que parece ya una cripta mortuoria.

–Que cubran mis pies con un lienzo –murmura Isabel–, no quiero exponerlos a las miradas.

La voz del sacerdote que recita las plegarias de la extremaunción deja helado a Fernando. A su pesadumbre se añade la obsesión por la formidable partida que, en cuanto Isabel muera, deberá jugar y ganar contra su yerno y los Grandes.

La voz del sacerdote ha callado. Isabel respira con esfuerzo. En todo el país, monjes y religiosos ruegan por la reina, parece que España entera acompaña el último suspiro de quien tanto la ha amado.

El viento sopla durante toda la noche. Por la mañana, una fina llovizna cae sobre la gran plaza, sobre los techos de la Casa Real, golpea las ventanas de la habitación donde Isabel ha entrado en agonía. Con paso acolchado, una sirvienta aviva el fuego, arroja a las llamas cortezas de naranja e, inmediatamente, en la vasta estancia, se introducen los aromas de los jardines floridos de Granada. La reina entreabre los ojos. ¿Intenta distinguir los patios de azules mosaicos, las fuentes de mármol por donde corre el agua fresca llegada de las montañas?

Empujado por el viento tempestuoso, un pájaro acaba de golpear los dinteles de una ventana. Isabel se sobresalta y, luego, cierra los ojos. Los seres a quienes ama, Fernando, Beatriz, y su confesor, Cisneros, están junto a ella, no le queda ya nada por hacer, nada por decir, tras una vida en la que cada minuto ha contado. La tierra no es ya para ella.

Monótona, interminable, dobla la campana de San Antolín. La reina ha rechazado el embalsamamiento, y los cuidados debidos a la muerta se llevan a cabo con prontitud. Le aguarda un ataúd de gran sencillez. La reina ha deseado exequias humildes, ha exigido que el dinero ahorrado se distribuya entre los pobres, entre las muchachas nobles carentes de dote o sea utilizado para rescatar de los moros a esclavos cristianos. Al día siguiente, el cortejo fúnebre se encaminará a Granada.

En la plaza de Medina, empapada por la lluvia, se construye apresuradamente un estrado. Mientras los heraldos soplan en sus trompetas, se despliega el estandarte real. El duque de Alba, el más seguro aliado del rey de Aragón, proclama a Juana reina de Castilla y, luego, Fernando anuncia su renuncia al trono. Bajo la espesa lluvia, los Grandes, envueltos en sus capas, escuchan estupefactos. Adelantándoseles, Fernando inutiliza su ofensiva.

—Contemplad atentamente, Cisneros. —En el tablero, Fernando ordena las piezas—: Ahí está Felipe, en una posición que considera inexpugnable, pero juzgad mi táctica.

El ministro se inclina, observa los finos dedos del rey que se desplazan como patas de araña por la cuadrícula de ónice.

—Aislemos el caballo antes de atacarle.

En la penumbra, Fernando, de riguroso luto, se parece al ángel de la muerte. Salvo la agudeza de la mirada, nada en su rostro revela su extremada tensión. Del negro al blanco, oblicuamente, el rey empuja la cabeza de caballo esculpida en madera de ébano.

—Sólo le quedan dos bases esenciales y voy a aislarle.

A quemarropa, Fernando se yergue, clava sus ojos en los del arzobispo.

—Voy a aislarle, ¿me oís, Cisneros?

La risa resuena con terrorífica dureza.

—Felipe tiene en la mano dos bazas, Luis y Juana; una, aleatoria, a la que se agarra; la otra, segura, que desprecia estúpidamente. Luis le abandonará, Juana se volverá contra él.

—¿Cómo es eso?

—Enfermo, el rey de Francia ha decidido en secreto romper el compromiso de Claudia con mi nieto Carlos. Felipe no sabe todavía que la niña y su dote pertenecen en adelante a Francisco de Angulema. Por lo que a Juana se refiere...

Cisneros parece suspendido de los labios de Fernando, pero el rey se toma su tiempo, se dirige a la ventana, aparta una colgadura para contemplar la noche.

—Por lo que a Juana se refiere, es la reina, quiéralo o no Felipe. El poder que ella no desea pasará al hombre que mejor la ame. Felipe lo era, pero al humillar a la infanta, al brutalizarla, ha perdido Castilla.

—Doña Juana —advierte el arzobispo— es muy influenciable y don Felipe puede reconquistarla.

—No lo permitiré, Cisneros. Juana y Felipe se odiarán durante mucho tiempo, porque poseo el medio de hacer irremediable su aversión.

Con gesto brusco, Fernando barre las piezas del tablero.

—¡Juana me dará el poder!

En la alfombra de lana púrpura, parecida a la de una bestia abatida, yace la cabeza del caballo.

—Sire, don Felipe posee una tercera baza: los enemigos que tenéis aquí, en Castilla.

47

La poderosa voz del heraldo resuena bajo las bóvedas de la iglesia de Sainte-Goule.

–Altísima, Excelentísima, Poderosísima y muy Católica...

–Ha muerto –prosigue otro heraldo–, de Virtuosísima y Loable memoria.

Las voces se responden una a la otra, repitiendo las mismas palabras y, luego, frente al altar, el rey de armas del Toisón de Oro proclama por tres veces: «¡Viva don Felipe y doña Juana, por la gracia de Dios rey y reina de Castilla, de León, de Granada!», antes de tomar una espada por la punta y tendérsela al archiduque. «Sire, esta espada os pertenece para que mantengáis la justicia, defendáis vuestros reinos y a vuestros súbditos.»

Mientras resuenan los sones de las trompetas, Felipe se arrodilla, se levanta, toma la espada por el mango, manteniéndola con la punta hacia arriba. La ceremonia fúnebre ha concluido. Sobre los paños negros de la iglesia se destacan el altar cubierto de tejido dorado, una alta cruz con incrustaciones de piedras preciosas, los candelabros que rodean el simbólico ataúd presidido por una corona que un ángel mantiene tendiendo los brazos hacia el cielo. En el coro se apretujan monjes y prelados, miembros del Consejo, oficiales, embajadores, caballeros del Toisón de Oro, notables. En el sitial de alto respaldo tapizado de terciopelo púrpura, Juana se sienta sola. Desde que la noticia de la muerte de Isabel llegó, a mediados de diciembre, el archiduque no cesa de multiplicar las reuniones con consejeros y embajadores. Apenas advierte que Juana existe, que es reina de Castilla. En este frío día de enero, la archiduquesa, de nuevo encinta, no piensa demasiado en esta reciente realeza. Mientras el coro de los chantres reinicia la antífona de un salmo, ella tiembla, abrumada por un lacerante dolor de cabeza. En adelante, en la tierra, sólo le queda ya Fernando para amarla. Juana acaba de recibir una tierna carta del rey. Él sabe que la mantienen recluida, no ignora ninguna de las humillaciones infligidas continuamente a su hija, se preocupa muy a menudo por su salud. Fatma y Aicha han llegado bien a Madrid. «Llegará un día –concluye el rey–, en el que tú y yo estaremos juntos para siempre. Sólo pienso en ese instante y te ruego que actúes de modo que nadie pueda impedir nuestro reencuentro.» En la carta, redactada en código secreto, la palabra «nadie» está subrayada. Juana ha quemado la misiva.

En Toro, cerca de la frontera portuguesa, las Cortes reunidas en presencia de Fernando y de Cisneros, segundo albacea testamentario, escuchan la lectura de la última voluntad de Isabel. «En caso de que mi hija fuera indeseable o incapaz de asumir el poder en Castilla, deseo que mi esposo Fernando, y nadie más, tome la regencia.»

Para que las palabras dictadas por Isabel impregnen las conciencias, el secretario hace una pausa. Los procuradores están atentos, algunos se consultan con la mirada. A lo largo de toda la memoria que acaban de escuchar, el nombre de Felipe no se ha mencionado ni una sola vez, y el voluntario olvido tiene para todos gran significado.

La tarde declina, el sol en ocaso dora ya las piedras de la sala, flamea en las alabardas colgadas de las paredes cubiertas de roble, donde águilas y cabezas de unicornio esculpidas parecen enfrentarse en un combate inmóvil e interminable.

–Señores –proclama Fernando–, habéis escuchado la última voluntad de vuestra reina. Antes de morir, doña Isabel, con gran lucidez, había presentido que nuestra hija Juana no poseía las cualidades de una soberana. Tengo aquí la prueba de que no se engañaba –y volviéndose hacia un secretario–: Ferrera, dadme las notas de Martín de Moxica.

En un silencio más grave todavía, el rey lee a los miembros de las Cortes, atónitos, el largo diario escrito por el tesorero de Juana, sin omitir detalle alguno, por humillante que sea para su hija. Concluida la lectura, Fernando dobla las hojas.

–Esos documentos, señores, son confidenciales, naturalmente, de ello depende el honor de mi familia y, por lo tanto, el de España. Deliberad ahora y mañana me comunicaréis según vuestras alma y conciencia el fruto de vuestras reflexiones.

–Don Fernando ha sido nombrado legalmente por las Cortes gobernador de Castilla.

Estupefacto, Felipe no encuentra respuesta inmediata alguna a tan indignante noticia.

–¿Ha podido la archiduquesa comunicarse con su padre? –interroga al mensajero Jean de Luxemburgo.

–No lo creo pero, en adelante, Juana es una enemiga. Reforzad la vigilancia a su alrededor.

–¿Qué haremos con el obispo de Córdoba, al que se espera en Bruselas de un momento al otro?

–No podemos impedir que visite a la archiduquesa, pero exijo que en ningún momento se encuentre a solas con ella. Mientras dure mi viaje a Austria, seréis con Chimay responsable de Juana.

Luxemburgo adopta un aspecto despechado. Nadie, en Coudenberg, tiene el menor deseo de exponerse a las chirriantes reflexiones de la archiduquesa. Al desconcierto se añade cierto malestar; la joven encinta, desgraciada, delgada, provoca compasión.

Juana zurce, por tercera vez, un cuello de encaje. Pese al hermoso sol primaveral, las cortinas permanecen corridas y las velas encendidas. La luz del día la hiere como, ahora, la hace sufrir todo lo procedente del exterior. Una guitarra está apoyada en la pared. Juana la acaricia antes de dejar que sus dedos corran por ella. En su vientre, ahora, se mueve el niño. Ha sido concebido violentamente, violentamente le desea y le rechaza.

El patio está desierto, sólo los guardias, con las alabardas cruzadas, prosiguen su centinela. Bruscas y cortas ráfagas de lluvia lustran los adoquines, azotan los campanarios donde las veletas indican la dirección del viento. Frente a los aposentos de los archiduques viven las damas de honor que ella expulsó. Furtivamente, Juana intenta percibir algunas siluetas. Sin duda ríen juntas jugando a las cartas, tal vez hablen de la «loca» emparedada en su alcoba. Juana deja caer la cortina. Esas cabezas de chorlito se engañan. La hija de los Reyes Católicos no se dejará pisotear por cualquier noblecillo flamenco. Girará la rueda cuando, de regreso en Castilla, las Cortes le entreguen el poder. Juana toma de nuevo su labor. Rabiosamente, la aguja se clava en el fino trabajo de encaje. ¿Por qué no podría reconquistar a su marido?

Fonseca, obispo de Córdoba, regresa a Coudenberg sin excesivo placer. El frescor de la primavera flamenca, aliado con la perspectiva de encontrarse frente a Juana, tras el deshonor de la Mota, le ponen de mal humor. Mientras penetra en el patio de honor del palacio, el viejo eclesiástico se prepara para enfrentarse con lo peor.

Don Fernando, su rey, le ha encargado una misión de la mayor importancia. Si sus primeros encuentros con Juana se desarrollan favorablemente, se le unirán el aragonés Ferrera, fiel a Fernando, y el viejo Conchillo, secretario de la difunta reina.

La galería que lleva a los apartamentos de la archiduquesa está extrañamente tranquila. Caminando por la alfombra persa sembrada de flores rosas y azules, al obispo le parece hundirse en una tumba. Por fin su guía abre una puerta. Desde el fondo de una habitación sumida en la penumbra, una voz de hombre le interpela en castellano.

—Bienvenido, Monseñor, os aguardábamos.

La puerta se cierra. Como un sonámbulo, Fonseca da algunos pasos, distingue la silueta de una mujer sentada junto a la ventana.

—¡Doña Juana!

La afectuosa exclamación ha brotado a su pesar. La forma se levanta, delgada pese a la redondez casi agresiva del vientre.

—Sed bienvenido, padre.

Junto a ella, impasible, se halla Martín de Moxica. Juana ha captado la mirada de su viejo amigo clavada con asombro en el tesorero.

—Podéis retiraros, don Martín.

Pero el hombre no se mueve.

—Monseñor, el archiduque ha insistido en que permanezca junto a vos para mejor serviros.

La voz de Juana es cortante.

—Me serviréis más tarde. Ahora no os necesito.

—Me quedaré de todos modos, Señora.

Estupefacto, Fonseca asiste al mudo enfrentamiento. Juana se muerde los labios, estrecha nerviosamente sus manos una contra otra pero, valientemente, se vuelve e intenta sonreír.

—Pues bien, querido Fonseca, sentémonos y charlemos un poco.

La penumbra, la ausencia de damas de honor y de sirvientas, el silencio, la inoportuna presencia del tesorero, la tez cerosa, la mirada acosada de Juana sorprenden al viejo obispo. ¿Qué planes demoníacos han tramado el archiduque y su Consejo para pretender terminar así con la reina? Ha olvidado ya las injurias de la Mota, su afecto por la joven vuelve a despertar, intacto. Juana necesita ayuda, pero ¿podrá socorrerla?

48

Llegados la antevíspera a Bruselas, el aragonés Ferrera y don Lope de Conchillo aguardan una entrevista con la archiduquesa. De entrada, el primer chambelán fue a anunciarles que deberían mostrarse pacientes pero, tras una entrevista con Fonseca, ambos emisarios de Fernando han recuperado la confianza. Juana les recibirá esa misma tarde y con las mejores disposiciones, ha asegurado el obispo de Córdoba, y él mismo se encargará de transmitir la carta que don Fernando ha dirigido a su hija.

Juana no tiene ya miedo. Cuando llegaron los enviados de su padre pasó noches insomnes, pero hoy se domina. «Sólo cumplo con mi deber», se repite.

Esquilmado por el conflicto con el ducado de Gueldre, que ha vaciado el Tesoro, crispado por sus problemas españoles, impaciente por las exigencias de su padre, Felipe, que regresó de Austria con un humor de perros, sólo ha visto a Juana para reprenderla por su empeño en rechazar a las damas de honor.

Como desafío, la archiduquesa se muestra en palacio escoltada sólo por dos viejas sirvientas. Muy erguida, con el vestido de brocado poniendo de relieve un vientre deforme, atraviesa sonrisas y burlas apenas disimuladas como Isabel recorría Granada. Esa gratuita bravura atiza más aún la exasperación de Felipe.

Con voz cortante, Juana llama a un paje.

–Id a decirle a Monseñor el obispo de Córdoba que deseo confesarme con él.

–Tenéis vuestro capellán, Señora –responde Moxica–. Monseñor desea que le conservéis.

–¡No estoy a las órdenes del archiduque!

El tesorero no se atreve a replicar. La archiduquesa puede mostrarse violenta y ha soportado ya demasiadas escenas como para querer provocar otras.

El ruido de pasos en el corredor sobresalta a la joven. Sin duda, Felipe la maltrataría si supiera lo que se dispone a hacer, pero ha tomado una decisión. Humildemente sometida a su marido cuando le amaba, está dispuesta a todo desde que la arrincona y la persigue. Sus incesantes querellas la hacen más luchadora todavía.

Por su mirada baja y las manos que cruza sobre el vientre, adivina que su viejo amigo está tan ansioso como ella.

–Estoy dispuesto a confesaros, doña Juana –balbucea.

Ha hablado demasiado deprisa, demasiado pronto, el tesorero frunce las cejas. «Moxica es tan cobarde que podría avisar a Felipe», piensa Juana.

–No hay prisa alguna, padre –declara con voz tranquila–. Charlemos un poco, ¿os parece? Dadme noticias de don Lope de Conchillo y del secretario de mi padre. Les veré después de cenar.

A través de una palabra trivial, de un gesto vago, la archiduquesa y el obispo se observan. Frente al aparente dominio de Juana, el pánico de Fonseca se intensifica. En la Mota, la joven puso al descubierto su inestabilidad emocional.

–Vamos, padre –decide por fin Juana–, quiero confesarme con vos.

Oculta bajo sus vestidos, la carta se clava en la carne del sacerdote, marcándola como una ardiente herida.

La joven se arrodilla y, en el silencio de la alcoba, el rumor de vestido de seda sobre el entablado toma las proporciones de un gran ruido. En un rincón, Moxica parece sumido en la contemplación de un cuadro del Carpaccio que el archiduque acaba de adquirir.

Juana susurra:

–¡Dádmela pronto, padre! No puede verme.

Dominando el temblor de su mano, Fonseca toma el pedazo de papel, lo estrecha convulsivamente.

–¡Pronto! –insiste la joven.

Con los ojos cerrados, el obispo tiende la carta. Juana la desliza instantáneamente en su manga. Ahora desgrana las palabras de una plegaria pero, por la palidez de su rostro, Fonseca comprende que la recita maquinalmente.

En esta primera entrevista, Juana quiere recibir ceremoniosamente a Ferrera y Conchillo. En el gran salón de los aposentos de la archiduquesa se ha preparado una mesa con pasteles, frutas y bebidas. Ha llegado el verano, depositando en las flores del jardín y las cosechas que maduran una luz de mediodía. Las dos viejas sirvientas se atarean, un músico toca el arpa.

–¿Cómo se encuentra el infante Fernando?

Día tras día, Juana va olvidando los rasgos de su muchacho. Sus hijos son casi unos desconocidos. Aunque Carlos, Leonor e Isabel la visiten de vez en cuando, jamás consiguen abandonar el aspecto afectado debido a las incesantes recomendaciones de las gobernantas. A su alrededor, nadie habla afectuosamente de su madre, ¿cómo pueden amarla?

–El infante está bien –responde Conchillo–, reza cada día por Vuestra Majestad.

–¿Y Aicha y Fatma?

–Están al servicio del infante. Don Fernando las protege.

Juana permanece pensativa. Combatió tanto por aquellas mujeres, sufrió tanto para defenderlas que se ha cerrado a cualquier nuevo afecto.

Están presentes algunos gentilhombres flamencos que han regresado de España. Se aburren, comprenden pocas palabras de la conversación que se realiza en castellano. Por fin, la archiduquesa tiende su mano para que la besen, señal de que la entrevista ha concluido. En ningún momento ha aludido a la carta.

Pasan tres días sin que Juana convoque a ambos secretarios. Ha leído y releído cien veces la nota en la soledad de su alcoba. Sus términos sencillos, protocolarios, la obsesionan hasta en sueños. «Yo, la reina Juana de Castilla, concedo a mi padre, Su Majestad Fernando, rey de Aragón, de Mallorca, de Sicilia, de Nápoles, de Jerusalén todos los poderes para que represente mi autoridad en mis reinos, según su voluntad, antes de que yo misma pueda asumir las responsabilidades que Dios me ha dado.»

«Yo, la reina.» Esas tres extrañas palabras vacían su cerebro de cualquier pensamiento, alimentándose de él como vampiros. Juana choca con ellas, se hiere con ellas, pero debe afrontarlas sin cesar, hasta el vértigo. «Yo, la reina.» ¿Se refieren a ella? ¿Por qué? Hace pocos meses, esas palabras pertenecían a su madre, hoy son suyas. El terror de haberlas robado hace temblar de nuevo sus manos. Nunca podrá firmar esta carta que entierra a Isabel por segunda vez. Pero apenas decidida, surge el rostro de su padre.

Juana se ríe. Es una risa aguda, dolorosa. Ayudará a su padre y, firmando, propinará a Felipe un golpe brutal que la vengará de las amantes, las palabras crueles, las humillantes sevicias, las magulladuras del cuerpo y el alma

La joven traza aplicada su firma, dobla el papel, lo introduce en su corpiño. Después de la misa, recibirá a Conchillo y Ferrera.

49

Lo que Juana ve la deja helada; llevando en la mano el poder que acaba de firmar y entregar a Ferrera para que se lo transmita a su padre, su marido se acerca con la mirada llena de odio.

–Te aplastaré, te destrozaré –pronuncia masticando cada sílaba.

Juana aguarda una cascada de golpes cuando, tomando sus cabellos a manos llenas, Felipe la arrastra hacia la mesa.

–¡Escribe! –ordena sin soltarla; el joven toma un papel, una pluma y se los pone delante–: ¡Escribe! –repite.

Apenas consciente, Juana toma la pluma y la moja en el tintero. Sólo la anima la voluntad de sobrevivir para vengarse.

«Yo, la reina, Juana de Castilla, ordeno que esta misiva sea transmitida a todas mis villas para que todos puedan conocer mi voluntad. Mi padre, don Fernando, ha usurpado el derecho de regencia divulgando detalles de mi vida privada que no le pertenecían. Comparto por completo mi poder con don Felipe, mi esposo, al que me unen el amor y el respeto. Mi intención nunca ha sido privarle de una herencia de la que él y yo, con la ayuda de Dios, nos haremos cargo en cuanto sea posible. Estoy segura de que Su Majestad, mi padre, no quiere ni querrá apoderarse legalmente de una autoridad que no le pertenece.»

En cuanto Juana ha firmado, Felipe suelta la presa. No le pegará, debe proteger al niño. Cuando Miguel de Ferrera, contrito por haber participado en la maquinación de Fernando, le ha entregado la misiva algunas horas antes, su primera reacción ha sido correr hacia Juana para arreglarle las cuentas pero, aconsejado por sus amigos, ha elegido preparar cuidadosamente una respuesta. Detener a Conchillo, someterle a la tortura para conocer los recovecos del asunto, luego obligar a su mujer a redactar un desmentido que Philibert de Veyre hará público en toda Castilla, finalmente reforzar la vigilancia a su alrededor. Pese a los más crueles sufrimientos, Conchillo no ha confesado nada. Medio enloquecido por el dolor, el anciano secretario de Isabel ha sido arrojado a una mazmorra. Fernando ha perdido otra batalla. Pronto, muy pronto, llegará la hora de su derrota.

–¿Dónde están Ferrera y Conchillo? –pregunta Juana.

–Ferrera, a Dios gracias, ha comprendido a tiempo su error; pero Conchillo, si puede todavía moverse, debe de estar mordiéndose los puños.

–¡Has hecho que le torturen! –aúlla Juana.

Por su imaginación pasa la horrible imagen del anciano servidor de su madre dislocado en un potro. Encarnizándose salvajemente con él, Felipe está torturando a su familia.

–No formáis ya parte de mi Casa –Juana ni siquiera mira a Moxica, tanto es su desprecio–: El archiduque que os soborna podrá encontrar otro cargo tan maloliente como éste para atribuiros.

Desde que Felipe ha salido de su alcoba, Juana no ha dejado de pasear arriba y abajo, buscando desesperadamente cómo avisar a su padre del fracaso de su tentativa.

Por la ventana, contempla sin goce el suave estío flamenco, escucha los gritos de las bestias en la casa de fieras. Quisiera correr por el jardín, abrir jaulas y pajareras, pero ahora, al igual que los animales, ella está prisionera. Su cólera se vuelve contra el tesorero. Hace años que la traicionaba sin que ella dijera palabra, considerándose demasiado noble como para rebajarse reprochándoselo.

Moxica sale sin responder, su exasperante sonrisa se burla de Juana una vez más.

–Señora, Monseñor me ha ordenado que tomara de nuevo el servicio junto a vos.

–Quiero hablar con el obispo de Córdoba.

–Monseñor ha prohibido que lo recibierais.

Insensible, Moxica reemprende su centinela. Tragándose los insultos que querría lanzar, Juana toma una tarea, se instala en su sillón. Debe conservar su sangre fría. Sólo Fernando poseerá Castilla, el sueño de un gobierno a tres se ha desvanecido.

Junto a Juana, una de las viejas del servicio enrolla hilos de seda en una bobina.

–Desconfiad, Señora –susurra–. He oído decir que Monseñor el archiduque quería encerraros.

–Ya me han privado de libertad, Anna.

–Señora, se trataría de conduciros a una fortaleza.

Una oleada de sangre tiñe las mejillas de Juana.

–Me arrojaré por la ventana con el niño que llevo conmigo antes de permitir que me detengan, Anna.

La vieja se persigna.

–Dios os perdone, Señora.

En la vívida luz del verano, ambas mujeres parecen absorbidas en su tarea. De los jardines sube el canto de una muchacha y, luego, una carcajada. El meloso olor de las cosechas apenas iniciadas franquea los muros, merodea por las ventanas. Juana intenta reflexionar pero sus pensamientos se enmarañan mientras sus dedos, negándose a clavar la aguja en el cañamazo, permanecen inertes sobre sus rodillas.

–No permitiré que me humillen más.

Sin mirar hacia atrás, Miguel de Ferrera toma la ruta del sur con el obsesivo pensamiento clavado en su cerebro de Lope de Conchillo yaciendo, destrozado para siempre, en una habitación de palacio. Don Fernando lo ha querido así y no es hombre que cuestione las decisiones de su rey. Con la misión exactamente cumplida, Ferrera regresa a Castilla con orgullo. Felipe y doña Juana no se reconciliarán jamás.

50

Tras su segunda viudez, Margot salió de Saboya para regresar a su querido Flandes, decidida a no abandonarlo más y a sacar el viejo palacio de los duques de Borgoña de su adormilamiento. En la terraza de balaustrada gótica donde florecen, juntas, plantas exóticas y flores rústicas, hace colocar mesas para cenar, escuchando música, durante las cálidas veladas estivales. Cuando permanecen en casa de su tía, Leonor y Carlos están invitados a las encantadoras cenas y, poco a poco, la hermosa muchacha reemplaza en su corazón a una madre siempre enclaustrada, siempre sombría.

Margot sirve ella misma un poco de vino en una copita de plata y la tiende a su hermano. Ahora que Felipe y ella están juntos, todo parece más fácil.

–¿Cenaremos juntos en la terraza?

–Si estoy solo contigo.

Desde la agresión de Luis, el archiduque no soporta a nadie en su intimidad. El rey le trata como a un criado y, buscando pendencia con fútiles pretextos, quiere arrastrarle a batallas de procuradores y abogados que no son cosa suya. ¿Lo hará por desprecio?

Margot lleva a su hermano hacia la terraza. Entre los ramos de alhelíes y balsaminas, se han colocado finos candelabros de vidrio soplado de Italia y se han dispuesto dos cubiertos.

–Una cena de enamorados –advierte ella con triste sonrisa.

En la penumbra, los floridos arbustos inclinados por la brisa parecen nucas de jovencitas ataviadas para el baile. Si la muerte de su joven esposo sigue siendo una pena que nada puede borrar, Margot ha recuperado su voz alegre, quiere ofrecer a su hermano una velada distraída.

Felipe no puede saborear el encanto del momento, los dos años que acaba de vivir le han hecho perder su despreocupación.

—Vamos, hermano, olvida por un momento la política. ¿Quieres que vengan los músicos?

Sumido en sus pensamientos, Felipe no ha oído la pregunta.

—¿A quién me aconsejas que elija para la embajada?

Una vaga angustia oprime de pronto el corazón de Margot, el presentimiento de que su querido hermano será pronto devorado por la violencia y la desgracia. Ambos sólo han recibido de España pruebas y aflicción.

—Toma a Jean de Luxemburgo, Philibert de Veyre, Adrien d'Utrecht.

—Pienso también en Philippe Wieland o Jean Caulier.

—¿Por qué no? Son hábiles y, puesto que nuestro padre ha anunciado su llegada, sabrá decirles qué lenguaje emplear frente a Luis.

Violentamente, Felipe golpea la mesa con la palma de la mano, derribando un aguamanil, haciendo caer al suelo un cesto de fruta.

—¿Me tomas por un niño? ¡Sé perfectamente qué órdenes darles!

Atónita, Margot observa a su hermano. ¿Qué veneno habrá bebido para haber cambiado así? ¿El de la ambición española, que sabe a duelo a muerte con Fernando, o el de la ciega brutalidad contra Juana? La brisa levanta el mantel de encaje, arranca algunos pétalos a las flores amarillas y rojizas del ramo. Los servidores se atarean en silencio. Para esa comida Margot no ha querido pajes ni damas de honor, sólo deseaba a Felipe y está a mil leguas de distancia. La joven baja los ojos para que nadie pueda ver sus lágrimas.

Octubre resplandece a orillas del Loira, se desliza hecho luz y calor por las estrechas callejas, florece en las ricas casas de esculpidos aguilones y en las chozas de madera y techo de paja. La vendimia ha terminado y un aroma de mosto azucarado, embriagador, penetra en las mansiones, impregna cortinas y colgaduras, da a todo el mundo ideas ligeras y juguetonas.

Sólo los emisarios flamencos no están de humor para reír. La víspera de su llegada, el rey salió de la ciudad para ir de caza. Burlándose de ellos, Luis ofende al archiduque y a Flandes, desafía al emperador Maximiliano y sus amenazas de guerra. Al tercer día, cuando los cuatro hombres se disponen a enviar una nueva petición al rey, un redoble de tambor les hace correr hacia la ventana. Primero ven sólo curiosos que se apretujan, pero pronto aparecen los heraldos llevando libreas reales.

218

–¡Por Cristo! –exclama Luxemburgo cuando los pregoneros se alejan de nuevo–. ¡Eso no complacerá demasiado a Monseñor! ¿Don Fernando, «rey de España», va a casarse con Germana de Foix, sobrina del rey Luis?

–¡«Rey de España»! ¡Don Fernando está muy bien educado! –advierte Wieland con voz alegre–. Por lo que al matrimonio francés se refiere, es una buena jugada, y ahora comprendo mejor las reticencias de Luis a recibirnos.

Apenas los embajadores han podido enviar un mensajero a Bruselas cuando les llega una segunda información, igualmente aterradora. Luis XII ha puesto en conocimiento de Fernando y de Enrique VII unas cartas secretas en las que Felipe hablaba de ellos en términos descorteses y ha recibido como respuesta otras redactadas en los mismos términos. Tras haber enemistado a su hija y a su yerno, Fernando ha ganado otro punto; la alianza francesa, que tanto interesa a Felipe, se derrumba bajo sus pies.

51

Desde el nacimiento de María, dos meses antes, Juana se niega a abandonar el lecho, demasiado fatigada para llevar una vida normal, por más enclaustrada que esté.

La traición del rey de Francia la ha llenado de gozo; el nuevo matrimonio de su padre con una mujer más joven que ella la ha desconcertado. Hasta ahora había creído que sus padres estaban inseparablemente unidos, tanto en su existencia terrestre como para la vida eterna.

En cuanto cae la noche, Juana acecha el menor rumor proveniente del piso donde reside Felipe. De vez en cuando capta el martilleo de unos pasos, el eco de una voz. Como un peligro o un recuerdo demasiado dulce, demasiado amargo, saberle tan cerca de ella la sume en un estado de sobreexcitación que le impide dormir. Pese al odio que siente por su marido, el recuerdo de su cuerpo sigue obsesionando su carne. A los veintiséis años es como si estuviera viuda, y los placeres del amor, los únicos que la vida le ha ofrecido, le están vedados. Entonces abandona su lecho, pega febrilmente la oreja al suelo para robar un poco de la existencia de ese hombre que, por voluntad de Dios, es el suyo; luego se levanta, se sienta en su sillón con el busto erguido y los brazos caídos a lo largo del cuerpo antes de regresar a la cama.

La sirvienta tiende a Juana una taza de leche caliente.

—Quema cortezas de naranja y cidro, quiero pensar.

La vieja tiene los gestos lentos, no termina nunca. Poco a poco, por el diario contacto con la archiduquesa, se ha convertido en castellana, sabe dosificar el agua de azahar, tomar la justa proporción de corteza de naranja, recitar las plegarias que alejan al diablo y a los espíritus errantes. Pero Juana apenas percibe el cambio de su sirvienta, sumida en su propio universo.

«Castilla», dice a media voz. El país del que tanto quiso huir se ha convertido en su última esperanza. Murmura:

–Anna, vamos a marcharnos.

Llaman a la puerta. Instintivamente, Juana se encoge bajo el cubrecama. Apenas ha amanecido, el día es lluvioso, ventoso.

Henriette, la segunda sirvienta, abre el batiente oculto por una colgadura.

–Traemos una orden del señor Juan Manuel.

Juana lo ha oído, esboza con la mano un gesto de protección y, luego, se cubre con la manta, se hace la muerta.

El capitán, seguido por seis hombres de armas y dos gentilhombres de la Casa de la archiduquesa, no se atreve a entrar en la alcoba. Dos alabardas mantienen la puerta abierta de par en par.

–La Señora archiduquesa duerme –gruñe la vieja.

–¡Despertadla!

Muy cerca el uno de la otra, el capitán y la sirvienta se miden con la mirada. Por fin, la mujer se aparta y trota hasta la cama. Cada uno de sus pasos martillea las sienes de Juana. Debe levantarse, mostrarse digna y altiva. Se pasa rápidamente las manos por los cabellos, asegura el cordón de su camisa.

–Decid a mis visitantes que se retiren un momento, quiero arreglarme antes de recibirles.

Juana se ha puesto un vestido; Henriette la peina, pone un velo en sus hermosos cabellos oscuros.

–Mis joyas.

La sirvienta trae el cofre. Juana vacila, toma el collar de perlas de Isabel. Las roza cada día con furtivas caricias que nunca se atrevió a prodigar a su madre.

–Estoy lista. Hacedles entrar.

Impasible, Juana escucha al capitán leyendo la orden escrita por Juan Manuel y avalada por Felipe. En su pecho el corazón palpita. ¡Middlebourg está en el fin del mundo! ¿Quieren encerrarla en la vieja fortaleza batida por el mar del norte?

–No tengo intención alguna de abandonar mi ciudad de Bruselas.

–Señora –interviene el primer mayordomo–, Monseñor desea saberos ya en el puerto, donde se dispone a embarcar con vos. Ved sólo en ello la preocupación por vuestro solaz.

A hurtadillas, observa a la archiduquesa. La joven parece una bestia acosada.

–Mi solaz es permanecer aquí, junto a mis hijos.

De pronto, Juana halla el escudo, debe invocar a su familia, aferrarse a este pretexto. Nadie osará arrancarla a los suyos.

Por la turbación del oficial y los dos gentilhombres, la joven comprende que ha dado en el clavo.

—La princesa María sólo tiene dos meses. Un niño, a esta edad, necesita a su madre. Acompañad a esos caballeros, Henriette. Nuestra entrevista ha terminado.

Desorientados, los amigos de Felipe se consultan con la mirada, el oficial retrocede.

En cuanto la puerta se cierra, Juana inspira profundamente y, luego, perdiendo los nervios, estalla en sollozos.

—Señora, haced que abran; represento a Monseñor el archiduque.

La voz de Manuel, su acento castellano aristocrático, deja sin aliento a Juana. Si ha podido escapar a los sicarios, no podrá eludir a quien para ella encarna al diablo.

—Señora —dice el castellano con voz suave—, debéis obedecer las órdenes de Monseñor, son formales y he venido a ejecutarlas.

Un espacio negro devora a Juana. Mira a Manuel. La silueta de quien ha traicionado al rey de Aragón para pasarse al enemigo, aunque frágil, la domina como un árbol inmenso dispuesto a ahogarla.

—Don Juan, sólo debéis recibir órdenes de vuestra reina.

El árbol se mueve, tiene unas manos largas, finas y secas que se crispan.

—Mi reina, doña Juana, no hará nada que perjudique los intereses de su esposo ni los de su pueblo.

Los ojos de Juana relampaguean. ¿Pretende ese hombre darle lecciones?

—Callad —grita—. ¡Os prohíbo que me amonestéis!

—Partiréis después de cenar, doña Juana. Vuestro séquito os acompañará.

—¡Quiero ver a mis hijos!

Lo ha dicho en un sollozo, Juan Manuel la ha vencido.

—Traed los niños a la señora archiduquesa —ordena Juan Manuel.

Llevando a Isabel de la mano, la señora de Hallewin entra en primer lugar, seguida por Leonor, Carlos y una nodriza que lleva a María. Reunidos apresuradamente, el rostro de los niños es desconfiado. ¿Qué significa esa extraña ceremonia que trastorna sus costumbres? Raras veces tienen permiso para visitar a su madre.

222

Jeanne de Hallewin se sorprende ante el aspecto extraviado de la archiduquesa. Decididamente, es hora ya de apartarla.

Juana reprime a duras penas la fuerza que le impulsa a correr hacia sus hijos, aferrarse tanto a ellos que nadie pueda arrancárselos, pero la fría mirada de la flamenca la paraliza. Desesperadamente, como buscando una imaginaria ayuda, vuelve la cabeza a derecha e izquierda y, luego, valerosamente, intenta sonreír.

—Digámonos adiós, hijos míos.

Siempre silenciosos, los pequeños la observan. Con la sonrisa helada, Juana aguarda un instante, luego se hecha a reír y, en la gran alcoba, su risa resuena lúgubremente.

—Pero bueno, ¿no me dais un beso hoy?

Leonor avanza. Juana abre los brazos pero la niña se detiene a pocos pasos, incapaz de exponerse más a la cascada de emociones que presiente inminente.

Los brazos de Juana caen a lo largo de su cuerpo. Se pone rígida, el momento de amor ha pasado. De ella nadie espera más que palabras, insignificantes palabras.

—Antes de embarcar con vuestro padre hacia España, me instalaré algún tiempo en Middlebourg.

La voz esta enronquecida por la desesperación. Leonor no aparta los ojos de su madre.

—Pero volveréis enseguida, ¿verdad?

—Bien sabes que nadie, salvo Dios, puede predecir el porvenir.

A su vez, los ojos de Leonor se llenan de lágrimas.

—Rogaré por vos, mamá.

Raras veces emplea esta palabra, Juana la recibe en pleno corazón. Debe besar deprisa a Carlos, Isabel y María, para despedir a sus hijos y no perder ante ellos toda dignidad.

—¡Quiero ir a España con papá y con vos!

El pequeño Carlos ha adoptado el tono autoritario de su padre. Con su tez pálida, sus rasgos finos, sus delgados miembros, se le parece un poco, pero tiene la barbilla prominente de los Habsburgo, su modo a la vez familiar y altivo de dirigirse a los demás, su inclinación a los placeres mundanos.

Juana reflexiona. ¿Por qué no? ¿Por qué no llevarse con ellos a su heredero, al de los Reyes Católicos?

—Vuestro padre ha dicho cien veces no —interrumpe la señora de Hallewin—. ¡No insistáis!

El muchachito no inclina la cabeza.

—Decidnos entonces cómo es España para que podamos imaginaros allí.

Turbada, la joven frunce el ceño. ¿Realmente quieren que hable de su país?

—¡Por favor, mamá!

Leonor está junto a su madre, que ha posado su mano sobre sus finos cabellos. Algo más lejos, la señora de Hallewin aprieta los labios sin atreverse, sin embargo, a intervenir. Juana se ha sentado en su sillón, se empeña en seguir a través de la ventana el curso de una nube, como si su mirada pudiera también franquear el espacio, tender un puente entre Castilla y Flandes, un vínculo inmaterial y dulce que uniera a ambos países.

Con un esfuerzo de reflexión, cierra imperceptiblemente sus párpados y, luego, sin interrumpirse, habla del sol, el viento, los ríos, las montañas, la meseta, la larga caminata de los corderos por la tierra roja, a través de los secos cursos de agua. Cuenta acerca de los hombres, las mujeres, campesinos, hidalgos, Grandes de España, describe mansiones y castillos, las fiestas, las ferias, los juegos de lanzas, las corridas de toros. Describe ahora Andalucía, Córdoba, Granada la Bella. Con los ojos muy abiertos, los niños pasean con la imaginación por los palacios de los califas, ventean el olor de los jacintos silvestres y las rosas, escuchan el rumor de las mil fuentes, se deslizan por los patios donde se balancean altas palmeras y estallan, como heridas, las flores púrpura de los granados. La voz de Juana se ahoga. En su memoria resuena la inmensa exclamación del ejército español dispuesto a invadir Granada: «¡Santiago, Santiago, Castilla, Castilla, Granada, Granada!». ¿Cómo contar todo eso, la emoción, semejante a un viento de tormenta, que llena de lágrimas los ojos de los más endurecidos soldados. Y su madre, Isabel, en un caballo con gualdrapas de púrpura y amarillo, erguida como un monolito, con la mirada fija en la cruz que pronto será plantada en la ciudad mora. «Vamos, por Dios, Nuestro Señor Jesucristo y Santa María.» Y el ejército repitiendo como el retumbar de un trueno: «¡Por Dios y Castilla!».

Ardientes lágrimas corren por las mejillas de la joven. Volviendo a su memoria, su pasado la desgarra. ¡Tanto orgullo por haber nacido infanta española para caer hoy en tal decadencia! ¿Cómo ha permitido que la trataran así? Juana quiere seguir hablando, prolongar el mágico instante en el que, como Dios, ha recreado España para los suyos, pero sus manos, su voz, tiemblan demasiado. Ríe y llora.

Rápidamente, la señora de Hallewin reúne a los pasmados niños, los empuja hacia la puerta. Leonor se vuelve por última vez, con el rostro entre las manos; su madre parece convertida en estatua.

52

En el glacial frío de enero, la flota se dispone a aparejar. Una muchedumbre de servidores se atarea yendo y viniendo por las pasarelas que unen los navíos con los muelles. Algunos palafreneros llevan a bordo caballos y mulos. Ciertas bestias se encabritan, cocean, las carretas rechinan, brotan blasfemias y exclamaciones. Más lejos, el ejército mandado por el conde de Furstenberg y pagado por Maximiliano embarca en diez bajeles. Felipe, con dos mil soldados, quiere poner el pie en el suelo de Castilla como un conquistador.

–¿Cuándo partimos? –pregunta Juana al conde de Nassau.

Odia a esos soldados dispuestos a combatir a su padre, a esa flota armada como si se dispusiera a la conquista de un reino extranjero. Por toda respuesta, el almirante inclina la cabeza. El viento no deja de cambiar, amenaza nieve, el frío es tan intenso que los estanques se han helado.

El señor d'Hubert, el capitán, acude para recibir a bordo a la archiduquesa. Juana ve sólo una capa verde, desmesuradamente hinchada por el viento, una mano llena de anillos que sujeta el sombrero. Todo es irreal. Los cuarenta navíos, en su mayor parte fondeados, se bambolean suavemente entre la niebla. Respondiendo a la profunda reverencia del capitán con un breve movimiento de cabeza, Juana, frunciendo las cejas y con la mirada escudriñadora, se inmoviliza de pronto en mitad de la pasarela. Sorprendido, su séquito se detiene también, intentando adivinar el motivo de la brusca parada. A través de la niebla, a pocos cables de allí, Juana adivina un grupo de mujeres destocadas, con llamativos atavíos, que cruzan la pasarela de otra nave, oye vulgares carcajadas, percibe el brillo de unos adornos de pacotilla. ¡Tan penosa procesión puede ser sólo un grupo de prostitutas!

–Señor d'Hubert, ¿quiénes son esas mujeres?

Turbado, el capitán lanza desesperadas miradas hacia el coloreado grupo.

–Señora, no sabría decíroslo.

–Id a informaros, os espero.

–Cuidaos primero, Señora, de poneros al abrigo en vuestro camarote, donde se os servirán vino caliente y algunas galletas.

–Permaneceré aquí –responde Juana secamente.

Angustiado, el capitán saluda y con paso vacilante se aleja por el muelle mientras damas y gentilhombres, helados, furiosos, se aprietan unos contra otros.

Por fin aparece el señor d'Hubert, con un hombre vestido de lana gris a su lado.

–Éste es, Majestad, el responsable del embarque de la *Sirène*.

–¿Quiénes son esas mujeres? –interroga de nuevo Juana.

–Señora –balbucea el hombrecillo–, forman parte del séquito de Monseñor.

–¡Son putas!

Un estremecimiento recorre a los miembros de la escolta de la archiduquesa.

–Vuestra Majestad utiliza palabras muy fuertes –aventura el intendente–, esas damas son cantantes, bailarinas destinadas a divertir a la corte de Monseñor.

–¡Que desembarquen inmediatamente! Mientras no las vea marcharse, no me moveré de aquí.

Durante la noche, sordos ruidos y repetidos choques despiertan a los pasajeros. La nieve que ha caído en abundancia al anochecer ha cesado. La luna, en su mitad, ilumina la agitada superficie del mar, donde parece bailar el fulgor de las antorchas plantadas en las embarcaciones.

–¿Qué ocurre? –pregunta Felipe.

–Los bajeles derivan sobre sus anclas, Monseñor, y chocan unos con otros. Se han echado al agua chalupas con anclas de socorro.

Remando a duras penas contra el viento, los marinos intentan avanzar lo más posible antes de arrojar al agua las anclas, para permitir a los navíos jalar en sus improvisados fondeaderos. La empresa es peligrosa, hercúlea.

La ansiedad de una amenaza que planea sobre el viaje se apodera de Felipe. Detesta los malos presagios y, tras los continuos aplazamientos de la partida, no puede impedirse considerar inquietante el incidente que acaba de producirse.

226

Tras una fuerte brisa que ha impulsado la flota frente a las costas de Bretaña, llega la calma. Ni un soplo de viento. Atrapado entre el cielo y las aguas grises, el tiempo gravita inmóvil sobre los navíos que, a pocos cables unos de otros, muestran sus fláccidas velas. Por el ojo de buey del camarote que se niega a abandonar, Juana contempla esas olas inquietantes que venció el almirante Colón. Lejos, muy lejos, ante ella existe una tierra donde flota, ahora, el estandarte de Castilla, donde se plantó la cruz de Cristo. Con España, su madre le lega también el mundo, pero no lo desea. Sus facultades de seguir sintiendo curiosidad o entusiasmo han muerto, Felipe las asesinó todas. Ya sólo puede espiar, aguardar, vengarse.

Cae la noche. Anna sirve un potaje de leche, pasteles y vino, que Juana rechaza. Desde el camarote vecino, el de Felipe, llegan voces, risas. Escuchar la felicidad le corta el apetito.

Justo después de medianoche nace y se amplía un clamor:

—¡Fuego, fuego!

Felipe se levanta de un salto, corre hacia la puerta.

—¡Monseñor —jadea un marinero—, hay fuego a bordo!

Los hombres van y vienen por todas partes, como hormigas.

El capitán se ha abierto la chaqueta, se ha desabrochado la camisa. Pese al frío, transpira abundantemente.

—Estamos dominando el incendio, Monseñor.

Felipe rechaza con dificultad un violento miedo. ¿Qué le reprocha Dios para perseguirle así? Pronto aparece Juan Manuel. Adivinando desde que han zarpado, la angustia de su príncipe, se las ingenia sin cesar para devolverle el valor.

El castellano posa su mano en el brazo de Felipe. Tiene ya sobre el archiduque una influencia preponderante y si, a veces, se comporta como su dueño, lo hace con tanta finura que el joven, pese a su suspicacia, no ve en ello ninguna ofensa.

—Se trataba de un comienzo de incendio, Monseñor.

—Primero el viento que se niega e impide durante varias semanas que zarpemos, luego las anclas que resbalan, la calma chicha y ahora el fuego. ¡El menos supersticioso de los hombres vería en ello signos nefastos!

—Los signos, Monseñor, desvelan lo que tememos. Ved en ello, por el contrario, pruebas de buena fortuna y todo os sonreirá.

Los marineros vuelven a ocupar sus puestos; Felipe está cansado. ¿Duerme Juana? Desde que se hicieron a la mar, ni siquiera la ha visto. Al menos, a bordo de ese bajel, tiene la certeza de que no puede huir ni traicionarle.

Largas ráfagas de viento impulsan, primero, los navíos, alegrando tanto a los pasajeros como a la tripulación que suelta todo el trapo; luego, demasiado deprisa, la brisa aumenta, el oleaje crece, la superficie del mar se corona de espuma. El viento, violento ahora, hace que los navíos se escoren y los obenques rechinen. Azul pálido, casi blanco hasta entonces, el cielo se vuelve opaco.

–¡Reducid el trapo! –aúlla el capitán.

Pero la tempestad, demasiado fuerte ya, impide que los marinos arríen las velas que golpean furiosas. Ningún navío puede mantener el rumbo, inexorablemente, las corrientes y el oleaje los alejan unos de otros. Pronto la *Julienne* se encuentra sola, horriblemente sacudida por las olas.

Con los pies desnudos, Felipe aparece en cubierta. Esta vez no le cabe duda, ni uno solo de ellos escapará a las fuerzas maléficas que quieren aniquilarles. Derrotado, el capitán sale a su encuentro y, al no poder hacerse oír a causa de los aullidos del viento, muestra el cielo con un gesto de impotencia. Alrededor del archiduque se agrupan algunos gentilhombres con sus hermosos vestidos de brocado y terciopelo empapados por el oleaje que cae sobre cubierta. Una ola más violenta que las demás derriba a Felipe, le proyecta contra un rollo de cuerdas.

–Amigos míos –dice levantándose–, vamos a perecer.

El terror le ha abandonado. Sólo siente la ardiente pesadumbre de dejar huérfanos a sus hijos, desolados a su padre y su hermana, abandonados a sus súbditos.

Desde su camarote, Juana adivina la masa hostil de las olas. Apenas oye las enloquecidas voces de las dos viejas, cubiertas por el estruendo del oleaje contra el casco de la *Julienne*. Una claridad gris, desoladora, resbala por entre los muebles, difumina los objetos, unifica los colores.

A tientas, Juana se dirige hacia el cofre donde se guardan los vestidos de ceremonia. Si deben morir, quiere hacerlo como reina de Castilla, con los ojos clavados en los de Felipe, y no encerrada en una trampa, como una rata.

Por la crujía resuenan las voces, brotan promesas o maldiciones. Con la mano sobre el tapa del cofre de cuero, Juana escucha por unos instantes a esa gente aterrorizada, la misma que poco tiempo antes se envanecía de conquistar Castilla.

–Anna –llama.

Nadie responde. Las olas sacuden ahora la *Julienne* como si fuera un simple corcho. Con la espalda apoyada en el tabique, la joven consigue sacar del cofre unas enaguas, una falda, un vestido de brocado y lamé dorado, con el cuello bordado de perlas. Demostrará a esos cobardes, a Felipe, cómo muere una reina de Castilla. «Yo, la reina.» Por fin esas palabras irreales y embriagadoras tienen un fulgurante sentido. Felipe puede pegarle, secuestrarla, pero no tiene poder alguno contra esas tres palabras.

Intentando que cada uno de sus gestos sea eficaz, Juana se quita el camisón y su cuerpo se refleja en el espejo con marco de nácar. Con la maternidad, el vientre se ha abombado, el pecho se ha vuelto más pesado, pero los muslos, las piernas son los de la muchacha que fue. Acaba de cumplir veintiséis años y sigue siendo deseable. ¿Para qué? Juana baja los ojos.

Acres efluvios impregnan el aire del camarote. El rugido del mar es terrorífico pero la joven se esfuerza en no escucharlo, en permanecer tranquila como ha decidido.

Tras ella, con gran estruendo, un sillón choca aplastándose contra una pared, un cuadro medio suelto oscila al albur de las olas, las jarras, los frascos, los vasos yacen rotos en el suelo. Juana, trabajosamente, se pone el pesado vestido, abrocha con precaución el corpiño, molestada sin cesar por un nuevo bamboleo que la obliga a apoyarse.

Por fin termina de vestirse, y la imagen que el espejo le devuelve es la que desea. Ahora debe ponerse las joyas, peinarse antes de subir a cubierta.

En la luz fantasmal, entre crujidos que parecen anunciar el fin del mundo, Juana recoge tranquilamente sus cabellos, los enrolla, los sujeta con alfileres de oro y, luego, tomando un sombrerito de amazona fileteado de terciopelo, el único que ha podido encontrar, se lo pone. Alrededor de su cuello, de sus muñecas brillan los aderezos de diamantes, tanto los de los Habsburgo como los de los Trastámara, el collar de perlas de Isabel. Las ráfagas de viento se hacen más fuertes todavía. Juana es violentamente proyectada contra el lecho, cae, se levanta serenamente, poco a poco se acerca a la puerta. Tiene frío y, sin embargo, sus mejillas están rojas, sus manos arden. Una ola que golpea el casco la hace caer otra vez de rodillas; el redondo sombrero ha resbalado, lo endereza y lo sujeta con un alfiler.

Cuando Juana sale a cubierta, el aire la azota, el viento la obliga a inclinarse. A pocos pasos de allí, apretujados unos contra otros como pollitos perdidos, los gentilhombres del séquito de Felipe murmuran letanías interrumpidas por gritos de terror cuando una ola más fuerte que las demás golpea el casco. Al pie del mástil, Juana reconoce a Felipe, Juan Manuel está a su lado. Con los cabellos chorreantes, el jubón empapado, el joven parece fascinado por la masa salvaje que se lanza contra su navío. Despojado así de cualquier magnificencia parece joven y vulnerable. «Un hombre ordinario –piensa Juana–, un muchacho apuesto como muchos otros.»

Mientras Juana se dirige tanteando hacia la toldilla de popa, un terrible chasquido apaga los demás ruidos. Arrancada por la borrasca, la vela mayor es arrojada al agua, que se introduce en ella. Sólo una driza de la verga mayor sigue uniéndola al mástil, y arrastrado por el peso del agua, el navío toma una peligrosa inclinación.

—¡Estamos perdidos! —murmura una voz junto a la archiduquesa.

El hombro de la joven golpea con violencia una pared del castillo de popa, chorreantes mechones se escapan del sombrero pero no ve ya las olas que caen continuamente sobre cubierta. Los pasajeros gritan y se empujan. Cristo, la Virgen y todos los Santos del cielo escuchan las más locas promesas. Juana se encoge de hombros, se yergue y, agarrada a la barandilla de cuerda, trepa por la escalera que lleva a la toldilla.

Felipe no se mueve, la imagen lacerante de sus hijos huérfanos le obsesiona.

—¿Juan? —pregunta.

—Sí, Monseñor.

—Si sobrevives, cuida de mis hijos, diles que les amé tiernamente.

—No moriréis, Monseñor, la Virgen de Guadalupe os protege.

Desde lo alto de la toldilla, la mirada de Juana abarca el conjunto de la cubierta. La joven observa a los marinos que intentan en vano recoger la vela. De pronto, uno de ellos, con un cuchillo entre los dientes, salta por la borda y se zambulle en las olas. El mar se lo traga pero reaparece pronto; nadando furiosamente entre los torbellinos, consigue agarrarse a la vela.

—Por la Virgen María —exclama el capitán—, intenta agujerear la tela para que el agua pueda salir.

El hombre se ha zambullido. Durante un tiempo que a todos les parece eterno, nadie vuelve a verle. Por fin, un brazo parece brotar de la masa de agua que cubre la vela, una mano armada con un cuchillo raja la tela, aliviando enseguida la inclinación del navío.

—Este hombre formará parte de mi guardia de honor.

Felipe tiene lágrimas en los ojos. De todas las cualidades humanas, el valor es la que más le conmueve. De pronto, levantando por azar los ojos, descubre a Juana, vestida como para ir al baile que, desde lo alto de la toldilla, domina vientos y tempestades. «¿Es heroica también?», se pregunta.

El marino ha vuelto a bordo. Tensos, sus compañeros tiran furiosamente de la vela que, poco a poco, se acerca al navío y emerge luego del agua entre aclamaciones.

—Oremos —ordena Felipe— y demos gracias a Cristo por la compasión que acaba de demostrar para con sus pobres hijos.

230

53

–¿Qué tierra es ésta, señor d'Hubert?

–La costa inglesa, Monseñor, pero no puedo deciros qué parte.

El viento se ha calmado. Como una gasa colocada para vendar sus heridas, una espesa bruma envuelve la *Julienne*. El palo de mesana se ha roto, el casco hace aguas por muchos lugares; la mayor, desgarrada de punta a cabo, cuelga lamentablemente. El hermoso bajel mercante no es más que un pecio atraído hacia el litoral por las corrientes. Nadie sabe nada del resto de la flota. ¿La habrá aniquilado la tempestad? Pero no es hora de preguntas, a bordo todos tienen sólo una idea, echar el ancla en cuanto sea posible y poner pie en tierra.

Inclinado sobre la borda, Felipe mira la línea de tierra. Un imprevisto desembarco en Inglaterra trastorna todos sus planes.

¿Cuánto tiempo tendrá que permanecer en el país para llevar a cabo las reparaciones necesarias, cómo gestionar los enormes gastos que el naufragio va, sin duda, a ocasionar, cómo utilizar del mejor modo las entrevistas que mantendrá con el rey Enrique? Bosqueja ya proyectos, prepara discursos.

Juana se persigna por tres veces, luego, abandonando el reclinatorio, se acerca al ojo de buey. A través de la niebla, la orilla aparece y desaparece sucesivamente, según el movimiento de las olas. Pese al amplio chal que lleva en los hombros, tiene frío. Empapado por el agua de mar, el camarote es mortalmente húmedo.

–Preparad el ancla, verificad las chalupas –aúlla Antoine d'Hubert.

—Dios del cielo —exclama el almirante—, si la marea no hubiera estado en su punto más alto, habríamos embarrancado en este estuario o nos habríamos destrozado contra los escollos.

Un pequeño puerto de pescadores se divisa entre el mar y las colinas. Para protegerlas de la tempestad, las barcas han sido jaladas hasta la playa. La bruma se ha aclarado, sólo unos jirones se agarran todavía a los acantilados.

—Haced que abran, Señora, hemos echado el ancla.

Rígida sobre el cubrecama que exuda humedad, Juana reconoce la voz del conde de Nassau, mientras acude Anna saliendo de su reducto.

—Vamos a botar una chalupa, para que la Señora archiduquesa pueda llegar a tierra. Monseñor la aguarda.

—Estaré lista enseguida —grita Juana.

Está harta de ese barco a la deriva, de ese frío, de esa llovizna. Decida Felipe lo que decida, está dispuesta a seguirle.

—¿Dónde estamos? —pregunta Nassau.

—En Malcombe Regis —responde un pescador con el sombrero en la mano.

—Decidme, amigo, ¿hay algunos caballos en el pueblo?

Nassau acaba de instalar a la pareja principesca en una taberna e intenta, con toda rapidez, hallar salida para la situación en que se encuentran.

—Tal vez sí.

—Los pagaremos al precio necesario. Quiero también que un correo vaya inmediatamente al encuentro de Su Majestad vuestro rey.

Pasmado, el hombre no sabe qué responder. Esos gentilhombres vestidos de satén y terciopelo, esa dama cuya capa apenas puede ocultar un vestido de baile, ese hombre apuesto que parece un príncipe, todo le desconcierta, supera su entendimiento.

—Maese Antoine Leflamand —ordena Nassau al secretario de Felipe—, seguid a este hombre, tomad los caballos disponibles y dirigíos tan pronto como podáis a Londres.

Con la gorra en la mano, el pescador se aleja arrastrando sus zuecos.

—¿Habéis visto otros bajeles?

El tabernero está ante Felipe, Juana, Juan Manuel, Furstenberg y Charles Lalain. La claridad penetra avaramente en la vasta sala ennegrecida por los humos, donde Juana bebe vino caliente en el que moja una galleta de alforfón.

232

–Aquí no –masculla el hombre.

–¿Más lejos quizás?

–Se han señalado bajeles extranjeros en Portland, Weysmouth, Southampton.

–¡Loado sea Dios! –exclama Felipe.

Lleno de alegría, tiende una moneda de oro que el posadero se embolsa enseguida. Tan ricos señores son un regalo del cielo, en pocos días va a ganar más dinero que en todo un año de trabajo.

Sonriendo sin cesar, el tabernero muestra algunas habitaciones donde el capitán castellano, su mujer y sus compañeros podrán alojarse cómodamente. Las estancias son bajas de techo, oscuras pero disponen de una cama, un cofre, una mesa y algunas sillas. Al extremo del pasillo, un excusado, simple agujero en las tablas del que el dueño de la casa parece muy orgulloso. Felipe se asigna, primero, la habitación más grande, un cuchitril contiguo permitirá a Manuel y a Nassau instalarse a su lado; a Juana le atribuye una estancia que da al corral y al huerto. Los demás se reparten como pueden en habitaciones comunes.

–La cena se sirve a las seis, Milord.

Hace dos días que aguardan ansiosamente el regreso de Antoine Leflamand. Felipe está dispuesto a encontrarse con el rey, seguro de ganarlo para su casa, y la perspectiva de dar un puntapié a los franceses le llena de satisfacción. Acepta, sin parpadear, las rudimentarias comodidades del albergue, las rústicas comidas, la promiscuidad, la lluvia incesante que impide toda actividad exterior.

Por fin llega a Malcombe Regis una pequeña escolta enviada a explorar por el rey Enrique, deseoso de avisar a su querido Felipe de que el señor Leflamand, llegado a Londres perfectamente, se unirá con los suyos llevando una invitación a Windsor, donde todo estará dispuesto para complacer a tan notables huéspedes.

–Iré –decide Felipe–, pero sólo nos quedaremos el tiempo necesario.

–¿Y doña Juana? –pregunta Manuel.

Felipe juguetea con un cuchillo, la punta araña la mesa de roble trazando una ligera herida.

–No olvidéis, Monseñor, que Catalina de Aragón está en Richmond. Permitir a ambas hermanas que se encuentren es un peligro que no debiéramos correr. Doña Catalina es una mujer de cerebro, si decide ayudar a su hermana, lo hará, creedme.

Sin contestar, el joven sigue cortando la madera. ¿Si deja sola a Juana, se molestará el rey? Sin embargo, Manuel tiene razón, Catalina podría siempre transmitir a sus padres una nota de Juana. Su mujer puede también comportarse en la Corte de Enrique como se comportó en la de Luis. Recordar las algaradas de Blois le produce todavía excesivo escozor como para aceptar el riesgo de que se repitan.

Bruscamente, el cuchillo penetra en la mesa, se inmoviliza.

–La archiduquesa se quedará aquí. Mandaré a buscarla más tarde, si su presencia es necesaria.

Dos días después, Juana comprende, por el silencio que reina en el albergue, que se ha quedado sola. A su lado, como aguardando que despierte, Henriette la observa.

–Tengo que entregaros una carta, señora.

Juana toma el papel pero no lo abre. Sabe que, una vez más, Felipe la ha abandonado.

Rompe con furia la nota en pequeños fragmentos y los arroja a la chimenea. La carta no existe, Felipe no existe. Es viuda.

–Henriette –ordena–, tráeme un vestido negro.

54

Felipe suelta una gran carcajada, la broma era muy buena y el delfín Enrique, su futuro cuñado si la boda española se concreta, se muestra realmente muy divertido. Tanto en el frontón como en el amor, aquel jovencísimo hombre se muestra tan infatigable como él. En Windsor el tiempo transcurre ligero, fresco como un manantial. Tras amistosas negociaciones con los ingleses, pronto se firmará un tratado, seguido de una ceremonia durante la que entregará el Toisón de Oro al príncipe de Gales y recibirá la Jarretera. Por lo que al conde de Suffolk se refiere, tras haber aceptado entregarle a los ingleses, Felipe se niega a pensar en él demasiado. Último pretendiente de la Rosa Blanca, rival de los Tudor, el príncipe se había refugiado desde hacía mucho tiempo en Flandes, donde la Gran Señora le protegía, pero la política y el corazón, piensa, son hermanas enemigas a veces. Aplastar a Fernando bien merece una pequeña perfidia.

Peleas de perros, adiestramiento de osos, cacerías de zorros y acosos al ciervo ayudan a Felipe a olvidar su conciencia. Y el albergue de Malcombe Regis estaría a muchas leguas de sus preocupaciones si el rey no le acabara de indicar que desea la presencia de la archiduquesa para avalar la firma de una alianza que afecta tanto a España como a Flandes.

El rey Enrique pone la comitiva de su difunta esposa a disposición de Juana, que emprende el camino mientras, de pie en el umbral de la puerta, el posadero, rodeado por sus sirvientas, se deshace en reverencias, bendiciones y agradecimientos.

A comienzos de febrero, la campiña es gris, desnuda. En el suelo, helado todavía, resuenan los cascos de los caballos, rechinan las altas ruedas de los carros. A través de los matorrales que flanquean los campos, la luz del día, fría, azulada, parece un alba que no terminara de nacer. Juana contempla desfilar ante sus ojos esa campiña conocida por su encanto sin sentir la menor emoción.

Sin embargo, cuanto más cerca está de Windsor más parece invadirle una especie de gozo. Unas horas más y volverá a ver a Catalina, su hermana, de la que se separó hace diez años. ¡Toda una eternidad! La niña, que entonces tenía once años, se ha convertido en mujer, viuda ya, dispuesta a desposarse con su joven cuñado para ocupar el trono inglés.

¿Por qué ambiciona su hermana obtener una corona? La suya le pesa como si fuera de plomo.

A Juana le parece que los corredores del castillo de Windsor son interminables. Seguida por un enjambre de damas inglesas, recorre pasillos sin fin, recubiertos con madera de roble unas veces, con tapices otras. La noche ha caído. A distancias regulares, se han encendido antorchas que arrojan formas fantasmales sobre las losas.

–Pronto, Majestad –ha susurrado en tono precioso una anciana duquesa vestida de satén parma–, está previsto un banquete en vuestro honor y es ya muy tarde. A nuestro buen rey no le gusta esperar.

–El camino era malo, he tenido frío.

El tono cortante de Juana desalienta cualquier otra veleidad de charla. A hurtadillas, las damas de honor la observan sorprendidas. Creían que la hermana de la princesa Catalina era hermosa, amable y descubren a una mujer menuda, pálida, de mirada dura y sonrisa helada. Ciertamente, los negros cabellos y los ojos de un marrón verde son magníficos, pero su expresión intimida, la voz tiene acentos amenazadores.

El banquete concluye por fin. Sentada entre el rey y el príncipe de Gales, Juana ha querido mostrarse amable para engatusar a sus anfitriones, alentarlos a las confidencias. Al otro lado de la mesa, Catalina parece fascinada por las palabras de Felipe. Las dos hermanas sólo se han visto un instante antes de que comenzara la cena. Turbadas primero, casi molestas, se han abrazado por fin, pero cada palabra, cada gesto, parecía terriblemente afectado. A Juana se le ha encogido el corazón.

Mientras el archiduque apenas toca los platos que le presentan, el rey se harta de comida, bebe grandes tragos de vino, y el delfín no deja de lanzar a las damas alusiones subidas de tono, palabras gruesas que les hacen soltar la risa. A la izquierda de Felipe, una rubia gordezuela inclina tan familiarmente la cabeza hacia él que nadie puede dudar de su intimidad. La visión de esa mujer muy descotada, la rusticidad del rey, las obscenidades del delfín y la sonrisa que, por y a pesar de todo, se obliga a lucir, ponen de punta los nervios de Juana que domina a duras penas sus deseos de huir. Furtivamente, Enrique VII la observa. La reina de Castilla parece una yegua salvaje y se sorprende de que el robusto Felipe no haya conseguido domarla. Que se la confíe algunas noches y sabrá devolvérsela suave, dócil y muy jovial.

El delfín, por su parte, ni siquiera se toma el trabajo de mantener una conversación con la archiduquesa, su vecina. Entre la austera y piadosa Catalina, con quien quieren casarle, y la febril Juana, las mozas de Castilla no tienen evidentemente nada que pueda alegrar a un buen inglés. La reina sufre sin duda trastornos nerviosos, lo adivina por el temblor de sus manos, sus frases cortantes, el modo como yergue la cabeza mordiéndose los labios.

—Compruebo —dice de pronto Juana clavando sus ojos en los del rey—, que mi marido no puede quejarse de vuestra hospitalidad.

Enrique vacila un instante. Detesta tener que defenderse o justificarse, pero la mirada de Felipe en el escote de su vecina no le permite indignarse. Por fin, hábilmente, aprovecha este inicio de conversación para lanzarse al tema que le interesa.

—Considero a vuestro marido como mi propio hijo, Señora, y los acuerdos a que hemos llegado nos unirían más aún si fuera posible.

—¿Qué acuerdos?

—Somos ya inseparables aliados, Señora. Vos, el príncipe Felipe, el emperador de Austria y yo.

—¡Pero yo no he firmado nada!

Ha hablado con tanta fuerza que todos callan. Asustado, Felipe la mira como si se hubiera convertido en una víbora.

Juana comprende ahora por qué ha sido invitada a Windsor. Acaba de establecerse un pacto contra su padre y debe ratificarlo. ¡No lo hará nunca!

—Señora, querida hija —balbucea atónito Enrique—, hablaremos de todo eso más tarde, ¿os parece?

Sean cuales sean los caprichos de Juana, los acuerdos firmados con Felipe, muy ventajosos para los ingleses, no deben ser puestos de nuevo en cuestión.

—Es algo que no me concierne —murmura Catalina—. No puedo mezclarme en los asuntos internos del reino. ¿Comprendes que mi posición es aleatoria?

–Se trata de nuestro padre.

Catalina mira furtivamente por encima de su hombro. Las dos hermanas han podido aislarse unos instantes por primera vez, pese a los gentilhombres y damas que no dejan de mirarlas.

–A padre no le intereso demasido. Lucho sola para mantenerme aquí.

–No es cierto. ¡Padre daría su sangre por nosotras!

El rostro de Juana se ha ensombrecido. Había esperado una ayuda espontánea de su hermana, pero ésta piensa sólo en el príncipe de Gales y en el trono de Inglaterra.

Aunque la temperatura sea fresca, Catalina se abanica para no perder su compostura. Juana siempre se ha mostrado indiferente para con ella, ¿por qué tiene que arriesgarse a perder Inglaterra para entrar en una conspiración condenada al fracaso? Fernando no necesita a sus hijas para defenderse, conoce bien a su padre y sabe que hará exactamente lo que ha decidido, por más que disguste a Felipe de Austria. Con una sola mirada ha juzgado a su cuñado. Un niño mimado, elegante, brillante que Fernando se tragará de un bocado.

Juana tiembla de indignación, el único hilo que podía unirla a su padre se ha roto. Dentro de unas semanas los flamencos desembarcarán como conquistadores en la costa española, sin que ella pueda impedirlo.

–No firmes nada –se apresura a concluir Catalina–. Cuando estés en Castilla, exige ver a padre lo antes posible.

Mientras su hermana se aleja, Juana permanece inmóvil. Quiere abandonar Windsor, partir al día siguiente. Su lugar no está en esas reuniones fútiles, egoístas; odia la danza, los parloteos, los ágapes y la bebida, sólo una habitación cerrada le permite recordar su pasado feliz, el único alimento que la satisface, madurar su venganza.

De pie al fondo del inmenso salón, Felipe, mientras bromea, no aparta los ojos de Juana. Mañana mismo la mandará a Exeter, donde el conde de Arundel ha aceptado albergarla. Su presencia en Windsor enfría y perjudica tanto su interés como sus placeres.

55

Vestido para la cacería, el rey Enrique se dispone a reunirse con Felipe para un último acoso al zorro. Tras dos meses de estancia en Windsor, le satisface la próxima partida del archiduque. Inglaterra, de momento, no desea enemistarse con Francia ni con España. Teniendo en cuenta el torpe ímpetu de Felipe, el carácter imprevisible de Juana, Fernando, a fin de cuentas, podría salir vencedor. Dejando al margen los acuerdos comerciales y el proyecto de su propia boda con la hermosa Margarita de Austria, sólo se han firmado vagas promesas... ¡Decididamente, Dios ha querido beneficiarle haciendo que la flota flamenca embarrancara en sus costas!

—El candor, hijo mío —dice al príncipe de Gales, que se ajusta su gorro de terciopelo granate—, es a menudo el fallo de los versátiles. Cuando gobiernes Inglaterra, cree sólo en ti mismo.

La flota flamenca está por fin dispuesta a hacerse a la mar. Para pagar el carenado, el arreglo de los bajeles, para ofrecer al rey Enrique y a su séquito regalos dignos de ellos, para pagar las cuentas de los albergues donde se alojan la tripulación y los miembros de su escolta, Felipe ha entrado a saco en el tesoro entregado por las ciudades flamencas antes de su partida. En España, tendrá que encontrar enseguida fórmulas para pagar a sus servidores, tal vez vender algunas piezas de su vajilla de plata, pero tales dificultades no le preocupan demasiado. Ha podido asentar su posición de heredero de la corona de Castilla, tejer sólidas alianzas, aislar a Fernando. Tales victorias bien merecen el oro generosamente gastado. Con la ayuda de los Grandes, expulsará al aragonés. Dejará a Juana por un momento, tan breve como sea posible, hacerse la ilusión de reinar antes de enclaustrarla y ocupar solo el trono, apoyado por su padre, por Enrique de Inglaterra y, sin duda, por el papa, que siempre se ha puesto al lado del más fuerte. ¡Luis se arrepentirá entonces de haberle traicionado!

En Exeter, Juana ha pasado dos meses reflexionando. Para ella ha concluido el tiempo del encierro. Si quiere tener la menor posibilidad de impedir los planes de Felipe, debe agarrarse a él como la bola de un penado. Si la menor puerta la encarcela, Castilla, arrancada al gobierno de su padre, será entregada a los flamencos. A Fernando sólo le queda su hija para ayudarle, y su hija resistirá.

Desde hace algunos días Felipe se le ha reunido en casa del conde de Arundel, ha forzado su puerta como si fuera su dueño. El viento sigue siendo adverso y los flamencos deben esperar todavía antes de zarpar.

Por fin, el 22 de abril embarcan mientras suenan las trompetas y flotan banderas y estandartes en la brisa que sopla del norte.

—¡Monseñor, Monseñor!

Felipe ve trepando a cubierta un correo que lleva la librea del rey Enrique. El hombre le tiende un pliego.

«Hijo mío, acabo de saber que don Fernando os aguarda en Vizcaya. Ponedle, os lo ruego, buena cara. Hablo por vuestro bien y como un padre que os ama. Desconfiad de los falsos amigos y de los ambiciosos que con excesiva frecuencia, lamentablemente, constituyen el entorno de quienes gobiernan. Que Dios os proteja.»

Felipe dobla la carta, vacila un breve instante y, luego, pensativo, la tiende a Juan Manuel.

—Pues evitaremos Vizcaya, Monseñor.

—¿Y dónde desembarcaremos?

—En Andalucía, Monseñor. Allí, el duque de Medina Sidonia nos recibirá y proporcionará la ayuda necesaria.

«Ponedle buena cara» se repite Felipe. ¿Se dejará influenciar por un monarca envejecido que nada conoce de España?

—Que se envíe un correo a Medina Sidonia —ordena—, y no olvidemos avisar también al rey de Portugal. Su benevolencia nos es indispensable.

En alta mar, ante La Coruña, el viento decrece. El oleaje indispone a los pasajeros, las mujeres están cansadas del viaje, asqueadas del mar; los hombres, inquietos.

–¿Por qué no lanzar el ancla en este puerto, Monseñor? –pregunta Nassau–. Navegar más tiempo nos hace correr el riesgo de una nueva tormenta. Ese viento no me gusta.

–Deseaba desembarcar en Andalucía.

–No cambiéis vuestros planes, Monseñor –insiste Manuel.

–Apoyo la opinión del señor de Nassau –interviene Antoine d'Hubert–. Permanecer en el mar es un riesgo que no es necesario correr puesto que estamos ya ante las costas españolas.

–Juan, ¿por qué no tomar la decisión de atracar? –pregunta Felipe–. Don Fernando está en Vizcaya, tendremos en La Coruña tanta libertad de acción como en Cádiz.

–Pero no las tropas de Medina.

–Tenemos dos mil hombres a bordo y, gracias a Dios, ninguna seguridad de tener que combatir. Veyre ha propuesto al rey un compromiso que tal vez firme.

–Aunque firmara con su sangre, no confiaría más en su palabra.

El viento sigue debilitándose, se escucha el siniestro chasquido de las velas. Felipe comprende que sus compañeros desean pisar por fin tierra española.

–Desembarcaremos en La Coruña –decide.

–Mercaderes o peregrinos tal vez –sugiere el alcalde, a quien han acudido enseguida algunos hombres que han divisado, a lo lejos, la flota.

–Hemos visto estandartes flotando en el bajel almirante.

–¿Con qué colores?

–Los de Castilla, don Pedro.

–Jesús mío –exclama el alcalde–, ¡la reina va a desembarcar aquí!

Como si le hubieran pinchado con una aguja, el alcalde se pone de pie de un salto, agita vigorosamente una campanilla.

–Id enseguida al fuerte –ordena a los suyos–. Que se disparen salvas –y ante las atónitas miradas, precisa–: ¡El navío de doña Juana y su flota van a entrar en nuestro puerto!

En lo alto del fuerte, en medio de una nube de humo, las detonaciones se suceden. Cañones y culebrinas reciben a la *Julienne* que majestuosamente, con las velas blandamente hinchadas por un viento indeciso, entra en el puerto balanceándose mientras, respondiendo a las salutaciones de la ciudad, atruena la artillería de los buques de la escolta.

Felipe ve acercarse los muelles donde hormiguean ya los curiosos y, tras ellos, la ciudad, bien construida, desplegándose hasta el fuerte. El tiempo es claro, transparente, ligero. Cuando escucha, conquistador y alegre, el sonido de las trompetas de la *Julienne*, petrificado por la emoción, el joven piensa que está viviendo uno de los momentos más hermosos de su vida.

—Vamos a hacer que os preparen el alojamiento en el monasterio de San Francisco, Monseñor —dice Nassau a pocos pasos de él—. Doña Juana y vos podréis entonces desembarcar.

—¿Cuándo?

—No antes de mañana, Monseñor. Don Juan se propone recibir antes, en vuestro nombre, la salutación de los notables y tomar las disposiciones para vuestra entrada oficial en la ciudad.

Felipe se vuelve para contemplar de nuevo la tierra española. Hoy regresa como su dueño, se sentará en el trono de Isabel, tomará conocimiento de los documentos secretos, nombrará a sus propios amigos para los cargos y funciones que ocupaban los protegidos de la reina católica.

«Ha llegado el momento», piensa Juana.

Durante esta última noche a bordo de la *Julienne*, anclada a pocos cables de su país, no ha podido cerrar los ojos. En el camarote vecino, Felipe ha discutido casi hasta el alba, elaborando sin duda los últimos planes para aniquilar a su padre. De vez en cuando, percibía la voz nasal de Manuel como el silbido de una serpiente al que respondían algunas risas. Por la mañana, marinos y servidores han desembarcado muebles, tapices, alfombras y vajillas para arreglar los aposentos de los soberanos. Han dado las dos. Juana está dispuesta, resuelta.

—Vamos —ordena en castellano a las dos viejas sirvientas.

En la cubierta, la viva luz del día se apodera de ella. Ante los ojos de la joven se extienden la ciudad, los muelles hormigueantes de una muchedumbre que grita su alegría. Percibe olores familiares, aceite, pescado seco, hierbas silvestres, sebo de los corderos. La emoción es tan fuerte que debe apoyarse en la pared del castillo de popa. ¿Podrán mantener inquebrantables sus resoluciones? Tiene calor y la garganta seca. ¿Por qué está tan sola?

Con el rostro sonriente, Felipe avanza hacia ella. Una chalupa adornada de rojo y amarillo les aguarda. En las otras embarcaciones se apretujan músicos, tambores y trompetas, la guardia personal de Felipe y sus amigos íntimos. Algo más lejos, en una larga barca cubierta de terciopelo y pasamanería, las damas de honor charlan y bromean. Del brazo de Felipe, Juana se inmoviliza.

–He dicho claramente que no deseaba séquito alguno.

La mano de Felipe aprieta su brazo como si quisiera rompérselo.

–Te ordeno que respetes por lo menos las estrictas conveniencias –murmura.

–No tienes nada que ordenarme. ¡Que vuelvan a subir a bordo!

Juana percibe la agitada respiración de Felipe, siente como se contraen sus músculos, pero ya no le teme. En España, no puede obligarla con la violencia. Con los ojos clavados en el suelo, aguarda.

–¡Estás loca! –murmura Felipe.

–Soy tu prisionera. Los prisioneros no tienen séquito.

La espera no puede prolongarse. Furioso, Felipe se vuelve hacia el almirante.

–Que las damas vuelvan a embarcar, nos seguirán más tarde.

Nadie dice palabra.

–Vamos ahora –consiente Juana con voz tranquila.

En el muelle, el alcalde, los magistrados sombrero en mano se disponen a hincar la rodilla ante sus soberanos. Un niño vestido de satén blanco lleva las llaves de la ciudad en un almohadón amarillo y púrpura, mientras en el camino de ronda resuenan trompas, trompetas y clarines.

Juana pasea la mirada por los notables y la muchedumbre. Respira profundamente el aire español, recordando sus dos partidas hacia Flandes, miedosa la primera vez, exaltada la segunda. De muchacha se había convertido en mujer y amante, hoy se considera viuda. Ha transcurrido una vida, su vida.

–Doña Juana, Don Felipe, por mi boca os desean la bienvenida la ciudad de La Coruña, Galicia y toda Castilla.

El orgullo hincha la voz del alcalde. Juana, divertida, reconoce las rudas entonaciones de los gallegos, mientras Felipe sólo advierte que su nombre ha sido pronunciado en segundo lugar.

Tras haber besado sus manos, el alcalde prosigue el discurso. La tradición quiere que los nuevos soberanos que llegan a La Coruña sean invitados, primero, a la iglesia para recibir el juramento de fidelidad de los habitantes y prometerles, a cambio, justo respeto para sus derechos y privilegios. Un caballo y una mula pomposamente enjaezados aguardan a la pareja real.

–Ese juramento, si recuerdo bien, señor alcalde –declara pausadamente Juana–, sólo afecta a los soberanos españoles. Don Felipe, mi esposo, es flamenco, también yo lo soy por matrimonio, no estamos pues facultados para prestarlo.

Un murmullo de estupefacción recorre la concurrencia, tanto la española como la flamenca.

–Me retiraré a los aposentos que me habéis preparado.

–Doña Juana –implora el alcalde–, reflexionad, os lo suplico en nombre de los habitantes de La Coruña que os aguardan como a su amada y respetada soberana. Tal vez nuestras voces reunidas puedan convenceros.

–Sólo mi padre, don Fernando, podría dictarme una justa conducta.

Juana ha llegado sin aliento al final de su frase pues su corazón palpita enloquecido, pero ha llevado a cabo su designio. La bola se ha fijado sólidamente a los pies de Felipe y, en su rostro descompuesto, ve cómo sufrirá arrastrándola sin cesar tras él.

56

Tras algunos días de fría cólera, Felipe triunfa. De Castilla llegan a
La Coruña los nobles afectos a su causa. Los condes de Benavente y de Le-
mos, el marqués de Villena, los duques de Nájera y de Béjar, el hijo del duque de Braganza y su primer aliado Fuensalida le ofrecen sus espadas y su
prestigio. El convento de San Francisco parece una colmena, van y vienen
sin cesar correos portadores de noticias ciertas o falsas referentes a los movimientos e intenciones de Fernando y su escolta armada. En Villafranca
hasta entonces, el rey católico parece dirigirse hacia Santiago de Compostela para encontrarse con su yerno, información rápidamente desmentida
por otro mensajero que anuncia el avance de un ejército dispuesto a arrojar
a los flamencos al mar.

–No lo creo –decide Felipe doblando la carta–, pero si ataca me defen-
deré.

Veyre, que se ha reunido con el archiduque en La Coruña, acaba de ex-
poner durante largo rato las condiciones políticas que será necesario tener
en cuenta. Desde hace más de un año, el embajador de Felipe no ha escati-
mado tiempo ni trabajo para preparar la llegada de su joven soberano, es-
forzándose por contrarrestar los planes de Fernando.

–No atacará –confirma–, le interesa aguardar, dejaros la iniciativa.

–Philibert, ¿has visto como los Grandes comen en mi mano? El viejo
zorro ha perdido.

–Desconfiad, Monseñor, tiene más de un as en la manga. Su nueva boda
con una princesa francesa nos ha cogido a contrapié. Quiere asestaros todavía algún pérfido golpe.

Por la ventana, Veyre observa la marcha de un monje que deambula por el claustro. Esos meses pasados en Castilla le han enseñado el valor del silencio, de la lentitud, del secreto. Si Felipe quiere utilizar la eficacia flamenca, comprometerá su victoria. Para vencer a Fernando es preciso entrar en su juego, firmar un acuerdo aunque no se tenga en cuenta, deshacerse en sonrisas y promesas.

Por un instante, Veyre piensa que tras sus luchas, sus intrigas, le gustaría descansar aquí, seguir al monje en su apacible paseo.

–Monseñor –dice por fin–, ¿habéis tomado vuestra decisión? El acuerdo al que hemos llegado con don Fernando es, sin embargo, honroso; su retirada de Castilla a Aragón, a cambio de la mitad del oro de las Indias y el mando de las órdenes religiosas.

–No tendrá nada, Philibert. Quiero ser el único dueño de Castilla.

La expresión del embajador es dubitativa. Solo, pero con una esposa que es legalmente la única soberana; solo, pero con el ejército de los Grandes de España que ocupan ya La Coruña como conquistadores; solo, pero con dos mil soldados pagados por el emperador; solo, pero con un séquito de consejeros tan ávidos de dinero como de poder.

A Felipe, la perplejidad de su amigo le parece decepción. Veyre ha sido un excelente emisario al que le debe mucho, ha llegado el momento de demostrarle su agradecimiento.

–Philibert, mañana te concederé el Toisón de Oro.

–De modo que has decidido encerrarme de por vida.

Desde su llegada a La Coruña, Juana se ha negado a participar en los festejos populares, en las ceremonias organizadas por los magistrados y en los oficios religiosos, respondiendo invariablemente a las invitaciones: «No haré acto alguno de autoridad real sin haber visto a mi padre». Felipe ha tenido que escuchar solo los interminables discursos, asegurar a los gallegos su benevolencia, agradecer a los alcaldes su fidelidad. Día tras día el apuesto rostro, la atlética silueta del nuevo rey vencen la desconfianza del pueblo. Cuando circula por La Coruña, atestada por las tropas de los Grandes, los soldados austríacos, la horda de servidores flamencos, el joven se convence orgullosamente de que triunfa pese a la presencia de Juana, que gravita cada vez más sobre sus hombros.

–Denuncio el precedente acuerdo firmado con don Fernando. El rey de Aragón debe regresar ahora mismo a su propio país.

–Su Majestad no pretende apoderarse de Castilla por la fuerza, sino sólo entrevistarse con vos para que desaparezcan los malentendidos alimentados por quienes le traicionaron.

A Jiménez de Cisneros le cuesta disfrazar la impaciencia. Reconoce, tras la obstinación del archiduque, la perversa influencia de Manuel. Debe conseguir, por todos los medios, que Felipe acepte una entrevista con su suegro.

—Don Fernando y yo no tenemos nada que decirnos. ¿Me pedís que dé el primer paso? Que el rey me demuestre su buena voluntad retirándose a Aragón. Luego discutiremos.

Cisneros se contiene y no pregunta al archiduque quién le ha inspirado este nuevo lenguaje, pero Fernando da mucha importancia a que se trate con consideración a su yerno.

—Su Majestad desea al menos ver a su hija.

Con la cabeza ligeramente inclinada, el anciano ministro observa la reacción de su interlocutor. Por sus informadores, sabe perfectamente que el archiduque mantiene a su mujer bien custodiada. ¿Qué argumentos encontrará para justificarse?

—Doña Juana me apoya. Decidle a su padre que le escribirá en cuanto deje el trono vacante.

—¿No podría exponerle en persona lo que desea?

—No hay ninguna necesidad.

El tono, cortante, indica cierta turbación. Con los ojos entornados, Cisneros no deja de mirar a Felipe.

—¿Puedo ver yo a mi soberana?

El archiduque se impacienta. El viejo zorro intenta ponerle entre la espada y la pared. Su más vivo deseo es ver como se marcha enseguida.

—Doña Juana está enferma.

La voz del obispo es tan suave que la percibe como el silbido embrujador de una serpiente venenosa.

—¿No estará, más bien, prisionera, don Felipe? Es lo que se murmura y me gustaría poder comprobar que estas alusiones, ofensivas para vuestro honor, son mentira.

La campana del convento de Santiago de Compostela da las seis·de la tarde. Al día siguiente, cuando amanezca, los flamencos y sus aliados se encaminarán a Benavente, desde donde se dirigirán directamente a Burgos. La llegada de Cisneros, en plenos preparativos para la partida, es de lo más inoportuno. Fatigado ya por el abrumador calor, nadie necesitaba esa avispa que Fernando les envía.

Felipe siente nacer en él una exasperación que debe dominar. Se siente incómodo frente a los españoles y necesita cruelmente la presencia de Manuel.

—Acabo de deciros que Juana está enferma.

Ni por un segundo piensa haber convencido al obispo, cuya sonrisa, apenas esbozada, demuestra más insolencia que atención.

—No insistiré, don Felipe, pero temo haber adquirido unas convicciones que no podré callar. La verdad es un arma mucho más temible que las combinaciones políticas. Cuando estalla...

El obispo no concluye su frase. Con pasos amortiguados se dirige a la puerta, se inclina por última vez antes de salir.

Abrumada por el calor, la interminable columna avanza difícilmente por los pedregosos caminos. Faltan víveres y agua. Se producen peleas entre los gallegos y esos extranjeros que pretenden invadir sus aldeas, robar sus frutos, pisotear sus campos.

Flanqueada por dos huraños gentilhombres, seguida por Anna y Henriette que mascullan y sudan, la joven, en su mula, acecha el menor indicio que pueda señalarle la presencia de un emisario de su padre. Su espíritu no puede fijarse en nada, ni siquiera en el niño que lleva en su vientre, inexplicablemente aceptado como fruto postrero de un árbol muerto.

Del pedregoso camino asciende el fuerte aroma del romero y el tomillo silvestres. Muy de vez en cuando se agrupa alrededor de una iglesia un pequeño pueblo de casas de piedra, madera o adobe, según su rango o la fortuna de cada cual. Casas achaparradas, cerradas a la luz, ante cuya puerta crece un pino, un cactus, un matorral de mirto. Con los pies desnudos, los cabellos enmarañados, algunos niños abren unos ojos como platos frente a ese imponente cortejo que cruza las callejas sombreadas hacia las que se inclinan ramas y árboles frutales que se asoman por encima de los muros de los huertos. Entre gruñidos de cerdos y cacareos asustados, reina, rey, señores y oficiales, soldados y servidores desfilan en sus caballos, mudos, abrumados de fatiga, seguidos por el atronador rechinar de los carros tirados por yuntas de pesados bueyes. De vez en cuando, alguien aventura un: «¡Viva nuestra señora!». La joven vuelve la cabeza y sonríe, una sonrisa contraída, lamentable, mientras su esposo pasa mirando hacia adelante.

Por fin, tras lechos improvisados en albergues del camino, la Corte se instala algunos días en Monterrey. Juana solicita un baño, quiere agua fresca sobre su cuerpo, para lavarlo una y otra vez, para frotar el asco que siente por sí misma hasta quedar en carne viva. En sus aposentos, sean simples cuchitriles de albergue hormigueantes de pulgas, vastas habitaciones de castillos o celdas de abadía, hace quemar enseguida cortezas de naranjas amargas, copos resinosos, pide un sitial y se sienta junto a la ventana con el pequeño cofre de coladura que contiene sus tesoros en las rodillas: una nota escrita por Fernando, un rizo de Carlos, el collar de perlas de Isabel, un puñado de tierra de Granada en una bolsa tejida con hilos de oro y, sobre todo, la carta enviada por Felipe a Medina del Campo, que sabe de memoria y cada una de cuyas palabras la abrasa, no ya en un fuego de amor como en la Mota sino con llamas crueles y asesinas que no consigue apagar.

Cuando, vestida para pasar la noche, se dispone a recitar acompañada por dos sirvientes las plegarias vespertinas, un leve roce en su puerta sobresalta a las tres mujeres.

–¡Juanita, ábreme!

Juana se levanta de un salto, corre a abrir la puerta. Ante ella, Fadrique Enríquez, almirante de Castilla, su querido tío, le abre los brazos.

–Pronto, pronto, horchata, vino de Jerez, pasteles –ordena Juana tras un largo abrazo.

En casa de sus padres, el almirante era siempre recibido con alegría, a veces la propia Isabel le servía la bebida.

Mientras las viejas corren de un lado a otro, Juana, con la mano en la de su tío, ríe como una muchacha. Él la contempla, la examina.

–Estás aquí, hija mía, hermosa como cuando te llevé prometida a tu nuevo país.

Juana agita la cabeza, las lágrimas que humedecen su mirada han sucedido a la risa.

–No, no, tío, bien lo sabéis.

Él la abraza. Juana llora con largos sollozos.

–No tengas miedo –murmura don Fadrique–, somos varios los que velamos por ti.

–¿Quiénes?

Juana se ha erguido con la mirada brillante. Las palabras de su tío hacen nacer en ella una loca esperanza.

–Tu padre, hija mía, yo, Cisneros, Alba, Denia y muchos otros te defenderemos hasta la muerte si es necesario.

–¿Cómo está mi padre, podré verle?

Si el dedo puesto sobre los labios hace comprender a Juana que el almirante no puede responder, su gozosa mirada demuestra su optimismo.

–Estoy en misión oficiosa –murmura– e intentaré obligar a tu marido a aceptar, por el interés de todos, un encuentro con Fernando.

–Le acompañaré.

–No, hija mía. Tu padre te pide expresamente que no fuerces nada. Confía en él.

–Pero ¿cómo sabré lo que espera de mí si no puedo verle?

Juana ha levantado la voz. De nuevo el almirante se pone el dedo en los labios.

–Traigo conmigo un joven que le es absolutamente adicto. ¿Recuerdas a su ahijado Víctor de Santa Cruz? Lo dejaré cerca de ti. Escúchale, ese muchacho ama a Castilla, sabrá apoyarte, aconsejarte eventualmente y nunca te orientará en una dirección que tu padre pudiera reprobar.

Juana, penosamente, se separa de su tío; la serenidad, la fuerza de aquel hombre la han apaciguado.

–Felipe no permite que nadie se acerque a mí. Decid a mi padre que estoy prisionera.

–Lo sabe ya.

El rostro de Juana se inflama, febrilmente camina hacia su mesa, toma una pluma.

–Llevadle un mensaje.

Pero Enríquez sacude la cabeza.

–A nadie interesa tomar semejante riesgo. No necesitas comprometerte. He venido para que Felipe vaya al encuentro de Fernando, y lo conseguiré. No intentes nada antes.

La mano de Juana cae. De nuevo le invade la tristeza.

–Felipe quiere expulsar a mi padre de Castilla, no negociará.

–Tendrá que tomar posición, Juana, dejar de utilizar subterfugios. No puedo decirte nada más.

Henriette ha puesto en la mesa una bandeja de corladura en la que se alinean frascos, copas con pasteles y frutas.

–Aprovechemos tan apetitosa colación –declara alegremente Enríquez–, el polvo del camino me ha arrancado la garganta. –Y mientras se sirve una gran jarra de vino fresco, el almirante murmura–: No te preocupes por Víctor, oficialmente no estará a tu lado. Le encontrarás en el séquito del marqués de Zenetta, uno de los numerosos nuevos amigos de tu marido, de amplios corazones y largos dientes. Se dará a conocer. –Luego, levantando su vaso, el almirante pronuncia con voz fuerte–: A la salud de doña Juana, reina de Castilla, de León y de Granada.

57

Ningún carro ha podido cruzar las montañas de Galicia y los soberanos llegan a Benavente sin equipaje alguno. Esa total privación no mejora el humor de los viajeros.

–El rey de Aragón está a dos leguas de aquí –advierte Felipe cuando llega a La Puebla de Sanabria, feudo del conde de Benavente–. Debemos resignarnos a una confrontación.

–Pues sólo puede ser belicosa –afirma Juan Manuel–; don Fernando utilizará las malas artes para haceros capitular, pero los Grandes de España exigen que Castilla les sea devuelta en el acto.

En la voz de su consejero, Felipe advierte entonaciones amenazadoras. Ese intento de intimidación le ofusca.

–¿Pretenden los Grandes dirigir mi conducta? Sé muy bien cómo comportarme frente a mi suegro.

–Los Grandes han aceptado por vos riesgos considerables, Monseñor. Si don Fernando se mantiene por más tiempo en Castilla, no puedo garantizaros su fidelidad –y ante el silencio del archiduque, como saboreando su victoria, Manuel prosigue–: Jiménez de Cisneros llegará aquí esta noche como emisario del rey de Aragón, creo que ha llegado el momento de imponer vuestra voluntad, por la fuerza si es preciso.

–¿Piensas que Fernando puede buscar un enfrentamiento armado?

Manuel esboza un gesto vago. Los dos mil soldados llegados de Austria cuestan mucho dinero al Tesoro flamenco, es hora ya de utilizarlos aunque sólo sea para intimidar al aragonés y mostrarle claramente dónde está la fuerza.

–Debemos preverlo, Monseñor.

Felipe está turbado. Poner fin a la ambigua situación en la que vive desde que llegó a España le conviene y le molesta a la vez. En cuanto el problema de la sucesión al trono de Castilla se haya resuelto, se manifestará el de los Grandes. Esos hombres que han acudido a apoyarle exigirán su recompensa. ¿Cómo reaccionarán cuando descubran que las rentas y los beneficios de las villas, los monasterios y las tierras españolas han sido ya prometidos a algunos flamencos?

El cálido viento levanta un polvo rojo que se pega a los vestidos, se deposita como una capa impalpable en las alfombras, las baldosas de terracota de rosados tonos. A través de las celosías cuidadosamente cerradas pasa una luz umbría que no refresca. «Extraño país», piensa Felipe. A pocas leguas, Fernando le aguarda. ¿A qué trampa pretende atraerle?

El camino serpentea por el encinar, obligando a la cohorte flamenca a marchar en una hilera que parece interminable. Tras Felipe y sus amigos, que llevan cota de mallas bajo su jubón, progresan una escolta de soldados y un destacamento de arqueros a caballos. En el vallecillo donde se ha previsto el encuentro, todo parece apacible. Algunas corrientes de aire hacen temblar, a veces, los mirtos, las altas hierbas secas de donde brota el estridente grito de las cigarras. Tintinean a lo lejos los cencerros de los corderos.

Felipe se sobresalta al menor ruido y se reprocha su involuntario temor.

Pronto se escuchan golpear de cascos, chasquido de ramas, pero esos ruidos discretos parecen provenir de un pequeño grupo de pastores o gente del bosque, no de una tropa armada.

Ante la estupefacción de Felipe y de los suyos, un pequeño destacamento de jinetes escala el sendero llevando, a su cabeza, al rey de Aragón vistiendo su ruin hábito de paño, a Cisneros con ropa eclesiástica y al duque de Alba. Les siguen algunos gentilhombres, atentos y sonrientes como si fueran de paseo.

Frente a ese puñado de hombres de pacífico aspecto, la escolta armada de Felipe parece perfectamente incongruente.

–¡Hijo mío! –grita el rey cuando está todavía a algunos pasos–. Me satisface que nuestros caminos puedan cruzarse por fin.

Felipe no sabe si debe salir al encuentro de su suegro o permanecer inmóvil. Como si adivinara la turbación de su yerno y le divirtiera, Fernando sigue acercándose sin aguardar los saludos protocolarios. Por fin, a dos pasos del grupo, detiene el caballo y se quita el gorro. No es ya posible vaci-

lación alguna y Felipe se descubre, imitado por Manuel y por un puñado de
Grandes de España cuyos rostros muestran el mayor desconcierto. Olvidando entonces sus fieras resoluciones, el joven toma la mano de su suegro
para besarla.

—¡Démonos un abrazo, hijo mío!

Volviéndose luego hacia quienes le han traicionado, el rey de Aragón
abraza a Benavente.

—¡Querido amigo, cómo habéis engordado! —bajo su manto, la armadura asfixia al conde que suda copiosamente—. ¡Y vos también, García!

El marqués de Garcilaso tartamudea confuso. Algo mas atrás, Cisneros,
Alba y los demás fieles de Fernando se limitan a observar el espectáculo
con una luz divertida en la mirada.

Habiendo gozado suficientemente del desasosiego de sus adversarios,
el rey pasea su mirada por los soldados y los arqueros.

—Veo que España gusta mucho a mucha gente. ¡Me alegro! —y poniéndose serio de pronto—: Hijo mío, retirémonos a un lugar tranquilo para hablar. Tenemos poco tiempo y muchas cosas que decirnos.

Cuatro taburetes plegables han sido dispuestos bajo una gran encina,
dos forrados de cuero de Córdoba para los soberanos, otros dos de simple
tela para Manuel y Cisneros. Se acerca un paje llevando un odre de vino.
Bajo su cota de malla, Felipe piensa desfallecer de calor. Nada sucede como
había previsto, no puede conversar en secreto con Manuel ni siquiera reflexionar para encontrar un medio de restablecer su posición. Fernando, amable, implacable, le domina.

Pacientemente el rey espera que Felipe y Manuel se hayan refrescado.
Sentado en su taburete, con una imperceptible sonrisa de satisfacción en los
labios, parece un buen burgués en un día de campo.

—No me andaré por las ramas —declara de pronto con una voz que nada
tiene de benigna—. Llegasteis a España seguros de ser combatidos; muy al
contrario, os aguardaba para entregaros el poder. Desde la muerte de mi esposa Isabel, tanto yo como los míos hemos evitado cualquier ambigüedad.
El trono de Castilla, León y Granada es vuestro.

Atónito, Felipe escucha unas palabras que pensaba tener que arrancar a
un enemigo. ¿Qué oculta el rey para bajar tan deprisa la guardia?

—Padre —murmura—, os agradezco las atenciones que tenéis con nosotros. Falaces informaciones me habían hecho creer que nos impediríais gobernar el país.

—Teníais que venir a verme, hijo mío, en vez de escuchar a quienes me
odian.

Por un instante, la aguda mirada del rey se pasea por la concurrencia que, a poca distancia, observa desesperadamente a los soberanos y sus consejeros, intentando interpretar una expresión, un gesto.

—Os habría instruido tranquilamente sobre las costumbres de este pueblo —prosigue, mirando de nuevo a su yerno—. España no es un país donde la premura sea fuerza.

«El muy traidor cree engatusarme —piensa Felipe—. ¿Habrá olvidado la carta enviada a Juana y la boda francesa?»

—Hoy estamos juntos —afirma con una voz que intenta hacer tan firme como le es posible—, preparemos pues un acuerdo y firmémoslo enseguida. Vos lo deseáis y también yo lo quiero.

—Vuestro embajador, Philibert de Veyre, ha redactado un acuerdo cuyo fondo he aceptado, conservémoslo. Salgo de Castilla, vos me dejáis la mitad de la isla de las Indias y sus rentas, los maestrazgos de Santiago, Calatrava y Alcántara.

Felipe escucha atentamente. Hasta ahí, las pretensiones de su suegro son aceptables, y si sus íntimos no se lo hubieran impedido, las habría ratificado hace ya mucho tiempo.

Fernando aguarda una respuesta.

—Pienso, padre mío, que sobre estas bases acabaremos entendiéndonos.

—Además —prosigue Fernando—, desearía un tratado de buen entendimiento con vuestro excelente padre Maximiliano. A cambio, puedo prometeros la alianza de mi tío, el rey de Francia. Pero si uno u otro de esos soberanos atacaran Castilla o Aragón, nos prestaríamos mutuo socorro.

Felipe ve sobresaltarse a Juan Manuel. Su consejero y amigo quiere, sin duda, formular alguna restricción, pero no puede interpelarle sin parecer pusilánime ante su suegro, cuya mirada sigue atravesándole.

—Este pacto sólo puede firmarse con el acuerdo de los interesados.

—Naturalmente, hijo mío, pero hagamos que lo acepten.

El aire se ha vuelto tormentoso, asfixiante, el cielo es casi blanco. Felipe no puede más. Debe poner fin a la entrevista y retirarse con los suyos.

—Mi padre busca sólo los intereses de nuestra familia.

—Muy bien —parece concluir Fernando—, pero nos queda una importante cuestión que abordar. Juana es reina de Castilla, no podéis ejercer el poder sin ella, ¿verdad?

La voz es tan baja que Felipe cree haber oído mal. ¿Cómo puede su suegro haber llegado hasta el fin de las negociaciones para cuestionarlas inmediatamente con sólo pronunciar el nombre de su hija? ¿Ha conseguido ponerse en contacto con ella?

—Represento a Juana, sus intereses y sus voluntades —responde con voz sorda—. Firmará lo que yo le presente.

–¿Queréis decir, hijo mío, que nunca tiene opinión personal sobre el gobierno de su país?

–A Juana no le interesa en absoluto la política.

En su taburete, Fernando se mueve ligeramente. Felipe se pregunta si va a levantarse y partir pero, por el contrario, el rey se instala más cómodamente aún.

–Vuestras palabras, yerno mío, tienen graves consecuencias y quiero considerarlas atentamente. Sin duda alguna, mi hija demostró en el pasado su desinterés por las cosas públicas. Es esposa y, cada año, vuelve a ser madre.

–Juana –grita Felipe, satisfecho al ver que su suegro le sigue– es una mujer singular que desea estar sola mucho más que el torbellino de este mundo.

–¿Y por qué no halláis para ella una residencia tranquila donde pueda vivir apacibles días? Como padre, deseo su felicidad tanto como vos.

Con el espíritu en ebullición, Felipe reflexiona algunos instantes. La tabla que Fernando le está tendiendo es muy grande, ¿no ocultará alguna mala intención?

Ahora, Fernando se inclina un poco hacia él, como si quisiera que sus palabras no llegaran a oídos de Cisneros y Manuel.

–Juana me ha dicho muchas veces que no desea gobernar. Vos sabéis muy bien, ¿no es cierto?, que para escapar a esa carga estaba dispuesta a confiarme el poder.

Felipe no se atreve a contestar. Dar tormento a su embajador fue una medida algo dura que, sin duda, ha digerido mal. Pero, visiblemente, el rey no espera disculpa alguna.

–Comportaos bien con ella. Sabiendo que buscáis su bienestar, no os condenaré en absoluto.

–¿Qué haríais en mi lugar? –balbucea Felipe.

–Le asignaría, en un lugar que la complaciera, una residencia donde viviera rodeada de hombres seguros para protegerla.

El corazón de Felipe se desboca. Lo ha conseguido. Por una razón que cree adivinar, recuperar el poder más tarde, Fernando abandona a su hija. ¡Cómo va a aprovechar esa cobardía! ¡Si espera destronarle, los designios del viejo zorro de Aragón son muy quiméricos!

–Padre mío, pongamos por escrito este acuerdo y firmémoslo. Sé perfectamente que vuestra solicitud paterna no es pasajera, que el bien deseado hoy a Juana, lo desearéis también mañana.

–Firmemos, yerno mío, pero no es necesario poner a los nuestros al corriente de este acuerdo, debe permanecer como un simple asunto de familia

255

–Fernando se levanta–: Servidnos bebida –pide con voz risueña–, hace mucho calor y hemos hablado mucho.

Con quedos pasos, Jiménez de Cisneros se acerca al rey de Aragón, mirándole interrogativamente.

–Ha sido una jornada excelente –añade Fernando.

El austero religioso esboza una sonrisa.

58

Juana ha llorado tanto que ya no le quedan lágrimas. Todo ha terminado. Lo ha intentado todo, ha fracasado en todo. Fernando, su última esperanza, se dirige a Aragón y pronto cruzará el mar para vivir en sus posesiones italianas. Ahora está ya en poder de Felipe.

En Mucientes, pueblo pobre, la Corte se ha instalado para pasar unos días en un castillo carente de comodidades. Juana permanece encerrada en su alcoba, cuyas cortinas están cerradas. Por última vez escribe a su padre. Entregada al obispo de Málaga, la carta es interceptada de nuevo.

A lo largo de los desecos riachuelos, olivos y algarrobos parecen descomponerse en la blanca claridad que hiere los ojos, pero bajo el calor abrasador, nadie se aventura fuera, y el pueblo, desierto, silencioso, parece invadido por fuerzas maléficas. Se habla ya de peste. En el patio interior del castillo al que la sombra aporta una pizca de frescor, a Felipe le cuesta permanecer quieto. Más arriba, algunos de sus íntimos deambulan por la galería adornada con arcadas. Allí están Cisneros y el almirante de Castilla. Si su vanidad se siente halagada por su tardío apoyo, el joven no puede impedirse estar al acecho. Pero el viejo ministro de Isabel conoce los secretos del gobierno, el almirante es un aval de su legitimidad, ahora debe honrarles, escucharles antes de apartarles implacablemente en cuanto esté al corriente de los asuntos públicos. Juan Manuel lo ha previsto todo.

En sus aposentos, Juana, vestida de negro, aguarda a su tío. Sabe que la amenaza de un encarcelamiento gravita pesadamente sobre su cabeza. Si

Felipe quiere encerrarla en una ciudadela, tendrá que utilizar la fuerza armada.

–Estás muy sombría, Juanita –don Fadrique lleva una silla junto a su sobrina, toma su mano–: He venido porque tu marido me lo pide –Juana escucha atentamente–. Felipe te acusa de no estar ya en posesión de tus facultades mentales –con un gesto, don Fadrique detiene el rebelde sobresalto de Juana–. Ya sé que no es verdad, te conozco mejor de lo que crees pero el mal está ahí. No hay que velarse el rostro sino intentar curarlo.

–El mal viene de Felipe.

Pensativo, el almirante escucha la sincopada voz de su sobrina. Ciertamente, Juana no está loca sino perturbada, es violenta, irritable. Debe devolverle la calma, sacarla del peligro que corre.

–Juanita, entiéndeme bien. Tu marido alberga el proyecto de hacer que te encierren.

–¿Creéis decirme algo nuevo?

El tono de la joven es agresivo, pero su mano permanece confiada entre las de su tío.

–De ningún modo, pero te diré algo que ignoras: Felipe ha obligado a tu padre a firmar un acta que autoriza tu internamiento.

–¡No os creo!

La voz, ronca, apenas es perceptible.

–Es verdad, pero Fernando, en cuanto ha tenido libertad de movimientos, ha reunido algunos testigos y refutado cada línea del abyecto acuerdo. Ha enviado recientemente una carta, afirmando su entera lealtad para contigo, a los dignatarios del reino y a los embajadores de las potencias extranjeras. Tu padre no te traicionará nunca.

Ahogada por la emoción, Juana no puede contestar, las lágrimas corren por sus mejillas y caen en su vestido negro. El intenso estado emocional en el que vive desde hace meses la extenúa, la encierra en sus obsesiones mentales que desgastan su alma y su cuerpo. El hijo que lleva en sus entrañas le arrebata las fuerzas que le quedan.

«La pobre pequeña –piensa el almirante– es el envite de una partida que no comprende, y se agota en vano.»

La noche cae cuando don Fadrique se levanta.

–Piensa en tu hijo –dice al despedirse–, cuídate para él.

–Sólo puedo ofrecerle mi angustia, todo lo demás ha muerto en mí, tío.

–Nuestra reina no está loca. Ante Dios, respondo de ello en conciencia. Don Fadrique Enríquez no aparta los ojos del representante de Felipe que, ante las estupefactas Cortes, acaba de exigir que Juana sea depuesta. El acto es tan inesperado que ninguno de los miembros de la asamblea encuentra el menor argumento para defender a su reina. La intervención del almirante de Castilla llega en el momento oportuno.

–Don Fadrique –replica con sequedad Juan Manuel–, vos no vivís con doña Juana. Sólo su esposo está facultado para juzgar su comportamiento.

Silencio total. Nadie se mueve.

–Tengo, sobre don Felipe, la ventaja de conocer a la reina desde su nacimiento. Y también la de no tener prejuicio alguno.

–¿Insinuáis que Su Majestad busca beneficios personales?

Manuel advierte enseguida que ha sido una frase desafortunada, y el almirante la aprovecha inmediatamente.

–Que lo juzguen los miembros de esta asamblea.

–Señores –replica el castellano con su voz alta, distinguida–, don Fernando firmó un acta en la que acepta apartar a la reina del poder.

El presidente de las Cortes se toma su tiempo para dar una respuesta que aguardan con inquietud los notables sentados en sencillos bancos En los braseros se consumen hierbas que expulsan las fiebres y alejan la peste.

–Don Fernando rechazó ese acta.

–¡Es falso!

Hirviendo de cólera, Manuel ha saltado de su asiento.

–Don Juan, tengo una carta firmada por la propia mano del rey de Aragón.

El rumor es tan fuerte que ni el acusador ni el defensor pueden hacerse oír.

–¡Es absurdo! –grita por fin Manuel–. ¡El acta se firmó ante mí!

Pero por la franca mirada del presidente de las Cortes, el castellano comprende que dice la verdad. ¡Fernando ha renegado de nuevo!

–Doña Juana, a quien Dios guarde, sigue siendo nuestra única Soberana.

Manuel no responde. Si la cámara española se le resiste, Felipe sabrá prescindir de ella.

En Valladolid se suceden los embajadores: el del rey Luis XII, que confirma la ruptura del noviazgo entre Claudia de Francia y Carlos de Luxemburgo, hijo del archiduque; el de Enrique VII de Inglaterra, solicitando oficialmente la mano de Margot de Austria; los del emperador Maximiliano, que informa a su hijo de las maniobras hostiles de Charles de Gueldre, apoyado por el rey de Francia. En ausencia del archiduque, Chièvres, gobernador de Flandes, ha rechazado enérgicamente los primeros ataques y ha reunido en Namur un ejército para que se oponga al paso de las tropas francesas.

Felipe escucha, lee los despachos, firma. La confirmación de la traición francesa acentúa su determinación de ser el dueño absoluto en España. Nadie le hará ceder, ni los Grandes, ni las Cortes y menos aún las trapacerías del rey de Aragón.

59

Tan poco tiempo. Los pensamientos de Juana se enmarañan, enloquecen. El grupo de gentilhombres y soldados que rodea constantemente su mula, la separan de los burgos y pueblos que atraviesa. Aquella misma noche debe responder, pero ¿puede elegir al menos? Juana aparta la cabeza, sus ojos encuentran sólo rostros flamencos enrojecidos por el sol. ¿Qué están haciendo en Castilla? «Pronto serán los dueños absolutos –le murmuraron, la víspera, en la pequeña iglesia de la aldea donde se detuvieron–, y todo lo que doña Isabel reunió quedará disperso, ni una sola ciudad, ni un solo obispado, ni un solo monasterio podrá escapársele. ¿Es eso lo que desea Vuestra Majestad, es eso lo que desea don Fernando?» ¡Cómo le gustaría poder escapar, encontrarse a su padre, dejar que decidiera sola! Pero ahora, vigilada día y noche, ha perdido cualquier esperanza de fuga. Se asfixia de angustia, de cólera y despecho. La mula tropieza en una piedra, Juana tiene miedo. ¿Cuándo la encerrará Felipe? «Vuestra Majestad no tiene elección, no queda tiempo. Es preciso abatir o seréis abatida. Castilla os necesita.»

La voz era simple y suplicante. «Majestad, escuchadme atentamente, sólo tengo un instante para convenceros.» Embrutecida, había prestado toda su atención. «Don Fernando está entre la espada y la pared, sólo os tiene a vos para defenderle. ¿Permitiréis que le humillen? ¡Salvad a vuestro padre, salvaos, salvad Castilla!»

Desde entonces, estas palabras la obsesionan.

En Burgos, cuando regresa de una cacería, Felipe se dobla con una mano en el vientre y busca un lugar para sentarse. El dolor es fulgurante.

Desde la comida que hizo la víspera, acompañado por Juan Manuel, y el partido de pelota que disputó luego, se siente fatigado, febril. Pero no ha querido interrumpir sus actividades ordinarias y ahora paga su despreocupación.

Acudiendo de inmediato, un paje le sostiene, le ayuda a sentarse.

—¡Un médico, pronto! —grita—. Monseñor se siente mal.

Las puertas y ventanas de la Casa del Cordón están abiertas al hermoso jardín donde crecen naranjos y limoneros. Las ramas del jazmín escalan los viejos muros y progresan por las rosadas tejas del techo.

Juana quisiera dormir, no se mueve. Un solo gesto y la tragedia se apoderará de ella. Entonces sus ademanes permanecen en suspenso para que el tiempo se inmovilice con ellos. La muerte..., ha pensado tanto en ella que ha perdido el sentido de la palabra, pero el peso sigue siendo excesivo para sus hombros. En cuanto sus ojos se cierran, tiembla de angustia, de fatiga, de contenida rebeldía.

El ligero roce en su puerta se convierte en un ruido terrorífico. Juana sabe que ha llegado el momento. Antes de que entre el mensajero, ha saltado ya de la cama. A punto de decir «Estoy lista», vuelve a dominarse y sigue, silenciosa, los pasos del chambelán.

En el palacio que Juana atraviesa para reunirse con Felipe, nada ha cambiado desde su infancia. Los mismos olores de persistente humedad, de aceite, de especias, de humo ascienden de las cocinas, se imponen, acres, tras el frescor de los jardines donde florecen rosas y claveles entre la espesura de acacias, almecinos, cipreses y lilas de Persia.

La joven sube por las amplias escaleras. Al extremo de la galería, una colgadura se entreabre. Está oscuro. Al fondo de la vasta alcoba donde dormían juntos sus padres, Juana ve a Felipe. Tendido en la cama, cuyas cortinas permanecen abiertas, parece acabado, el pecho sube y baja espasmódicamente, los hermosos cabellos rubios están húmedos de sudor. Su marido es ya suyo hasta que uno y otro se conviertan en polvo.

Juana se acerca. Felipe vuelve hacia ella la cabeza y sus ojos se encuentran, preguntas sin respuesta, enfrentamiento donde ninguna victoria es posible. Para la joven, cada paso es un esfuerzo. Está junto al lecho; un paje acerca un sillón en el que se sienta.

—Permaneceré aquí —anuncia tranquilamente.

Felipe aparta los ojos. Con su frío dominio, su obstinado mutismo, Juana es terrorífica. ¿Es acaso la misma mujer que cubría su cuerpo de besos, imploraba de rodillas nuevas caricias? Desde que se ha sentado a su cabecera, un horrible miedo a morir añade un nuevo sufrimiento a los que roen ya su pecho, su vientre.

—¿Juana? —murmura Felipe.

Quiere saber. Juan Manuel, que ha venido a visitarle, tenía la mirada llena de sobreentendidos. Ninguna respuesta. La joven mantiene sus ojos fijos. Hace mucho tiempo que pronunció sus últimas palabras de amor. Felipe quiere gritar pero calla. Dos pajes le apoyan en los almohadones. Por su hermoso rostro maciliento, por el cuello, por los brazos y las manos se extienden ahora manchas de un rojo violáceo.

Juana acerca una copa que Felipe rechaza. A la luz de las velas su mirada arde, interrogadora, inflamada, una mirada que la joven sostiene impasible.

Nace el alba en los húmedos aromas del jardín. De la comisura de los labios de Felipe brotan saliva y sangre.

—Monseñor, debemos proceder a una nueva sangría y aplicar ventosas.

Los rostros de los médicos parecen máscaras funerarias. Felipe se abandona. El persistente silencio de Juana le tortura más aún que todos los sufrimientos que soporta. Con su vestido y sus velos negros, parece el ángel de la muerte. ¿Es la Muerte? El joven quiere ordenar que la aparten de su cabecera, pero su hinchada garganta no deja pasar sonido alguno. Va a ahogarse. Alrededor del lecho, los muebles de oscura madera, los cuadros austeros, el inmenso crucifijo le cercan cada vez más estrechamente.

Juana no separa los ojos de su marido. El sufrimiento le redime, le hace renacer, se lo devuelve. El hombre que quiso aplastarla, aniquilarla, humillar a su padre, ofrecer Castilla a unos extranjeros está a su merced, como un niño pequeño. Su odio hacia él se ha vuelto dulce, bueno, carece de memoria.

Tantos ruidos. La vida prosigue. En las cocinas, corredores y galerías se atarean criados y guardias, gentilhombres que acuden para saber noticias. Felipe parece dormir pero su espíritu va a la deriva. Es niño, en Flandes, acurrucado junto a su abuela, adolescente galopando con Margot por una avenida del bosque donde el sol abre una cortina de luz, pronto regresará a su casa, su existencia proseguirá su suave y fácil curso. ¿Por qué monta guardia Juana? Desde el día de sus bodas ha creído poseerle, ha querido someterle para disponer de él a su guisa, pero escapará, la abandonará a sus obsesiones, sus celos, sus pequeñas maquinaciones como una araña perdida en su tela. Ella no es nada, nunca ha sido nada.

Las corridas cortinas impiden que el sol penetre en la alcoba. Los médicos se han ido. Manuel, Veyre, Jean de Luxemburgo y Juana permanecen solos a la cabecera del enfermo. Algunos visitantes entran un momento y son pronto expulsados por el horrible hedor de la diarrea. Felipe agoniza. Cuando entreabre los ojos, sólo ve a Juana acechando como una bestia dispuesta a saltar. Aguarda, espera el momento en el que saltará sobre él para desgarrarle la garganta. A veces, delira: ¿es Juana o Fernando quien está mirándole? La rabia por haberse dejado sorprender así, derribar así, cubre su cuerpo de un sudor helado.

¿Amanece o es el crepúsculo? Juana lo ignora. Se ha sepultado en la oscuridad, se ha enterrado viva. ¿Hace buen tiempo en Burgos?

—Su Majestad está muy mal, descansad, doña Juana, nadie puede hacer nada ya, salvo Dios Nuestro Señor.

El célebre doctor Parra, que acaba de llegar de Salamanca, se inclina hacia ella. Juana murmura:

—No, no morirá.

Está temblando.

—Por el niño que lleváis en las entrañas —insiste el médico—, id a dormir un poco.

La joven agita la cabeza. Felipe no abre ya los ojos.

El sacerdote acaba de administrar la extremaunción, el pulso del enfermo es imperceptible. Un paje enjuga sin cesar el rostro cubierto de sudor, los labios, de los que escapa un hilillo de sangre negra. Juana no puede orar. Hoy no tiene ya cuerpo, no tiene ya boca, no tiene ya voz. Dios, además, no la escucharía. Ya no es su hija.

—El rey ha muerto.

Quieren llevarse a Juana, que se resiste. Su cuerpo es tan pesado que no pueden moverlo, un cuerpo inerte, sin gritos, sin lágrimas, un cuerpo de muerta.

—Acostad a doña Juana —ordena el almirante de Castilla— y veladla.

Envuelto en el manto real orlado de armiño, llevando un gorro de terciopelo en el que brilla un joyel, con una cruz de diamantes y rubíes colgada del cuello, el archiduque, príncipe de Castilla, está sentado en su trono ante el que desfilan los suyos para un postrer homenaje. Luego, rápidamente, sin vacilar, los médicos españoles se apoderan del cuerpo, lo abren, extraen las vísceras que son quemadas enseguida mientras el corazón es encerrado en un cofre de oro.

Por las murallas de Burgos, el brillo de las antorchas de la procesión pasa y desaparece. De los conventos y el castillo, monótono, fúnebre se eleva el largo canto del Miserere. Juana no lo oye. Ya no está en la Casa del Cordón sino con Felipe para toda la eternidad.

Al amanecer, Juan Manuel, Philibert de Veyre, Carlos de Bourgues y Jean de Luxemburgo escoltan el doble ataúd de plomo y madera hasta la catedral, donde tañen las campanas anunciando la muerte de su rey y del gran sueño español.

60

El anciano arzobispo guarda silencio.

—Se murmura que don Felipe ha sido envenenado. Hay un hombre que afirma tener pruebas. Acaba de ser detenido.

Fadrique Enríquez, almirante de Castilla, ha hablado con insistencia. Hace tiempo ya que las dudas, que intenta reprimir, acuden a su espíritu.

—¡Qué tontería! —exclama Cisneros—. Debemos hacer callar esos chismes. Que suelten inmediatamente al hombre para demostrar que damos muy poca importancia a este tipo de acusaciones.

—El Copero Mayor del rey, Bernard d'Orley, murió pocos días después de la comida en casa de Manuel —subraya Enríquez.

—Probablemente estaba enfermo. En adelante, nadie turbará los espíritus. Necesitamos certidumbre y determinación, no escepticismo e inútiles palabras. Castilla está al borde de la anarquía.

Los Grandes que permanecen fieles, como los que se han unido precipitadamente a Cisneros, guardan silencio. Ninguno de ellos tiene la conciencia limpia por completo. La horda hambrienta, aterrorizada, explotada de los flamencos no es una imagen que les guste recordar. Aunque muy comprensible, la revancha de los castellanos sobre el ocupante extranjero ha tomado caracteres de revuelta.

—Instauremos pues reglas muy estrictas —prosigue el arzobispo—. Los que circulen armados serán castigados con el látigo, a quien desenvaine la espada se le cortará la mano, todo aquel que derrame sangre será ejecutado en el acto.

Ahora, el albacea testamentario de Isabel tiene una tarea mucho más ardua que no puede todavía revelar: decapitar lo que queda del partido flamenco, poner a su merced a los Grandes hostiles al rey de Aragón. Fernando ha concedido a su ministro todo el tiempo necesario para llevar a cabo la misión. Un día u otro, cansados de los desórdenes provocados por la anarquía, todos se pondrán bajo la única autoridad posible, la suya. Entonces cruzará el mar.

—Raptar al niño es una utopía. El pequeño Fernando permanece estrechamente custodiado y los castellanos no están dispuestos a abandonarle.

Abrumado, Veyre sólo puede añadir a sus palabras un gesto de total impotencia. Desde hace más de dos semanas, combate para salvar lo que puede. No le quedan fuerzas. Arrojándose sobre ellos como avispas, los castellanos venden una hogaza de pan por una moneda de oro, multiplican las agresiones. Pese a toda su autoridad, no ha podido impedir el pillaje de los bienes del Archiduque. Sólo algunos tapices, algunas joyas personales han podido ser llevadas a Bilbao por el conde de Nassau, para embarcarlos hacia Flandes. La ropa ha sido vendida, la vajilla rota o cedida, pieza a pieza, a cambio de algunos maravedíes.

Felipe ha muerto y todo se disgrega. Precipitadamente, Juan Manuel ha salido de Segovia dejando la ciudad en manos de los Moya para refugiarse en Burgos. Todo flamenco que gozó de un cargo, de una sinecura cualquiera, se procura, al precio que sea, un caballo o una mula para huir hacia la costa o hacia la frontera francesa. La hecatombe es total, implacable.

Jean de Luxemburgo no insiste. Sin embargo, le hubiera gustado llevarse al pequeño Fernando a Flandes, como última prueba de lealtad hacia el archiduque.

—Permaneceré en Castilla hasta fin de año —prosigue Veyre—. Quedan algunos asuntos que sólo yo puedo intentar arreglar. Además, debo intentar encontar a doña Juana para convencerla de que nos ayude.

—¡Ya no es de los nuestros! —exclama con amargura Jean de Luxemburgo—. Nada queremos de la reina y ella nada quiere de nosotros.

Veyre permanece pensativo.

«Desconociendo al adversario hemos perdido la partida. El mayor enemigo de Monseñor no era Fernando, sino doña Juana, su propia esposa.»

Ligera, la voz del joven se eleva, asciende, se desgrana en aéreas notas. Con la mano en la mejilla, Juana escucha. Por orden suya, el coro flamenco se ha quedado a su lado y, como en Coudenberg, cada mañana, cada tarde, le procura los únicos momentos de apaciguamiento. Toma de los platos puestos a su lado algunos bocados de una comida fría donde se posan las moscas, bebe del aguamanil, ya no se lava, se tiende en el suelo cuando el sueño la invade. Responde invariablemente a los Grandes y a los notables que vienen a espolearla: «Aguardemos el regreso de mi padre». Siente tanta impaciencia por ver a Fernando que no deja de asomarse a la ventana con la insensata esperanza de verle aparecer, permanece largos instantes de pie, con la frente apoyada en el crucero, y luego, sin fuerzas, se tiende con la mirada clavada en las pintadas viguetas del techo. Cuando sus ojos permanecen fijos durante mucho tiempo, ve por fin a Felipe. Se contemplan interminablemente. Algún día, está segura de ello, sonreirá y le tenderá la mano. Nunca durante sus diez años de matrimonio ha estado tan cerca de ella.

«Si el mar fuera tinta para escribir mis palabras de amor, el mar se secaría.»

La voz se levanta de nuevo, cae como una cascada. Juana escucha. ¿Por qué no habrá encontrado palabras semejantes que decirle? ¡Ha sido tan torpe, tan pueril! Las manos que estrechan sus rodillas tiemblan un poco. Las mandíbulas se contraen. Demasiadas lamentaciones, demasiados sufrimientos. Su corazón, su alma están hoy vacíos, sus lágrimas se han secado. ¿Quién puede exigir que gobierne Castilla? No le debe ya nada a su país, ha pagado sus deudas con los suyos.

–¿Dios mío, habrán tenido la audacia? –repite Juana sordamente.

La víspera de Todos los Santos, los últimos flamencos han abandonado Castilla. Llueve. El agua chorrea de los pinos, atraviesa las amarillentas y dentadas hojas de los tilos, la espesa copa de las encinas. En el patio, los rosales del cenador se deshojan en el estanque de mármol verde. Con el espíritu muy agitado, Juana no deja de recorrer su alcoba. Ligera primero, la duda va imponiéndose con el transcurso de las horas, cada vez más lacerante. ¿Y si los compañeros de Felipe se hubieran llevado a Flandes los despojos mortales de su marido? Siempre quisieron separarles. Pero hoy Felipe es sólo suyo, y para siempre.

Asustado, el chambelán escucha a la reina que le ordena reunir una escolta para dirigirse, al día siguiente, día de Todos los Santos, a la cartuja de Miraflores donde reposa el archiduque. Allí exigirá que, en su presencia, se abra el ataúd. El gentilhombre querría protestar pero la tensa máscara, los huraños ojos de Juana demuestran que ningún argumento la convencerá.

–Quiero que Monseñor, el arzobispo de Burgos, esté a mi lado.

El hombre se inclina. Cuando mira de nuevo a Juana, ella le da la espalda, se aleja envuelta en sus negros vestidos, irreal silueta de la que el anciano no puede apartar los ojos.

En la cripta donde arden algunas antorchas, el ataúd está listo para ser abierto. El obispo de Burgos, dos eclesiásticos, el prior de la cartuja y Juana rodean a los monjes encargados de la macabra tarea. Con el rostro oculto bajo un velo negro, la reina no aparta la mirada del ataúd. Lentamente, la cubierta se desliza. Relentes de humedad, de moho, flotan en la cripta. El agua se estanca en las piedras en manchones oscuros.

En el féretro forrado de terciopelo, Juana distingue el cadáver cubierto de una costra de cal; con el corazón palpitante, se acerca. El muerto es efectivamente Felipe, pero no su Felipe, sólo un cuerpo anónimo, frío, nunca abrazado ni acariciado. Los pegados párpados no pueden mirar, la boca estriada no tiene sonrisa, sus unidas manos están petrificadas. El hermoso cuerpo se deseca ya. Un vértigo obliga a Juana a apoyarse en el sarcófago.

–Es él –murmura–. Vayámonos ahora.

Después de la lluvia, el aire vespertino huele a menta y resina. Con un nudo en la garganta y las manos temblorosas, Juana monta en su mula mientras el silencioso cortejo vuelve a formarse a su alrededor. La campana de la cartuja tañe de nuevo.

A lo largo del camino, algunos campesinos retrasados contemplan pasar a su reina, que no ve a nadie. Con los párpados cerrados tras sus velos, se imagina acostada junto a Felipe muerto y el pensamiento le proporciona una dulce sensación de reposo.

61

Las órdenes caen como una cascada. Durante el día, Juana ha disuelto las Cortes, destituido a los miembros del Consejo nombrados por Felipe, revocado dones y cargos atribuidos tras la muerte de Isabel, prohibido que los extranjeros ocupen puestos oficiales. Cuando el día concluye, el corto paso de Felipe por Castilla ha sido borrado, su obra aniquilada.

Cae la noche. Jiménez de Cisneros, derrengado, regresa a su mansión mientras Juana toma por fin algo de alimento, llama a los músicos. Ahora puede abandonar Burgos, llevar a su amor a Granada, abrir de par en par para él las puertas de la Alhambra, hacer brotar las fuentes en los blancos patios donde se inclinan higueras y granados entre el canto de las cigarras que ritman el sueño de los hombres. Cuando la luna ascienda por encima del patio de los leones, se reunirá con él, le acostumbrará a su muerte para que descanse en paz.

En La Vega, casa de campo de su hermanastra Juana de Aragón, la reina encuentra refugio. Se acerca Navidad. Una Navidad sin alegría. Mascullando, la Corte ha seguido a su soberana. De la mañana a la noche, embajadores, nobles, diputados, notables aguardan unas audiencias siempre aplazadas. Todo el mundo se siente enterrado bajo una capa de silencio y tedio.

—Quiero la presencia del nuncio, la del embajador de Austria y la del representante de mi padre; que los obispos de Málaga, Jaén, Maldoñedo y Burgos se preparen. Decidles que partimos esta misma tarde hacia Miraflores y mañana hacia Granada.

El tono de Juana es parecido al de Isabel, real. Pese a lo absurdo de la orden, nadie se atreve a protestar. Preparar el ataúd, el cortejo fúnebre, la escolta, las etapas hasta Andalucía en una sola jornada es un desafío imposible de cumplir. El avanzado embarazo de la reina, su extremada fatiga hacen presagiar, además, un próximo alumbramiento.

¿Dónde hallar lecho conveniente para el parto? ¿Y qué hacer con el cadáver de Felipe hasta la ceremonia de la purificación después del parto? Pero Juana, súbitamente desbordante de actividad tras su larga inercia, espolea ya a sus viejas sirvientas, convoca a su capellán y sus chantres. La perspectiva de la próxima partida hacia Granada, de un largo viaje junto a Felipe, le tiñe de rosa las mejillas. Huirá de Burgos, de la peste que hace estragos y de los tenaces recuerdos, más envenenados todavía que la enfermedad. En Granada comenzará una nueva vida. Su padre se reunirá allí con ella, tomará en sus manos a la querida Castilla que ha vuelto a ser española a costa de lágrimas de sangre.

Después de las lluvias, un desacostumbrado calor hace subir de la tierra empapada de agua una ligera bruma que se desliza por el suelo, escala los muros, se enrolla a los matorrales y los árboles, apaga los sonidos, hace inquietante la menor forma.

Al caer la tarde, Juana está lista para partir. Una vez más hará abrir el sarcófago, pero sin inquietud. En su corazón, Felipe sabrá que ha venido para llevarle a Granada, donde él quería dormir.

Conducido por los portadores de antorchas, el cortejo camina en la oscuridad hacia Miraflores. Húmedo, lleno de rumores que obligan a los prelados a persignarse sin cesar, el bosque se lo traga. ¿Adónde les lleva la reina? ¿Hacia qué mórbidos sueños? Erguida, Juana camina cubierta por sus velos, con la mirada perdida en lontananza, sombra entre las sombras, incomprensible, impenetrable.

En el lindero del bosque surge la cartuja. Con una mueca en los rostros, como diablos dispuestos a apoderarse de los viajeros nocturnos, brotan las gárgolas a la luz de las antorchas. Tras el aterrorizado grupo, la puerta se cierra rechinando.

–Te he perdonado, absuélveme también. Nos amábamos. Ha llegado el momento de envejecer, apaciblemente, juntos. Ven, nos vamos a Granada.

Ante el ataúd abierto de nuevo, Juana habla sola. No ve los rostros que expresan su reprobación o su horror, ni la lúgubre cripta, sólo a un hombre apuesto y joven que está durmiendo. Con la yema de los dedos, roza los pies donde antaño posaba sus labios, Felipe se reía, la tomaba en sus brazos...

Por fin el convoy se pone en marcha. Pero como los cuatro fuertes percherones son incapaces de arrastrar los patines de madera en los que reposa el ataúd, se requisa a los campesinos un carro y colocan en él el féretro. El crepúsculo se pierde en la bruma. A últimas horas de la tarde, los notables han regresado a Burgos y sólo un puñado de gentilhombres de su Casa, dignatarios eclesiásticos, algunas sirvientas y un destacamento de soldados permanecen junto a Juana. Alrededor del carro fúnebre, un grupo de monjes salmodia el oficio de difuntos mientras las ruedas del vehículo rechinan en las roderas.

–¡Doña Juana, por el amor de Dios, regresemos y aguardemos el alba!

La voz del obispo de Burgos desaparece en la niebla. Hay que detenerse ante un río. Las aguas, crecidas, inundan las riberas, hacen peligroso el acceso al frágil puente de madera.

–No daremos marcha atrás –declara Juana para evitar cualquier protesta.

Los soldados colocan unas tablas sobre las que comienza a rodar el carro. La gastada madera del puente cruje lúgubremente mientras en la total oscuridad el rugir de las aguas parece terrorífico.

–Lo lograremos, doña Juana.

La voz de Víctor de Santa Cruz reconforta a la reina. El joven castellano es el único del centenar de hombres que rodea a la reina que no la desaprueba, no condena sus actos.

Cada vez más compacta, la niebla hace más lento todavía el avance del cortejo. Ni siquiera las antorchas proyectan ya más que una luz incierta, irrisorio fulgor en la opacidad de la noche.

–Doña Juana, tenemos que hacer un alto.

En el pueblo de Cavia, Santa Cruz ha alcanzado la mula de la reina. Sin fuerzas ya, la joven debe ceder.

Al alba, el convoy reemprende su marcha. Juana sólo ha podido dormitar en la habitación que el cura ha puesto a su disposición. Durante la noche, en el mal jergón de paja, ha creído oír quejas, lamentaciones que la han aterrorizado. Los inquietantes brillos del fuego de turba, el impenetrable silencio de la bruma parecían pertenecer al mundo de los difuntos.

El cortejo avanza difícilmente hacia el sur. Burgos esta sólo a cinco leguas. Por la noche hay que dormir en una granja aislada, al borde del camino. Juana sabe que no irá mucho más lejos. El sueño de Granada se disipa.

En Torquemada quiere bajar de su mula, se desvanece. Santa Cruz la recibe en sus brazos.

¿Cuánto tiempo hace que está durmiendo? La bruma se ha disipado, ahora hace buen tiempo, calor casi. ¿Ha llegado la primavera? Una moza le tiende un vaso de leche.

—¿Dónde está Su Majestad?

—Unos monjes le velan día y noche en la iglesia, doña Juana. Podéis descansar tranquila.

La joven no puede levantarse, su vientre le parece más pesado que la tierra.

—¡Una niña! —anuncia la comadrona.

Juana pide a la recién nacida, casi tímidamente la toma en sus brazos, sorprendida al sentir semejante emoción. Ninguno de sus hijos la ha conmovido así. ¿Será la inmensa fatiga? «Pequeña mía —murmura—, mi niña.» La niña llora, la joven contempla el minúsculo rostro que se arruga y enrojece. «¡No llores!» Pero también ella solloza, un llanto ardiente, incontenible, que la desgarra. Acurrucada contra su pecho, la niña se tranquiliza. Juana acaricia tiernamente la pelusilla de la cabeza. Felipe la ha perdonado, ella tiene entre los brazos la prueba de su amor, su más hermoso regalo. Ahora quiere vivir, hacer que vuelva a su lado el pequeño Fernando, intentar reconstruir una familia alrededor de su padre, cuando regrese. Él les protegerá, les amará, alejará a los demonios que la acosan. Hoy, sólo tiene un deseo, arrodillarse ante él, depositar a sus pies la carga antes de que la levante para tomar su mano.

62

–La peste nos alcanza –grita Juana–. ¡Dejemos este lugar antes de que se apodere de mi hijita!

La reina, que parecía tranquilizada por la maternidad, está de nuevo fuera de sí. La voz aguda, la mirada febril son las de los malos días.

–Quiero que nos marchemos hoy mismo. Id a preparar el ataúd de Su Majestad.

–¿Pero adónde vamos a ir, doña Juana?

Sabiendo que, finalmente, tendrá que inclinarse ante la desordenada voluntad de la reina, el primer mayordomo protesta sin vigor.

Desconcertada, la joven parece reflexionar. De nuevo sus manos, las comisuras de sus labios tiemblan.

–No lo sé, siempre adelante.

Una vez más, la Corte se ha echado a los caminos. Abril oscila entre la lluvia y el sol.

Avanzada ya la noche, un convento puede acoger por fin al cortejo fúnebre, a la reina y a su hija. Hasta donde alcanza la vista se extiende una desolada campiña, el viento barre la tierra rojiza, sacude los matorrales de retama, jaras y espliego, se pierde por el horizonte donde se redondean las crestas de las montañas. Seguido por algunos gentilhombres a caballo, el carro penetra en el patio del monasterio. Juana va muy atrás; las religiosas dispondrán del tiempo necesario para prepararse a recibirla.

–¿Qué habéis hecho?

Los ojos de la joven flamean. Su rabia es tan fuerte que Cisneros, atónito, cree vivir de nuevo los atroces momentos de la Mota.

–¡Sacad inmediatamente a mi marido de este convento!

A punto de replicar airado, el viejo arzobispo decide callar, casi satisfecho a fin de cuentas viendo a Juana, a la que nunca ha amado, sumiéndose más profundamente aún en sus aberraciones. Servirla después de haber servido a Isabel es una obligación cotidiana que cada vez le cuesta más soportar.

–Daré enseguida la orden, Majestad. ¿Adónde queréis que transfiramos los despojos de don Felipe?

–No importa. Me niego a que estas mujeres se acerquen a mi marido.

La voz tiembla. Juana está a punto de llorar, su cabeza la martiriza cruelmente. De nuevo la horrenda impresión de ser expoliada, aplastada, enmaraña sus pensamientos, le da ganas de aullar. Cisneros sabe muy bien que exige velar sola a su marido. Ninguna mujer tendrá ya la menor prerrogativa sobre él.

Bamboleante, el carro vuelve a salir al patio, recorre de nuevo, en sentido inverso, el camino de tierra que se pierde entre los campos.

–¡Deteneos!

Juana sufre un vértigo. Está segura de que los caballos tiran de su carga con mayor facilidad. ¿Y si las religiosas se hubieran quedado a Felipe?

–¡Abrid el ataúd!

Reunido en torno al féretro, bajo las incesantes ráfagas de viento, el atónito grupo aguarda a que nazca el día. Nadie dice palabra. La visión del muerto, descubierto por un instante a la luz de una antorcha, en la campiña desierta, obsesiona todos los espíritus.

En Hornillos, Juana se instala en una gran granja rodeada de bosques de tilos. La horrible crisis de la noche anterior le ha dejado una difusa sensación de vergüenza, una infinita tristeza. Hace tanto tiempo que se encarnizan con ella que, a veces, no consigue dominarse. Está cansada. ¿Por qué no regresa su padre?

El edificio se levanta tras un huerto y un jardincillo con flores. Se siente bien aquí, tranquila, más serena. Se quedará.

Felipe descansa en el coro de la iglesia parroquial. La reina recibe en la sala común de la granja a Grandes y notables, escucha sus quejas y sus súplicas sin decir palabra. Apenas les oye. Observa el vuelo de un pájaro, los juegos del sol en las flores reunidas en ramos, piensa en Felipe o, con mayor frecuencia, en su padre. El lugar que ella ocupa, le pertenece.

En cuanto se alejan los peticionarios, la joven se retira al jardín, entregándose a trabajos de costura, con la niña a su lado en una cuna de mimbre. Algunas veces, para su disgusto, Cisneros se le reúne. Con los labios prietos, el rostro severo, el arzobispo le habla de los asuntos de Estado, empleando las mismas palabras que Isabel cuando la reina católica intentaba instruir a su yerno en los intereses de España. La monotonía del discurso adormece a Juana. ¿No ha comprendido el ministro que sus consejos no le conciernen? El anciano se levanta, se encoge de hombros, se aparta a veces sin dirigir la mirada pero, a menudo, mirándola con compasión. A Juana le importa muy poco. En adelante nada puede ya hacerla sufrir, salvo sus recuerdos.

Tras una frugal comida, todos se acuestan para hacer la siesta. Las contraventanas están cerradas. El cálido aire pesa sobre los durmientes. Cuando la joven abandona su lecho y llama a sus sirvientas, el sol declina.

En la granja sólo quedan ya las viejas flamencas, la reina, la infanta y algunos soldados designados para asumir una guardia sin ningún riesgo. Nada puede suceder en este burgo perdido.

Cerca ya de su meta, ambos jinetes han lanzado al galope las monturas. Juana los distingue a lo lejos y deja caer al suelo su costura. Una súbita emoción se anuda a su garganta mientras Anna y Henriette, inmovilizadas también por la sorpresa, sueltan las gallinas que están desplumando.

El oficial es el primero en descabalgar. Conmovida, Juana descubre que lleva los colores del rey de Aragón.

–Traigo un mensaje urgente para Su Majestad la reina.

Juana se levanta. Cada movimiento es un suplicio.

–Yo soy la reina.

Sorprendido, el oficial la examina. ¿Esa mujer ordinaria, con sus mal ceñidos vestidos, es la reina de Castilla?

–Bueno, ¿qué debéis entregarme?

El tono altivo no tiene, esta vez, réplica.

–Doña Juana, Su Majestad el rey de Aragón me ha encargado traeros este pliego.

Con el sombrero en la mano, el oficial retrocede unos pasos, aguardando respetuosamente a que le despidan.

La joven arranca el sello de cera, recorre con avidez las escasas líneas. «Hija mía, pronto estaré a tu lado, aguárdame en Tórtoles durante el mes de agosto. Que Dios te guarde.»

–Corred al pueblo –ordena a las atónitas sirvientas–. Reunid a mi gente en la iglesia. Yo misma acudiré enseguida para cantar un Te Deum.

63

Juana no consigue dominar su excitación. En la más hermosa casa de Tórtoles, requisada para su padre, ha reunido tapices, muebles y alfombras de Oriente, ha hecho preparar los platos favoritos del rey y adornado su alcoba con exquisitos ramos. Levantándose con el alba, acude sin cesar a la ventana para acechar la llegada de Fernando y luego, pensando en algunas mejoras posibles, corre a dar nuevas órdenes.

«Mañana», ha anunciado el mensajero. Juana no puede dormir en toda la noche. La inminencia de un encuentro tan impacientemente aguardado levanta una tempestad de preguntas para las que no encuentra justas respuestas. ¿Qué tiene que confiarle, qué debe callar? ¿Tiene que cargar a su padre con el peso de una elección que ella sola ha hecho? Sin duda la comprendería, la reconfortaría, la aprobaría incluso. Además, ¿le quedaba otra alternativa? Si no se hubiera defendido, a estas horas estaría encarcelada en una olvidada ciudadela, mientras Castilla estaría en manos de los flamencos, ávidos siempre de oro y honores.

Los consejos de Isabel, ocultos durante mucho tiempo, invaden de nuevo la memoria de Juana. «Hija mía, tus intereses son los de nuestro país. Si lo amas, como espero, debes defenderlo contra todos, incluso contra tu propio esposo.» Entonces, una vez más, se había rebelado contra su madre. ¿Se le ha perdonado ya su ceguera?

Al primer canto del gallo, la joven ha tomado una resolución. Callará. En ese día de gozo, nada debe ensombrecer a Fernando.

El cielo de agosto es algodonoso, el sol se ha ocultado. Por última vez, en compañía de su hermanastra, Juana comprueba que todo esté en orden en la alcoba destinada a su padre. Se han renovado las flores; en la mesa, con sus libros favoritos, se han puesto vino y galletas. El cuero de los cofres huele a cera, las cortinas y el dosel de la cama, de seda escarlata, están impecablemente planchados. De las paredes cuelgan los más hermosos tapices, un paño cuadrado de pesado satén con las armas de Castilla y Aragón. Brillan los objetos de oro y plata. Fernando se sentirá en su casa. Por un instante, Juana piensa en Germana, su madrastra, que permanece en Zaragoza. «Por fortuna, padre viene solo –advierte Juana de Aragón como si leyera los pensamientos de la reina–. Nos sentiríamos incómodas frente a esa desconocida.»

Desde la muerte de Felipe, Juana se ha aproximado a su hermanastra. En su infancia, odiaba a esa hija bastarda nacida antes que ella y, si alguna vez se cruzaba en su camino, apartaba la mirada con aire huraño. Hoy les une el mismo amor por Fernando.

–¡Doña Juana, se acerca el cortejo!

Lívida, Juana se precipita a la ventana. La muchedumbre se reúne en todas partes, corren los niños, las mujeres se apretujan tras las celosías. Fernando, que se marchó como un ladrón, regresa vencedor a Castilla. Juana distingue a los primeros jinetes.

–¡Pronto, pronto! –grita a Juana de Aragón.

Ambas mujeres se apresuran. La reina no puede ya correr como en los tiempos de Olías, cuando había bajado la escalera para arrojarse en los brazos de su padre. Ahora su cuerpo pesa, su corazón se desboca. Los velos del luto dificultan su marcha. En el patio, sonrientes y sumisos, se apresuran los gentilhombres adictos a Fernando.

Todos se apartan para dejar pasar a Juana. El rey penetra en el patio, descabalga. Desconcertados, padre e hija se miran por un instante, luego la reina, en un transporte de júbilo, se quita su tocado de viuda, lo arroja al suelo, corre hacia aquel que, más que el propio Dios, es su refugio, su razón de vivir, su esperanza, cae de rodillas. Estupefacto, Fernando descubre el rostro asolado, la mirada extraviada, los grises cabellos de su hija. La emoción, a su vez, le abruma, se arrodilla, abre los brazos, estrecha contra su cuerpo a la niña apasionada, vulnerable y leal a quien ha sacrificado. Durante mucho tiempo, padre e hija permanecen abrazados, llorando juntos.

–Ven, Juanita mía –murmura por fin Fernando–. Entremos en la casa.

Mientras trepan juntos por los peldaños de la gran escalinata, los dedos de Juana permanecen asidos a la mano paterna.

Ahora, Fernando recibe a Cisneros acompañado por algunos Grandes, Juana vuelve a la casita que ha elegido. Los momentos de intensa emoción que acaba de vivir la han quebrantado. «Vendré a reunirme contigo», ha prometido su padre.

¿Ha dormitado? Cuando alguien araña su puerta, se sobresalta. El día declina, la joven tiene calor, su cuerpo la abruma pero el gozo la invade inmediatamente, vivo y fresco como cuando Fernando penetraba en su alcoba de niña para contarle una historia, escucharla mientras tocaba el clavicordio o la guitarra.

—Dame de beber, Juanita.

El rostro de Fernando respira satisfacción. Buen número de sus más encarnizados enemigos comen ahora en la palma de su mano. Tras nueve meses de graves desórdenes, Castilla está madura para entregársele de nuevo, y él alardea ahora de poder reducir a los últimos sediciosos.

—¿Sabes que tu enemigo, Juan Manuel, ha huido de Burgos, estos últimos días, abandonando su castillo a un esbirro? ¡Ha salido de la ciudad disfrazado de mujer y huye hacia Flandes!

La risa de Fernando contagia a Juana. Por primera vez desde la muerte de Felipe, bebe unos tragos de vino, desmiga un pastel de miel y almendras.

—Juanita, Castilla renacerá. ¿Dónde quieres que nos instalemos? ¿En Valladolid, en Medina del Campo, en Toledo?

—Donde deseéis, padre.

Juana toma de nuevo la mano de Fernando y la besa. Todo le es indiferente salvo esta presencia, el calor de este cuerpo que huele, familiarmente, a almizcle y azahar.

—Me gustaría conquistar muy pronto mi ciudad de Burgos. Vayamos a Santa María del Campo. Desde allí podré dirigir una operación rápida.

Juana asiente con la cabeza. El vino la aturde. Ahora Fernando habla de Isabel, luego de Germana, la joven le escucha distraída. Sus interrogaciones la atormentan demasiado para que su atención quede libre por mucho tiempo.

—Sé que te gustará —prosigue Fernando—, es como tú, leal y fiel.

A Juana se le hace un nudo en la garganta. ¿Puede seguir mintiendo a su padre, dejar que se ilusione?

—Germana rogó con fervor por ti cuando, en Génova, recibimos la terrible noticia.

Juana suelta la mano de su padre, cierra nerviosamente los puños.

—Sé cuánto has sufrido y, sin embargo, Dios apartaba de ti una terrible amenaza. Tu marido, Juanita, no amaba a Castilla.

Por el rabillo del ojo, Fernando observa a su hija, advierte su turbación. Suave pero firmemente, insiste.

–Felipe no merecía ese país, tampoco te merecía.

–Padre...

Fernando se inclina hacia su hija, su aliento es como una caricia.

–Ha corrido el rumor de que la muerte no fue natural. ¿Qué sabes de eso, Juanita?

Juana está tan tensa que la sangre golpea en sus sienes.

–Padre –balbucea–, sólo vos debíais reinar en Castilla.

–Debías reinar tú, Juanita. Felipe te robaba el poder.

–Mi persona no tiene importancia, sólo pensé en vos y en Castilla.

Juana ha hablado de un tirón. Fernando toma las manos de su hija.

–¿Qué quieres decir, hija mía?

Con los ojos cerrados, Juana nota la presión de los dedos de su padre en la piel, un roce tan suave que casi es sufrimiento. ¿Por qué empeñarse en guardar tan pesado secreto frente a ese hombre al que ama y que sólo desea su felicidad?

–Padre –murmura, pálida–, de Felipe lo hubiera soportado todo salvo su abominable conducta con vos...

Juana calla por fin, no llora, su garganta, su boca están secas, sus párpados se mueven incesantemente, la abruma una inmensa angustia. Ahora interroga a su padre con la mirada, ávida de aprobación de mutua ternura, pero Fernando parece de mármol.

–Has hecho bien –murmura por fin–, ante Dios, apruebo tu valor. Sin embargo, ¿estás segura de que nadie sospecha nada? Aunque sabiendo perfectamente que sólo buscaste mi bien, al actuar así diste a mis enemigos un arma terrible para abatirme.

–Padre –balbucea Juana–, soy la única responsable y lo gritaré si es necesario.

Con gesto paternal, Fernando palmotea la mejilla de su hija.

–Juanita mía, qué ingenua eres. La política es un nido de serpientes. Tus lloros no enternecerían a nadie.

–¿Qué puedo hacer entonces?

El terror a que Fernando la rechace también enloquece a la joven. Se ha entregado demasiado al amor a su padre para que, de pronto, le priven de él.

–Firma un papel que mantendré siempre en secreto. Si me atacaran y tú no estuvieras para defenderme, ese escrito sería mi salvaguarda, una prueba de amor y confianza de mi hijita. Nunca más volveremos a hablar de ello.

Juana se refugia en los brazos abiertos de Fernando. Ha librado y ganado su última batalla, ha puesto fin al sufrimiento de una larga humillación.

64

–Velad por Juana, ¿queréis? Ignoro cuánto tiempo tendré que quedarme en Segovia para hacer entrar en razón al duque de Nájera.

Cisneros, que acaba de ser promovido a cardenal por Fernando, en recompensa por su fidelidad, da enseguida su asentimiento. Además, vigilar a la reina no es tarea difícil. Refugiada en Arcos, con el infante Fernando y la pequeña Catalina, que tiene ocho meses, no sale de su morada.

–Deseo el menor contacto posible con el exterior. Los que rodean a mi hija son seguros, pero desconfío de los demás.

–Con el papel que está en nuestras manos, Majestad, doña Juana no puede pretender reinar.

En el patio aguarda el séquito del rey de Aragón. Octubre es glorioso en Burgos, todo dulzuras y perfume de rosas.

–Sin duda –murmura Fernando. Luego, escudriñando al ministro con su aguda mirada–: El rey Enrique VII de Inglaterra solicita la mano de Juana. Es pronto todavía para persuadirla de que acepta, pero quiero esa boda. Fuera de Castilla, mi hija me dejará tranquilo por fin.

La mano de Cisneros se levanta en un gesto de bendición.

–Que Dios os guarde, don Fernando, rezaré para la realización de vuestros deseos, que tan bien sirven los intereses de Castilla.

Fascinado, el infante Fernando observa la lagartija perfectamente inmóvil en el muro bañado por el sol. A sus cuatro años y medio, el muchachito es algo travieso, pero sociable y curioso. Juana descubre maravillada a su hijo. Hasta ahora, sus propios hijos le parecían lejanos, difíciles de comprender e incluso de tratar. Leonor, Carlos, Isabel y María le son extraños. A veces, escribe cortos mensajes que nunca envía por temor a no haber elegido las palabras apropiadas. ¿Quién les educa en Flandes? Margot, sin duda, muy feliz de poder desempeñar por fin un papel de madre. Juana ha sabido que su cuñada había declinado la petición de matrimonio de Enrique VII de Inglaterra. Recuerda al viejo rey en Windsor, su redondo vientre, su rubicunda tez, sus dientes ennegrecidos o ausentes.

Cansada de desposorios, convertidos enseguida en funerales, Margot no quiere salir ya de Malinas. Tiene ahora cuatro niños que educar, el recuerdo de un hermano querido que llorar, artistas que mantener y, sobre todo, un país que gobernar desde que Maximiliano, su padre, la ha nombrado regente durante la minoría de Carlos.

—¿Es verdad, madre, que una lagartija cortada en dos sigue viviendo?

La joven le sonríe.

—A tu edad también lo creía, pero no es cierto.

—¿Dónde estabais cuando teníais cuatro años?

Juana reflexiona. Arrastrada de ciudad en ciudad, de palacio en palacio con la Corte, no tiene ningún recuerdo cierto, ninguna referencia, sólo rememora el ruido de pasos inquietantes por las inmensas salas desconocidas, amenazadoras sombras en las alcobas extrañas.

—Estaba con tu abuela Isabel y tu abuelo Fernando.

El niño inclina la cabeza y se sume de nuevo en la contemplación de la lagartija. Tras el muro, el burgo de Arcos se despliega con sus callejas salpicadas de puertas claveteadas ante las que charlan las viejas, sus tiendas, sus callejones obstruidos por pasajes abovedados a los que se asoma el cielo en manchas luminosas. De la iglesia parroquial a las capillas de los conventos, las campanas dialogan tocando el ángelus vespertino. Como cada día, Juana se dispone a orar ante el ataúd de Felipe. Jamás tiene la libertad de ir sola, Fernando lo ha prohibido. La reina obedece sin comprender. ¿Qué teme su padre, no le ha probado acaso su total sumisión? En Arcos, vive rodeada de los más devotos partidarios del rey de Aragón, Luis Ferrer, el marqués de Denia, los obispos de Málaga y Maldoñedo. Sin duda están ahí para protegerla, pero siente a menudo la impresión de que la espían como en Coudenberg. Los momentos que comparte con sus hijos son las únicas bocanadas de aire fresco.

La nodriza se lleva a Fernando y Catalina. Por un instante, Juana aprovecha todavía la maravillosa suavidad del otoño. Su padre regresará dentro de unos días y, con él, su madrastra, Germana de Aragón.

–Soy vuestra devota hija.

Juana ha besado la mano de Germana que, inmediatamente, estrecha a la reina en sus brazos.

Más joven que su hijastra, la nieta del rey de Francia no es hermosa pero tiene una lozanía y una sonrisa atractivas. Juana, en comparación, parece irremisiblemente marchita. Fernando está satisfecho. La víspera, durante largo rato, ha sermoneado a su hija. Aunque no pueda evitar sentir celos, le ha pedido que los disimule. Sin embargo, festejar hoy a Germana, la sobrina de Luis que tan mal la trató, deja aterido el corazón de Juana.

Después de la cena, Germana ha subido a sus aposentos. Solos en la galería, padre e hija pasean mientras, a los pies de los torreones, se sitúan los centinelas.

–Vives demasiado recluida, hija mía, demasiado prisionera en tus recuerdos.

La noche es fresca, húmeda. Junto a su padre, Juana avanza a mesurados pasos, atenta, desconfiada, muda.

–A fuerza de contemplarte en tu papel de viuda –prosigue dulcemente Fernando–, olvidarás que una mujer está hecha para el matrimonio, para el amor.

El silencio de su hija molesta al rey. El tema a abordar es muy delicado.

La joven mantiene la cabeza baja. «Singular, irritante –piensa Fernando–. ¡Enrique las pasará moradas!» De pronto, suda bajo su jubón de lana.

Entre dos columnillas que forman un arco surge la luna, redonda y amarilla.

–Detengámonos unos instantes –propone el rey–. Mira qué hermoso es el cielo.

Pero Juana apenas levanta los ojos.

–Os escucho, padre.

Tiene la boca seca y un nudo en la garganta. Hace meses ya que sus viejos socios parecen enterrados y ahora, en un instante, reaparecen con intacta violencia.

–Juanita, Enrique de Inglaterra ha pedido tu mano. No me respondas enseguida pero piénsalo bien. Serías feliz junto a un hombre que te colmaría de honores y ternura. ¿Me prometes hacer un esfuerzo para considerar favorablemente el ofrecimiento?

Fernando ha hablado, suspira aliviado. Ahora siente prisa por regresar a su alcoba donde la aguarda Germana, sus deseos juveniles, su maravilloso cuerpo redondeado todavía por la infancia.

Juana se arrastra hasta la ventana, respira el aire fresco. Casas, terrazas, iglesias se apretujan en torno al castillo. Rebuzna un asno, unos campesinos retrasados regresan a su casa con un fanal en la mano. La joven se aparta, la vida no le interesa. Felipe ha muerto, jamás podrá reemplazarle. Su padre no ha comprendido nada y, pese a sus palabras reconfortantes, no le presta atención alguna. Una violenta crisis de nervios la derriba. Va a morir o a volverse realmente loca. «¡Dios mío –repite–, Dios mío!»

Al alba, como cada día, Fernando asiste a la misa. Ante la capilla, macilenta, deshecha, le aguarda Juana.

–Padre –dice de un tirón–, no podría pensar en el proyecto que me expusisteis ayer mientras Felipe, mi esposo ante Dios, siga sin sepultura.

La dura mirada de Fernando se posa en su hija, pero el rey se rehace enseguida, sonríe, toma la mano de la joven y la estrecha entre las suyas.

–Muy bien, Juanita, estamos de acuerdo. Llevaremos a Felipe a Granada y luego te casarás.

65

Fernando arroja su espada a un paje que la coge al vuelo. Juana acaba de sacarle de sus casillas. Con el estío, ha regresado el pesado calor. Arcos se ahoga en polvo, relentes de aceite y orina, entre el acoso de las moscas. Unos días más de canícula y aparecerá la peste.

–Fray Jiménez, ya no puedo tener esperanza alguna, Juana no cederá.

En la sombra aguarda el cardenal, insensible al calor, a los insectos, a los nauseabundos hedores. La empecinada resistencia de Juana no le sorprende en absoluto. Un criado trae una copa llena de uva moscatel y granadas, depositándola en una mesa. Le sigue un perro que se tiende a los pies del cardenal.

–Sin embargo, lo he intentado todo –prosigue el rey–, promesas, amenazas, es inútil. Mi hija se niega a enterrar a su marido. ¡Está más loca de lo que creía!

Cisneros no parpadea; muy al contrario, la tozudez de Juana le parece prudente. Mientras el archiduque no tenga sepultura, ella podrá rechazar los nuevos esponsales.

–Y esa boda inglesa me convenía mucho –suspira Fernando–, representaba para mí una garantía en el probable caso de que los franceses cambiaran de bando, una baza para obligar al rey Enrique a apresurar la boda de su delfín y mi hija Catalina. Y, sobre todo, arreglaba el problema de Juana.

–Contra la montaña, el hombre sólo puede cruzarla o rodearla –murmura Cisneros.

Con gestos lentos, afectuosos, el cardenal acaricia el animal tendido a sus pies.

–La rodearemos, fray Jiménez, y proseguiremos nuestro camino.

–¿Cuáles son vuestros planes, Sire?

–Antes de mi partida hacia Andalucía, Juana se instalará en Tordesillas. Hoy mismo voy a convocarla en Mahamud y, de allí, yo mismo la escoltaré hasta la ciudadela. Creedme que cuando la puerta se haya cerrado, respiraré con mayor libertad. Dios mío, temo constantemente que los Grandes la utilicen para ponerme en jaque.

–Doña Juana os es absolutamente fiel.

–De momento es cierto todavía, pero ¿quién puede prever el porvenir? Juana no tiene todavía treinta años. Imaginad que haya un Grande capaz de seducirla. El mismo día de la boda sería príncipe de Castilla y tendría en las manos los poderes y prerrogativas vinculados al título. No puedo imaginarme reviviendo lo que Felipe me hizo soportar. Está también en juego el porvenir de este país.

Con los ojos entornados, Cisneros parece sumido en profundas reflexiones. A través de las celosías, el cielo es de un azul de zafre, apenas se escucha el chapaleteo de la fuente en el jardín interior. Entra un criado trayendo vino fresco y aparta las moscas que pululan sobre la fruta. De pie, con la mirada fija, implorante, el lebrel busca nuevas caricias.

–Dicen que doña Juana es muy sensible a don Víctor de Santa Cruz –murmura por fin.

Fernando se inclina hacia el viejo cardenal.

–Querido amigo, don Víctor se ha marchado esta mañana a Italia. Le he confiado una larga misión en Nápoles.

Los rostros de ambos hombres están muy próximos.

–Entonces, doña Juana está por completo en vuestras manos.

Con las tres cartas en sus rodillas, Juana respira dificultosamente. El calor es sofocante y, pese a la joven sirvienta que la abanica sin cesar, el sudor corre por su rostro. Estos mensajes, procedentes cada uno de un lugar distinto y aparentemente sin relación alguna, se completan sin embargo como piezas de un instrumento destinado a aplastarla.

En la primera misiva, llegada de Inglaterra, su hermana Catalina la acucia para que acepte la boda inglesa. Juana ni siquiera ha terminado de leerla pues los argumentos artificiales, dictados probablemente, la erizaban. Catalina no ha tenido tanto éxito en su vida como para pretender dirigir la suya. Nunca se casará con Enrique VII. ¿La toman por una marioneta? No le pide nada a nadie, excepto el amor de sus hijos, el afecto de su padre y un poco de serenidad en ese castillo de Arcos que, ahora, considera su casa.

La segunda carta, firmada por Santa Cruz, le deja una vaga pesadumbre atenuada por la irritación que le ha provocado la primera y el terror ocasionado por la última. El joven, en términos excesivamente familiares para complacerla, le asegura antes de abandonar Castilla su indefectible obediencia y una inalterable amistad. Juana arruga rápidamente el papel entre sus manos. Si, con su presencia, Víctor la reconfortaba, también le recordaba hechos desgraciados que el tiempo atenúa suavemente. No responderá.

Pero Juana no se ha recuperado de la emoción y el terror provocados por la lectura del tercer pliego. Su padre la convoca a Mahamud para acompañarla a Tordesillas. Recuerda, a orillas del Duero, la maciza silueta de la vieja fortaleza de tan siniestra reputación. El instinto de supervivencia le advierte que debe negarse, desafiar a su padre, aferrarse a Arcos.

El viento del sur que penetra por las grietas de las celosías es ardiente. Con nervioso gesto, Juana despide a la sirvienta, cae al suelo, se encoge en un almohadón con la espalda en la pared, como en Coudenberg, cuando languidecía de Felipe, como en el palacio de su infancia, donde se sentía horriblemente sola, tan desarmada. La inmovilidad, la noche de sus párpados cerrados le permiten recuperarse. No acudirá a la cita fijada por su padre, se fingirá muerta, esperará a que la olviden.

Durante tres días Fernando espera en Mahamud. Sin embargo, tiene prisa; debe partir en cuanto sea posible hacia Andalucía, para aplastar al marqués de Priego que, en Córdoba, desafía su autoridad. Juana le desobedece por primera vez. Una sorda inquietud se añade a su cólera. Sin duda hace bien desconfiando de su hija. ¿Acaso su sumisión, sus sonrisas y sus tiernas palabras no ocultan una gran doblez? La sabe, mejor que nadie, capaz de actos desesperados. ¿Por qué no va a ser también él, algún día, víctima de su virulencia? Juana representa ahora un creciente peligro. Si se rebela sabrá, al revés que Felipe, aniquilarla definitivamente.

—Su Majestad el rey —anuncia un ujier.

Más muerta que viva, Juana ve entrar a su padre. Por la expresión de la mirada fija en ella, la joven comprende enseguida que le domina una gran cólera. Fernando no se preocupa ni siquiera de sonreír con cortesía.

—¿Por qué no viniste?

Juana que, durante esos tres días no ha dejado de dar vueltas en su cabeza a los argumentos para defenderse, no encuentra las palabras.

—Catalina estaba algo enferma.

287

Lamenta enseguida el pueril argumento. Si quiere salir bien librada, debe combatir.

—Además —añade casi humildemente—, no comprendía el motivo de vuestra orden.

—¿Me sales ahora respondona? Cien veces me has afirmado una obediencia filial de la que, hasta ahora, no he visto la menor manifestación.

—Padre —protesta la joven—, siempre he actuado para favorecer vuestros intereses.

—Mis intereses eran que te casaras con Enrique, le has rechazado. Hoy, es importante para mí saberte segura en Tordesillas antes de salir de Castilla, por un tiempo que puede ser largo, y no acudes a la cita que te he dado, ¿es ésta tu preocupación por mis intereses?

Juana retrocede hasta una mesa en la que puede apoyarse. Sus piernas se doblan.

—Estoy muy bien en Arcos, a los niños les gusta también. ¿Por qué marcharme?

La helada, implacable mirada de Fernando se acerca a Juana.

—He elegido para ti esta nueva residencia.

Es mediodía. Sobre el patio el sol lanza una luz blanca.

Las palabras salen de la boca de Juana, murmuradas pero definitivas.

—Padre, no iré a Tordesillas.

Fernando palidece. Por un instante cree que su padre va a abrumarla bajo un chorro de reproches, pero calla, la mira sin que ella pueda adivinar sus pensamientos.

—Como quieras —decide fríamente—. Pero el aire de por aquí no conviene a mi nieto. Mañana se marchará a un lugar más salubre. Haz que preparen su equipaje y despídete de él.

El rey le vuelve la espalda, se dirige hacia la puerta.

—Nos veremos dentro de unos meses. Si quieres conservar a tu hija junto a ti, tal vez estés entonces en mejores disposiciones.

El aullido de Juana alcanza a Fernando cuando baja por la gran escalinata, un grito de animal herido de muerte.

66

Tendida en el suelo de su alcoba, como un animal, Juana come con los dedos del plato que han depositado ante ella. A veces quiere huir, golpea con los puños la puerta sin ni siquiera intentar abrirla; luego, con los dedos ensangrentados, renuncia, vuelve a tenderse. Cada noche la atenazan las pesadillas.

En Arcos, el otoño despliega un esplendor que, día tras día, va descomponiéndose. Cierta mañana de octubre, Juana reclama a su hija, la estrecha convulsivamente entre sus brazos y, luego, tomando un manto, abandona los aposentos donde ha permanecido enclaustrada durante casi tres meses para dirigirse junto a Felipe. Si ha perdonado las traiciones del esposo, jamás olvidará la irreparable deslealtad de su padre.

La iglesia de Arcos es apacible. Juana, que ya no va mucho a misa, se persigna, se arrodilla ante el féretro a cuyo alrededor se consumen unos cirios. Las palabras de amor que murmura, que le procuran primero una desgarradora felicidad, le sumergen enseguida en una tristeza infinita. Se levanta entonces, titubea hacia la salida donde le aguarda el grupo de gentilhombres, pajes y guardias del que no puede deshacerse. Le parece que Felipe la sigue, quiere tomarla con él. ¿Por qué sigue resistiendo?

–Vuestra Majestad está muy mal, tenéis que dejar venir un sacerdote.
–No es necesario –murmura.
La tercera sangría la ha debilitado considerablemente, pero Juana se niega a dejarse devorar por el abismo. ¡Su padre se sentiría demasiado feliz al conocer su muerte!

Un hombre con hábito negro y la voz de acentos bonachones está de pie junto a su lecho. Juana aparta la cabeza, finge dormitar.

—Doña Juana —conmina el hombre elevando el tono—, no podéis apartaros de la mirada de Dios. Tenéis que rezar. Estoy junto a vos para servir a nuestro Creador.

«Dios no me ama —piensa Juana—. ¿Por qué, si no, me tortura sin cesar?»

Alrededor de su lecho, la joven escucha sempiternos conciliábulos que la humillan. Verifica con una mano que su camisón esté bien cerrado, que nadie pueda distinguir una parcela de su piel. Su cuerpo de mujer está enterrado junto a los despojos de Felipe.

—¿Puedo ver a mi hija? —pregunta.

—Doña Juana, vuestra enfermedad puede ser contagiosa. La infanta no puede correr riesgo alguno.

Juana está aterrorizada. ¿Y si su padre se hubiera apoderado también de la niña?

—Quiero al menos divisarla.

Las miradas se clavan en ella, hipócritas, melosas, mentirosas.

—Más tarde, doña Juana.

A la joven le parece que una cuerda se ciñe a su garganta. Oscila largo tiempo entre la vida y la muerte.

Una mañana, a comienzos de febrero, apoyada en sus almohadones, Juana contempla por fin el pálido cielo invernal, sigue el vuelo de una pareja de cornejas. El mundo está vacío, desnudo como su alma.

—Doña Juana —pregunta Henriette—, ¿queréis ver a vuestra hija? La infanta camina desde ayer, diríase que os ha esperado.

El rostro de la vieja sirvienta está lleno de tanta solicitud que, en un gesto de incontenible afecto, Juana toma la arrugada mano y la estrecha entre las suyas.

Ante la enorme chimenea donde arde un tronco entero de castaño, Fernando tiende sus dedos ateridos para calentarlos. Alarmado por los rumores de una maquinación a favor de su nieto Carlos, ha adelantado su regreso a Castilla, dejando en Andalucía una situación precaria todavía.

Madurada lentamente en el camino, su decisión, irrevocable, ha sido ya tomada. Juana no puede, no debe permanecer expuesta a los intrigantes, su evicción tranquilizará a los espíritus, desmantelará las veleidades de rebelión. El interés político debe borrar cualquier sentimiento de ternura.

Cisneros en primer lugar, luego el duque de Alba, el almirante de Castilla, los consejeros del rey penetran en la sala. Todos ocupan sus lugares en silencio. En la penumbra brillan las pesadas cadenas de oro, los joyeles colgados sobre jubones de terciopelo negro.

–Monseñor, señores –declara Fernando, posando sucesivamente su incisiva mirada en cada uno de ellos–, os he convocado para tomar hoy una decisión de la mayor importancia que afecta a nuestro país. Deseo que se ejecute inmediatamente...

No está todavía mediada la noche cuando la puerta de la alcoba donde descansa Juana se abre bruscamente. A la viva luz de las antorchas, la joven reconoce rostros de hombres que pretenden ser sus amigos. La aprensión de que a su hija le haya sucedido una desgracia la alarma primero, luego se impone enseguida el presentimiento de un desastre personal.

El hombre que se adelanta en primer lugar, Luis Ferrer, es un íntimo de Fernando; Juana siempre ha desconfiado de él.

–Doña Juana, me cabe el honor de tener que escoltaros hasta su nueva morada.

Enmudecida de miedo, la joven contempla la oscura silueta que se le acerca.

–Ruego muy respetuosamente a Vuestra Majestad que se vista y me siga.

–¿Adónde vamos? –consigue articular por fin Juana.

–Al castillo de Tordesillas.

En la glacial noche de febrero, el lamentable cortejo se pone en marcha. Como una sonámbula Juana sigue a Ferrer; tras ellos caminan la nodriza, que lleva a la infanta Catalina envuelta en un paño de lana. Se ha rogado a Anna y Henriette que regresen a Flandes. Al despedirse de ambas sirvientas, Juana no ha llorado. Las situaciones se repiten, similares en su crueldad, y su corazón no tiene ya fuerza para seguir conmoviéndose. Su marido se encarnizó con Aicha y Fatma, su padre lo hace con las flamencas. Aquellos por quienes siente afecto le son inexorablemente arrebatados. A pocos pasos, cargado apresuradamente en una carreta, el féretro se bambolea por el camino endurecido por el hielo.

En Renedo, el grupo hace un alto. Juana se acuesta pero, decidida a poner, por todos los medios, trabas a la tarea de sus perseguidores, a la mañana siguiente se niega a abandonar su lecho. Durante el día, Ferrer y los gentilhombres del séquito se consultan sobre la conducta a adoptar.

–Su Majestad afirma que le cuesta respirar –insiste una criada–, que no le quedan fuerzas.

291

–Mentiras y comedias –grita Luis Ferrer–. Voy a ir a ver a la reina.

Juana cede. El furioso rostro de Ferrer inclinado sobre el suyo, las amenazas proferidas por el aragonés la han aterrorizado. Inexorablemente vuelve a formarse el cortejo. En Valladolid, la estupefacta muchedumbre ve pasar a su reina envuelta en un manto, con el rostro oculto tras sus velos de viuda, seguida a pocos pasos por un ataúd que oscila sobre los adoquines, siniestra aparición que petrifica a los más bromistas.

Ahora el grupo desciende el valle del Pisuerga antes de dirigirse hacia el oeste para flanquear el Duero. A lo lejos se dibuja ya la austera fortaleza.

En un recodo del pedregoso camino, sombría, siniestra entre la roja tierra y el cielo que el crepúsculo tiñe de rosa, aparece la imponente masa del castillo. Juana no puede apartar de ella los ojos. En la maldita fortaleza de Tordesillas, según las leyendas populares, una reina es encerrada cada siglo. De niña, imaginaba aterrorizada la pesada puerta claveteada cerrándose tras la prisionera. Bajo el castillo, entre enormes rocas, pasa oscuro y tumultuoso el curso del Duero; más lejos algunas casas se apiñan alrededor de la iglesia de San Antolín, levantándose junto a las calles que llevan al convento de Santa Clara.

Cuanto más progresa el cortejo, más se apodera el pánico de Juana. Varias veces, con las entrañas destrozadas, hace detener la marcha. Por fin, al otro lado del puente levadizo que cruza los siniestros fosos de agua estancada, se yergue ante ella la reja. Juana levanta la cabeza. Torreones, almenadas murallas, matacanes se recortan contra el pálido cielo. En la plataforma que domina el río el viento se atorbellina, arrastrando las primeras gotas de una lluvia helada. Desnudos árboles de amenazadoras ramas flanquean el paseo que lleva al castillo. La reina permanece petrificada en su angustia y deben tomar las riendas de su mula para obligarla a avanzar, a hacerla entrar en el patio. Con siniestro chirrido, la reja se cierra tras ella.

67

El combate que Juana libra con Luis Ferrer, su carcelero, no tiene tregua. Los adversarios no evitan golpe alguno, humillación alguna. Cuando el cuerpo de Felipe fue llevado a las clarisas del convento de Santa Clara, Juana dejó de alimentarse durante una semana. Ferrer no cedió pero, al tercer día, alarmado ante la perspectiva de tener que dar cuentas al rey, perdió el sueño.

En la memoria de la reina surge la imagen cruelmente precisa del cuerpo de su marido, aquel cuerpo tan suave y fuerte a la vez cuyo recuerdo no le abandona. Cuando hace buen tiempo, con el espíritu vacío y la mirada ausente, recorre sin cesar la galería que flanquea el río. El tiempo no existe ya en Tordesillas. ¿Cuántos meses hace que está encerrada?

Cierto día, cuando la primavera parece estar de regreso, Luis Ferrer se hace anunciar a Juana. Desde la víspera no se ha lavado ni peinado, demostrando con ostentación su estatuto de prisionera.

–Doña Juana –exclama el aragonés irritado–, ¡son las tres de la tarde!

Cuanta más exasperación muestra su carcelero, más satisfacción siente Juana.

–¿De verdad, don Luis? Me mantenéis tan apartada que no puedo ya orientarme.

–¿Su Majestad no oye pues tocar a misa por la mañana, el ángelus a mediodía en la capilla, y el oficio nocturno en Santa Clara?

–¿Habéis venido a someterme a un interrogatorio, don Luis? Carecéis de dignidad.

El aragonés rabia en silencio ante esa mujer que le desafía y le desdeña.

Como si no existiera, Juana regresa a sus actividades. Con gestos pequeños, precisos, automáticos la joven limpia de su guitarra un polvo imaginario. Atónito, Ferrer la observa. Sigue atenazándole una duda, ¿la reina está realmente loca o hace comedia?

–Doña Juana –dice por fin con firmeza–, vuestro padre me ha encargado velar por vuestro bienestar y el de la infanta. Debo poner orden en vuestro empleo del tiempo. En adelante, vuestra Casa funcionará según horarios precisos, regulares. Se aconseja vuestra presencia en la misa matinal, luego un corto paseo antes de reuniros con la infanta. Tras la comida y la siesta, Vuestra Majestad podrá tocar música, leer o ir a la capilla. Os acostaréis en cuanto termine la comida vespertina.

Sin ni siquiera levantar la cabeza, Juana tararea una canción. Hastiado, Ferrer duda en repetir su discurso. Pronto quebrantará a esta mujer.

La joven permanece días enteros tendida en unos almohadones, con la mirada perdida en el cielo. A veces acepta alimentarse, otras arroja el contenido de los platos al suelo, ante el enfado de la sirvienta.

A la infanta, vestida como una pequeña campesina, no se le enseña buenas maneras. Se niega a que la peinen, sólo acepta los brazos de su nodriza o los de su madre; aúlla si Ferrer se acerca. Con quince meses de edad, cada vez se parece más a Felipe y, cuando la niña ríe echando hacia atrás la cabeza, Juana se inmoviliza, su mirada se endurece. El gesto le recuerda cruelmente momentos de felicidad.

Dos matronas cogen a la reina, la obligan a lavarse, la visten por fuerza. La joven se debate, intenta agarrar a las sirvientas por los cabellos. La vergüenza de ser maltratada así, y por inferiores además, la hace temblar de los pies a la cabeza.

Para vengarse, por la tarde se asoma a la ventana. Cada domingo, los habitantes de Tordesillas pasean junto al castillo por la avenida flanqueada de árboles que sigue el curso del Duero. Junto a ella, Catalina observa a los niños que se persiguen y tiende sus bracitos para unirse a ellos. El verano es suave, el aire ligero. Juana acecha, aguarda el momento propicio.

Una anciana es la primera que levanta la cabeza, luego los paseantes, estupefactos, se detienen con la nariz al aire. Asomada a una ventana del castillo, una mujer les apostrofa con voz estridente, parece pedir socorro. Aguzando el oído, algunos perciben las palabras: «¡Matadles a todos, venid a liberarme!».

Pero apenas la realidad de la escena se ha concretado en los espíritus, cuando la mujer desaparece tras una cortina apresuradamente corrida. Los curiosos permanecen un instante todavía con la cabeza levantada y, luego, todos reemprenden su grave caminar a lo largo del paseo que sigue el vertiginoso acantilado que domina el río.

—Si Vuestra Majestad se extravía de este modo una vez más, me veré obligado a actuar.

Rojo de cólera, Ferrer amenaza.

—Retiraos —lanza Juana con voz despectiva—, no debo rendir cuentas a nadie, salvo a mi padre.

—Doña Juana, esperando apoyo del rey, os equivocáis. Si Su Majestad viene a Tordesillas sabrá, creedme, devolveros la docilidad.

Comienza octubre, ha anunciado Luis Ferrer. ¿Es otoño ya? A lo lejos, tras el Duero, el bosque se tiñe de rojo, se han recogido las aceitunas, en los últimos higos zumban las avispas. Pronto terminará la vendimia.

Juana sigue con los ojos la línea del río. Más allá, cuando el tiempo es claro, puede distinguir la maciza silueta de la Mota. Pero tan malos recuerdos se vinculan a la fortaleza que pronto aparta la mirada. ¿Por qué viene a verla su padre? ¿Para domarla, como pretende Ferrer, o para liberarla? Tras esos meses en Tordesillas, el aislamiento, el silencio se la han hecho suya, ya no sabe muy bien si quiere regresar al mundo, a las intrigas de la Corte, a la hipocresía de la gente de su Casa. Todo le es indiferente. Al menos, aquí, su combate contra Ferrer le da una pizca de energía.

Hoy Juana, vestida de oscuro paño de Segovia adornado con una gorguera calada de hilo, cubierta con un gorro, acepta la comida nocturna en una mesa puesta en su propia alcoba. Para probar que Ferrer es un mentiroso, ha recuperado olvidadas costumbres, se acuesta en la cama, asiste por la mañana a la misa. Está dispuesta para recibir a su padre.

—Tu comportamiento me disgusta mucho, Juana.

Las primeras palabras de Fernando desconciertan a Juana. Sin embargo le recibe vestida, peinada, sumisa. Nada en su conducta puede ofenderle.

—Padre —protesta—, os ruego que me escuchéis antes que a don Luis.

—Don Luis es un hombre en quien tengo total confianza. En Tordesillas actúa en tu interés y tú complicas su tarea.

—¿Os referís a su tarea de carcelero, padre?

—Juana, no me obligues a recordar hechos precisos que no podrían darte el menor derecho a reivindicaciones.

Nerviosamente, Fernando tritura la cadena de oro que adorna su jubón. Cada vez está más persuadido de que el encierro de su hija era la única solución política posible, pero para obligarla al silencio necesita justificaciones morales. Los ojos del rey han perdido su brillo acusador, ahora observa a Juana conmiserativo.

—Juanita, impón en ti el silencio, ora, educa a tu hija en el respeto a nuestras tradiciones y el amor de nuestro Creador. Tu vida cambiará.

En un rincón de la sala, las antorchas encendidas al caer la tarde arrojan un manto de móvil luz sobre el suelo de piedra, aumentando la oscuridad circundante. Fuera, llueve a mares.

—¿Qué deseáis de mí? —murmura Juana.

—Debes consagrar tu existencia a regresar al seno de nuestra Iglesia, ponerte en manos de Cristo, Nuestro Señor.

—Padre —balbucea la joven—, bien sabéis cómo y por qué tuve que aceptar...

—Tus razones no me conciernen, Juana, son un asunto entre Dios y tú. No me pidas que te justifique, quiero que me obedezcas. De lo contrario me obligarías a someter tu caso a Jiménez, al condestable, mi yerno, a tu tío Fadrique, al presidente de las Cortes. ¿Es lo que deseas?

Juana retrocede. Tras ella, en una tela colgada en la pared, un Cristo en la tumba abre sus cadavéricos brazos como si se dispusiera a agarrar a quien se le acerque.

Por la fuerza, transportan a la reina hacia unos nuevos aposentos que dan al patio interior. Allí, nadie podrá verla. Para la infanta Catalina y su nodriza se ha dispuesto una estancia adyacente.

Cuando de nuevo llega el invierno, Juana no acepta salir de su alcoba ni una sola vez. Es necesario que Ferrer en persona acuda a amenazarla para que se levante. Entonces, parece ceder, se deja lavar, peinar, vestir y, luego, invariablemente, se arroja encima los alimentos, vuelve a acostarse, mancha sus sábanas. Pero cuando su carcelero, perdida la paciencia, abandona el lugar, Juana se viste sola, invita a su hija, toca para ella la guitarra o le explica un cuento.

En la chimenea se consumen las brasas, nada se mueve.

68

–¡Alejadle! Ese individuo ha venido sólo a verme morir.

Furioso, Adrien d'Utrecht, decano de Lovaina, vuelve la espalda. El rey de Aragón está agonizando, pero, antes de que entregue su alma a Dios, el preceptor de Carlos de Habsburgo, enviado a toda prisa de Malinas a Madrigalejo, se ha jurado quebrar el inicuo testamento que concede la regencia al infante Fernando. A su alrededor, de buen o mal grado, se reúnen los amigos del viejo rey. Sólo Carlos es el heredero legítimo. Crear una peligrosa rivalidad entre ambos hermanos, suscitar persistentes envidias, correr el riesgo de una guerra civil en España es absurdo. Fernando debe ceder.

En una granja, justo a la salida del pueblo, se reúnen y hablan los Grandes que han acudido de todas partes. De un momento a otro se espera a la reina Germana, pero antes de que la francesa pueda influenciar una vez más las decisiones del rey, todos están dispuestos a actuar rápidamente. El testamento definitivo debe firmarse ese mismo día.

–Voy a hablar con don Fernando –propone el duque de Alba–, sin duda me escuchará.

Pese a su impaciencia, el eclesiástico flamenco sólo puede mostrarse cortés ante el más fiel compañero del rey de Aragón. Desde que ha llegado a Castilla contiene sin cesar su virulencia, pero esta vez no permitirá que le expulsen.

Con pasos silenciosos, el anciano gentilhombre penetra en la rústica alcoba donde yace su amigo rodeado de algunos íntimos.

–Dejadnos. Quiero estar solo con don Fernando –exige suavemente el duque.

La respiración del rey es débil, los rasgos están tan demacrados que el rostro parece el de una momia.

–¿Me oís, don Fernando?

Con un parpadeo, el rey hace saber que está escuchando. Sabe por qué acude a su cabecera su viejo amigo, presiente que no podrá luchar solo por más tiempo. Alba ha acercado un taburete a la cama.

–Antes de reuniros con vuestro Creador, poned en paz vuestra conciencia, Majestad. Por la Virgen María, os conjuro a que no arrojéis Castilla en la discordia tras haber luchado, durante toda vuestra vida, para mantenerla fuerte y unida.

Penosamente, el rey vuelve la cabeza.

–Siempre he querido lo imposible, Alba.

El anciano gentilhombre toma la mano que reposa en la sábana, la estrecha entre las suyas.

–Lo sé, y he seguido fielmente vuestras ambiciones desde mi lejana juventud, pero hoy debemos aceptar lo ineluctable.

–¡Dejemos, al menos, Aragón a mi nieto!

La voz, entrecortada, es apenas perceptible.

–Don Fernando, Castilla y Aragón deben, en adelante, formar un solo reino.

Las lágrimas corren por las mejillas del moribundo.

–Entonces, el pobre niño no tendrá nada...

Tantos recuerdos, felices y trágicos, sesenta y cuatro años de una existencia en pocos instantes. Los rostros pasan por la memoria de Fernando, el de su padre Juan de Aragón, el de su madre Juana y, luego, imperiosa y nostálgica, se impone Isabel, la prometida con la que se reunió disfrazado de palafrenero, la joven que luchaba para conservar el poder, la soberana triunfante penetrando a su lado en Granada, la madre atenta, la esposa demasiado mojigata, con frecuencia ausente.

El rey abre los ojos. Escucha todavía el rugido del viento, las trombas de agua cayendo en la plaza de Medina del Campo el día de la muerte de Isabel. Juana. Fernando quisiera expulsar a su hija de sus pensamientos. Encerrada en Tordesillas desde hace siete años, sigue debatiéndose contra el silencio y el olvido. ¿Por qué la ha sacrificado? «Yo era rey –piensa el moribundo–, los reyes no tienen hijos si suponen la pérdida del reino.» Pero la mirada de su hija en su última entrevista, tres años antes, le persigue y le oprime. En su testamento ha exigido que no se avise a la prisionera de su muerte, para que siga pesando sobre ella, más allá de la tumba, el miedo a sus represalias. Juana debe callar y guardar secreto. Sólo Cisneros y Luis Ferrer los saben. Más tarde, el viejo cardenal podrá confiarlo a Chièvres y, luego, a Carlos el Flamenco para que el infante tome sin remordimientos las riendas del poder y mantenga cerradas ante su madre las puertas de Tordesillas.

Una ráfaga de viento hace golpear una puerta. Fernando se sobresalta. Seis años antes, un ruido semejante le separó para siempre de su hija. Para que los Grandes se aparten definitivamente de la idea de restablecer a Juana en el trono, se había llevado a Tordesillas al almirante de Castilla, al duque de Medina Sidonia, a los condes de Ureña y de Benavente. Sin avisar a Juana de su visita, les había introducido en sus aposentos. Despeinada, vistiendo un camisón hecho jirones, les vio entrar con espanto mientras ellos, perfumados, vestidos con sus jubones de terciopelo y con cadenas de oro alrededor del cuello, contemplaban atónitos el fantasma de aquella a quien pretendían permanecer fieles. Advirtiendo, sin duda, la trampa, Juana había lanzado un grito ahogado antes de desaparecer en su vestidor para regresar, poco después, vistiendo un pesado traje de Corte. Pero la suciedad, los cabellos hirsutos, la tez lívida daban a la aparición un aspecto más terrorífico todavía. Tras haber saludado, los Grandes se habían eclipsado. Permaneciendo un instante con la prisionera, Fernando había comprendido que, en adelante, su hija le despreciaba.

Juana ha muerto para él, como han muerto otros tres hijos, Isabel, Juan y el muchachito de Germana, cuyo fallecimiento, recién nacido, arruinaba su última esperanza de ver como Aragón escapaba de las manos de los Habsburgo. Pese a las decocciones y los filtros que la francesa le ha hecho tragar, no ha podido concebir otro hijo. Las pociones de vida han sido brebajes de muerte.

Fernando inspira con dificultad. Un sudor helado cubre su frente. Sabe que no volverá a ver Burgos, Segovia, Madrid, Córdoba, Sevilla y Granada; ni Barcelona, Zaragoza o Palma, las hermosas ciudades de sus reinos. Va a morir en un pueblo perdido adonde había venido para contemplar, una vez más, el vuelo invernal de las grullas. Puede mantener la cabeza muy alta. Apostó por la grandeza de España y ha ganado. En la mar Océana navegan sus carabelas y galeones que traen el oro del Nuevo Mundo, ha establecido las alianzas que podían servir a sus ambiciones, y las ha quebrantado en cuanto ya no le convenían. Ha conseguido volver a casar a Catalina con el delfín Enrique, rey ahora de Inglaterra. María es reina de Portugal...

Fernando tiende la mano para tomar una copa de agua fresca sacada del pozo de la granja. Ese simple gesto le agota pero quiere permanecer solo, no volver a ver un rostro junto a él, ni siquiera el de Cisneros que, cuando expire, dirigirá sus reinos hasta el día en que Carlos, rodeado de su pandilla flamenca, venga a tomar posesión de ellos.

–Señor –murmura Fernando–, haced que desee el bien y la grandeza de España.

Mañana, si Dios quiere dejarle con vida, se despedirá de Germana, su compañera por necesidades políticas. Su única esposa ha sido Isabel.

Su mirada se posa en el pobre mobiliario que le rodea. Nada le importa ya realmente, ya nada queda en él de la sed de victoria que le posee desde la infancia. En la pequeña casa resuenan ruidos familiares. Uno de los más poderosos soberanos del mundo morirá como un indigente. Por última vez, asciende en su memoria la lenta marea de los recuerdos. ¿Qué puede Dios reprocharle? Al fundar la Inquisición, al expulsar a los judíos y perseguir a los conversos, forjó la unidad del reino gracias a la unidad de la fe, ha protegido los conventos, ha hecho bautizar a innumerables paganos. Lo demás era política, y la política es cosa de reyes, no de Dios.

¿El día es oscuro o es clara la noche? Fernando no sabe ya dónde está, en lontananza crece suavemente, se hincha, ruge un clamor: «Santiago, Santiago, Castilla, Castilla, Granada, Granada.» Luego, poco a poco, el grito se apacigua, muere, vuelve brutal el silencio. «Todo es mentira», piensa el anciano rey.

69

Nada se mueve en Tordesillas, salvo la súbita partida de don Luis Ferrer, sustituido por un anciano afable, Hernán Duque. ¿Por qué ese cambio? Juana ha renunciado a comprender. Siempre iguales, pasan las semanas, pasan los meses. La infanta Catalina tiene ahora diez años. De la rebelión a la apatía, la reina se abandona. Ausente Ferrer, la lucha cotidiana para desafiarle se ha extinguido, se ha instalado el tedio y también la decadencia. Fernando ya no se manifiesta. ¿Ha muerto, como creyó adivinarlo hace dos años, una mañana de invierno cuando un gran tumulto agitó el castillo? Recuerda haber hecho llamar a su confesor, Juan de Ávila, quien, turbado, balbuceó palabras confusas: «El rey..., tal vez». Pero Ferrer le había hecho callar enseguida. Salvo para su hija, en ella sólo hay lugar para las sombras y las heridas.

Friolentamente, Cisneros se arrebuja en su vasto chal de lana gris. Está tan delgado que la menor brisa le hiela. Tan fatigado que un desplazamiento en litera le agota, pero a pesar de todo el viejo cardenal aguanta. Hasta la llegada de Carlos de Habsburgo, lleva sobre los hombros la responsabilidad del reino de España y nada le hará soltar su carga. Para pensar sólo en su país, no ha dejado de acallar en sí cualquier sentimiento personal. Contra la opinión de muchos, ha defendido lo que más le hería, la proclamación en Bruselas de Carlos como rey de España. Aunque Juana, mientras viva, sigue siendo la reina legítima, Castilla y Aragón necesitaban un soberano, no una mujer extraviada. El secreto que Fernando le confió ha domeñado su conciencia. Antes de reunirse con su Creador, se lo comunicará a Chièvres,

301

el Gran Chambelán de Carlos, para que Juana no pueda negarle a su hijo un poder que sólo él puede asumir.

Tras la muerte de Fernando, ha hecho por la hija de sus reyes lo que consideraba justo, expulsar de Tordesillas a Ferrer, que se atrevía a maltratarla, e instalar a un hombre firme pero comprensivo. Hoy, sólo aguarda la llegada de los flamencos para morir, y no ver así a España devorada por las desmesuradas ambiciones de sus nuevos dueños. Día tras día desgarra nombramientos procedentes de Bruselas, que entregan sinecuras, rentas y cargos españoles a unos extranjeros. Pero Chièvres, el chambelán, Juan el Salvaje, el Gran Canciller, Adrien d'Utrecht, el tutor de Carlos, se han enriquecido ya escandalosamente en pocos meses.

Pensativamente, el regente lanza una nueva mirada al retrato del nuevo rey. Tez pálida, ojos a flor de piel, mandíbula prominente, el hijo de Felipe el Hermoso nada tiene de su padre, pero su mirada es inteligente, voluntariosa, y su prestancia noble. Tal vez sepa librarse de los malos consejeros, de los presuntuosos que le rodean, tal vez España por fin españolice a ese muchacho que ni siquiera sabe una palabra en castellano.

De árbol en árbol, las hojas de otoño revolotean. Entre sus heladas manos, el anciano estrecha una bola de plata llena de agua caliente. A sus pies dormitan sus dos lebreles. Se siente cansado. Desde el día en que Isabel la Católica, su bienamada reina, le reclamó junto a ella para desempeñar el cargo de confesor, qué camino ha recorrido el oscuro monje que entonces era. Ha disfrutado de todos los honores, conocido los secretos del reino, tanto los más vergonzosos como los más nobles.

—Saldré al encuentro del rey y de la infanta Leonor —dice a su secretario—. Que preparen una litera de viaje, que prevean etapas cortas y alojamientos donde pueda encontrar cierto reposo.

—Excelencia, ¿estáis en condiciones de poneros en camino?

Hace treinta años que el hombre está a su servicio. Casi tan viejo como su dueño, sin embargo cada día se preocupa por él.

—Si no voy a él, amigo mío, él, sin duda, no vendrá a mí. Tengo que verle antes de que llegue a Tordesillas.

—¿Ha sido, al menos, avisada doña Juana?

—No sé si lo deseo, Diego. Lo que su hijo se dispone a pedirle reavivará en ella muy sombríos recuerdos. Dejémosla en paz. Llegará un día en que Dios la ilumine, ruego continuamente por esta intención.

–Señora, vuestro hijo el rey, acompañado por la infanta Leonor, acaba de llegar a Villaviciosa y se dispone a cruzar Asturias.

–¡La reina soy yo, Carlos es sólo un infante!

La agresiva respuesta de Juana sorprende al gentilhombre, que se retira enseguida. En la alcoba helada por el precoz frío otoñal, Juana le sigue por un instante con la mirada. Los nombres de Carlos y Leonor, pronunciados ante ella, la trastornan, pero se niega a permitir que nadie adivine los afectos que ocupan todavía su corazón, cariños tan lejanos que le cuesta separar la realidad de las ilusiones. ¿Imaginó su vida en Coudenberg, soñó su existencia en Tordesillas?

A media voz, la reina repite: «Carlos, Leonor». Esos nombres reaviven imágenes dulces e insoportables. ¿Volverá a ver a sus hijas Isabel y María, abandonadas cuando eran todavía muy pequeñas? ¿Intercederán Carlos y Leonor para que le devuelvan al pequeño Fernando? ¿Obligarán a Hernán Duque para que la deje dirigirse a Santa Clara? Poco a poco Juana se anima. Sin duda Carlos llega de Flandes para liberarla, castigar a sus carceleros, restablecer sus prerrogativas. Algún día aliviará su conciencia en el recuperado primogénito.

–¡Qué privilegio, señora, estar junto a vos!

Sonriente y relajado, Chièvres está ante Juana, como si hallarse de pronto en presencia de la archiduquesa, tras tan largos años de separación, fuera la cosa más normal del mundo. La noche ha caído, sólo las escasas velas, encendidas como cada atardecer, esparcen una luz mortecina. Chièvres ha prohibido a sus portadores de antorchas que le sigan.

Sorprendida, la reina contempla al antiguo amigo de Felipe. Como todos los demás en Coudenberg, el hombre no demostró la menor benevolencia para con ella, jamás la defendió. Su sonrisa, sus graciosos gestos la indignan.

Con altivo ademán, indica un asiento al primer chambelán de su hijo.

–Señora, ¿puedo hacer algo por vos? Consideradme, os lo ruego, como el más celoso de vuestros servidores.

La dulce entonación de la lengua francesa conmueve a Juana. De pronto, el rostro del flamenco ya no le recuerda momentos de angustia sino momentos de felicidad. Vuelve a ver el parque de su palacio en primavera, las pajareras con el rumor de las raras aves, las avenidas sombreadas y flanqueadas por inmensos arriates floridos, donde corrían sus hijos.

–¿Cómo está mi familia, señor de Chièvres?

Tropieza con las palabras, el gentilhombre debe escuchar con gran atención.

–Muy bien, señora. Vuestros hijos son virtuosos y prudentes, bien educados, y están deseosos de volver a veros.

El Gran Chambelán se felicita por el cariz que toma la conversación. Pronto habrá cumplido su misión y podrá largarse enseguida de ese siniestro lugar.

–¿Cuándo podré volver a verles?

–Ahora mismo si lo deseáis, señora.

–¿Cómo es eso?

En su pánico, los dedos de Juana estrujan el paño del vestido, sus labios se aprietan. Hace años que espera ese momento y ahora, cuando llega, sólo el rechazo, la angustia la invaden. Sacando partido enseguida del efecto de la sorpresa, Chièvres retrocede rápidamente hasta la puerta, la entreabre. Juana ha recuperado su dominio. ¿Qué trampa oculta esta visita? Todo suena a falso, la untuosidad del gentilhombre flamenco, esa precipitada entrevista que Hernán Duque no ha creído conveniente anunciarle.

En la oscuridad, la reina distingue la luz de una antorcha y, luego, dos siluetas, la de una mujer y un joven, se acercan a ella a pasos mesurados.

«¡No, no!», piensa.

Rechaza ese siniestro reencuentro, quiere marcharse a perseguir sus quimeras.

Observando la pomposa etiqueta borgoñona, ambos jóvenes se inclinan profundamente. La precisión de sus gestos no revela emoción alguna, pero en la vasta sala el silencio, conmovedor, pesa. Juana busca una frase adecuada y no la encuentra. A pocos pasos ya, dos extraños la contemplan.

Carlos cae el primero a los pies de su madre. La reina distingue su rostro estrecho y pálido, el suave brillo de sus cabellos de un rubio oscuro.

–Levántate –balbucea.

El muchacho la mira.

–Señora –recita el adolescente con voz monótona–, nosotros, vuestros humildes y obedientes hijos, nos alegramos extremadamente de veros, gracias a Dios, en buena salud. Deseábamos, desde hace mucho tiempo, traeros el homenaje de nuestro respeto y devoción.

«Bésame, Carlos –quiere murmurar Juana–, y también tú, Leonor», pero ningún sonido sale de su garganta, sólo puede inclinar la cabeza en una especie de absoluta inercia mental.

Incómodo, Guillaume de Chièvres observa la escena. La reina no parece sentir goce alguno al ver a sus hijos, ¿va a escabullirse? No ha hecho con ellos tan interminable viaje a través de las montañas de Asturias para marcharse con las manos vacías.

Finalmente, saliendo de su sopor, Juana sonríe e, inclinándose, toma una mano de cada uno de los jóvenes.

–¿Realmente sois mis hijos? ¡Cómo habéis crecido en tan poco tiempo! ¡Sed bienvenidos y que Dios sea loado! Cuántas penalidades y peligros habéis soportado viniendo de tan lejos. Debéis de estar muy cansados. Es tarde ya, mejor haríais ahora yendo a descansar hasta mañana.

La entrevista ha finalizado. Más allá de las inclinadas cabezas de sus hijos, Juana mira la luz de las antorchas cruzadas encima de la puerta. Quisiera perderse, arder en su claridad.

–Señora –insiste Chièvres–, concededme todavía un instante antes de retirarme.

Juana se sobresalta. ¿Qué quieren de ella todavía?

–Sólo unos instantes –insiste el flamenco.

Tomando su vago gesto por un asentimiento, se acerca más todavía.

–Majestad, ¿habéis visto qué notables son vuestros hijos? Carlos no tiene la frivolidad de los jóvenes, sólo piensa en la felicidad de sus pueblos, en la gloria de Nuestro Señor, en el honor de vuestra familia.

–Así está bien –murmura Juana.

–Vuestro hijo, señora, está listo para asumir el poder en España.

Decidido a no seguir vacilando, Chièvres ha hablado de un tirón. Comprendiendo ahora el sentido de sus amabilidades, Juana se rebela.

–Mi padre lo ejerce ya, señor de Chièvres. A menos que haya muerto.

Esquivando la alusión, Chièvres mantiene su encantadora sonrisa.

–Señora, como desea ardientemente el emperador de Austria, su abuelo, y todos nosotros, confiad el poder a vuestro hijo. Nadie podría tomar más sabia y útil decisión.

La voz insinuante alarma a Juana. ¿Qué sabe, en definitiva, este hombre para acosarla así?

–Yo soy la reina.

Martillea las palabras, postreras e irrisorias armas capaces de defenderla. De pronto, la sonrisa de Chièvres se inmoviliza, su mirada tiene un brillo implacable.

–Lo sé, Majestad, pero, según me han dicho, Dios exige ahora tanto vuestro tiempo como vuestros sacrificios. Os envidio, pues no hay mejor destino que caminar hacia el Creador.

El flamenco calla, observa atentamente el efecto que producen sus palabras. Con un pie en la tumba, el viejo Cisneros ha sabido ver dónde estaba el interés de su país. Juana, sin ninguna duda, lo ha comprendido pues se ha puesto horriblemente pálida.

–Firmad, Señora. Os descargaréis así de un peso inútilmente fatigoso, para sólo pensar en vos y para siempre.

–Que Carlos reine en mi lugar –murmura Juana.

Entregaría su alma al diablo para que Chièvres y su insoportable mirada desaparecieran de su vista.

Tras una señal del flamenco, la puerta se abre ante Hernán Duque y fray Juan de Ávila.

—Dos de vuestros servidores y amigos, aquí presentes —explica Chièvres—, servirán de testigos.

70

Caballeros del Toisón de Oro, dignatarios, prelados, nadie puede ocultar su emoción mientras se elevan las voces de los chantres del rey Carlos en la nave de Santa Clara. El ataúd del archiduque Felipe, rey de Castilla, rodeado de un bosque de cirios, ha sido depositado en una capilla de madera construida en medio del coro. Allí, uno tras otro, cada flamenco ha venido a hincarse de rodillas, a arrojar incienso a su príncipe, vivo todavía en los espíritus. A uno y otro lado de la nave, Carlos y Leonor se recogen. El recuerdo de su padre es tan lejano que deben hacer un esfuerzo para rememorar los rasgos de su rostro, escuchar de nuevo los sones de su voz. Mucho más que la ausencia de su madre, la muerte de Felipe les dejó realmente huérfanos.

El sacerdote predica en castellano. Carlos, que no comprende ni una palabra, revive minuto a minuto su corta entrevista con Juana. Utrecht y Chièvres se han negado categóricamente a que asistiera a la misa de Réquiem. Un penoso sentimiento turba al joven rey, la sospecha de que le ocultan algo. Tras tantos años de separación, Leonor y él mismo habían acudido gozosos hacia su madre. ¿Iban a reconocerse y festejarse por fin? En Flandes, sus hijos crecieron sin atreverse a hacer preguntas, aceptando las breves noticias destinadas por Adrien d'Utrecht, Juan el Salvaje o Guillaume de Chièvres.

Acabado el sermón, un chantre inicia el Credo. Carlos percibe la maravillada mirada de su hermana Catalina, que ha salido por primera vez de Tordesillas. Con vestidos nuevos, con los cabellos rubios cuidadosamente trenzados, es encantadora. ¿Cómo puede sobrevivir en el lúgubre edificio donde crece sin compañera ni distracciones? Intimidada primero, la niña se ha abierto enseguida a esa hermosa hermana, a ese hermano mayor que le hablan amablemente, ofreciéndole numerosos presentes. Ha probado estupefacta los nuevos platos, ha lanzado exclamaciones ante los vestidos de las damas flamencas, ha reído a carcajadas las travesuras de sus perritos.

La ceremonia toca a su fin. Cuando, en la mañana invernal, las campanas del convento comienzan a tañir lúgubremente, la muchedumbre se apretuja para distinguir a su nuevo soberano.

Muy conmovido, Chièvres abandona su reclinatorio, se une al cortejo que se ha formado tras el joven rey y los infantes entre rumores de voces, brillos de aderezos y las últimas armonías del coro. Hoy, cuando su hijo acaba de tomar posesión de la herencia española, Felipe puede descansar en paz, y sus designios, los de todos, arruinados por su brutal muerte, van a realizarse por fin. No hay en el séquito de Carlos un solo flamenco que no quiera vengar la humillación de los días de desgracia, recoger por fin a manos llenos el oro español. Chièvres, como su mujer Ana, se ha jurado no ser el último a la hora de la revancha.

En el atrio, Carlos, algo torpe, mudo, recibe el homenaje de su pueblo. Constantemente rodeado de consejeros, el joven sólo siente desconfianza por los nuevos rostros que le rodean, las costumbres que le son desconocidas.

Por la noche, en Coudenberg, se introduce a veces en la galería de retratos; su bisabuelo Carlos el Temerario, su padre Felipe le contemplan fijamente a la luz fugaz de la vela. Algo más lejos, se detiene largo tiempo ante la tela donde está pintada su madre. La joven recién casada contempla un libro de plegarias que sostiene entre las manos. ¿Por qué tanto misterio alrededor de Juana? Como si en cada pregunta se ocultara un diablo, su tía Margarita, su preceptor y su chambelán eluden sus interrogatorios. La reina está enferma, le responden invariablemente, necesita soledad y paz.

A pocos pasos detrás de Carlos, Chièvres cabalga en silencio junto a Adrien d'Utrecht.

—Es inútil que nos demoremos ahora —advierte por fin Utrecht—. He dado las órdenes necesarias para que mañana mismo podamos ponernos en camino hacia Valladolid.

—¿Y Cisneros? Se dice que está moribundo.

—Carlos no acudirá a su cabecera, de nada sirve remover los lodos del pasado. Que Dios nos ayude llamándole a Su lado.

Al llegar ante la fortaleza de Tordesillas, ambos hombres levantan juntos los ojos hacia las almenas. ¿Les acecha Juana?

–La locura se está abriendo paso –murmura Utrecht.

Silbando, el viento sopla por encima del Duero, se pierde en la llanura arrastrando aves de presa cuyas siluetas oscuras parecen malos presagios.

–La reina expiará ahora.

Utrecht ni siquiera vuelve la cabeza hacia su interlocutor.

–Hay que imponerle una más dura disciplina –continúa Chièvres–, sustituir a Hernán Duque por un hombre que nos sea absolutamente fiel. Le he dicho algo al marqués de Denia. Aceptaría el cargo. Le creo dispuesto a seguirnos fielmente.

–Perfecto –murmura Utrecht–, velaremos para que le asistan buenos sacerdotes. Con la ayuda de Nuestro Señor, sabrán quebrantar su temible empecinamiento.

–¿Y la infanta Catalina?

–Carlos quiere tenerla consigo, pero ¿será una buena decisión? En cuanto el infante Fernando ponga rumbo a Flandes, el lugar quedará limpio. Luego, haremos que las Cortes sean acompañadas hasta Santander.

Beltrán Plomón está estupefacto. Desde que, hace dos años, llegó al castillo entre la reina y él se ha establecido cierta estima. Juana, varias veces, ha ofrecido a su criado pequeños regalos, le dice a veces una palabra benevolente que le conmueve mucho. Enseña a la infanta juegos de habilidad, le cuenta leyendas de su pueblo, le da a conocer el nombre de las plantas y los pájaros.

–¡No puedo actuar a hurtadillas!

–Es una orden de Su Majestad el rey.

Llegados secretamente la víspera a Tordesillas, los emisarios de Carlos han convencido fácilmente al nuevo carcelero, Bernardo de Denia, de que Catalina debe ser arrebatada a su madre. Pero la colaboración del viejo criado, el único hombre que puede acceder a la alcoba de la infanta, es indispensable.

–Debes obedecer –insiste el gentilhombre.

Plomón inclina la cabeza. El pensamiento de perder su puesto en el castillo le alarma. Lo hará.

–Doña Juana está muy unida a su hija –protesta por última vez–. Arrebatársela así será matarla.

Tras haber aguardado a que Juana se haya dormido, Plomón, secundado por dos ayudantes, abre un paso en el corredor, por lo general desierto, que da a la alcoba de la infanta. Unas horas más y, por el agujero practicado, se podrá penetrar fácilmente en la habitación de la niña, entregarla a la pequeña tropa que la aguarda para llevarla junto a los suyos, en Valladolid. Sobre Tordesillas, la luna llena brilla en la noche.

–Pasad primero –ordena el gentilhombre–, la infanta os conoce y no se asustará.

Beltrán Plomón se introduce en el agujero.

Apartando prestamente la manta, Catalina, con los ojos llenos de sueño, ve avanzar hacia ella a su viejo criado.

–¿Beltrán?

Con un gesto, el hombre impone silencio.

–Vestíos deprisa, señorita, Monseñor el rey os manda buscar.

–¿Vendrá mamá conmigo?

–Hoy no, tal vez más tarde

–¡Entonces no me marcharé!

No hay tiempo. De un momento a otro, alertada por el ruido, la reina que duerme tras el tabique puede despertar.

–Sin embargo, vuestro hermano lo quiere, os aguarda junto a doña Leonor en su hermoso palacio.

Inquieta, la niña reflexiona. Si la perspectiva de reunirse con Carlos y su hermana hace palpitar de alegría su corazón, no quiere marcharse sin autorización.

Durante esos largos años de soledad, la madre y la hija han formado una sociedad tierna, secreta, patética cuyo precio sólo ellas conocen. Madura para sus once años, la niña comprende muchas cosas, vive los silencios como instantes de amor compartido.

Tras el agujero, una inmensa sombra aguarda, susurros, ruidos de pasos.

–No quiero salir de Tordesillas sin que mamá lo sepa.

Las lágrimas corren por el rostro de la niña.

–Vestidla –ordena una voz.

Dos mujeres desconocidas se acercan. Apartando las sábanas, visten apresuradamente a la niña que, ahora, solloza.

–Id a buscar a mi hija.

Juana ha dormido mal, extraños ruidos han martilleado su cabeza. Desde la breve visita de Carlos y Leonor, el asco de vivir la ha aniquilado de nuevo. Hernán Duque se ha marchado y el escaso solaz que embellecía su existencia se ha marchado con él. Bernardo de Denia, como Ferrer, es un carcelero inmisericorde.

Catalina tarda. ¿Estará enferma? Juana se preocupa por su niña, su último amor, el único que le da todavía algunas bocanadas de felicidad.

—¡La infanta ha desaparecido!

El grito de María, su criada, deja helada a la reina, le recuerda el espanto que la había paralizado cuando su padre se apoderó del pequeño Fernando. Con un chal arrojado apresuradamente sobre sus hombros, corre a la alcoba vecina. Junto al abierto agujero, los vestiditos cubren el suelo.

—¡Mira, María!

La reina señala la excavación como si fuera las fauces de un monstruo que acabara de devorar a su hija.

—¡La han raptado unos bandidos!

Recogiendo su camisón, se lanza por el oscuro corredor, choca con las paredes, cae, se levanta. Dios no tiene derecho a arrebatarle a su hija. Pasmadas, impotentes, las criadas ven delirar a su reina.

—Su Majestad la reina perecerá, se niega obstinadamente a comer y beber.

Sin querer demostrar su angustia, Carlos finge terminar la página del libro que tiene entre las manos. Desde la víspera, su conciencia le atormenta. Leonor, después de cenar, le reprochó vivamente haber actuado con excesiva premura.

Vestida de satén y seda, cubierta con encantadores gorritos, la pequeña infanta no consigue compartir la alegría de sus nuevos amigos, nada parece poder hacerla sonreír, ni el hermoso libro de horas pintado con delicadas escenas que su hermano le ha regalado, ni el collar de perlas rosa que Leonor puso alrededor de su cuello, ni los confites y pasteles diversos que sin cesar le presentan damas excesivamente deseosas de complacerla.

Por fin, Carlos deja su libro.

—¿Es reciente la información?

—Acabo de recibirla, Monseñor.

En el palacio de Valladolid, los nuevos ocupantes se atarean. Los secretarios van y vienen, los pajes trepan corriendo por la gran escalinata, damas y gentilhombres colmados por su príncipe se reúnen en alegres grupos. Las Cortes han pronunciado su juramento, ahora nadie puede intentar privarles ya del poder o del oro castellanos.

—Voy a reflexionar, aguardad mi respuesta.

Sólo sus consejeros podrán ayudarle a tomar la decisión justa.

Chièvres oculta mal su impaciencia. Jamás deseó aquella niñería. La infanta Catalina es una carga que nadie puede asumir. Dentro de unos días deben ponerse en camino hacia Aragón, adonde les seguirán los innumerables problemas encontrados en Castilla. Esperan, de Alemania, noticias de Maximiliano que intenta decidir su sucesión al imperio. El formidable envite político que se juega en Europa no deja a Chièvres disponibilidad de espíritu alguna para futilidades de este tipo.

–Devolved la infanta a su madre, Monseñor.

–¿No sería capitular?

–¡Y qué os importa! Llevad a vuestra hermana a Tordesillas, encontrad alguna excusa para explicar su partida. Entre Su Majestad la reina y vos no hay malentendido alguno.

Una brusca melancolía se anuda a la garganta del joven rey. Habría preferido permanecer inocente, no perder a su madre por segunda vez. Pero Chièvres tiene razón. Juana debe guardar a toda costa su secreto, arrepentirse, regresar a Dios. En su gran piedad, Carlos se ha fijado la redención de la reina como único objetivo a alcanzar. Lo demás es cosa del marqués de Denia, que tiene poder absoluto tanto en la fortaleza como en la villa de Tordesillas, convertida en campo fortificado. Su madre debe callar; si habla, nadie tiene permiso para prestarle oídos. Así morirá para siempre el pasado.

71

Reuniendo sus fuerzas, hoy Juana se viste sola. A pesar de los muros, las cerradas bocas que la aíslan, algunos ecos del formidable rumor de la insurrección ha llegado a ella. Descontento ya por los excesos de los nobles, el pueblo de Castilla se ha rebelado por las exacciones flamencas. En cuanto Carlos partió para recoger su corona de emperador, el nombramiento de Adrien d'Utrecht, un extranjero, como regente, ha pegado fuego a la pólvora.

Evitando mirarse en el espejo, la reina se coloca aplicadamente la toca. Denia la acucia para que se apresure a recibir a su visitante. ¿Quién quiere verla y por qué? Desde hace años, todos parecían haberla olvidado. En vano exigía la presencia de los Grandes a su lado, inútilmente ha intentado arrancar a su carcelero jirones de verdad.

—Doña Juana —interviene María de Cardama—, permitidme que os presente algunas joyas. Hoy debéis lucir como una reina.

—¿Dónde está la infanta?

—Toma la lección de latín con fray Juan de Ávila.

Desde que Carlos, cobardemente, intentó arrebatársela, Juana pregunta a cada instante por su hija. A sus trece años, Catalina se ha hecho mujer, su rostro se afina, su cuerpo se redondea. Ya no permanece horas y horas en las ventanas, mirando cómo juegan los niños en el paseo; se sienta en el bordador, lee incansablemente libros piadosos que le presta su director espiritual. De una infinita paciencia con su madre, sólo ella sabe tranquilizarla, obligarla a aceptar el alimento, ayudarla a conciliar el sueño.

—¿Realmente debo ir, María?

Sin prestar la menor atención a las acostumbradas reticencias de la reina, la sirvienta ordena la caída de la falda, arregla el cuello de encaje que adorna el austero paño.

–Doña Juana –aconseja retrocediendo un paso–, demostrad a don Bernardo quién sois.

En cuanto penetra en la sala de recepciones, Juana, por la expresión de Denia, comprende que tiene miedo. El marqués ha hecho colocar nuevos muebles, arreglar unos ramos de flores y ha ordenado una colación. La austera estancia no parece ya un corredor abandonado sino el salón de honor de un palacio habitado. Sonriente, su carcelero sale a su encuentro.

–Doña Juana, tenemos aquí a monseñor Antonio de Rojas, arzobispo de Granada, que ha venido a solicitar audiencia. Os dará noticias de Su Majestad cuyo Consejo representa en Castilla.

Aturdida, Juana distingue a un prelado que la saluda ceremoniosamente

–Sólo puedo concederos un instante, Monseñor.

Pero, rápido como el rayo, Denia la conduce a un sitial, llama a un criado que ofrece enseguida algunos refrescos.

–He venido a traer algunas noticias que pueden interesar a Vuestra Majestad –declara el arzobispo deshaciéndose en sonrisas.

Juana no reacciona. Observa vagamente un rincón del cielo que va ennegreciéndose, presagiando una próxima tormenta.

–Doña Juana –prosigue imperturbable Rojas–, ha llegado hasta mí la increíble noticia de que, hasta hoy, ignoráis la muerte de vuestro padre.

La evocación de su padre la saca brutalmente de su sopor. Una horrible sensación de pánico la domina.

–Su Majestad don Carlos, que ha aceptado hacerse cargo del poder, está en Alemania donde acaba de ser elegido emperador –prosigue el prelado, feliz por el silencio de su interlocutora.

Temía ciertas preguntas, algunos reproches y ve a una mujer que le mira con ojos apagados.

–Tengo el honor de ser el presidente de su Consejo en Castilla.

Durante largo rato, Rojas describe la precipitada marcha de Carlos, el nacimiento de una rebelión que aumenta día tras día. Traidores como Juan de Padilla pretenden nombrar un gobierno donde burgueses y letrados ocupen un lugar preponderante. Hay que aplastar a los insurrectos. Ella, Juana, la reina, puede y debe firmar un papel que disuelva su inicua junta...

La sangre palpita en las sienes de Juana. Las palabras del prelado derriban muros enteros de silencio, precisan hechos sólo sospechados, la devuelven brutalmente a un tiempo que le había sido arrancado. A costa de un

314

inmenso esfuerzo, sigue ahora atentamente el informe de Antonio de Rojas. ¿De modo que no le castigaban, sólo, dejándola en la orilla, sino que intentaban ahogarla?

El presidente del Consejo del rey termina su discurso. Tanto Denia como él mismo aguardan inquietos un comentario, una palabra de Juana, pero la reina, con los ojos fijos, no parece advertir que Rojas se ha callado.

Por fin, lentamente, sus manos se unen.

—Creedme, Monseñor, todo lo que veo y escucho me parece un sueño. Hace quince años que me ocultan la verdad —y volviéndose de pronto hacia su carcelero, Juana precisa—: El marqués que veis ahí ha sido el primero en mentirme.

—Doña Juana —exclama Denia—, todos nos esforzamos por preservaros, no por perjudicaros.

Rojas recupera enseguida el dominio de la situación, no ha venido a Tordesillas para asistir a un arreglo de antiguas cuentas, sino para que la reina firme. Con un gesto discreto, el arzobispo llama a un secretario.

—Majestad, en vuestras manos, después de las de Dios, descansa la esperanza del reino. Firmando esto, llevaréis a cabo un milagro mayor que los de san Francisco.

El espíritu de Juana vagabundea. ¿Cuándo dejarán de utilizarla? Algunos años antes, la cólera la habría hecho erguirse contra su interlocutor, hoy sólo siente asco y desprecio.

—Monseñor, no firmaré nada. Volved más tarde.

—Pero es imposible, Señora; los insurrectos están a nuestras puertas.

Por la mirada de Juana, Rojas comprende que la reina está menos extraviada de lo que todos pretenden.

—Os lo ruego, señora —insiste casi con humildad.

—Don Bernardo, haced que me acompañen a mis aposentos.

Juana camina tan deprisa por los largos corredores que María apenas puede seguirla. La sirvienta se inquieta. A cada período de gran actividad sucede, muy a menudo, en la reina, una larga fase de apagada apatía, una dolorosa rumiadura del pasado, entrecortada por cóleras. Por la noche, regresan las pesadillas. Juana llama a su difunto marido, le suplica que regrese, o grita el nombre de su padre como si invocara al diablo. La sirvienta, como el confesor y la infanta, necesitan días de paciencia para apaciguarla, hacer que recupere el monótono curso de su vida.

—¡Apresúrate, María! —grita Juana—. Quiero estar lista cuando los míos hagan morder el polvo a los Denia.

En el colmo de la excitación, Juana permanece al acecho en la galería. Ya nadie puede mentirle, sabe que sus liberadores corren hacia ella, la reina legítima y, con ellos, llega por fin la fulgurante justificación de una decisión que arruinó su existencia y arrojó la disolución tanto en su cuerpo como en su espíritu.

En lontananza se escuchan el son de las trompetas, el confuso ruido de voces que vitorean.

¡El momento tan esperado ha llegado por fin! Le falla el corazón. ¿Y si nadie quisiera como reina a la anciana en que, a sus cuarenta y dos años, se ha convertido? No sabe ya nada de España, ya nada del mundo.

Con la espalda en la pared, Juana se retuerce las manos. Ahora, su prisión está en ella, más implacable que la de sus carceleros.

–Doña Juana –grita María sin aliento–, los vuestros os aguardan. Mostraos en lo alto de la gran escalinata.

La sirvienta tiene que tomarla del brazo para conseguir que avance.

–¡Viva nuestra Soberana, viva doña Juana!

En el patio del castillo, los hombres levantan sus sombreros y sus armas. Tres gentilhombres, con Juan de Padilla a la cabeza, suben con paso marcial por la escalera.

–Majestad, las llamas que han abrasado Medina del Campo se propagan por toda Castilla. Los habitantes de Tordesillas nos han abierto las puertas de su ciudad para que nosotros, vuestros humildes y obedientes servidores, pudiéramos liberaros.

La emoción desgarra a Juana cuando, de rodillas, Padilla le besa las manos.

Con un gesto de alegre espontaneidad, que no ha tenido desde hace muchos años, la reina levanta a Padilla, guarda por unos instantes entre las suyas las manos del rudo capitán.

Tordesillas está en plena efervescencia. De la mañana a la noche, los jinetes entran y salen del patio, los secretarios se atarean en torno al gobierno provisional que se ha constituido en espera de la próxima reunión de las Cortes. Entusiasta primero, Juana vuelve a estar pensativa. Comprende a duras penas lo que le explican, se niega a tomar decisiones que, una vez más, pudieran volverse contra ella. Es necesaria la persuasión militar de Padilla para que, a veces, asista a las sesiones de la junta.

Por la noche, el bochorno de agosto la sofoca. Aparta las sábanas, se levanta, va a la ventana. ¿Dónde está Felipe? ¿Lo conservan en Santa Clara? Cada noche decide ir al convento, cada mañana renuncia. ¿Qué haría si el ataúd hubiera desaparecido?

Las lágrimas corren por el marchito rostro. Fracasó al intentar que le amara el único hombre que inflamó su cuerpo y su corazón, perdió la ternura de su padre, irritó constantemente a su madre, la han privado de sus hijos. No es una reina, la junta se engaña, sólo es una sombra condenada a errar entre los muros de Tordesillas.

Con un fastuoso despliegue, las Cortes celebran sesión en plena Ciudadela. Juana la preside. «Yo, la reina...», dice lentamente en su discurso. Las palabras, una vez más, la torturan, debe esforzarse para impedir que su voz tiemble. Sin ninguna consideración, los Denia han sido expulsados de Tordesillas. Furibundo, el marqués ha jurado vengarse. Catalina le hace mil preguntas a las que es incapaz de contestar, como no puede responder a las de los intendentes, mayordomos, secretarios. Un chambelán se encarga del gobierno de su Casa, del que ella no quiere ni siquiera oír hablar.

–Señora –exclama el presidente de las Cortes–, en adelante vos decidís y nosotros obedecemos. Nadie sino Vuestra Majestad puede pretender reinar en nuestro país. El príncipe Carlos es sólo un usurpador. Declarándolo en voz alta, desarmáis a vuestros enemigos.

Juana no responde. Este hombre afable que, un instante antes, besaba sus manos, le parece de pronto un monstruo que ha venido para apoderarse de ella. Inclina la cabeza, quiere regresar enseguida a su alcoba. Dos sirvientas son necesarias para acostarla poco a poco. ¿Y si, como Felipe, como Fernando, también Carlos se encarnizara con ella? Jamás provocará a su hijo.

72

–¡Su Majestad, mi madre, no reinará nunca!

Rodrigo Niño, embajador extraordinario de Adrien d'Utrecht, acaba de entregar al emperador una larga misiva a cuyo pie el antiguo preceptor de Carlos ha añadido de su propio puño: «Las cosas están peor todavía de lo que leeréis en este mensaje. Confiad enteramente en el portador».

–Sire, volved a España –insiste Niño–, sólo vos podéis restablecer el orden.

Carlos va y viene nerviosamente. Se había prometido dejar que el pasado se extinguiera suavemente, pero reavivando el incendio, su madre le obliga a una acción enérgica.

–Don Rodrigo, regresad enseguida a España y tranquilizad a Adrien. Con el poder que voy a confiarle, la reina volverá enseguida a la oscuridad y, sin la caución de mi madre, la junta perecerá asfixiada.

No tiene más tiempo que consagrar a los problemas españoles. Para aliviarse de un peso demasiado aplastante ya: apaciguar a los príncipes alemanes sin abandonar sus prerrogativas imperiales, para contrarrestar las ambiciones territoriales de Francisco, rey de Francia, para expulsar a los turcos de Europa, ha ofrecido a su hermano Fernando las posesiones austríacas. En esta situación de permanentes tensiones, actuar consideradamente con su propia madre le es imposible. Juana debe sufrir la razón de Estado.

–Doña Juana –susurra Juan de Ávila–, quiero hablaros de un asunto de la mayor importancia...

Con la dulzura de octubre, todos parecen instalarse para siempre en el castillo de Tordesillas. Solicitada sin cesar por los miembros de la junta, Juana refunfuña. Tras haberla mantenido apartada durante años, ¿cómo pueden esperar de ella decisiones inmediatas? Reinar le disgusta, sólo desea salir de la fortaleza, tomar con ella el ataúd de Felipe, llegar a Granada, instalarse en la Alhambra en una eterna noche primaveral.

–Más tarde, padre, estoy cansada.

El confesor de Juana, que la víspera recibió un mensaje secreto del virrey Adrien d'Utrecht, está muy molesto. Siendo el único interlocutor que la reina acepta escuchar, le han encargado una misión muy delicada.

–¿Os parece, Majestad, que demos juntos unos pasos por el paseo?

–Hay demasiada gente, no quiero ver a nadie.

–Vayamos pues al patio.

–Pero no quiero confesarme, padre.

–No se trata de confesión, doña Juana, sino de una conversación respetuosa.

Juana ha escuchado demasiadas frases de doble sentido como para no alarmarse enseguida.

–Decid lo que tengáis que decirme. Es inútil seguir vacilando.

Sabe, desde el comienzo, que las recientes esperanzas que la arrancaron de su sopor se disiparán un día u otro como un sueño.

–Doña Juana –se decide a hablar Juan de Ávila–, Su Excelencia el virrey ha recibido instrucciones de vuestro hijo. Su Majestad insiste en que os mantengáis apartada de ese grupo de insurrectos.

–Y sin embargo son mis fieles.

–Señora, sólo os utilizan para alcanzar sus ambiciones. El rey afirma que no sienten por vos ninguna consideración real.

–Un hijo no tiene derecho a reprender a su madre. ¿Cómo se atreve Carlos a condenarme? –responde Juana colérica.

A sus pies, en el corrupto olor del agua estancada, las flores se esparcen alrededor del jarro que, con su brusco gesto, acaba de romper.

–No firmaré nada. En adelante, no sigáis solicitándome.

Sorprendido, Padilla mantiene en la mano la hoja que tendía a la reina.

–Majestad, sólo una firma y el príncipe Carlos ya no podrá nada contra vos.

–No lo haré.

Con un rápido gesto, el capitán consulta a sus consejeros. Si la reina les abandona, la insurrección entrará en una fase difícil. Ya con el nombramiento a la cabeza del gobierno provisional del viejo almirante de Castilla y del Condestable, se inicia en el país una ofensiva que amenaza las posiciones mejor establecidas. Algunas ciudades, como Burgos, no son ya seguras.

–Majestad, no os dejéis intimidar por nadie.

–Padilla –grita Juana–, ¡no os permito que me deis órdenes!

Obstinadamente, Juana mantiene a distancia a los comuneros. Carlos tiene razón, son todos unos granujas sin el menor respeto por ella.

Tras la fiebre de los últimos meses, una súbita relajación apacigua sus angustias, ya no tiene que tomar decisiones, que construir el porvenir. Con pasos lentos, Juana regresa a su alcoba y se enclaustra. Detrás de la puerta, Padilla y otros suplican que se una al Consejo. Apenas comprende el sentido de su petición.

Una noche, brutalmente, el capitán penetra en sus aposentos. Encogida en unos almohadones, la reina les ve avanzar con los ojos fijos.

–Majestad –suplica Padilla en el tono apaciguador de los confidentes–, tengo que advertiros de un grave peligro que os amenaza. Los partidarios del príncipe, vuestro hijo, quieren raptar a la infanta Catalina. Permitid que os protejamos.

El silencio de Juana desconcierta al capitán.

–Insisto, Majestad. Uníos a vuestros defensores, firmad un poder contra vuestros enemigos y moriremos por vos.

–Mentiras, mentiras. Ya no creo a nadie, don Juan, ni siquiera a vos. ¡Salid!

Padilla está consternado. Por una razón desconocida, la reina no está ya a su lado.

–Majestad, os arrepentiréis de vuestra ceguera. Sin nuestra protección, pereceréis de soledad y remordimiento entre los muros de esta fortaleza.

Diciembra arroja al Duero una luz blanca. Juana sabe que las tropas de su tío Enríquez avanzan hacia Tordesillas para expulsar a los últimos comuneros. La aventura ha terminado.

Por el ventanal que da al patio se escucha el grito de una lechuza. Bajo la luna en cuarto creciente las viejas murallas adoptan reflejos lechosos.

A su lado, Catalina se ha dormido. La infanta es cada vez más hermosa, el retrato de un padre que madre e hija no evocan nunca.

A lo lejos se escucha un rumor. ¿Es una ilusión o se acercan los partidarios de Carlos?

Silenciosamente, María ha llegado a su lado.

–¿Por qué no intentáis huir, doña Juana?

–¡Jamás partiré sin Felipe!

El grito ha brotado, ronco, desesperado.

María toma la helada mano de su señora. Juana tiembla como un niño perdido.

–Iremos a Granada –susurra–, donde mi madre me habló de él por primera vez.

A las tres de la tarde de aquel 5 de diciembre, las trompetas del conde de Haro, hijo mayor del Condestable, hacen sonar el toque de ataque.

En el castillo, los insurrectos están dispuestos a una defensa desesperada. Incluso las mujeres y los sacerdotes se han apostado en el camino de ronda. Frente a ellos, más de dos mil jinetes, seis mil quinientos infantes con una decena de cañones, cubren el llano. En la ciudad suena sin cesar la alarma. Arrodillados en la iglesia de San Antolín, Padilla y los suyos asisten a una misa postrera. Padilla se siente confiado, los comuneros están decididos a vencer y tienen una artillería pesada más efectiva. La guarnición del castillo combatirá con valor. Nadie podrá pretender apoderarse de la reina sin terminar con el último de sus guardias. Aunque diciembre está sólo comenzando, el frío muerde ya. Al salir de la iglesia, Padilla contempla el cielo encapotado. Antes de que el sol se ponga, Dios habrá elegido a los suyos y el destino de España.

Por una brecha abierta con gran esfuerzo en los muros, las tropas del rey penetran y corren enseguida por las callejas de Tordesillas. Los incendios se han extendido y obligan a los defensores a retroceder paso a paso. Casa a casa, la villa es recuperada, saqueada. Entre los amarillentos fulgores de las llamas resuenan los aullidos de los heridos.

–¡Pronto, doña Juana!

Pedro de Ayala, encargado de la seguridad de la reina, la toma del brazo y la arrastra hacia afuera. Tal vez, con la ayuda de Dios, puedan cruzar el puente levadizo, galopar hasta Medina del Campo que todavía está en su poder.

Juana se deja arrastrar. En el patio, un caos inenarrable les detiene. Aterrorizados, los caballos relinchan; algunos mulos, pese a los repetidos golpes, se niegan a tirar de los carros a los que están uncidos. Algunos sacer-

321

dotes, ayudados por las mujeres, arrojan cubos de agua sobre un incipiente incendio.

Un empujón arranca a la reina de las manos de Ayala. Juana huye enseguida, corre hacia adelante, cruza el puente levadizo, se dirige a la ciudad. A poca distancia ya se yergue el convento de Santa Clara.

Por un instante, Juana se detiene para recuperar el aliento, contempla las pavesas que brillan en todos los barrios. La noche ha caído hace ya tiempo. Pronto reemprende su carrera, cruza la puerta del convento. Aterrorizadas, las monjas se han agrupado en el patio, cantan salmos mientras un viejo sacerdote arroja incienso a una estatua de plata de Nuestra Señora de Guadalupe.

–¿Dónde está la madre abadesa?

Se hace el silencio. Estupefactas, las religiosas contemplan a esa mujer huraña que se parece a su reina.

Una monja avanza, esboza una reverencia.

–Conducidme al féretro del archiduque, mi esposo.

La capilla huele a moho, a cera e incienso. En medio del coro, bajo un delgado edificio de madera labrada, Juana distingue el ataúd cubierto por un rico paño adamascado.

Con paso lento, se adelanta. Su corazón palpita como si quisiera romperse.

–¿Felipe? –pregunta.

Hace doce años que aguarda el reencuentro.

–He venido a buscarte.

Juana tiende la mano, acaricia suavemente el tejido adornado con bordados.

–Nunca más te haré daño. ¿Me crees? Ya ves –susurra con la boca junto al féretro–, tú y yo hemos sobrevivido a nuestro polvo.

Con un gesto de irresistible ternura, Juana posa su mejilla sobre la sedosa tela, cierra los ojos. Quiere dormirse aquí, olvidarlo todo.

–Doña Juana, ¿qué puedo hacer por vos?

La voz de la Superiora sobresalta a la reina. El postrer tiempo de reposo no ha llegado todavía.

–Madre, preparad de inmediato el carro que llevaba el ataúd de Monseñor el archiduque –ordena levantándose–. Nos vamos a Granada.

Atónita, la religiosa contempla a Juana. De modo que, como tantos afirman, la reina está loca.

–Doña Juana, pusimos el carro en el cobertizo hace ya tantos años que la carcoma ha debido de terminar con él.

–No hay tiempo –interrumpe Juana secamente–. ¡No discutáis mis órdenes!

322

Por última vez, la reina besa el ataúd y, luego, a regañadientes, se aparta, corre tras la Superiora, se une a ella en un cobertizo donde se amontonan arados, aperos de labranza y demás objetos rústicos.

Al fondo, la masa polvorienta de la gran carreta construida en Burgos surge a la luz de la antorcha que sujeta el viejo sacerdote.

–¿Dónde están vuestros mulos?

–Sólo tenemos dos, doña Juana.

–Haced que vayan a buscarlos.

La Superiora se encoge de hombros. En esta noche de apocalipsis, las siervas del Señor no se habrán librado de nada.

Pronto llegan dos hombres tirando de los mulos. Con lentos gestos, sonriendo sardónicamente, levantan los varales. Por un instante, el carro se mueve, luego, con un crujido, las tablas se dislocan, se rompen las limoneras.

Con el rostro entre las manos, Juana solloza.

En la ciudad, el incendio se propaga, llega a la posada, a los establos. Como una sonámbula, la reina se dirige a la puerta del convento; de nuevo está en la calle. El acre olor de la madera quemada se agarra a su garganta.

–¡Huid –grita un palafrenero que corre tirando de tres caballos–, dicen que van a estallar los toneles de pólvora!

Despavorida, Juana mira a derecha e izquierda. El castillo no está muy lejos, si se apresura llegará en un instante.

El cañón ruge como si fuera el trueno. Algunas siluetas pasan ante ella, empujándola con brutalidad. La gente que se decía dispuesta a morir por su reina, ni siquiera la reconoce.

–¿Adónde vamos, madre?

En el patio, la infanta y María se interrogan con la mirada. No hay ningún mulo preparado. ¿Huirán a pie por la campiña invadida por el ejército? Juana esboza un vago gesto, señala un punto imaginario, muy a lo lejos.

–Soy la reina, iré adonde quiera.

Tiernamente, la infanta toma la mano de su madre.

–Regresemos a casa, madre, al castillo de Tordesillas.

73

Suspendida un instante por encima de la tarea, la aguja se clava en la tela, se detiene de nuevo. El tibio sol otoñal corre como un manantial luminoso por las tocas, los brazos de ambas sirvientas, se deposita en la falda gris de Juana que escucha con atención. Un mechón blanco se escapa de su gorro, barre la frente arrugada; con un gesto repetido, la reina lo devuelve a su lugar.

–¡Un antiguo porquerizo! –comenta una de las mujeres–. Apenas puedo imaginar semejante valor.

–Di mejor ambición –responde la otra–. Dicen que en Eldorado las rocas, el polvo incluso son de oro puro y piedras preciosas.

«Eldorado...» La palabra llama la atención a Juana, la hace soñar. Imagina ríos de zafiro corriendo entre riberas de esmeralda.

–¿Quién ha llegado a Eldorado? –pregunta con voz monocorde.

–Don Francisco Pizarro, doña Juana.

–¿De verdad?

Juana esboza una sonrisa. Hoy, pesadillas y angustias le dejan cierto respiro. Penosamente, se yergue; su espalda, sus hombros llenos de reumatismos la hacen sufrir cruelmente, pero se niega con obstinación a que la alivien.

En la pared encalada, el viento, frente a ella, hace danzar la sombra de una de las cañas del gran ramo compuesto por la marquesa de Denia. Hace once años que han regresado a Tordesillas y ni un solo día sus carceleros han dejado de hacer notar a Juana que son los dueños absolutos del castillo, pero su arrogancia le importa poco. Su alma se ha retirado del mundo, retirado del tiempo. Desde que se marchó su niña para convertirse en reina de Portugal, el cielo, sobre su cabeza, está vacío de Dios, vacío de porvenir.

Durante dos días permaneció asomada a la ventana, con la vista clavada en el camino por donde el cortejo había desaparecido.

La extrañeza de las aventuras del conquistador cautiva a la reina, que deja su tarea. Arrastrando un cañón, Pizarro, con ciento setenta y tres hombres y tres sacerdotes, trepa a los Andes por senderos tan estrechos que cada uno de sus pasos puede lanzarles al abismo. Al otro lado de la cordillera, el Gran Inca, a la cabeza de cincuenta mil guerreros, les aguarda.

Juana tiene el corazón en un puño. Conoce bien la muerte, es un enemigo que la persigue sin cesar. Por la noche, mantiene los ojos abiertos tanto como puede para no dejarse coger por sorpresa. Su hija Isabel, reina de Dinamarca, ha muerto; Margot ha muerto; Manuel de Portugal, por dos veces su cuñado, ha muerto. Algunas voces la interpelan, susurran a sus oídos frases incoherentes. Aúlla con todas sus fuerzas para alejarlas. Entonces el marqués de Denia la amenaza: si no puede dominarse, la arrojará a una celda sin ventanas.

El esfuerzo que Juana hace para fijar su atención le arranca una mueca.

La voz de la narradora sube unos tonos para relatar la captura del Gran Inca, un salvaje adorado como un dios por su pueblo. Evoca las costumbres, las armas, las joyas de los guerreros, la huida de los conquistadores durante la noche con su prisionero cubierto de oro y joyeles. Retumba el cañón dispersando a los indios aterrorizados mientras una tormenta tropical hace plúmbeo un cielo donde la intensa y pura luz de los relámpagos traza marcas de fuego. El espíritu de Juana se evade de nuevo. La palabra «tormenta» la lleva a Granada, donde, una mañana, Felipe se marchó sin ella. Al escuchar el tañido de la campana de Santa Clara, preguntó si había muerto una monja.

—Doña Juana, el rey don Carlos ha hecho sacar el cuerpo de Monseñor, su padre, para llevarlo a Granada.

—No volverá más, ¿verdad?

La sirvienta había sonreído.

—Señora, Monseñor descansará en paz junto a don Fernando y doña Isabel.

Para Juana, durante semanas y semanas, el dolor había cubierto el sol. Encerrada en su alcoba, había llorado y, luego, canturreado viejas tonadas andaluzas antes de acostarse en el suelo, con la mejilla apoyada en las losas y la mirada fija, extraviada en su melancolía. Reunidos, sus padres y su marido se aliarían sin duda para terminar con su resistencia, abatirla, pisotearla. La rabia logró que se levantara, le hizo coger jarras y potes que estaban a su alcance para arrojarlos contra las paredes. Ante la sarcástica mirada del marqués de Denia, dos lacayos la habían reducido.

325

Años más tarde, cuando Juana piensa en Granada, no siente ya furor, sólo la dulzura del viento, el aroma de los jacintos y las rosas, los inconclusos sabores de su infancia ocupan su memoria. ¿Por qué amó a Felipe? El olvido libera de los remordimientos, aminora las arrugas del tiempo transcurrido. Nada ocupa mucho tiempo su espíritu, ni el matrimonio de Leonor con Francisco, rey de Francia, ni el nacimiento de Felipe, hijo de Carlos o el duro combate, en Inglaterra, de su hermana Catalina amenazada por un divorcio.

Acuciada por su confesor, que intenta obtener de ella el arrepentimiento por sus pecados, permanece muda. Busca, registra su memoria.

Han transcurrido soles y lunas. Felipe no murió por su causa. Dormía a su lado y el viento de Castilla se lo arrebató. Catalina se ha marchado. Primaveras e inviernos han borrado sus rostros, ahogado sus voces. Pero mañana se reunirá con ellos. Sí, mañana ordenará que ensillen una mula, se vestirá de terciopelo y seda y, adornada con sus joyas, las de los Habsburgo y de los Trastámara, abandonará con la cabeza alta Tordesillas.

–Doña Juana –dice con rudeza una de las sirvientas–, si esta noche estropeáis de nuevo vuestra comida, mañana no tendréis alimento alguno.

–Cristo, doña Juana, no da significado a la existencia humana. Él es su significado.

Con los ojos cerrados, Juana escucha a Francisco de Borja, el confesor que le ha enviado su nieta Juana, la última hija de Carlos. Su cuerpo es sólo llagas y sufrimiento. Desde hace semanas, el religioso intenta confesarla, insiste en las graves faltas que podría haber cometido. ¿Qué quiere decir?

–Padre, nunca he cometido pecado mortal.

–Doña Juana, estáis ante el tribunal de Dios que es un juez lleno de misericordia, pero no puede ser engañado.

La suave voz la arrulla. Francisco de Borja es Grande de España. Abandonó el mundo para tomar las órdenes. Antaño le conoció bien, ambos se apreciaban. ¿Por qué le persigue entonces? Sondea su alma removiendo recuerdos, suscitando insoportables emociones. A sus setenta y cinco años, Juana sólo vive el momento presente.

–Soy demasiado vieja para comprenderos.

Rápidamente, Borja toma su mano, la estrecha afectuosamente entre las suyas.

–¿Vieja? Muy al contrario, sois ante Dios una niña, señora. Recuperad vuestra inocencia de chiquilla y os llenará un goce que nadie podrá corromper. Remontaos en el tiempo, comprended por qué os endurecisteis, y allí estará el perdón.

–Marchaos –murmura Juana–, os veré mañana.

Entre ella y la muerte no hay lugar ya para nuevos sufrimientos. Cae la tarde. Abajo, las aguas del Duero rugen. ¿Se la tragará la noche o el río? Juana intenta beber pero su lengua hinchada se lo impide. Hoy, el silencio protector es sólo un vacío, y el miedo se anuda al vientre de la anciana. Borja ha dejado una presencia que adivina inmensa, aterrorizadora. ¿Es Dios que la juzga o Felipe que la condena? Más allá de los tranquilizadores muros de Tordesillas, su padre, su marido, su hijo la aguardan para maltratarla, hacerla pedazos. ¿Podrá escapar una vez más? Juana tiene un ataque de risa y, luego, bruscamente, con las manos en el rostro, se echa a llorar.

Apenas ha dormido una o dos horas cuando Borja vuelve a estar junto a su lecho. De rodillas, recita las plegarias del alba con su rostro de místico clavado en el crucifijo de marfil que cuelga por encima de Juana. El rostro devastado, los hirsutos cabellos de la reina no llaman su atención. La mujer ya no existe, sólo ve a una pecadora que debe devolver al seno de su Dios. No hay tiempo. Corroída por las úlceras y la gangrena, la reina, según su anciano médico, solo vivirá algunos días.

–¿Me oís, señora?

Con los ojos abiertos, Juana sueña. De ciudad en ciudad, llega al desierto donde se apaga el dolor de vivir. Tiene calor, su cuerpo arde de fiebre.

–Doña Juana –insiste el jesuita–, sé que me escucháis. ¿Por qué os negáis al amor?

–El amor no existe –murmura la reina.

–Señora, el amor es como el movimiento del mar, luchad y pereceréis, abandonaos y seréis salvada.

–Lo creí, padre, cuando tenía dieciséis años, pero la vida ha logrado arrebatarme hasta la última de mis ilusiones.

–¡El orgullo –afirma Borja–, el orgullo!

Tan rápidamente que el sacerdote inicia un retroceso, Juana se yergue en la cama.

–Padre, os prohíbo que me juzguéis. ¿Qué sabéis de mi vida?

–Lo que Dios me ha permitido saber para que os ayude a devolveros a Él.

–Me defendí, don Francisco, defendí el honor de mi país y por eso me han encerrado, expoliado, humillado desde hace cuarenta y seis años.

La cabeza vuelve a caer en la almohada. Sin aliento, a Juana le cuesta respirar.

Borja ora de nuevo. Las letanías se desgranan, monótonas.

Juana tiene frío. Con gestos entrecortados, toma la manta de lana y se arrebuja. Su espalda, sus nalgas, sus muslos llenos de purulentas úlceras arden como si fueran brasas, pero sus manos y sus pies siguen helados.

La noche la libera de Borja, de los Denia, de las sirvientas. Puede entonces abandonarse a sus quimeras, unirse a las tinieblas que la protegen. ¿La acecha Dios? Desde que el religioso ha llegado a Tordesillas, Juana teme esa mirada invisible pero omnipresente de la que sin cesar le habla.

Encogida bajo la manta, la anciana escruta la oscuridad de su alcoba, sólo rota por la amarillenta llama de una vela. Está demasiado oscuro, sin duda alguien se oculta entre las piedras de los muros y la espía.

—Ya no sé nada —murmura—, ¡dejadme en paz!

La anciana se agarra a la manta.

—Señor Jesús —dice en alta voz—, hace mucho tiempo que me abandonasteis, ahora es demasiado tarde ya.

—Los recuerdos que Dios os devuelve son un primer paso hacia la vida, señora.

En un soplo, Juana ha hablado de su último regreso a España, cuarenta y nueve años antes, ha contado sus angustias ante el permanente peligro de un encierro, sus postreras esperanzas. Todo está, de pronto, tan claro en su memoria que las palabras acuden sin esfuerzo. No le invade emoción alguna, su pasado es como un libro abierto al que echa una mirada. ¿Es eso lo que tanto desea Borja?

Ante un relicario de santa Clara, el jesuita quema incienso que se eleva en volutas a lo largo de las desnudas paredes, se enrolla en los esculpidos montantes del lecho donde Juana reposa. Sin duda los demonios merodean todavía alrededor de la moribunda pero, defendido por su fe, Borja está seguro de derrotarlos. Con voz suave, indiferente, Juana entrega jirones de su pasado: recuerdos de infancia, de adolescencia en los que aparecen sin cesar los nombres de Fernando e Isabel. La moribunda evoca el color de un vestido, una golosina compartida con su hermano y sus hermanas. Borja no se atreve a interrumpirla. Ahora Juana busca sus palabras, en su voz una gran tristeza sucede a la apatía. Evoca su viaje a Flandes, sus angustias de prometida y luego, de pronto, el nombre de Felipe brota como un sollozo. El jesuita se acerca más, inclina la cabeza para oír mejor. Juana vacila, se muerde los labios, no cabe duda de que recuerdos desaparecidos, despertando de pronto, la torturan.

—Quiero beber.

Borja le tiende un cubilete de agua teñida con vino cuando, de pronto, la reina se agarra a su brazo como un náufrago a una tabla de salvación. Venciendo su repulsión, el jesuita consigue no rechazar a esa anciana despavorida. Tras un último combate, Satán cede por fin. Los descarnados dedos de Juana aprietan el brazo del sacerdote, sus ojos brillan.

—Era el más hermoso de los hombres y le amé en cuanto le vi.

—Habladme de él, hija mía —susurra el sacerdote.

Evita, conscientemente, pronunciar el nombre de Felipe.

—Su pelo rubio —murmura Juana—, sus ojos azules, su boca, eso es lo que yo vi primero. ¡Era yo tan inocente! Y, sin embargo, me abrasaba un fuego.

—El fuego del diablo.

Pero Juana no le escucha, tiene dieciséis años, está en Lier, en la casa nupcial junto al Nethe. ¡Es tan suave octubre! A contraluz, las agujas del convento se reflejan en las aguas verdes.

—El olor de su piel me embriagaba, quería poner en ella mis labios enseguida.

Instintivamente, el sacerdote se aparta un poco y se persigna. El demonio intenta turbarle para mejor vencerle, pero se quedará aunque deba escuchar las más abyectas frases.

—Recuerdo el lecho, el cubrecama y los almohadones de pluma en los que se hundían nuestros cuerpos. Me llamaba «amiga», yo le respondía «mi amor» mientras nuestros labios se unían. Tenía miedo, un poco. «Apagad la vela», murmuré. Se rió, me estrechó entre sus brazos y permanecí muda mientras me tomaba por primera vez, muda de dolor y de alegría.

Con la boca seca, Borja murmura una plegaria, incapaz, sin embargo de desviar su atención.

—Aprendí dulcemente, durante toda la noche, a conocer cada parcela de su cuerpo, sin atreverme todavía a rozarlo con mis dedos. Bajo su caricia matinal, mi carne despertó.

—Nacíais al mal, hija mía, al mal que poco a poco tomó posesión de vuestro espíritu y de vuestra alma para alejarlos de su Creador.

—¿Por qué no morí a los dieciséis años?

La voz está llena de sollozos, pero los ojos permanecen secos, demasiado brillantes.

—Se lo entregué todo, mi cuerpo, mi memoria, mis sueños de porvenir. Mi carne era su tierra y acudía a reposar en ella, a encontrar su placer, a arrojar su simiente. Él y yo, me sentía satisfecha, invencible. ¿Controlarme? Jamás he sabido, jamás he podido. Era prisionera en mi palacio de amor. Luego llegó el sufrimiento con mis esclavas moras, como única compañía. Las mujeres me despojaron de él.

—Debíais orar, hija mía, volveros hacia Dios.

—Dios... —repite Juana—. ¿Dónde estaba en Bruselas? Nunca me habló, nunca me consoló. Y, sin embargo, de mi dolor nacía un exceso de amor.

—No hay amor que no sea dolor —sentencia Borja—. De nuevo pecasteis por orgullo.

—Luego llegó el tiempo de la humillación, el tiempo del viento que no acaricia ya sino que rompe y quiebra. Padre, quise luchar contra el viento, pero sin duda estaba loca, no es posible detener la tormenta. Y el ciclón se desencadenó entonces sobre mí.

—¿Detener la tormenta? ¿Qué queréis decir, hija mía? ¿Tal vez interrumpir una vida?

Ahora, Juana ha posado las manos sobre su boca para contener un grito, hirsutos mechones cubren su rostro.

—Doña Juana, os escucho en confesión, no me habláis a mí, sino a Jesucristo Nuestro Señor.

La solemne voz de Borja aterroriza a la moribunda. Dios la escucha por fin y, en su tribunal, nadie puede mentir. Hablar es un insufrible y postrer dolor que debe soportar antes de morir.

—Me deseaba muerta para apoderarse de Castilla. Era preciso que se fuera y le despedí en mi corazón.

—Ante Cristo que os escucha, doña Juana, ¿os arrepentís de vuestros pecados y pedís perdón a vuestro Creador?

—Si he pecado, Dios me ha castigado ya.

—Doña Juana —suplica Borja—, decid tan sólo «He pecado contra Dios» y os daré la absolución.

La cabeza de la reina cae hacia atrás, sus ojos se cierran.

—Que Cristo Salvador nuestro quiera enjugar mis lágrimas.

Borja traza el signo de la cruz. La moribunda está en manos de Dios, en su alma y conciencia sabe que puede absolverla.

—He dado a Su Majestad el perdón de sus faltas.

Denia frunce el entrecejo. El tal Borja parece muy tolerante y demasiado flexible. Ciertamente, el rey exigirá detalles precisos sobre los últimos instantes de su madre y una contrición aproximada no le satisfará demasiado. Carlos de Habsburgo no bromea con la religión.

—Padre, no quiero, claro, inmiscuirme en el secreto de la confesión, pero para cubrirme ante Su Majestad necesito, lo comprenderéis fácilmente, el aval de otro eclesiástico. Enviaré inmediatamente un correo a Salamanca para reclamar a fray Domingo de Soto. No ignoráis que se le considera en el reino una lumbrera de la Iglesia. Fray Domingo ha confesado a Su Majestad el rey que, por lo tanto, tendrá entera confianza en su juicio. De acuerdo con vos, decidirá si se puede dar la comunión a doña Juana y administrarle la extremaunción.

Apartando resueltamente a las sirvientas, al médico y a sus ayudantes, el dominico camina hacia el lecho donde la reina parece vivir sus últimos instantes. Nuevas úlceras han aparecido, la fiebre es tan alta que la enferma no deja de temblar, se niega a beber o a alimentarse.

De rodillas sobre las heladas losas, el teólogo se sume en una larga plegaria. Tras él, con actitud grave, están el marqués de Denia, Borja y algunos servidores. Sólo el jesuita tiene lágrimas en sus ojos. Aunque no esté seguro de su arrepentimiento, sabe que no la habita el diablo. ¿No habrá sido más bien una víctima? Los retazos de confidencias recibidos en confesión desvelan perfidias, traiciones que hacen perdonar muchos pecados. Sólo Dios será un juez imparcial. Fray Domingo de Soto se levanta, se instala en el taburete colocado a la cabecera de la moribunda.

—Majestad, vuestro confesor, el padre Borja, da gracias a Dios por el arrepentimiento que habéis demostrado. Pero antes de que comparezcáis ante Su tribunal quisiera que recitáramos juntos un acto de contrición.

Juana tiene tanto calor que el camisón de lino se pega a su piel devorada por las llagas. ¿Por qué ha llegado tan pronto el estío? En Bruselas el fuego ardía hasta mayo en las chimeneas, el frío aliento de la noche obligaba a los durmientes a arrebujarse bajo espesos edredones.

Juana tiene un ligero estertor. Sin embargo, es necesario que se levante para recibir a Felipe. Vendrá esta noche, lo ha prometido, debe ataviarse para recibirle, dar un sueño a sus deseos.

—¿Eres tú? —susurra.

—Doña Juana, soy el padre De Soto. Repetid conmigo la plegaria que voy a recitar. «Dejaos conmover, oh Dios mío, por el arrepentimiento de un corazón realmente contrito...»

Felipe habla en voz demasiado baja, Juana no comprende lo que dice. ¿Confiesa por fin su amor? Su cuerpo es sólo sufrimiento, que se acerque y la estreche entre sus brazos para apaciguarla. ¿No ve acaso que está al borde del abismo?

—De un corazón al que sus faltas duelen más por la pena que os han causado que por el castigo que merecen.

¿Por qué siguen evocando sus faltas? ¿Por qué la acusan siempre, la maltratan siempre? Felipe calla. ¿Exige que le pida perdón antes de llevársela consigo?

Sus labios están tan secos que se abren con dificultad.

—Perdóname —balbucea—, ábreme tus brazos para que pueda acercar mis manos a tu rostro, para que pueda besar tus párpados y tu boca.

El dominico escucha con atención pero apenas comprende las palabras de la reina. Ha dicho «Perdóname», lo demás era inaudible.

–¿Podéis continuar, doña Juana? «Dejaos conmover por el arrepentimiento de un corazón sinceramente afligido de haberos disgustado, Vos que sois infinitamente bueno e infinitamente digno de ser amado».

Felipe ha dicho «Te amo», la ha perdonado. Juntos se tenderán, se acostarán en la tierra, se cubrirán de hojas y piedras para descansar por fin.

La reina ha vuelto a cerrar los ojos. El teólogo calla. ¿Cómo reconocer una verdadera contrición? Por un momento, sin que nadie se atreva a hacer un gesto, Soto medita. Ha escuchado «perdóname», pero nadie, ni siquiera la reina, puede arrogarse el derecho de tutear al Creador. El sacerdote se levanta por fin.

–Hermano Borja, no puedo autorizar que administren a Su Majestad la Santa Comunión, pero nada impide que reciba la extremaunción.

Alrededor de su lecho hay tanta gente que Juana, abriendo los párpados, siente pánico. ¿Han venido a detenerla de nuevo? ¿Y si Felipe volviera a abandonarla? Cae la noche, la luz de las antorchas la hiere.

–*Suscipe, Domine, ancillam tuam, in loco sperandae sibi salvationis a misericordia tua.*

–Amén –responde al unísono la concurrencia.

Juana quiere incorporarse para escapar, pero no puede. Una lágrima, la última, corre por su mejilla.

–La reina demuestra un piadoso arrepentimiento –murmura Borja–. Dios nos ha escuchado.

Ahora están todos de rodillas con un cirio en la mano. Juana, desesperadamente, busca un rostro amigo. ¿Quién le tenderá una mano caritativa? A poca distancia, Borja la mira intensamente. Ese hombre ha sido el último que le ha demostrado benevolencia.

–Don Francisco –murmura.

Rápidamente el jesuita se adelanta, se arrodilla tan cerca de ella que los rostros casi se tocan.

–Ayudadme –dice Juana lentamente.

–Doña Juana, pedid más bien a Jesucristo Nuestro Señor que os ayude, pues os ama con infinito amor.

–¿Jesús? –pregunta la moribunda.

Ante el rostro de Juana, Borja tiende un crucifijo que ella contempla largo rato. Jesús ha venido a liberarla, don Francisco no ha mentido. Va a acostarse también en esta cruz donde agoniza su salvador. La muerte es compartir.

–¡Jesucristo crucificado, ayúdame!

La noche se lleva a Juana, y el alba del día siguiente, 12 de abril de 1555, Viernes santo, le abre por toda la eternidad las puertas de Tordesillas.

Ni siquiera una campana tañe por la reina de Castilla, de León, de Granada, de Valencia, de Cerdeña, de Mallorca, de Cataluña, del Rosellón, de la Cerdaña, de Sicilia, de las Indias, de las Islas y las Tierras Océanas.

En 1574, su nieto Felipe II hizo que la transportaran a Granada, donde descansa junto a sus padres y a Felipe de Habsburgo, su esposo.

Quiero agradecer a Patrick de Bourgues el apoyo que me prestó a lo largo de la redacción de esta obra, y a Dominique Patry su preciosa colaboración en la tarea de documentación.